– 펑린彭林 교수의 동난대학东南大学 강연록 –

예악문명과
중국의 문화정신

예악문명과
중국의 문화정신

초판 1쇄 인쇄 2020년 2월 17일
초판 1쇄 발행 2020년 2월 20일
옮 긴 이 김승일(金勝一)
발 행 인 김승일(金勝一)
출 판 사 경지출판사
출판등록 제 2015-000026호

잘못된 책은 바꿔드립니다.
가격은 표지 뒷면에 있습니다.

ISBN 979-11-90159-24-1   03820

판매 및 공급처 경지출판사

주소: 서울시 도봉구 도봉로117길 5-14   Tel: 02-2268-9410   Fax: 0502-989-9415
블로그: https://blog.naver.com/jojojo4

※ 이 도서의 국립중앙도서관 출판시 도서목록(CIP)은 서지정보유통지원시스템 홈페이지(http://seoji.nl.go.kr)와 국가자료공동목록시스템에서
   이용하실 수 있습니다.

– 펑린彭林 교수의 동난대학东南大学 강연록 –

예악문명과
중국의 문화정신

펑린(彭林) 지음 | 김승일(金勝一) 옮김

경지출판사
Korea Wisdom China

인사말

동난대학(東南大学)의 여러 선생님들, 학생친구들, 오늘은 제가 칭화대학(清华大学)에서 개설한 과목인 "중국고대예의문명(中国古代礼仪文明)"에 대해서 여러분과 교류하고자 합니다.

동난대학의 유구한 역사와 아름다운 캠퍼스, 열정적이고 배우기를 즐기는 학생친구들은 저한테 깊은 인상을 주었습니다. 그동안 저는 동난대학 선생님들과 학생들에게 많은 배려와 접대를 받았습니다. 그래서 이 자리를 빌려서 충심으로 감사를 드립니다.

10여 년 전, 즉 20세기의 마지막 몇 해 동안 세계 여러 나라의 정계 요인들과 학자들은 문제 하나를 가지고 열심히 토론을 벌였습니다. 다가오는 세기는 어떤 세기이며, 인류사회는 어디로 향해 갈 것인가 하는 문제였습니다. 글로벌적으로 벌어졌던 이 토론에 대해 상대적으로 일치하는 관점이 있었습니다. 미래의 세기, 즉 지금 우리가 속해있는 21세기는 동서양 문화의 충돌과 교류, 대결과 융합 등이 광범위하게 포진되어 있는 언론의 힘을 빌려서 전례 없는 넓이와 깊이로 전개될 것이라는 관점이었습니다. 저는 동서양 문화대결의 본질은 중화민족이 서방문화와는 다른 발전모델을 인류사회에 제공할 수 있는지 없는지에 달렸다고 봅니다.

이 대결에서 우리가 불패적 지위를 차지하고 인류를 위해 더욱 큰 공헌을 하기 위해서는 기본적으로 우리 자신의 문화를 이해하는 데서부터 시작해야 한다고 생각합니다.

제가 위에서 언급한 학과목을 개설한 이유 역시 이러한 인식에 기초한 일종의 시험이라고 할 수 있습니다. 중화문명의 핵심은 '예(礼)'입니다. 이 관점의 발명권은 저한테 있는 것이 아닙니다. 많은 저명한 학자들이 오래 전에 이미 이런 관점을 제기했었습니다. 하지만 유감스럽게도 이들의 관점을 대부분의 사람들은 이해하지 못했고 숙지하지 못했습니다.

　앞으로 저는 여러분들에게 총14회에 걸친 시리즈 강좌를 통해 중화문명의 핵심인 '예'가 내포하고 있는 문화적 의의와 현실적 의의에 대해 이야기할 것인데, 전반기 7회에는 대체적으로 '학리(学理)'를 설명하기 위한 예학이론(礼学理论)의 기본구조와 '요칙(要则)'으로 전반적인 '예'를 아우르는 중요한 원칙을 말할 것입니다.

　"예는 곧 이치이자 도덕규범이다(礼者理也, 德之则也)"라는 두 구절은 고대의 예서(礼书)에서 따온 말입니다. '예'는 도덕적 이성의 요구에 따라 제정해낸 일련의 전장제도(典章制度)와 행위규범입니다. 이번 강좌에서 저는 왜 중화문명을 예악문명이라고 하며, 중화민족은 왜 이러한 길을 걷게 되었는지에 대해 여러분들에게 이야기할 것입니다. 저는 이것을 역사의 선택이라고 생각합니다.

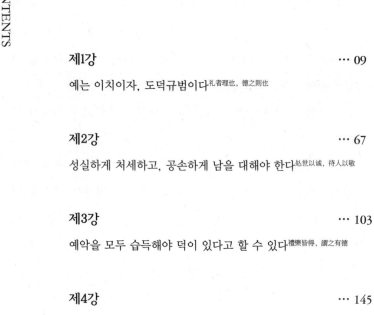

CONTENTS

제1강

예는 이치이자 도덕규범이다

(礼者理也, 德之则也)

제1강
예는 이치이자 도덕규범이다礼者理也, 德之则也

1. 주공(周公)이 "예를 정하고 악을 만들었다(制礼作乐)"

중국 사람들이 역사를 말할 때면 반드시 하(夏)·상(商)·주(周) 등 3
개의 조대를 언급해야 합니다. 꾸제강(顾颉刚) 선생은 일찍이 다음과
같이 말했습니다. "중국문화의 기본적인 구조는 춘추전국시기에 이미
기본적으로 형성되었는데, 금후의 오랜 사회발전 중에서 양적인 변화
가 있었을 뿐 질적인 변화는 없었다."

중국문화는 '예'를 그 영혼으로 하고 있는데, 이는 은주(殷周) 무렵
에 이미 시작된 것입니다. 2, 3천 년간의 고대 중국역사에서 조대(朝
代)가 수없이 교체되었지만, 그 대부분은 질적인 변화가 아니라 양적
인 변화에 불과했습니다. 특히 우리가 중시해야 할 조대의 교체는 은
주(殷周)의 혁명입니다. 왜냐하면 무왕(武王)이 상(商)나라를 멸한 후
일련의 중대한 조치들을 취했는데, 이는 중국역사에 가장 심각한 변
화를 주었기 때문입니다. 칭화대학의 선배 학자, 즉 칭화국학원(清华国
学院) 4대 지도교수 가운데서 가장 앞자리를 차지하는 왕궈웨이(王国
维, 자가 징안[静安]) 선생의 대표작인 「은주제도론(殷周制度论)」에는 아
래와 같은 명언이 있습니다. "중국 정치와 문화의 변혁은 은주(殷周)
무렵에 가장 격렬했다." 그는 은주(殷周) 무렵에 나타난 변혁은 중국역
사에서 가장 중대한 변혁이라고 했습니다. 그렇다면 은(殷)과 주(周)의

정권교체는 왜 이처럼 전대미문의 대변혁을 초래하게 된 것일까요? 아래에 이 두 조대에 대해 살펴보기로 합시다.

유가의 경전 가운데 하나인 『예기』에는 모두 49편이 있는데, 그 중 한편이 『표기(表记)』입니다. 은(殷)나라와 주(周)나라의 차이점을 비교해보면, 은나라의 가장 큰 특점은 신에 대한 숭배입니다. "은나라 사람들은 신을 섬기어, (왕이) 백성을 신의 뜻에 따라 다스리고, 예의보다도 귀신을 더 중요시했습니다(殷人尊神, 率民以事神, 先鬼而后礼)." 은나라는 귀신을 존경하여 섬기던 시대였는데, 사람들은 귀신의 음영 아래에서 살고 있었습니다. 은나라 사람들은 땅을 공경하고 귀신을 숭배하기만 하면 신이 보우(保佑)해줄 것이라고 굳게 믿었습니다. 아래에 일부 사진들을 결부해서 감성적인 인식을 가져보도록 합시다.

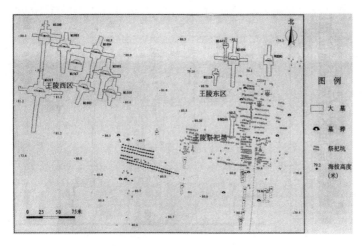

사진1. 은허(殷墟)왕릉 구역 문물유적 분포.

이 사진은 허난(河南)성 안양(安阳)의 은허(殷墟) 즉 은나라의 도읍을 반영하고 있습니다. 고고학자들은 이곳에서 70여 년간 발굴 작업을 해왔는데 수확이 아주 많았습니다. 이는 그 중의 하나인 왕릉구역인데 여기에서 열두 개의 무덤을 발견했습니다. 사진에서 '십(十)'자형과 '신(申)'자형은 모두 은나라 왕의 무덤입니다. 가운데 가장 큰 구역은 묘혈(墓穴)인데 관(棺)과 주요 부장품은 모두 이곳에 비치되어 있었습니다. 묘혈은 2, 3층짜리 건물의 높이에 해당할 정도로 아주 깊었기에 관(棺)과 부장품을 넣기 위해서 묘도(墓道)를 만들었습니다. 묘도(墓道)는 네 개 방향에서 경사지게 냈으며, 관과 부장품들은 이 묘도를 통해서 천천히 묘 밑바닥까지 운반되었고 봉해졌습니다. 우리가 무덤의 모양을 '중(中)'자형이나 '신(申)'자형이라고 일컫는 것은 주로 이 묘도의 모양을 말하는 것입니다. 네 갈래의 묘도는 일반적으로 천자(天子)를 모시는 능의 규격인데, 따라서 황제 능 구역에 많이 분포되어 있습니다. 대체로 '중(中)'자형이나 '갑(甲)'자형으로 된 묘도가 있습니다. 지금까지 출토된 문물 가운데 가장 큰 청동기(青铜器)는 사모무대방정(司母戊大方鼎)으로, (甲)'자형의 대형무덤에서 발견되었습니다.

중국은 자고로 도굴기술이 아주 높았는데, 이러한 무덤들은 대부분 고고학자들이 발굴하기 전에 이미 도굴을 당한 것으로 남아있는 부장품은 아주 적었습니다. 물론 어느 연대에 도굴을 당했는지도 확실치 않습니다. 하지만 그럼에도 불구하고 이러한 고고학 발굴은 당시의 장례제도를 연구하는 데에는 아주 중요한 가치가 있습니다. 당시에 천자나 귀족들이 사망하면 관례대로 많은 사람들을 순장했습니다. 생사람을 무덤에 묻었던 것입니다.

무덤에는 제사갱(祭祀坑)들이 늘어서 있었는데 순장자(殉葬者)들은 머리가 잘려져서 이곳에 안치되었습니다. 현재 은허는 이미 세계문화유산에 등재되었습니다.

사진 2. 은허 왕릉.

위의 사진은 '중(中)'자형 무덤입니다. 중화인민공화국이 설립되기 전 중앙연구원 역사언어연구소(中央研究院历史语言研究所)에서 발굴한 것입니다. 사진에서 보다시피 이 무덤의 규모는 아주 큽니다. 아래에 늘어선 발굴단원들과 무덤을 비교해보면 알 수 있지요.

사진 3. 은허 왕릉 구역 무덤 내의 두개골.

위의 사진은 상(商)나라의 어느 왕 무덤의 한 부분인데 많은 사람들이 머리가 잘려진 채 순장되었음을 알 수 있습니다. 상나라 때에 왕이 사망하면 흔히 묘도(墓道)에 인두를 늘어놓고 그 위를 흙으로 덮은 뒤 다시 인두를 늘어놓고 또 흙으로 덮는 식으로 층층이 쌓았습니다.⋯⋯고고학자들의 통계에 따르면 대형 무덤의 경우에는 200명 이상이 순장되었다고 합니다.

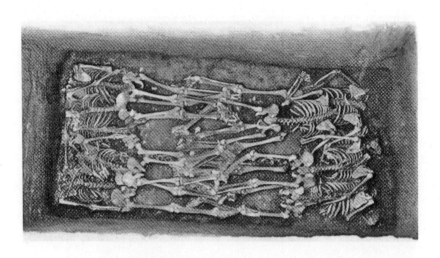

사진 4. 은허왕릉 구역 제사갱(祭祀坑).

위의 사진이 바로 방금 전에 언급했던 제사갱(祭祀坑)인데 안에는 머리가 없는 해골들이 가득 놓여있습니다. 고고학자들은 사람들이 상나라의 사회상을 이해하는데 도움을 주기 위해 일부 제사갱을 발굴하였습니다. 제사갱 하나에 일반적으로 10명씩 순장했는데 모두 머리가 잘려져 있습니다. 은허에는 이러한 제사갱이 천 개가 넘게 있습니다.

사진 5. 은허 부호(妇好)[1] 무덤 복원.

　위의 사진은 1974년 허난(河南)성 안양(安阳)에서 발견된 유명한 귀족 무덤입니다. 연구에 따르면 무덤 주인은 상나라 왕 무정(武丁)의 후궁으로 그녀의 이름이 바로 '부호(妇好)'입니다. 함께 부장된 적지 않은 청동기들에는 '부호'라는 이름이 새겨져 있는데, 이 두 글자는 갑골문에서도 심심찮게 보입니다. 갑골문의 기록에 따르면 '부호'는 '무정'의 후궁이었지만 늘 병사들을 이끌고 싸웠기에 '여장군'으로 불렸다고 합니다. 이 무덤은 여태까지 도굴을 당한 적이 없는 흔치 않은 무덤인데, 청동기가 거의 500여 점 발견되었습니다. 상나라 시기의 청동문명은 당시 세계에서 손꼽히는 수준이었는데 그 발달 수준은 후세 사람들도 혀를 내두를 지경입니다.

---

1) 부호(婦好) : 중국문헌에 나타나는 최초의 여장군.

사진 6. 부호삼련언(妇好三联甗).

위의 그릇은 '삼련언(三联甗)'²인데 국가 특급문물에 속합니다. '언(甗, 시루의 일종)'은 일반적으로 나뉘어져 되어있는데, 하반부는 물을 담아 불을 땔 수 있고, 가운데에는 석쇠가 있으며, 그 위에 가마를 하나 얹어놓은 식인데, 그 구조가 현재 우리가 쌀밥을 짓거나 만두(馒头)를 찔 때 사용하는 가마랑 비슷합니다. 위의 '삼련언(三联甗)'은 세 개의 시루를 한데 이어놓은 것으로 좀 특별합니다. 장방형 부분에는 물을 담을 수 있고, 밑에는 불을 땔 수 있게 되었으며, 가운데에는 석쇠가 있고 위의 가마는 분리할 수 있으며, 안에 음식물을 담을 수 있도록 되었습니다.

---

2) 삼련언(三联甗): 상(商)나라 말기에 제작된, 시루 세 개가 하나로 이어진 식기로, 부호(妇好)의 무덤에서 발견되었다.

사진 7. 부호중형원(妇好中型圓鼎).

　위의 사진은 청동정(青铜鼎)인데 비슷한 정(鼎)이 부호의 무덤에서 아주 많이 출토되었습니다. 정(鼎)의 표면에는 자질구레한 문양들이 아주 많이 새겨져 있습니다.

사진 8. 부호효준(婦好鴞尊).

위의 사진은 효준(鴞尊)이라는 그릇인데, 부엉이 모양으로 제작되었습니다. 꼬리날개 부분은 겹쳐진 병풍모양으로 되었고, 두 개의 다리와 함께 삼족정립(三足鼎立)의 형태로 지탱하는 역할을 하고 있는데, 그 모양이 아주 아름다워서 상나라시기의 청동기를 소개하는 많은 책자들의 표지 삽화로 사용되고 있습니다.

사진 9. 부호침어작(妇好寝鱼爵).

위의 사진은 '침어작(寝鱼爵)'이라고 불리는 술그릇입니다. 뚜껑이 달려있고, 작(爵)이라는 옛날 술잔과 비슷하게 생겼지만, 작(爵)은 일반적으로 뚜껑이 없습니다. 뚜껑은 동물모양으로 되었고, 여닫을 수 있으며, 뚜껑 양쪽에는 두 개의 기둥이 있고, 밑에는 세 개의 다리가 있습니다. 연구에 따르면 이 '침어작(寝鱼爵)'은 불 위에 놓아 술을 덥히는 용도로 사용되었다고 합니다. 옛 사람들이 차가운 음식을 먹으면 비위를 상한다는 것을 이미 알고 있었다는 방증입니다. 그렇다면 어떻게 그 용도를 알 수 있었을까요? 이 작(爵)이 출토될 때에, 그 밑 부분에 불에 그슬린 흔적이 남아 있었다고 합니다. 불로 덥힌 후 뚜껑을 덮어 놓아 식지 않게 하고, 마실 때에는 다시 뚜껑을 여는 구조인데 정말로 사람들을 감탄케 하는 청동기입니다.

사진 10. 부호대형월(妇好大型钺).

위의 사진은 도끼 모양의 대형 월(钺)[3]로, 역시 부호의 무덤에서 출토되었습니다. 월(钺)에 새겨진 무늬는 아주 정교합니다. 앞다리를 쳐든 호랑이 두 마리가 시뻘건 아가리를 벌리고 마주하고 있는데, 그 가운데에 있는 사람을 당장이라도 잡아먹을 듯합니다. 이 무늬는 사모무대방정(司母戊大方鼎)이나 기타의 청동기에서도 자주 보이는데 당시에 유행하던 메인무늬였던 것 같습니다.

중국의 하(夏)·상(商)·주(周) 세 조대를 비교해 보면, 하나라는 400년 동안 유지되었고, 상나라는 600년 동안 유지되었으며, 주나라는 800년 동안 유지되었습니다. 주나라는 중국역사에서 가장 오래 유지

---

3) 월(钺): 커다란 도끼 모양의 옛날 무기로 청동이나 철로 만들었음. - 역자 주

된 조대입니다. 유가 '육경(六经)' 즉, 『시경(詩經)』·『서경(書經 혹은 상서 [尙書])』·『예기(禮記)』·『악기(樂記)』·『역경(易經)』·『춘추(春秋)』의 하나인 『상서』에는 「무일(无逸)」이라는 글이 있는데, "일하기를 싫어하고 빈둥 거리다가는 결국에는 나라를 말아먹을 것"이라는 주공(周公)의 가르침 을 기술하고 있습니다. 그는 다음과 같이 말했습니다.

"옛날 은나라 왕 중종(中宗)은 엄숙하고 공손하며 공경하고 두려할 줄 알았기에, 하늘의 명을 스스로 헤아렸으며, 백성을 다스림에는 공 경하고 두려워하여 감히 안일과 노름에 빠지지 않았고, 따라서 75년 동안이나 왕위를 누리게 되었습니다. …… 고종(高宗) 때에는 오랫동 안 밖에서 고생을 마다하지 않으며 서민들과 함께 지냈습니다. 그리하 여 고종(高宗)은 59년이나 왕위를 누리게 되었습니다. 조갑(祖甲) 때에 는 …… 오랫동안 서민으로 지냈는데, 그가 즉위하여서는 서민들의 의 지함을 알아 백성들을 보호하고 은혜롭게 하였으며, 홀아비나 과부들 조차도 업신여기지 않았습니다. 그리하여 조갑은 33년이나 왕위를 누 리게 되었습니다. 그 뒤로 즉위하는 왕들은 편히 살려고만 하였습니 다. 편히 살려고만 하니 씨를 뿌리고 거두는 어려움을 알지 못하였고, 서민들의 수고로움을 듣지 못하고 오직 즐기는 일만 추구하였습니 다. 이로부터 왕위를 오래 누리는 자가 없었는데, 어떤 이는 10년, 어 떤 이는 7~8년, 어떤 이는 5~6년, 어떤 이는 3~4년을 누렸을 뿐입니 다.(昔在殷王中宗, 严恭寅畏天命, 自度, 治民祇惧, 不敢荒宁, 肆中宗之享国, 七十 有五年, 其在高宗, 时旧劳于外, 爰暨小人……肆高宗之享国, 五十有九年, 其在祖 甲……爰知小人之依, 能保惠于庶民, 不敢侮鳏寡, 肆祖甲之享国, 三十有三年, 自 时厥后立王, 生则逸, 生则逸, 不知稼穑之艰难, 不闻小人之劳, 惟耽乐之从, 自时 厥后, 亦罔或克寿, 或十年, 或七八年, 或五六年, 或四三年)"

앞의 주공의 가르침을 인용한 문장 중 "석재은왕중종, 엄공인외천명, 자탁(昔在殷王中宗, 严恭寅畏天命, 自度)"에서 '엄(严)'과 '인(寅)'은 일종의 행위이고, '공(恭)'과 '외(畏)'는 공경하고 두려워하고 삼가는 마음을 말합니다. 따라서 하늘의 명을 스스로 헤아렸다는 뜻입니다. 또한 "치민지구 불감황녕(治民祗惧, 不敢荒宁)"은 아주 신중하고 조심한다는 뜻입니다. 마잉주(马英九)가 타이완(台湾)의 총동으로 당선된 후, 당선소감을 묻는 기자의 질문에 다음과 같이 대답했습니다. "깊은 못에 이르고 엷은 얼음장을 디디는 것처럼 두렵고 삼가는 마음뿐입니다.(戒慎戒惧, 临深履薄)" 『노자(老子)』에서 언급한 "살얼음 위를 걷는 것(如履薄冰)"과 같은 느낌이라고 할 수 있다는 말입니다. "치민지구(治民祗惧)"는 "공경하는 마음과 두려워하는 마음을 갖고 있으며, 제대로 못할까봐 걱정하고 감히 방탕한 생활을 하지 못함"을 이르는 말입니다. 중종(中宗)은 매우 조심스럽게 행동을 했기에 75년 동안이나 왕위를 누릴 수 있었습니다. 고종(高宗)을 이야기해 봅시다. 고종은 반경(盘庚)이 은(殷)에 도읍을 옮긴 뒤에 나온 아주 중요한 천자(天子)인데, 이름은 무정(武丁)이라고 합니다. 현재 출토된 십여 만 조각의 갑골문에는 반경이 은에 도읍을 옮기고 나서부터 은나라가 멸망하기까지, 12명의 왕을 거친 200여 년의 역사를 기록하고 있는데, 그 가운데 절반은 무정(武丁) 시대에 관한 것입니다.

"시구노우외(时旧劳于外)"에서 '구(旧)'는 장구할 '구(久)'로 해석됩니다. 무정은 젊었을 때 오랫동안 민간에서 생활했지요. "원기소인(爰暨小人)"에서 의미하는 것처럼 그는 매일 서민들과 함께 보냈기에 백성들의 질고를 잘 알았지요. 그리하여 59년 동안이나 왕위를 누렸는데, 역사적으로 많은 황제들의 재위기간을 뛰어넘었습니다. 무정 이후에 조갑(祖

甲)이라는 임금이 있었는데 그에 대해서는 아래와 같이 언급하고 있습니다. "소인지의, 능보혜우서민, 불감모환과(小人之依, 能保惠于庶民, 不敢侮鰥寡)"라 했는데, 여기서 '환(鰥)'과 '과(寡)'는 각각 늙어서 아내 없는 사람과 늙어서 남편 없는 사람을 이르는 말입니다. 즉 나이가 들어 의지가 없는 사람들을 이르는데 조갑은 이런 사람들까지도 업신여기지 않았다는 것입니다. 따라서 그도 33년 동안 왕위를 누릴 수 있었지요. 조갑 이후 은나라는 내리막길을 걷게 됩니다. "자시궐후입왕, 생즉일(自时厥后立王, 生则逸)"에서 언급한 것처럼 그 후의 왕들은 즉위한 뒤일은 제대로 하지 않으면서 편히 살려고만 했습니다. 즉 "생즉일, 불지가색지간난(生则逸, 不知稼穡之艰难)"에서 언급했듯이 편히 살려고만 했기에 씨를 뿌리고 거두는 수고로움을 알지 못하였습니다. "불문소인지로, 유탐락지종(不闻小人之劳, 惟耽乐之从)"라고 한 것처럼 서민들의 수고로움을 듣지 못하고 오직 즐기는 일만 추구하였기에, 결국은 "자시궐후역망혹극수(自时厥后亦罔或克寿)"라고 했듯이 왕위를 오래 누릴 수 없게 된 것입니다. 많아야 10년이나 7~8년이고, 짧게는 5~6년이나 3~4년밖에 누리지 못했으며, 심지어는 횡사(橫死)하는 경우도 있었습니다. 역사는 흔히 이렇습니다.

은나라의 마지막 왕은 주왕(纣王)입니다. 『사기·은본기(史记·殷本纪)』에서는 많은 지면을 할애하여 그를 묘사했습니다. 그 중에 이런 말이 있습니다.

"주왕은 총명하고 말솜씨가 좋았으며, 보고 들은 것이 많아 식견이 넓었고 일처리도 민첩했다. 또 힘이 장사여서 맨손으로 맹수와 싸웠다. 그는 신하들의 건의를 마음대로 거부할 수 있을 만큼 충분한 지혜를 갖고 있었으며, 또한 자신의 잘못이나 과오를 충분히 숨길 수 있을 정도의 말재주도 갖고 있었다. 그는 신하들에게 자신의 재능을 자랑했으며, 자신의 명성과 위세를 더 높이려 했다. 다른 모든 사람들이 자기보다 못하다고 생각한 것이다. 그는 또 주색과 오락에 빠져있었다.……그는 조세를 크게 늘려서 녹대(鹿台)에 돈을 가득 채워두고, 거교(巨桥)에 양식을 충분하게 저장했다. 개와 말과 기타 진기한 것들을 두루 수집하는 것을 좋아해서 궁궐이 가득 찼다. 또 사구원대(沙丘苑台)를 넓히고 온갖 야수와 날짐승들을 가둬놓고 길렀다. 그는 또 귀신을 우습게 알고 공경하지 않았으며, 늘 사구(沙丘)에 모여 놀이를 즐겼는데, 술이 못을 이루고 달아맨 고기가 숲을 이룰 정도였다. 또한 남녀들이 알몸으로 서로 쫓고 쫓기게 했으며, 밤새도록 술을 마시며 놀았다. 이에 백성들의 원성이 높아지고 더러 배반하는 제후들도 생겨났다. 그러자 주왕은 형벌을 대폭 늘렸는데, 이때 생겨난 것이 포락지형이다.(帝纣资辨捷疾, 闻见甚敏；材力过人, 手格猛兽；知足以距谏, 言足以饰非；矜人臣以能, 高天下以声, 以为皆出己之下, 好酒淫乐……厚赋税以实鹿台之钱, 而盈巨桥之粟, 益收狗马奇物, 充仞宫室, 益广沙丘苑台, 多取野兽蜚鸟置其中,慢于鬼神, 大乐戏于沙丘, 以酒为池, 县肉为林, 使男女倮相逐其间, 为长夜之饮, 百姓怨望而诸侯有畔者, 于是纣乃重刑辟, 有炮格之法)

만약 지금의 일부 사람들의 관점으로 은나라의 주왕을 판단한다면 가히 인재라고 할 수 있습니다. 첫째, 총명하고 말솜씨가 좋았습니다. 둘째, 보고 들은 것이 많아 식견이 넓었고 일처리도 민첩했습니다. 셋째, 일반인들은 미치지 못하는 강건한 체질을 갖고 있었습니다. 넷째, 말재주가 좋아서 누가 충고라도 할라치면 한마디로 상대의 입을 막아버렸으며, 자기의 잘못에 대해서도 교묘하게 포장했습니다. 다섯째, 성망이 높았습니다. 한때 군신들 가운데 비할 자가 없다고 여겼고, 따라서 명성이 아주 높았으며, 스스로 가장 뛰어난 인물이라고 생각했습니다.

위에서 언급한 이야기는 우리들에게 인성교육의 중요성을 상기시키는 아주 좋은 예입니다. 사람은 재능만 있어서는 안 됩니다. 아무런 덕성도 없다면 재능이 많을수록 더 문제가 됩니다. 도덕적인 통제가 없기에 나쁜 일을 하는 능력만 강해지기 때문입니다. 『은본기(殷本紀)』의 내용을 보면, 그는 말재주가 좋고 반응이 민첩했으며, 식견이 넓었고 힘이 장사였다고 언급하고 있는데, 유독 가장 중요한 덕(德)에 대한 언급은 없습니다. 또한 위에서 언급한 재능 말고도 그는 주색을 즐겼다고 밝히고 있습니다. 요즘에는 음주문화가 발전하여 주색에 빠져 있는 사람들도 적지 않은데, 이를 거울로 삼아야 할 것입니다. 주왕은 녹대(鹿台)라고 하는 거대한 금고를 만들었는데, 이 금고를 가득 채우기 위해 가렴잡세를 부과하고 천하의 재부를 모두 자기의 것으로 만들려고 했습니다. 이뿐만 아니라 하늘에서 나는 동물과 땅에서 기는 동물까지 다양한 애완동물을 두루 수집했으며, 심지어는 귀신(주로 조상을 이름)도 공경하지 않았습니다. 또 가무와 오락을 하기 위해 아주 큰 놀이터를 만들고 "술이 못을 이루게 하고, 달아맨 고기가 숲을 이루게 했으며 남녀들이 알몸(倮相)으로 서로 쫓고 쫓기며 놀도록 했습니다." 고대에 나체를 뜻하는 '나(裸)'자를 '나(倮)'자로 적었지요. 한 무리의 젊은 남녀들이 서로 쫓으면서 놀아댔는데, 목이 마르면 술을 마시고, 배가 고프면 고기를 먹으면서 밤새도록 술을 마셔댔습니다. 이에 그의 부패에 대해 불만을 품는 자들이 생겨났고 반란을 일으키는 제후들도 생겨났습니다. 그러나 주왕은 자기의 잘못을 고치려 하지 않았을 뿐만 아니라 오히려 형벌을 더 가중시켰습니다. 그 중에 가장 유명한 형벌이 『사기(史记)』에 나오는 "포격지법(炮格之法)"인데 일부에서는 "포락지형(炮烙之刑)"이라고도 합니다. 이에 대한 후세 사람들의 해석은 조금씩 다릅니다. 일설에는 동으로 격자를 만들고 그 밑에 불을 피워 뜨겁게 달군 뒤, 이른바 범인을 그 위에서 타죽을 때까지 걷게 하는 것이라고 합니다. 또 다른 설에 따르면 속이 빈 커다란 구리 기둥에 사람을 달아매고 기둥 내부에 숯불을 피워 타죽게 하는 것이라고 합니다. 아무튼 잔인한 혹형임이 분명합니다. 결국 이처럼 어리석고 무절제한 행위들이 주왕 스스로를 파멸로 몰아넣었던 것입니다.

『상서(尚书)』에는 또 『서백감려(西伯戡黎)』라는 글이 있습니다. 은나라 사람들이 '하늘의 명'을 미신했다는 내용입니다. 여기서 서백(西伯)은 곧 주문왕(周文王)입니다. 그는 천하의 백성들이 모두 주왕에 불만을 품고 있는 것을 알았습니다. 그래서 천하의 백성들을 위해 주왕을 뒤엎어버리기로 결심했지요. 서주(西周)는 작은 나라였습니다. 그는 우선 탐색한다는 식으로 은나라 왕조의 부속국인 여(黎)라고 불리는 소국을 멸하였습니다. 은나라에서 어떻게 반응하는지를 보기 위함이었습니다. 당시 은나라에는 조이(祖伊)라고 하는 어진 신하가 있었는데 위태로움을 느끼고 주왕을 찾아가서 다음과 같이 말했습니다.

"하늘이 이제 곧 우리 은나라의 명을 거두려 합니다(天既讫我殷命) 대왕님의 음탕한 놀이가 결국 자멸에 이르게 한 것입니다(惟王淫戏用自绝.) 오늘날의 백성들 가운데 우리가 무너지기를 바라지 않는 자가 없습니다(今我民罔弗欲丧) 하늘이시여! 당신의 위력은 왜 아직도 내리지 않는 겁니까?(天曷不降威?)"

하지만 주왕은 오히려 "오호! 내 명은 하늘이 준 것이니 아무도 나를 어쩌지 못할 것이다(呜呼！我生不有命在天.)"라고 했습니다. 그는 자기가 영원토록 은나라를 통치할 수 있을 것이라고 여겼던 것입니다.

은나라의 중심지역은 황허(黃河)의 중심지역에 자리하고 있었습니다. 즉 오늘날의 허난(河南)성입니다. 은나라의 서북쪽에는 주(周)라고 불리는 오래된 민족이 살고 있었습니다. 『시경』이나 『사기』·『상서』에서 보면 주(周)나라 사람들의 맨 처음 조상은 '후직(后稷)'이었습니다. 후직은 어렸을 때부터 곡식을 경작하는 것을 좋아했습니다. 전하는 바에 따르면 대우(大禹)가 홍수를 다스린 후에도 백성들은 먹을 것이 없었습니다. 그러자 당시 후직은 농사(農師)를 담임하고 있었기에 백성들에게 곡식을 가꾸는 법을 가르쳤습니다. 그는 곡식을 재배하는 법을 알고 있었습니다. 어디에 벼를 재배하고 어디에 밀을 재배해야 하는지를 알고 있었는데, 당시에는 정말 대단한 지식이었습니다. 하나라 때에 이르러서는 후직이 이미 세상을 떴는데, 그의 아들 불줄(不窋)은 '태강의 난(太康之乱)'으로 관직을 잃고 오랑캐에 의탁하였습니다. 불줄은 그렇게 일생동안 의기소침하게 지내서 이렇다 할 공적은 없었습니다. 그러나 불줄의 손자 공유(公刘)가 왕위를 계승한 뒤에는 다시 농업을 장려했습니다. 그렇게 농업을 잘 경영해나감으로써 이 민족은 먹을 것과 입을 것이 충족하게 되었습니다. 주변의 오랑캐들은 주나라 사람들이 풀밭을 찾아다니는 떠돌이생활을 하지 않고, 곡식을 재배하여 윤택한 생활을 하는 것을 보고 너도 나도 찾아와서 귀순했습니다. 공유가 죽은 뒤 그의 아들 경절(庆节)은 도읍을 빈(豳)으로 옮겼습니다. 오늘날 산시(陝西)성의 빈현(彬县)과 쉰읍(旬邑)일대입니다. 『시경』에는 15개의 국풍(國風)이 있는데 그 가운데 하나가 빈풍(豳风)입니다. 이 민족은 이렇게 점차 강성해지게 되었습니다.

후직의 제12세 손인 고공단보(古公亶父)는 위로는 후직과 공유의 위업을 계승하고, 아래로는 문왕(文王)과 무왕(武王)의 성세를 이루게 하는데 중요한 역할을 한 인물들입니다. 『시경』의 「파부(破斧)」편이 바로 그를 칭송한 내용입니다. 그는 빈(豳)에서 한편으로는 농업을 발전시켰으며, 한편으로는 덕(德)을 베풀고, '예'를 행하였습니다. 주(周)라는 민족은 사마천(司马迁)의 붓끝에서 아주 후덕하고, 도덕적 전통이 아주 강한 민족으로 묘사되고 있습니다. 사마천은 일찍이 다음과 같은 예를 들었습니다. 당시에 주나라에는 사람이 점점 더 많아졌고, 땅도 점점 더 넓어졌습니다. 경제적 실력이 점점 더 향상되자 주위의 오랑캐들이 툭하면 약탈하러 왔습니다. 세계역사에서 보면 유목민족이 농경민족을 공격하고, 야만민족이 문명민족을 공격하는 것은 보편적인 현상입니다. 쳐들어와서는 재물을 약탈하고 도망가는 식이었지요. 고공단보는 아주 너그러웠습니다. 그들에게 있는 것을 아낌없이 내주었지요. 동시에 그들에게 은혜를 갚을 줄 알아야 한다고 가르치기도 했습니다. 하지만 오랑캐들은 한 발 더 나아가서 땅과 백성들을 요구하기까지에 이릅니다. 이에 참다못한 주나라 사람들은 화가 나서 다들 싸워야 한다고 주장했습니다. 그러나 고공단보는 전쟁이 일어나면 많은 희생이 뒤따른다는 것을 알았기에 흔쾌히 오랑캐들에게 땅을 내어주고 자신은 가족을 이끌고 칠수(漆水)와 저수(沮水)를 건너고 양산(梁山)을 넘어 기산(岐山)으로 자리를 옮겼습니다. 빈(豳)의 백성들은 고공단보의 후덕함에 끌려 너도나도 따라나섰지요. 나중에는 주위의 작은 제후국들도 분분히 따라나섰습니다. 이게 바로 민심을 얻는 자가 천하를 얻는다는 것입니다. 고공단보는 문명민족은 규장(規章)제도가 있어야 한다고 생각하였지요. 그래서 성곽과 궁실을 지었으며, 예의(禮儀)를 제정하고, 관직을 설치하여, 국호를 '주(周)'라고 했습니다.

고공단보에게는 세 명의 아들이 있었습니다. 장자는 태백(太伯)이고, 차자는 중옹(仲雍)이었으며, 셋째는 계력(季历)이었습니다. 계력의 아들 희창(姬昌)이 바로 후세에 명망 높은 문왕(文王)입니다. 고공단보는 재위할 적에 희창을 아주 좋아했습니다. 그가 총명하고 천부(天賦)적인 소질이 있었을 뿐만 아니라, 인품 또한 후하여 성인(聖人)의 자질이 있는 것을 보고는 "나의 자손들 가운데 큰일을 이룰만한 사람이 있다면 아마도 희창일 것이다!"라고 말하곤 했습니다. 하지만 주나라 사람들의 전통은 적자승계이었습니다. 따라서 어린 희창에게 왕위를 물려줄 가능성은 아주 낮았습니다. 고공단보는 이 일로 인해 골머리를 앓으면서 늘 한숨을 푹푹 내쉬었지요. 고공단보의 심정을 알게 된 태백과 중옹은 연로한 아버지를 실망시키지 않으려고 둘이서 상의하여 형만(荆蛮)으로 도망쳤습니다. 양쯔강 하류 일대로 말입니다. 역사적으로 유명한 "태백이 오나라로 가다(泰伯奔吳)"는 고사가 바로 이것입니다. 두 사람은 오(吳) 지역에 이른 뒤 "몸에 문신을 하고 머리를 짧게 잘랐습니다." 왕위를 동생 계력에게 양보하기 위한 것이었습니다. 주나라 사람들의 전통에 따르면 신체발부(身体发肤)는 부모님에게서 받은 것이기에 훼손하는 것을 죄악이라고 생각했습니다. 따라서 이들이 이미 문신을 하고 머리를 잘랐기에 주나라 백성들이 두 사람을 찾아낸다고 해도 왕으로 추대할 수 없게 되었던 것입니다. 오(吳)지역의 백성들은 물에 들어가 물고기를 잡아서 생계를 유지했습니다. 이들은 머리가 너무 길면 물속에서 쉽게 눈을 가리게 되고, 그러면 물속에 있는 교룡(蛟龍)한테 잡아먹힐 것이라고 여겼지요. 따라서 두 사람은 당지의 백성들을 본떠 머리를 짧게 자르고 몸에 꽃무늬 문신을 새겼던 것입니다. 결국 태백과 중옹의 양보로 왕위는 문왕(文王) 즉 당시의 희창에게로 돌아가게 되었습니다.

희창은 한편으로는 경제를 잘 경영하고 농업을 중시했으며, 한편으로는 도덕을 장려했습니다. 도를 존중하고 법을 지켰으며 열심히 노력해서 인(仁)을 행하고, "노인을 공경하고 어린이들을 아껴 보살피도록 했습니다." 이는 어느 민족이나 다 할 수 있는 일이 아니었지요. 민족학 자료에 따르면 어떤 민족들은 나이가 들어 생활능력을 상실한 노인들을 광주리로 메어다가 산에 버렸다고 합니다. 특히 집안에서 죽으면 재수가 없다고 여겨 죽음이 임박한 노인을 내다 버렸지요. 중화민족이 노인을 공경하는 전통은 주나라에서부터 비롯되었다고 할 수 있습니다. 사람들은 누구나 다 늙게 되어 있습니다. 늙은이들은 사회의 배려와 존경을 받아야 합니다. 이는 인애지심(仁愛之心)의 표현입니다. 문왕은 이런 인애지심을 만백성들에게 널리 보급시켰지요. 그는 어질고 능력이 있는 이들을 예의와 겸손으로 대했기에 수많은 인재들을 휘하에 모을 수 있었습니다. 당시 이름난 인재들, 이를테면 태전(太顚), 굉요(閎夭), 산의생(散宜生), 육웅(鬻熊) 등이 모두 그를 따랐습니다. 이것이 바로 "훌륭한 새는 나무를 골라서 깃든다"라는 것입니다. 심지어는 멀리 떨어진 고죽국(孤竹国)의 백이(伯夷)와 숙제(叔齊) 역시 그를 좇았습니다. 모두 문왕의 명성과 영향력을 확인할 수 있는 일화들입니다. 이때 어떤 사람이 주왕(纣王)에게 주나라가 궐기하게 되면 위협이 될 거라고 귀띔했지요. 이에 주왕은 아주 불안해하면서 명령을 내려 문왕을 잡아들이게 했습니다. 그런데 이렇다 할 죄명이 없어서 그를 '유리(羑里)'라고 하는 곳에 가두었습니다. 유리는 지금의 허난(河南)성 탕인(汤阴)현 부근에 있는데 지금도 이 지명을 쓰고 있습니다. 주나라 사람들은 문왕이 잡혀간 것을 보고는 주왕의 신하들을

통해 미녀와 훌륭한 말과 여러 가지 진기한 것들을 바치고 문왕의 석
방을 이끌어냈습니다. 주왕은 아주 기뻐서 문왕을 석방했을 뿐만 아
니라, 그를 서백(西伯)으로 임명하기까지 했습니다. '백(伯)'은 곧 수장
이라는 뜻으로, 동·남·서·북 각각의 방면의 제후들의 수장을 '백(伯)'
이라고 불렀지요. 서백은 곧 서쪽지방 여러 제후들의 수장이었던 것
입니다. 서백은 주왕이 계속해서 폭정을 휘두르면 백성들이 견뎌내
기 힘들 것이라고 생각했습니다. 특히 '포락지형'은 너무나도 잔인했습
니다. 그래서 낙서(洛西)지역의 땅을 바칠 테니 대신 잔혹한 형벌을 없
애달라고 요구했습니다. 이에 주왕은 자기가 이득을 봤다고 생각하고
흔쾌히 허락했습니다. 이 소식은 곧바로 퍼져나갔고, 두 사람의 인물
됨은 선명하게 비교 되었습니다. 하나는 갖은 형벌로 백성들을 괴롭히
는 우매한 군주이고, 다른 하나는 한마음으로 백성들을 생각하는 어
질고 너그러운 왕이었지요. 주나라는 고공단보 시절부터 도덕 전통을
널리 제창하여 민심을 얻고 있었지요. 사람들의 생각은 크게 다르지
않았습니다. 다들 덕행이 높은 사람을 좋아했던 것입니다.

　베이징시는 2008년 올림픽 개최권을 따낸 뒤 '인문올림픽(人文奧运)'
이라는 구호를 제기했습니다. '인문(人文)'이라는 단어는 최초에 『주역
(周易)』의 『분괘(贲卦)』에서 나오는 말입니다. 그 중에는 아주 좋은 말이
하나 있습니다. "천체의 운행법칙을 관찰함으로써 시절의 변화를 인지
하고, 윤리도덕에 주의를 기울임으로써 백성들의 행위가 문명예의에
맞도록 한다(观乎天文, 以察时变, 观乎人文, 以化成天下)"는 것입니다. 고대
농업사회는 하늘에 의지해서 먹고살았기에 천문을 알아야 했습니다.
『상(尚书)』의 제1편은 『요전(尧典)』인데 『요전』에서는 동·서·남·북 네 개

의 방위를 언급했습니다. 희화사자(羲和四子)[4]가 춘분과 하지, 추분과 동지의 정황을 관찰하고 사계절의 변화를 장악했지요. 그다음 계절에 의거하여 날씨를 예보함으로써 백성들이 농사철에 맞춰서 제때에 파종하고 수확하도록 했습니다. 이렇게 해야만 좋은 작황을 거둘 수 있었고, 따라서 사회도 안정될 수 있었기 때문입니다.

하지만 경제만 잘 경영한다고 해서는 한계가 있었습니다. 왜냐하면 사람은 동물과 달랐기 때문입니다. 사람들에게는 정신적인 고향이 있고, 사람들의 행위는 사상의 지배를 받게 되지요. 정신적인 문제를 제대로 해결하지 못하면 사람들이 풍족해지고, 배불리 먹어도 남모르는 걱정거리가 생기게 됩니다. 요즘도 마찬가지입니다.

주머니가 두둑한 사람들 가운데 적지 않은 사람들은 경제적으로는 부유하지만 정신적으로는 공허한 경우가 많습니다. 이들은 쓰고도 남을 정도로 돈이 많으므로 마카오에 도박하러 가거나 혼외 동거녀를 만들지요. 부유해지고 나서 인문(人文)의 방향을 잃어버린다면 사회에는 또 다른 문제가 생기게 되는데, 이 문제는 경제를 발전시키는 것보다 더 어려울 수도 있습니다. 따라서 인문에 주의를 기울일 필요가 있는 것입니다. 하늘을 관찰해야 할 뿐만 아니라 사람도 관찰해야 합니다. 우리 모든 사람들의 정신상태가 어떠한지, 무엇을 추구하는지, 무엇을 고려하는지, 무엇에 관심을 두는지 등에 주의를 기울여야 합니다. 유가에서는 백성들을 교육시켜야 할 필요성을 의식했지요. 공자의 사상 가운데는 "부이교지(富而教之)"라는 것이 있습니다. 『논어

---

4) 희화사자(羲和四子): 희씨(羲氏)와 화씨(和氏) 양가의 희중(羲仲)과 희숙(羲叔), 화중(和仲)과 화숙(和叔)을 이름. -역자 주

(论语)』에는 다음과 같은 내용이 있습니다. 공자와 그의 학생이 수레를 타고 위(卫)나라로 가고 있었습니다. 성문에 들어서니 사람들이 무리를 지어 움직이고 있었는데 사람 수가 아주 많았습니다. 경제도 발달했고요. 이에 공자는 "사람이 정말 많구나(庶矣哉)!"라고 감탄하게 됩니다. 그러자 학생이 물었지요. "선생님, 인구가 이렇게 많아진 다음에는 뭘 해야 할까요?" 공자가 대답했습니다. "부유해져야겠지(富之)." 만약 사람들이 먹고 입는 문제조차 해결하지 못한다면, 그 정신상태 역시 분명 좋아지지 못할 것입니다. 부유해진다는 것은 쉽게 말해서 사람들이 존엄이 있고 체면이 서는 생활을 하는 것입니다. 학생이 또 물었습니다. "그러면 부유해지고 나서는 뭘 해야 합니까?" 공자가 대답했습니다. "가르쳐야지(教之)." 이것이 바로 "부이교지(富而教之)"입니다. 윤리도덕에 주의를 기울임으로써 백성들의 행위가 문명예의에 맞도록 하려면(观乎人文, 以化成天下)" 사람들의 정신적 풍모를 부단히 제고시켜야만 하는 것입니다.

요즘 우리는 '관광(观光)'이라는 단어를 자주 사용합니다. 이 단어는 『주역(周易)』의 '관괘(观卦)'와 '효사(爻辭)'에서 유래했습니다. 원문은 관국지광(观国之光)입니다. 아래에 전고(典故)를 하나 이야기하도록 하겠습니다. 은나라 말, 주나라 초기에 각각 우(虞)와 예(芮)로 불리는 두 소국이 있었습니다.(재작년 우리가 산시성 한청(陝西韩城)에서 주나라 때의 유적을 발견했는데, 무덤에서 출토된 청동기에는 '예(芮)'라는 글자가 나옵니다. 따라서 일부에서는 예(芮)나라가 바로 이곳에 있었을 것으로 추정했지요) 이 두 나라는 경제의 발전과 더불어 새로운 땅을 개척할 필요가 생겼습니다. 하지만 난제가 하나 있었습니다. 두 나라의 중간지점에 귀속이 불분명한 땅이 있었는데, 쌍방이 서로 차지하

려 하면서 누구도 양보하려 하지 않았던 것입니다. 그렇게 수 년 동안
이나 다투다가 쌍방은 결국 당시 덕행이 높으며, 사심이 없고, 공정하
기로 유명한 문왕을 찾아가 시비를 따지기로 했습니다. 두 나라의 국
왕과 재상은 함께 날을 잡아 주나라로 향했습니다. 이들은 길에서 자
기들 나라에서는 볼 수 없는 정경들을 목격했습니다. 경작하는 사람
들은 개황(开荒, 땅을 개간함)을 하다가 중간 지점에 이르면 서로 양보
했고, 행인들은 서로 길을 양보했습니다. 또 조정이 이르러 보니 대신
들이 사사로운 이득을 위해 다투는 일이 없고 서로 양보했습니다.

이와 같은 정신적 풍모가 있는 것은 이 민족이 장시간에 걸친 도덕
적 교육을 받았기 때문이었습니다. 그중 문왕이 가장 좋은 본보기였
습니다. 문왕이 솔선수범하자 백성들 역시 도덕을 숭상하게 되었던 것
입니다. 여기에서 도덕은 일종의 예(礼)와 일종의 공경(恭敬)으로 체현
되고 있었습니다. 두 나라의 군주는 이러한 정경을 보고 아주 부끄러
워하면서 다음과 같이 말했습니다. "우리가 다투는 것은 곧 주나라 사
람들이 치욕으로 여기는 것입니다. 우리와 같은 소인배가 국왕의 자
리를 차지하는 것은 부끄러운 일입니다." 두 사람은 곧 되돌아가서 서
로 양보하면서 영토분쟁을 원만히 해결하게 됩니다. 역사적으로 이를
두고 "문왕이 우와 예의 분쟁을 해결하다(文王決虞芮之讼)"라고 말하고
있습니다. 우리는 고대의 지도에서 중간지점에 있는 이 땅을 확인할
수 있는데, 그 이름은 '간원(间原)'입니다.

문왕은 직접 나서지 않고서도 두 나라의 분쟁을 해결했는데, 이 일
은 천하를 진동케 했습니다. 곧바로 40여 개의 제후들이 그에게 귀순
을 청하면서 그에게 왕이 되어줄 것을 요청했습니다. 문왕은 아직 천
하를 얻지 못했다고 하면서 사절했지요. 이에 여럿은 다음과 같이 말

했습니다. "하늘의 명이 이미 당신의 몸에 있습니다. 당신의 영향력은 이미 직접 나서서 말하지 않아도 사람들이 어떻게 해야 함을 알 수 있을 정도로 큽니다." 이 때문에 서주(西周)의 역사를 연구함에 있어서 아주 특이한 문제에 직면하게 됩니다. 서주의 역사가 언제부터 시작되었냐 하는 것입니다. 일반적으로는 무왕(武王)이 은나라를 멸한 후부터 시작되었다고 하지요. 무왕은 은나라의 주왕을 뒤엎고 서주를 건립했기 때문입니다. 하지만 여러 해 동안 출토된 청동기에 새겨진 명문들을 보면 주나라의 역사는 문왕에서부터 시작되었음을 알 수 있습니다. 당시 주나라 백성들은 문왕이 아직 천하를 얻지 못했지만, 이미 천하의 3분의 2의 땅을 소유하고 있었으며, 민심의 향배는 이미 문왕에게로 쏠렸고, 다들 그를 왕이라고 생각하고 있었습니다. 여기에서 보다시피 주나라 사람들이 갑자기 기발한 아이디어가 떠올라 제례작악(制礼作乐)[5]을 한 것이고, 자기의 도덕적 전통을 고수했음을 알 수 있습니다. 또한 여기서 우리는 또 하늘은 결코 부패하고 부덕한 사람을 돕지 않는다는 교훈을 알 수가 있습니다. 은나라 사람들은 제사를 중시했습니다. 이들은 귀신에게 아첨하고 잘 보여야 한다고 생각하고 가장 좋은 물건들을 내놓았지요. 한 번에 수백 마리의 소나 양을 제물로 바치는가 하면, 수많은 사람들의 머리를 잘라 제물로 내놓기도 했습니다. 그렇게 하면 귀신들이 좋아할 줄 알았습니다.

하지만 하늘은 똑똑히 보고 있었고, 악행이 도를 넘으면 제거될 수밖에 없었습니다. 그래서 우리는 인문을 중시해야 합니다. 정호(程顥)

---

5) 제예작낙(制礼作乐): 예를 정하고 악을 만든다는 뜻으로 국가의 여러 규장제도를 제정함을 이름. - 역자 주

는 일찍이 다음과 같이 말했습니다. "요즘 사람들은 책 읽는 법을 모른다. 이를테면 『(论语)』를 읽는다고 할 때, 읽기 전에도 그 사람이고, 읽고 난 후에도 똑같이 그 사람이라면, 안 읽은 거나 마찬가지이다."[6] 이처럼 책을 읽는 것은 우리의 덕행을 높이는 일입니다.

민심을 얻는 자가 천하를 얻는 법입니다. 무왕이 은나라를 멸할 때 앞에 나서서 호소하지 않았음에도 800에 달하는 제후들이 스스로 맹진(孟津)에 모여들었습니다. 민심을 얻은 것입니다. 소식을 전해들은 주왕은 무예(牧野, 허난[河南]성 치(淇)현 서남쪽에 있는데, 아직도 무예라고 불리는 마을 이름이 있음)에 군사를 집결시켰습니다. 사서의 기록에 따르면 70만 대군을 동원했다고 합니다. 무왕의 경우 800제후가 있다고는 하지만, 사실상 그 병력은 10만이 채 안 되었습니다. 역량 대비가 너무나도 현저한 전쟁이었지요. 하지만 전쟁의 승패를 가름하는 결정적인 요인은 민심이었습니다. 주왕의 70만 대군은 싸울 의지가 없었습니다. 그들은 주왕을 위해 목숨을 바치려 하지 않았던 것이지요. 결국 은나라 군인들은 전장에서 창끝을 돌려 주나라 군사들과 함께 은나라 서울을 공략하였고, 대세가 다 한 주왕은 분신자살을 하고 맙니다.

은나라를 멸한 후 몇 해가 안 되어 무왕은 세상을 떠나게 됩니다.(연구한 바에 따르면 대략 4년으로 짐작되는데 이에 대해 사서에는 명확한 기재가 없습니다.) 당시 그의 아들 성왕(成王)은 아직 강보에 쌓인 어린애여서 천하를 통치할 수가 없었습니다. 그러자 멸망한 은나라의 귀족들이 은근히 반란을 시도하기 시작했습니다. 이에 무왕의

---

6) 즉 책을 읽고 난 후에도 변하지 않는다면, 그것은 책을 안 읽은 거나 마찬가지라는 뜻.

동생이며 성왕의 삼촌인 주공(周公)이 결연히 나서서 성왕을 보좌하고 섭정을 시작했습니다. 주공은 자격이나 경력을 놓고 보면 왕이 될 만한 여건을 충분히 갖추고 있었습니다. 하지만 지공무사(至公無私, 지극히 공평하고 사사로움이 없음-역자 주)한 그는 스스로 왕이 되기를 거부하고 위기상황을 타개해나가기 시작했습니다. 그는 "1년 만에 난을 평정하게 됩니다.(一年救乱)" 이 때의 난이 바로 관숙(管叔)과 채숙(蔡叔)의 난입니다. 그리고 "2년 만에 상(商)을 토벌합니다.(二年伐商)" 즉 반란을 시도하는 은나라 귀족과 유민들을 토벌한 것입니다. "그리고 3년 만에 엄(奄)을 평정하게 됩니다.(三年践奄)" 엄은 오늘날 산동(山东) 취푸(曲阜)에 위치하고 있는데 당시 그 곳에 왕이 되려는 자가 있어서 이를 평정한 것입니다. "4년 후에 제후제도를 제정하게 됩니다.(四年建侯卫)" 봉건제후에 관련된 일련의 제도를 완벽하게 수립한 것입니다. "5년 후에는 영으로 도읍을 옮기게 됩니다.(五年营成周)" 당시 주나라의 도읍은 호경(镐京)에 있었는데 동부에 자리 잡은 은나라 유민들과 아주 멀리 떨어져 있어서 관리하기가 어려웠습니다. 그래서 오늘날 뤄양(洛阳) 부근의 영(营)으로 도읍을 옮김으로써 동부지방에 대한 통제권을 강화하게 됩니다. 그리고 6년 만에 '제례작악(制礼作乐)'을 완성합니다. 제도적으로 전국적인 통치를 공고히 한 것입니다. 7년 뒤에는 성왕이 장성하게 되어 정권을 성왕에게 넘겨주고 자기는 계속해서 신하의 자리를 지키게 됩니다.

사진 11. 주공묘(周公庙)에는 "경천위지(经天纬地)"[7]라는 패방(牌坊)[8]이 있다.

---

7) 천위지(经天纬地): 하늘을 날줄로 삼고 땅을 씨줄로 삼는다는 뜻으로 천하를 경영하고 국정을 다스리는 능력이나 그런 능력을 지닌 인물을 이름.

8) 패방(牌坊) : 위에 망대가 있고 문짝이 없는 대문 모양의 중국 특유의 건축물. 궁전·능(陵)을 비롯하여 절의 앞면과 도시의 십자로 따위에 장식이나 기념으로 세운다. 지붕은 2~6개이며 지붕을 여러 층으로 얹는 것도 있다.

사진 12. 주공묘(周公庙)에는 '제례작악(制礼作乐)'이라는 패방(牌坊)이 있다.

　주공은 중국역사에서 아주 위대한 인물이며 그의 "제례작악(制礼作乐)이 중국역사에 미치는 의의는 지대합니다. 중국문화 발전의 기틀을 세운 것이라고 할 수 있는데, 도덕으로 나라를 다스리고, 예(礼)와 악(乐)으로 국가를 통치하는 것은 중국역사에 아주 원대한 영향을 미쳤습니다. 주나라의 제도와 전례(典礼)는 실상 모두 도덕을 위해 제정된 것입니다. 그래서 왕궈웨이(王国维) 선생은 다음과 같이 말했습니다. "그 취지는 상·하 모두를 도덕의 범주에 아우르려는 것이다.(其旨则在纳上下于道德)"라고 말했지요. 종교가 아닌 도덕으로 상·하를 한데 묶는 것입니다. 즉 "천자와 제후·경대부(卿大夫)·사(士)·서민 등을 하나의 도덕적 그룹으로 아우르는 것이 주공의 진의라고 할 수 있습니다."

칭화대학(淸华大学)에서 수업할 때 어떤 학생이 다음과 같이 질문을 한 적이 있습니다. "교수님, 고대 그리스의 신화를 보면 정말 너무 찬란하고 풍부합니다. 하지만 우리 중국의 신화를 보십시오. 정말 아무것도 아니지 않습니까?" 저는 반대로 이것이 바로 우리가 자긍심을 가져야 할 점이라고 생각합니다. 왜냐하면 은나라는 신화의 시대에 있었지요. 동시기에 속하는 고대 그리스 역시 신화의 시대에 있었습니다. 고대 그리스는 우리의 전국시기에 해당하는 시점에 이르러서야 신화의 시대에서 벗어나게 됩니다. 주나라 때부터 전국시기까지는 8세기가 넘는 오랜 시간을 지나게 되지요. 고대 그리스 신화가 8백여 년을 발전해왔다는 말이 됩니다. 하지만 우리 중국은 주나라 때에 이미 신(神)의 그늘에서 벗어나 신화의 시대를 마감하고 민본주의 역사시기에 진입한 것입니다. 중국의 민본주의 사상은 전 세계에서 가장 빨리 성숙되었는데 이는 아주 대단한 일입니다.

여러분은 기회가 되면 『상서(尚书)』를 한 번 읽어보십시오. 읽고 나면 눈앞이 환해지는 느낌이 들 것입니다. 『상서(尚书)』에는 「주고(酒诰)」라는 글이 있습니다. 주나라 사람들은 은나라 유민들의 반란을 진압한 뒤 능력이 가장 뛰어난 사람을 그 곳에 파견하여 제후를 맡아야 한다고 생각했습니다. 주공은 결국 자기의 동생 강숙(康叔)을 파견하여 진수(鎭守)하도록 했습니다. 떠나기 전에 주공은 강숙을 세 차례나 불러 훈계(训诫)했다고 합니다. 그 중 한 번의 훈계가 『상서(尚书)』에 완전히 기록되어 있습니다. 그것이 바로 위에서 언급한 「주고」입니다. 은나라 사람들은 술을 잘 마시기로 정평이 나 있었지요. 그래서 주공은 강숙에게 다음과 같이 당부했다고 합니다. "은나라가 어찌하여 폐허로 변했는지 아느냐? 바로 덕을 잃고 술주정을 하였기 때문이니라. 술판을 벌여서 그 악취가 하늘에까지 닿았으니 하늘이 어찌 벌을 내리지 않을 수 있겠느냐? 네가 그 곳에 가면 술주정을 해서는 안 되며, 평소에 제사가 없을 때에는 술을 마시지 말도록 하여라. 설령 제사를 지내더라도 상징적으로 조금만 마시도록 하여라." 은나라 사람들은 제사를 지낼 때 술 백여 단지를 늘어놓고 제사가 끝나면 전부 마셔버렸는데 늘 만취할 때까지 술을 마셨습니다. 반대로 주나라 사람들은 제사를 지내면서 술을 마시는데 대해서 규정을 했는데, 대부분의 경우에는 술잔에 입술을 대기만 하고 실제로는 마시지 않았습니다. 그래서 아침부터 저녁까지 종일토록 제사를 지내더라도 취하는 법이 없었지요. 이는 역사적인 교훈이라고 할 수 있습니다. 주공은 「주고」에서 또 다음과 같이 말했습니다. "사람은 모름지기 물을 거울로 삼아 자신을 비춰볼 것이 아니라, 백성들을 거울로 삼아야 한다.(人无于水监, 当于民监)" 동경(銅鏡)을 거울로 삼으면 옷차림을 단정히 할 수 있지요. 사람을 거울로 삼고 역사를 거울로 삼아야 하지 물을 거울로 삼아서는 안 되며, 백성들을 거울로 삼고 백성들이 느끼는 바를 득실을 가늠하는 하나의 거울로 삼아야 한다는 뜻인데, 이 얼마나 좋은 말입니까!

『상서』나 『좌전(左传)』을 보면 이처럼 백성을 첫 자리에 놓는 사상은 당시 중국 사상계에서의 주류 사상이었음을 알 수 있습니다.

『시경·문망(诗经·文王)』에서는 "천명은 일정하지 않다(天命靡常)"라는 말이 나옵니다. 천명이 늘 당신의 머리위에 고정되어 있는 것이 아니라는 것입니다. 당신이 안 되면 하늘의 의지는 전이(轉移)하게 되지요. 주공은 또 다음과 같은 말들을 했습니다. "하늘은 백성들의 눈을 통해서 본다.(天視自我民視)" 즉 하늘은 백성들의 눈을 통해서 무능한 관리와 탐관오리를 보고, 백성들이 보는 것을 하늘도 보게 됩니다. "하늘은 백성들의 귀를 통해서 듣는다.(天听自我民听)" 즉 백성들이 듣는 것이면 하늘도 그대로 듣게 된다는 것입니다. 또한 "백성들의 원하는 바를 하늘은 필히 이루어준다.(民之所欲, 天必从之)"고 했는데, 하늘은 백성들의 의지대로 실행한다는 것입니다. 백성들의 마음속에는 나름 대로 저울이 있습니다. 저는 이 점에 대해서 조금도 의심하지 않습니다. 린뱌오(林彪)와 '4인방(四人帮)'이 제멋대로 날뛸 때, 그들이 말로에 대해서 누가 예상이나 했겠습니까? 한 사람은 당장(党章)에까지 명시된 마오(毛) 주석의 공식적 후계자이고, 다른 한 사람은 퍼스트레이디였으니 말입니다. 백성들은 이들을 이를 갈며 증오했지만, 아무도 감히 건드릴 수가 없었지요. 하지만 세상일은 모르는 법입니다. 역사는 그만의 방식으로 백성들이 말하고 싶은 바를 말했고, 그들이 하고 싶은 일을 해주었습니다. 이것이 바로 "불의를 많이 저지르면 반드시 죽음을 자초하게 된다(多行不义必自毙)"는 것입니다.

2. 주공의 '제례작악(制礼作乐)'은 중국문화 소양의 기틀을 마련했다

왕징안(王静安) 선생은 다음과 같이 말했습니다. "은나라와 주나라의 흥망은 곧 유덕함과 무덕함의 흥망이다.(殷周之兴亡, 乃有德与无德之兴亡)" 중국문화의 도덕과 이성(理性)을 바탕으로 한 것은 주나라 때부터 시작되었습니다. 바로 "낡은 제도가 폐지되고 새 제도가 흥하게 된 것입니다.(旧制度废而新制度兴)" 주공이 주나라를 다스림에 있어서의 방략은 "만세의 치안대계에서 비롯된 것인데, 그 계략과 기세는 후세의 왕들이 꿈에서조차 미칠 수 없는 것.(乃出于万世治安之大计, 其心术与规摹, 迥非后世帝王所能梦见也)"이었습니다. 이는 하나의 혁명적인 변혁입니다. 저는 왕징안 선생의 관점을 절대적으로 지지합니다.

주나라 후기에 예(礼)가 붕괴되고 악(乐)이 파괴된 데에는 여러 가지 원인이 있습니다. 천자는 이미 유명무실하게 되었고, 위망을 잃었습니다. 반대로 제후들이 병립하게 되었는데, 얼마 안 되어 제후들도 몰락하고 배신(陪臣)들이 흥기하여 제후를 조종하게 됩니다. 그리하여 사회는 극도의 혼란 속에 빠져들게 되지요. 그럼에도 불구하고 주공의 사상은 지식인 계층에서 여전히 계승되었습니다. 아래에 『좌전』의 몇몇 기록들을 살펴보도록 합시다.

『좌전』이 이야기를 서술할 때는 항상 주공의 사상을 언급합니다. 『좌전』은 『춘추(春秋)』를 주해(注释)한 것입니다. 『춘추』는 노나라(鲁国) 12명의 왕과 200여 년의 역사를 기록한 것인데, 그 중 첫 번째가 바로 노은공(鲁隐公)입니다. 노은공은 어느 날 당(棠)이라는 곳에 갔다가 사람들이 물고기를 잡는 것을 보고 앞으로 다가가서 보려 했습니다. 이때 누군가가 나서서 큰소리로 다음과 같이 권고했습니다. "당신은 일국의 제후인데 왜 이런 하찮은 것을 보시려 합니까? 제후는 제후로서 해야 할 일이 따로 있습니다. 당신은 당신에게 속하지 않는 일을 해서는 안 됩니다." 하지만 노은공은 끝끝내 보기를 고집했습니다. 그리하여 『춘추』에서는 이 일을 다음과 같이 기록하였습니다. "5년이 되는 해 봄에 노은공은 당이라는 곳에서 물고기를 잡는 것을 구경하면서 즐겼다.(五年, 春, 公矢鱼于棠)" 이는 역사서에서 천고의 웃음거리로 되었습니다. 사람들은 이로부터 그가 집정함에 있어서 남들의 권고를 듣지 않는 무능한 제후였음을 알게 되었지요.

『좌전』의 희공(僖公) 4년 조에는 다음과 같이 기록하고 있습니다. "가을에 제나라 등이 진나라를 공격했다. 그 이유는 진나라가 제나라에게 불손했기 때문이다. 허목공(许穆公)이 전쟁에서 죽었는데 제후의 예로써 장례를 치렀다. 이는 예의에 맞는 일이다.("秋, 伐陈, 讨不忠也, 许穆公卒于师, 葬之以侯, 礼也)" 당시에 제후들이 조회(朝会)에서 죽으면 한 등급 올려서 장례를 치러줬고, 주나라의 천자를 위해 싸우다 죽으면 두 등급 올려서 장례를 치러줬다. 허목공은 "왕의 일 때문에 죽었기에" 두 등급 올려서 장례를 치른 것이다. 두 등급 올려서 치르는 장례는 관복을 입혀 납관할 수 있었다.

문공(文公) 6년에서는 다음과 같이 기록하고 있다. "윤달에 태묘(太庙)의 고삭(告朔)[9]의례를 치르지 않았는데 이는 예의에 어긋나는 일이다. 윤(闰)은 세시(岁时)의 오차를 조정하기 위한 것이다. 사계절에 따라 농사일을 안배하였기에 절기에 오차가 없도록 하는 것은 백성들이 풍족하도록 하기 위한 것이다. 즉 이는 백성들이 온전한 삶을 영위하도록 하는 방법이다. 그런데도 고삭 의례를 치르지 않으니 이는 곧 정사(政事)의 시령(时令)을 어긴 것이다. 그러할진대 어떻게 백성들을 다스릴 수 있다는 말인가?(闰月不告朔, 非礼也, 闰以正时, 时以作事, 事以厚生, 生民之道, 于是乎在矣, 不告闰朔, 弃时政也, 何以为民?)"

이처럼 『좌전』은 그 서술 뒤에 늘 군자(君子)의 평론이 뒤따랐습니다. 한 가지 역사사건에 대한 평론은 통상 "예의에 맞다(礼也)"와 "예의에 맞지 않다(非礼也)"로 나뉘었지요. 예의에 맞지 않다는 것은 도덕이 없다, 즉 도덕적 이성에 부합하지 않는다는 것입니다.

"예는 곧 이치이다.(礼也者, 理也)"라는 말이 있지요. 즉 예는 도덕적 이성에 부합되는 규정이라는 말입니다. 『악기(乐记)』에서는 또 "예

---

9) 고삭(告朔): 주(周)나라 때 제후(諸侯)들이 매월 초하루마다 선조의 사당에 고하고 역(曆)을 얻던 일. - 역자 주

는 대체할 수 없는 이치이다.(礼也者, 理之不可易者也)"라는 말이 있습니다. 『좌전』의 문공(文公) 18년 조에서는 다음과 같이 기록하고 있습니다. "선군이신 주공은 주나라의 예의를 제정하면서 다음과 같이 말했다. 예는 덕을 감독하기 위한 것이고, 덕은 올바른 처세를 위한 것이며, 처세함에 있어서 필히 공을 이루어야 하고, 공을 이루는 것은 곧 백성들을 부양하기 위한 것이다.(先君周公制周礼曰, '则以观德, 德以处事, 事以度功, 功以食民)" 여기서 '칙(则)'은 규칙이나 규범, 즉 예를 뜻하는 것입니다. 사람이 만약 덕이 없다면 곧 예가 없는 것입니다. 덕은 추상적인 것입니다. 따라서 이 추상적인 것을 우리의 내면에 주입시켜 실체화하기 위해서는, 먼저 이 도덕적인 것을 여러 개의 규범으로 세분화해야 합니다. 이를테면 효도하고, 성실해야 하며, 의리가 있어야 하고, 예의를 지킬 줄 알아야 하며, 겸손하고 공경할 줄 알아야 하는 것 등입니다. "덕이처사(德以处事)"는 우리가 하나하나의 일들을 처리함에 있어서 반드시 덕을 실행해야 한다는 것입니다. 또 "사이도공(事以度功)"은 기왕 일을 시작했으면 그 성공을 위해 열심히 노력해야 한다는 말이고, "공이식민(功以食民)"은 일을 성사시켜야 백성들을 먹여 살릴 수 있다는 말입니다.

춘추시기에 숙향(叔向)이라는 아주 유명한 사상가가 있었습니다. 그는 다음과 같이 말한 적이 있습니다. "충신은 예의 기요, 비양은 예의 종이다.(忠信, 礼之器也, 卑让, 礼之宗也)" 『좌전』의 소공 2년(昭公二年) 조에 나오는 말입니다. 충신(忠信)은 예의 기물(器物)입니다. 충과 신은 모두 예라는 주제를 표현하지요. 예양(礼让)은 곧 겸양(謙讓)을 뜻합니다. 예는 궁극적으로 말하면 떠벌리지 않고 겸허하며 다른 사람을 존중하는 것이라고 할 수 있지요. 숙향은 또 다음과 같이 말했습니다.

"예는 정치의 수레이다.(礼, 政之輿也)"『좌전』의 양공 21년(襄公二十一年)에 나오는 말입니다. '여(輿)'는 수레를 뜻하는 말입니다. 만약 좋은 이념 하나를 국가적으로 보급하고 시행하려면 어디에 의탁해야 할까요? 예에 의탁해야 합니다. 예는 수레와도 같아서 치국의 이념을 곳곳으로 실어 나르게 됩니다. 그렇게 모든 사람들이 다 예의를 알게 해야만 그 나라를 잘 다스릴 수 있는 것입니다. 숙향은 또 다음과 같이 말했습니다. "예는 곧 왕이 지켜야 할 큰 도리이다.(礼, 王之大经也)"『좌전』의 소공 15년(昭公十五年)에 나오는 말입니다. 군주가 천하를 다스리기 위해서 가져야 할 가장 중요한 덕목이 바로 예를 알아야 하는 것입니다. 맹헌자(孟献子, 맹희자[孟僖子], 자대숙(子大叔) 등은 모두 걸출한 사상가입니다. 맹헌자는 다음과 같이 말했습니다. "예는 곧 신체의 줄기이고, 경은 신체의 기본이다.(礼, 身之干也 ; 敬, 身之基也)"『좌전』의 성공 13년(成公十三年)조에 나오는 말입니다. 예를 배우지 않으면 바로설 수 없습니다. 예는 나무의 줄기와도 같습니다. 그러니 예를 모르고 어찌 바로설 수 있겠습니까? 사람이 존경하는 것을 배우지 못하면, 집에서는 부모에게 효도할 줄 모르게 되고, 학교에서는 선생님을 존경할 줄 모르게 되며, 나중에 사회에 나가 타인을 존경할 줄 모르게 되지요. 상대를 존경할 줄 모르면 결국 상대의 존경을 받지 못하게 됩니다. 맹희자도 다음과 같이 말했습니다. "예는 곧 사람의 줄기이다. 따라서 예가 없으면 바로설 수 없다.(礼, 人之干也, 无礼, 无以立)"『좌전』의 소공 7년(昭公七年)조에 나오는 말입니다. 자대부 역시 다음과 같이 말했습니다. "예는 곧 하늘의 도리이고 땅의 이치이며 백성들이 지켜야 할 규범이다.(夫礼, 天之经也, 地之义也, 民之行也)"『좌전』의 소공 25년(昭公二十五年)조에 나오는 말입니다. 이들 모두 예는 불변의 진리로서 사람들이 마땅히 알고 지켜야 하는 것이라고 했습니다.

서방 사람들은 종교로써 사람들의 마음을 관리하고 사회를 관리하고 하느님을 빙자하여 영혼을 관리했습니다. 하지만 중국 사람들은 도덕에 의거했지요. 2천여 년 동안 도덕과 공리(公理)는 우리 사회의 영혼이었습니다. 만약 종교도 없고 도덕도 없었더라면 사람은 짐승과 별 차이가 없었을 것입니다. 아주 끔찍한 일입니다. 제가 이처럼 대량의 고문들을 인용한 것은, 극도로 혼란스러웠던 춘추시대에도 사람들은 주공의 '제례작악(制礼作乐)'에서 규정한 도덕과 예식의 원칙을 시종일관 잊지 않고 있었다는 점을 설명하기 위한 것입니다.

3. 동주(东周)가 예악의 시대에 진입하다

은나라는 신을 숭배하던 시대였습니다. 모든 활동들은 귀신을 공경하기 위한 것이었지요. 서주(西周) 시대에 이르러 주공이 '제례작악(制礼作乐)'을 실시하면서 예의 시대에 진입하게 되고, 제도로써 사회를 관리하게 됩니다. 춘추시대에 이르러서, 특히 공자가 속해있던 시대에는 예악이 파괴되고 사회는 일대 혼란을 겪게 됩니다. 『사기(史記)』의 마지막 편은 「태사공자서(太史公自序)」라는 글입니다. 여기에서 사마천(司馬遷)은 『사기(史記)』를 저술하게 된 경위를 설명하고 있습니다. 그는 자기의 아버지 사마담(司馬談)에 대해서 이야기하고 역사에 대한 자기의 관점을 이야기했는데, 그 가운데 아주 유명한 한 마디가 있습니다. 200여 년 동안의 춘추시대에 "36명의 왕이 살해당하고 52개의 왕국이 멸망했으며, 제후가 쫓겨나고 왕이 종묘사직을 지키지 못하는 일이 부지기수였다. "(弑君三十六, 亡国五十二, 诸侯奔走不得保其社稷者, 不可胜数)" '시(弑)'자는 당시에 특별히 만들어낸 글자입니다. 일반적인 '살해'를 뜻하는 게 아니라, 아들이 아버지를 죽이고 동생이 형을 죽이며, 대신이 자기의 군주를 죽이는 것을 뜻합니다. 정권을 빼앗기 위해 이처럼 잔인한 일들을 벌인 것입니다. 춘추시대는 난세였습니다. 수많은 전쟁이 벌어졌지만 정의를 위한 전쟁은 하나도 없었지요. 그래서 맹자(孟子)는 "춘추에는 의로운 전쟁이 없다.(春秋无义战)"고 말했습니다. 그렇다면 사회의 출로는 어디에 있었을까요? 예악제도가 붕괴되었으니 어떻게 했단 말입니까? 그 시기에 현재로서는 도저히 이해하기 어려운 많은 일들이 벌어졌는데 도덕의 몰락은 극에 달했습니다. 우리는 『춘추(春秋)』, 『좌전(左传)』을 보면 엄마와 아들이 간통하고, 시아버지와 며느리가 간통하는 등 금수보다도 못한 파렴치한 행위들이 스스럼없이 벌어졌음을 알 수 있습니다. 그래서 공자나 맹자 같은 사람들은 문화적으로 아주 깊이 우려하고 있었지요. 공자는 다음과 같이 말했습니다. "사람은 금수와 같이 놀아서는 안 된다.(人不可以与鸟兽同群)" 그대로 나아가면 금수와 똑같이 될 게 아닙니까? 사람들이 어렵게 동물에서 벗어났는데 다시 돌아간다면 말이 안 되는 것이지요. 맹자도 다음과 같이 말했습니다. "사람이 금수와 다른 점은 몇 가지가 되지 않는다.(人之所以异于禽兽者几希)" 다만 몇 가지 예의를 지키느냐 안 지키느냐는 차이입니다. 하지만 일부 사람들은 의식적으로 혹은 무의식적으로 이러한 차이를 지워버리려고 합니다.

　역사는 후퇴하지 않습니다. 공자는 거듭해서 말했습니다. 하나라와 은나라와 주나라 3대 문명에서 가장 찬란하고 아름다운 시대는 주공의 시대였습니다. 공자는 꿈에서 자주 주공을 만났는데, 그를 아주 대단한 인물로 인정했습니다. 일련의 예악제도를 건립했으며 대공무사했기 때문입니다. 하지만 현실사회의 사람들은 권력쟁탈을 하느라 사회를 끝없는 혼란 속에 빠뜨리고 있었습니다. 따라서 공자는 생전에 여러 나라를 주유하면서 여러 제후들에게 인정(仁政)을 실시할 것을 권하였지요. 하지만 아무도 그의 관점을 받아들이려 하지 않았습니다. 도처에서 벽에 부딪치다가 말년에 이르러서 예악이 파괴되고 문헌들이 유실되었음을 한탄한 공자는 마음을 다시 잡고 문헌을 정리하고 후학들의 교육에 힘을 쏟게 됩니다.

저는 공자가 세상을 떠난 뒤 유학은 정지하거나 후퇴하지 않았을 뿐만 아니라, 오히려 유학 붐이 일어났다고 생각합니다. 여기에서 두 사람을 언급하려고 합니다. 한 사람은 공자의 손자 자사(子思)입니다. 그에게는 많은 신도들이 있었는데 후세 사람들은 자사학파(子思学派)라고 불렀습니다. 그는 심성지학(心性之学)을 창립하고 사람들의 마음속으로부터 예(礼)가 존재하는 합리성을 찾으려 했습니다. 그 대표적인 성과가 바로 『중용(中庸)』과 『성자명출(性自命出)』입니다. 1990년대 초 후베이(湖北)성 징먼(荊門)에서 고분이 발견됐습니다. 이미 도굴을 당한 뒤라 얼마간의 죽간(竹簡)만 남았지요. 이 죽간들은 2천여 년 동안 물속에 잠겨있었는데 탈수처리를 하고 보니 위에는 이미 실전(失傳)되었던 대량의 문헌들이 기록되어 있었습니다. 그 가운데 『성자명출(性自命出)』이 있었습니다. 연구 결과 이는 자사학파의 한 작품이라는 것이 밝혀졌는데, 거기에는 '(天)'·'(命)'·'(道)'·'(情)'·'(性)'·'(志)' 등 일련의 개념들이 언급되어 있었습니다. 이러한 개념들은 송대(宋代)에 이르러 송명리학(宋明理学)으로 발전하게 됩니다. 자사(子思)에서부터 시작하여 예(礼)는 제도적인 측면으로부터 학술적인 측면에로 옮겨지게 되는 것이지요. 다른 한 사람은 공자의 수제자 자하(子夏)입니다. 그는 음악의 이론을 창립했습니다. 『예기(礼记)』에는 「악기(乐记)」라는 글이 있는데 이것이 바로 그의 대표작이라고 할 수 있습니다. 그는 당시 유가 음악이론의 최고 수준을 대표하고 있었습니다. 이 두 사람의 이론이 합쳐져서 공자 사후에 엄격한 의미에서 말하는 학술의 전당에 오를만한 학술성과를 대표했다고 할 수 있습니다. 즉 예악문화(礼乐文化)가 그것인데, 간단히 말해서 '예(礼)'라고 할 수 있습니다. 따라서 공자 사후에 '예(礼)'가 하나의 새로운 사조로서 부상하게 되는 것입니다.

4. '예'는 중국문화의 특수성을 보여주는 상징이다

우리는 흔히 동방문화와 서방문화를 언급하는데, 동서방 문화의 근본적인 차이점에 대해서 고민해본 사람은 거의 없습니다. 앞에서도 언급했듯이 서방문화는 종교문화에 그 기원을 두고 있습니다. 하지만 동방문화는 종교문화가 아니라 인문정신을 기본 줄거리로 하고 있습니다. 이는 하나의 근본적인 차이점입니다.

서방문화에서는 인성을 악한 것이라고 인정합니다. 아담과 이브가 하느님의 충고를 듣지 않고 선악과를 훔쳐 먹습니다. 그리하여 하느님은 두 사람을 쫓아내게 되는데 그러고도 화가 풀리지 않아 더 엄하게 징벌하기 위해 계약을 하나 합니다. 즉 그들이 낳은 자손들은 대대손손 태어날 때부터 영혼 속에 악마와 사탄을 내재하도록 했는데, 이 사탄은 그들의 마음속에 숨어서 나쁜 짓을 하도록 부추기게 한다는 것입니다. 따라서 지속적으로 하느님한테 기도를 해야 합니다. 그렇지 않으면 갖은 악행을 저지르는 악마로 변하게 되고, 종극에는 지옥에 떨어진다는 것입니다. 따라서 서양 사람들은 종교에 의탁하여 구원을 얻고 해탈을 얻으려고 하는 겁니다.

중국에는 구세주가 없습니다. 중국문화는 일반적으로 인성을 선한 것으로 간주하는 경향이 있습니다. 사람은 태어나면 교육을 받을 수가 있습니다. 그럼으로써 사람들의 영혼은 부단히 승화하게 되지요. 왜냐하면 사람의 생명 속에는 인(仁)·의(义)·예(礼)·지(智) 등 네 개의 선단(善端)이 있기 때문입니다. 사람들의 이러한 선단(善端)은 타고난 것으로, 동물에게는 없는 것입니다. 따라서 동물들은 영원히 교육을 할 수가 없습니다. 사람이 사람으로 될 수 있는 이유는 선량한 본성을 타고났기 때문입니다. 다만 사회생활을 오래 하게 되면 이러한 본성에는 먼지가 쌓이게 됩니다. 따라서 천천히 먼지를 털어내고 선량한 본성을 배양하고 성장하도록 해야 하는 것입니다. 이것이 한 가지 견해입니다. 다른 한 가지 견해는 사학계의 거두 첸무(钱穆) 선생이 말한 것입니다. 첸무 선생은 1949년에 홍콩으로 갔습니다. 당시 홍콩정부는 대학교 하나만 비준해줬습니다. 바로 홍콩대학입니다. 다른 대학교의 설립을 아예 허용하지 않았기에 첸무 선생은 부득불 서원(書院)을 설립하게 됩니다. 신아서원(新亚书院)을 설립하여 17년 동안 운영하게 되는데 나중에 여러 가지 원인으로 폐업하게 됩니다. 그 후 선생은 타이베이(台北)로 건너가게 되지요. 타이베이에 간지 얼마 안 되어 미국의 한 학자가 그를 방문하게 되는데, 첸무 선생에게 중국문화에 대해 이야기해달라고 요청합니다. 이에 첸무 선생은 중국문화의 요점만을 잘 집어서 한차례 훌륭한 강의를 하게 되지요. 나중에 이 미국학자는 이 대화 기록을 잘 정리해서 『한차례의 중국문화 수업(一堂中国文化课)』이라는 제목으로 출판하게 되는데 큰 반향을 불러일으켰습니다.

첸무 선생은 다음과 같이 말했습니다. "중국문화의 핵심은 '예(礼)'인데 서방의 언어에는 '예'에 해당하는 동의어가 없습니다." 서방 언어에는 '예'에 대응하는 단어가 없습니다. 서방문화에서의 이른바 '예'는 넥

타이를 매고 매니큐어를 칠하는 따위 등입니다. 이런 것들은 16-18세기에 베르사유 궁전에서 귀족들의 고상한 신분을 나타내기 위해 고안해낸 것인데 그 전에는 없었던 것들입니다. 저는 파리에 한 달 정도 머문 적이 있습니다. 당시 80여 세에 달하는 아주 유명한 한학자(汉学家)가 나한테 글 몇 편을 선물했습니다. 그 중 한 편의 글의 서두는 다음과 같은 말로 시작되었습니다. "서방은 종교와 법률로써 사회를 다스리지만 중국 사람들은 다르다. 중국 사람들은 '예'로써 사회를 다스린다." 당시 저는 서양의 학자들도 첸무 선생의 이런 관점에 동의하는구나 하고 감탄했었습니다. 나중에 조사해보니 탕쥔이(唐君毅)·수푸꽌(徐复观) 등 1930·40년 대의 많은 학자들이 이러한 관점을 가지고 있었습니다.

첸무 선생은 계속해서 다음과 같이 말했습니다. "'예'는 전체 중국인 세계에서의 모든 풍속과 행위의 준칙으로 중국의 특수성을 상징합니다. 서방에는 '예'라는 개념이 없습니다. 그래서 서방은 풍속의 차이로 문화를 구분합니다. 마치 문화란 그것이 미치는 지역의 각종 풍속 습관의 종합인 것처럼 말입니다." 이는 아주 정확한 말입니다. 우리가 유럽에 가면 며칠 사이에 여덟 개 국가를 여행할 수 있습니다. 하지만 중국에서는 같은 시간 내에 여덟 개 성(省)을 여행하기도 힘듭니다. 유럽에는 작은 나라가 많기 때문입니다. 이를테면 바티칸이나 모나코가 그렇지요. 서양 사람들의 관점에서는 방언과 풍속이 다르면 서로 다른 국가입니다. 하지만 중국에서는 이렇게 구분할 수 없습니다. 장쑤(江苏)성만 보더라도 북쪽지역과 남쪽지역의 방언과 풍속은 전혀 다릅니다. 광동(广东)성에는 커자 말(客家话)·차오저우 말(潮州话)·광동 말(广州话) 등 서로 다른 갈래의 방언이 있습니다. 푸젠(福建)성의 말도 아주 복잡합니다. 특히 헤이룽장(黑龙江)성과 하이난(海南)성의 방언이나 풍속습관은 판이하게 다릅니다. 하지만 중국은 수천 년 동안 내려오면서도 통일을 유지하고 있습니다. 왜냐하면 중국문화는 방언과 풍속의 위에 있기 때문입니다. 더 높은 곳에 있는 것, 그것이 바로 공동의 도덕적 이성의 구현 즉 '예'입니다. '예' 하나로 대강남북(大江南北)과 황허상하(黄河上下)의 중국인들이 하나로 묶여있습니다. 또한 '예'의 차원에서 서로 일치한 동질감을 형성하게 된 것입니다. 따라서 서방은 나라도 작고 백성도 적지만 중국은 이렇게 크면서도 분열되지 않았습니다. 한동안 분열되었더라도 바로 다시 합치게 됩니다. 오래 갈라지면 필히 합치게 되고, 오래 합쳐있으면 필히 갈라지는 국면을 형성한 것입니다. 왜냐하면 우리는 시종 하나였기 때문입니다. 문화적 동질감으로 엮여진 하나였는데, 이는 서양 사람들이 이해하기 힘든 것입니다.

쳰무 선생은 또 다음과 같이 말했습니다. "중국의 어느 곳에 있든 '예'는 한가지입니다. '예'는 한 가족의 준칙입니다. 생사와 혼인 등 일체의 가무를 관리하는 준칙입니다. 마찬가지로 '예'는 또 정부의 준칙이기도 합니다. 정부의 일체 내무와 외교를 관리하는 준칙입니다. 이를테면 정부와 백성들 사이의 관계, 징병과 계약 체결과 권력 승계 등 많은 것을 포함합니다. 중국문화를 이해하기 위해서는 이렇게 하지 않으면 안 됩니다. 왜냐하면 중국문화는 풍속습관과 다르기 때문입니다." 지금 적지 않은 사람들은 예속(礼俗)에 대해 이야기하는데 기실 '예'는 '예'이고, '속(俗)'은 '속'으로 서로 다른 것입니다. '속'은 일종 생활 습속입니다. 이를테면 설날에 탕위안(汤圆)을 먹는 것이냐, 교자(饺子)를 먹을 것이냐, 폭죽을 터트릴 것이냐, 문신(门神)을 붙일 것이냐 등이 그것입니다. 이러한 것들은 풍속입니다. 탕위안은 먹어도 되고 안 먹어도 됩니다. 문신도 붙여도 되고 안 붙여도 되며, 폭죽 역시 터트려도 되고 안 터트려도 됩니다. 풍속은 습관이 굳어진 것입니다. 하지만 '예'는 다릅니다. '예'는 여러 사람들이 준수해야 하는 것이고 도덕을 체현하는 것입니다. 베이징지역 사람들은 상대를 심하게 욕할 때 "덕이 모자라다(缺德)"라는 말을 사용합니다. 더 심하게 욕할 때에는 "여덟 대에 걸쳐서 덕이 모자라다(缺八輩子德)"는 말을 쓰기도 하지요. 그 뜻은 즉 "덕(德)이 없으면 사람이 아니다"라는 말입니다. 따라서 쳰무 선생은 아래와 같이 말했습니다. "중국문화를 이해하기 위해서는 더 높이 서서 중국의 마음을 봐야 합니다. 중국문화의 핵심사상은 '예'입니다."

내가 보기에 '예'는 적어도 중국문화의 네 개 방면을 관통하고 있습니다.

첫째는 사람과 자연의 관계입니다. 사람은 대자연에 의지하지요. 춘추전국 시기에는 인구가 지금에 훨씬 못 미쳤지만 자연자원은 지금보다 더 풍부했습니다. 당시 사람들은 벌써 대자연과 공존해야 하며 자연을 파괴하는 것은 스스로를 훼멸시키는 것임을 의식했습니다. 그렇다면 사람들은 어떻게 자연과 조화롭게 지내야 할까요? 『예기(礼记)』에는 『월령(月令)』이라는 글이 있습니다. 나중에 나온 책력(黄历)에 해당하는 것입니다. 그 안에는 월별로 일월성신의 운행규칙, 기상(气象)과 물후(物候)의 변천주기, 동물과 식물의 생장규율이 들어있으며, 사회생활의 각종 규범이 들어있습니다. 이를테면 어느 달에는 어떤 꽃들이 피고, 어떤 철새들이 돌아오며, 어떤 벌레들이 울기 시작하고, 하늘의 별은 어떠하며, 새들은 언제 번식을 시작하며, 그 시기에는 새둥지를 들추지 말아야 하며, 새끼를 밴 동물을 잡지 말아야 한다는 것

등입니다. 이러한 것들을 모두 일종의 '예'의 형식으로 규정했는데, 매달마다 생태계 보호를 위해 해야 할 것들을 사람들에게 알려주고 있습니다. 몇 년 전에 고고학자들은 깐쑤(甘肃)성에서 유적을 하나 발굴했는데 넘어져 있는 벽을 발견했습니다. 그 벽을 세워보니 『예기(礼记)·월령(月令)』의 내용이 기록되어 있었습니다. 그 가운데 3월은 새들이 발육하고 교배하는 시기이니 잡거나 먹지 말아야 하며, 이 시기에 나무는 어느 정도 자라며, 나무들이 잘 자라도록 산을 봉하고 채벌하지 말아야 한다는 등의 내용들이 있었습니다. 보다시피 사람과 자연의 조화에 대해 우리의 조상들은 벌써부터 의식하고 있었을 뿐만 아니라 제도와 법규의 형식으로 세상의 백성들에게 일러주었습니다.

둘째는 정부와 민중이 관계입니다. 저의 박사논문은 유가의 경전 『주례(周礼)』를 연구한 것입니다. 『주례(周礼)』는 관제(官制)를 이야기한 것입니다. 즉 정부의 관제는 어떻게 설립하고, 매 관직마다 어떤 일을 관할하느냐 하는 것이며, 매 부문과 매 관원들이 어떻게 도덕적 이성에 맞는 정책을 취하느냐 하는 것입니다. 타이완의 유명한 철학가 팡동메이(方东美)는 일찍이 다음과 같이 말했습니다. "『주례(周礼)』는 중국 고대에서 가장 훌륭한 하나의 헌법이었다." 그 속에는 백성들을 어떻게 관리할지에 대해 잘 기록하고 있습니다. 백성들이 잘못을 저질렀다고 해서 은나라의 주왕처럼 제멋대로 혹형을 내려서는 안 된다고 했습니다. 초범일 경우에는 교육을 실시하며, 교육으로 안 되어도 감옥에 보내지 말고, 돌덩이를 찾아서 그 위에 서있도록 하게 한다는 것입니다. 이를 '치욕형(耻刑)'이라고 합니다. 치욕을 줘서 회개하도록 하는 것입니다. 사람들은 잘못을 저지르면 돌덩이 위에 서 있어야 한다는 것을 다 압니다. 그래서 지나다니는 사람들한테 보이게 되면 스스로

부끄러워지고 반성하게 되고 새 사람으로 거듭나는 것입니다. 『주례(周礼)』에는 이런 내용들이 아주 많은데 되도록 인간 친화적 정책을 펼치려 했음을 엿볼 수 있습니다. 서주(西周) 이래에는 민본사상을 아주 중시했습니다. 맹자는 다음과 같이 말했습니다. "백성이 가장 귀하고, 사직이 그 다음이며, 군주는 가장 가볍다.(民为贵, 社稷次之, 君为轻)" 백성이야말로 가장 중요한 것입니다.

셋째는 사람과 사람의 관계입니다. 우리는 조화로운 사회를 건설하려 하고 있습니다. 그렇다면 어떻게 하면 사람들 사이의 관계를 조화롭게 할 수 있을까요? 저는 한국 유학생 한 명을 받은 적이 있습니다. 중국에 와서 공부할 수 있기를 바라마지 않던 친구였습니다. 그는 한국의 예의는 모두 중국에서 전해진 것이라고 여기면서 중국에 오면 더 많은 예의를 배울 것이라고 생각했지요.(한국이나 일본과 같은 나라들에서는 예의를 잘 아는 것을 교양이 있는 걸로 간주하고 있습니다.) 하지만 결과는 예상 밖이었습니다. 예의를 찾아볼 수 없었을 뿐만 아니라 학우들 사이에 깍듯하게 인사하는 것도 찾아보기 힘들었지요. 비록 그 스스로는 "안녕하세요.", "선생님 안녕하세요."라고 인사하는 걸 잊지 않았지만, 얼마 안 되어 자기만 남들과 다르다는 것을 인지하게 됐습니다. 그렇게 시간이 흐르면서 그 친구 역시 동화되고 말았습니다. 하지만 선생님을 만나면 경례하는 한 가지만은 끝까지 고수했습니다. 2년 뒤 한국에서 온 동문 선배들이 다들 그를 보고 변했다고 말했는데, 이 때문에 그는 아주 상심해했습니다. 사람과 사람 사이에 만나서 반갑게 인사하는 것은 윤활제와도 같은 역할을 합니다. 그렇게 함으로써 서로 존중받는 느낌을 받게 되는 거지요. 사람과 사람 사이에 예가 있는 것과 없는 것은 아주 큰 차이가 있습니다. 조화로운 사회를 건설하기 위해서 가장 기본적인 것은 '예'입니다. '예'가 없이는 조화로울 수가 없는 것입니다.

넷째는 사람 스스로의 신체와 마음의 관계입니다. 사회가 조화로우려면 우선 사람들 자신의 몸과 마음이 조화로워야 합니다. 이는 조화로운 사회의 기초입니다. 그렇다면 신체와 마음은 어떻게 조화를 이룰 수 있을까요? 바로 '예'로써 '수신(修身)'하는 것입니다. 『논어』, 『대학』, 『중용(中庸)』, 『맹자』 등에서 언급한 주요한 내용은 모두 '수신'에 관한 것입니다. 어떻게 '수신'할 것인지에 대해서는 "예로써 수신한다(修身以禮)"라고 아주 명확하게 얘기했지요. '예'는 곧 우리들을 '수신'하도록 하는 것입니다.

'예'는 사람이 동물과 다른 근본적인 표식입니다. 사람과 동물 사이의 근본적인 구별은 무엇일까요? 바꾸어 말하면 인간은 스스로를 어떻게 정의해야 할까요? 철학자들의 말을 빌리면, 모든 철학은 한 가지 문제로 귀결됩니다. 즉 "사람은 도대체 무엇인가?" 하는 것입니다. 이 문제에 대해 학과마다 서로 다른 견해가 존재합니다. 오늘날에는 '인류학'이라는 학과가 있습니다. 인류학에는 또 여러 가지 갈래가 있는데 그 가운데 하나가 '체질인류학'입니다. 체질인류학에서는 인간과 동물의 근본적인 구별을 인간이 직립보행을 하는 데 있다고 했습니다. 고고학자들은 사람이 직립보행을 하는 것만으로는 부족하다고 인정합니다. 대자연에 의지해서 생존해야 하기 때문에 도구를 제작하고 도구를 사용하여 대자연을 개조할 수 있는데, 이렇게 해야 만이 인간이라고 할 수 있다고 합니다. 저는 사람과 동물의 근본적인 구별은 '예'가 있는가 없는가에 달렸다고 봅니다. 여러분들이 '예'의 요구에 맞게 생활할지, 아니면 동물적인 본능으로 생활할지는 여러분들에게 달렸습니다. 그래서 "사람이 예를 모르면 말은 할 수 있어도 결국은 금수의 마음을 가진 것이 아닌가?(人而无礼, 虽能言, 不亦禽兽之心乎?)"라는 말이 나온 것입니다.

인류는 동물에서부터 진화발전 해왔습니다. 인간의 한 면은 진화하기 전의 동물성을 가지고 있고, 다른 한 면은 진화한 뒤의 완벽하고 도덕적으로 고상한 군자상입니다. 이 두 가지 성질 사이에 위치해 있는 사람으로서의 여러분의 행위는 앞으로 나아가야 할까요? 아니면 뒤로 후퇴해야 할까요? 여러분이 식당에서 새치기하고, 공공버스에서 함부로 밀치거나, 툭하면 탐욕스런 욕망을 드러내고 남들과 다투려 한다면, 이는 동물성이 여러분들의 몸에 아직도 남아있다는 의미입니다. 인성에 대해 합리적으로 제약하지 않은 것은 겉보기에는 인성을 존중하는 것 같지만, 실상은 인성을 동물성의 수준으로 떨어뜨리는 것입니다. 이러한 야성(野性)을 어떻게 극복해야 할까요? 바로 이성의 인도를 받아야 하는 것입니다. 옷은 입을 줄 알아도 마음은 짐승과 같다면 결국은 "의관을 차린 금수(衣冠禽兽)"에 불과하며 여전히 야성을 가진 인간일 뿐입니다. 만약 우리가 이런 야성을 어떻게 극복할지를 늘 생각한다면 훨씬 더 문명된 자신이 될 것입니다.

『예기·곡례(曲礼)』에는 "금수는 부자와 부부의 윤리를 모르기에 부자 사이에 하나의 암컷을 공유한다.(夫唯禽兽无礼, 故父子聚麀)"라는 말이 있습니다. 여기서 우(麀)는 암사슴을 뜻하는 말입니다. 그러면 부자가 하나의 암컷을 공유한다는 것은 무슨 말일까요? 옛날 사람들은 아주 자세하게 관찰했습니다. 사슴은 촌수를 모르기 때문에 사슴 아버지와 사슴아들은 성 파트너를 공유합니다. 집우(聚麀)는 하나의 성 파트너를 공유한다는 뜻입니다. 요즘 적지 않은 사람들은 고양이를 키웁니다. 수컷고양이와 암컷고양이가 교배하여 한배의 새끼고양이를 낳았습니다. 사람들의 시각으로 보면 이들은 아빠엄마와 자녀들입니다. 하지만 고양이에게는 이런 개념이 없습니다. 따라서 새끼고양이들이 크면 서로 교배할 뿐만 아니라 자기들의 엄마아빠와도 교배하게 됩니다. 그래서 또 다른 새끼들을 낳게 되지요. 이것은 난륜(亂倫)입니다. 나쁜 결과를 가져오게 되지요. 따라서 어떤 고양이들은 태어나서부터 눈이 멀기도 하고, 귀가 멀기도 하고, 심장이 안 좋아서 며칠 못가서 죽어버리기도 합니다. 인류 역시 최초에는 이랬습니다. 엄마만 알고 아빠는 몰랐는데 후에 점차적으로 근친결혼으로 태어난 아이는 질병에 취약하고 수명도 짧다는 것을 인지하게 되었지요. 윤리를 따르지 않고 촌수를 무시하고 혼인가취(婚姻嫁娶)는 예법을 따라야 함을 모른다면 사람은 동물과 다를 바가 없게 됩니다. 하지만 사람들은 지혜로웠습니다. 『예기·곡례』에는 또 다음과 같은 어떤 성인의 말이 나옵니다. "예로써 사람들을 교화하여 그들이 예법을 따르게 하고 자기가 동물과 다르다는 것을 알게 해야 한다.(为礼以教人, 使人以有礼, 知自别于禽兽)" 지금 전국적으로 아주 많은 대학교들이 있습니다. 학교 주변에는 학생들을 위한 셋집이 넘쳐납니다. 아무런 수속도 없고 아무런 절차도 없이 쉽게 동거할 수 있는 환경인 거지요. 임신하면 낙태해버리고 성 파트너를 바꾸는 것을 대수롭지 않게 여깁니다. 이런 사실은 부모들도 모릅니다. 저는 여러분들이 스스로 자기가 금수와 구별되는지에 대해 자성(自省)해볼 필요가 있다고 생각합니다. 혼인에는 '예'가 있어야 하고, 절차가 있어야 하며, 합법적이어야 합니다. 이것이 바로 사람과 동물의 차이가 아닙니까? '성해방'은 결과적으로 악과를 초래하게 될 것입니다.

'예(礼)'는 또 중국과 오랑캐들이 서로 구별되는 표지였습니다. 당시의 중원지구는 농업문명이 특별히 발달했습니다. 허베이(河北)성 우안(武安)시의 츠산(磁山)유적은 7천여 년의 역사를 갖고 있습니다. 고고학자들은 이곳에서 수백 개의 토굴을 발굴했는데 토굴마다 좁쌀이 가득 쌓여져 있었습니다. 물론 이미 다 흙먼지로 되어버렸지만 말입니다. 고고학 연구에는 '회상법'이라는 기술이 있습니다. 이처럼 남아있는 흙먼지 따위를 분석하여 그 원형을 유추하는 기술인데 이 기술을 이용하여 좁쌀이었다는 것을 밝혀낸 것입니다. 이렇게 저장된 좁쌀은 모두 먹지 못하고 남아돌아서 저장한 것인데 10만 근이 넘습니다. 저장(浙江)성이 허무두(河姆渡) 유적 역시 지금으로부터 약 7천 년 전의 것입니다. 수 톤에 달하는 남아도는 벼가 이렇게 저장된 것입니다. 농업민족의 가장 큰 장점은 바로 먹고 입는 것이 풍족하다는 것입니다. 주변의 오랑캐들인 유목민족이나 야만민족들은 툭하면 쳐들어와서 약탈을 했습니다. 이렇게 약탈하는 과정에서 하나의 현상이 나타났습니다. 두 가지 다른 문화의 충돌과 교류와 다툼과 융합이 나타난 것입니다. 중원지구의 사람들은 가장 먼저 문명시대로 진입했습니다. 그 시대의 사람들은 생활이 아주 절제되었습니다. 아침에 일어나면 머리를 빗어서 잘 다듬었고, 그러고 나서는 천 따위로 묶어서 상투를 틀고 비녀를 꽂아서 고정시켰습니다. 남자들은 또 모자를 썼습니다. 모자의 술에는 장식용으로 옥을 달기도 했고, 술은 매듭을 지어 늘어뜨렸습니다. 매일 이렇게 매무새를 정제하고 나서야 문을 나섰는데, 이는 자기 스스로에 대한 존중이기도 하지만 사회에 대한 존중이기도 합니다. 사람을 만나면 문안하고 양보하며, 문제에 직면하면 타인을 먼저 생각했지요. 따라서 이는 하나의 문명지국이라는 사실을 증명해주는 것입니다. 오랑캐의 나라들은 완전히 달랐습니다. 그들은 들어오기만 하면 약탈을 일삼았는데, 나중에는 아예 주저앉아서 돌아가려고 하지 않았습니다. 당시에 토지가 아주 넉넉했기에 오랑캐들은 그대로 눌러 앉아 생활할 수 있었습니다. 그리하여 문화의 교류가 시작되었습니다. 오랑캐들은 중원의 사람들이 좋은 것을 먹을 뿐만 아니라 생활의 질도 높은 것을 보고 은근히 흠모하게 되었습니다. 그래서 그들을 본떠서 머리를 빗고 묶었습니다. 또 옷을 입을 때 오른 손을 쓰면 비교적 쉬운 것을 보고 그대로 따랐으며, 사람을 만나면 예를 올리는 등 모든 것을 그대로 따라했습니다. 그렇게 시간이 흐르면서 오랑캐들은 점차 동화되어갔습니다. 공자는 왜 『춘추(春秋)』를 지었을까요? 한유(韓愈)가 지은 유명한 글 『원도(原道)』에서는 이에 대해 언급하고 있습니다. 공자가 『춘추(春秋)』를 지은 것은 '공자의 문화관'을 알리기 위해서입니다. 그는 후세들에게 역사발전은 선진문화가 낙후문화를 이끌어야 하는 것이지 그 반대가 되어서는 안 되며, 만약 선진문화가 낙후문화에 끌려가면 그것은 역사의 후퇴라는 것을 일깨워주려고 했던 것입니다. 그는 다음과 같이 말했습니다. "제후가 오랑캐의 예를 따르면 오랑캐가 되는 것이고, 반대로 오랑캐라고 해도 중국의 예를 따르면 중국의 일원이 된다.(诸侯用夷礼则夷之, 进于中国则中国之)" 만약 당시의 제후가 오랑캐의 예를 따르고 우리의 문화를 잃어버린다면 중원의 맹회(盟会)는 그들의 참여를 거부하게 되며, 반대로 원래는 오랑캐의 나라였지만 우리를 따라서 배우고 중국에 가까워지고 기본적으로 문화적인 동질감을 형성하게 되면 중원의 일원으로 받아들인다는 것입니다. 우리는 민족 차별을 하지 않습니다. 다만 문화적인 기준만을 볼 뿐입니다.

『춘추(春秋)』는 당시의 예(礼)와 비례(非礼), 문명의 진보와 후퇴가 서로 얽혀서 나아가는 과정을 보여주고 있습니다. 이러한 관점이 고대의 한반도로 유입되자 한반도의 지식인 계층을 크게 뒤흔들었습니다. 오랑캐라고 불리기가 싫었기에 이들은 앞 다투어 중국의 예의를 배우고 중국과 가까워지려 했습니다. 이리하여 나라 전체에서 '예'를 배우는 붐이 일어났는데, 그러한 영향이 지금까지도 유지되고 있는 것입니다. 반대로 중국은 지금 '예'를 버리고 있습니다. 몇 년 전에 나는 봉황 TV(凤凰卫视)의 '세기대강당(世纪大讲堂)'이라는 프로그램에 참여한 적이 있었는데, 사회자가 나에게 다음과 같은 질문을 한 적이 있습니다. "저에게 중국에서 오래 생활해온 미국인 친구가 있는데 만난 지 꽤 오래 되었습니다. 최근에 그를 만나게 되어 중국이 어떠냐고 물었더니, 그는 '한국 사람들이 중국 사람들보다 더 중국 사람 같다.'고 대꾸하더군요. 펑 교수님, 교수님은 이에 대해 어떻게 생각합니까?" 중국이 예의지국이라는 것은 누구나 다 압니다. 하지만 지금 우리의 생활 속에서 이 '예'는 이미 버려졌습니다. 하지만 고대에 우리에게 속했던 것을 한국 사람들이 배우고 나서 지금까지도 완벽하고 보존하고 있는데, 이는 우리 입장에서 보면 아주 정상적이지 못한 현상입니다.

'예'는 모든 사람에게 특별히 중요한데, 그 이유는 모르는 사이에 조금씩 성역(圣域)으로 진입하는 루트이기 때문입니다. 자고이래 중국 지식인들의 인생궤적은 세 개의 단어로 귀납하여 표현할 수 있습니다. 바로 '본체(本体)' '공부(工夫)' '경지(境界)'입니다. 모든 사람들은 태어났을 때는 인지(认知)를 갈구하는 하나의 '본체(本体)'입니다. 이 '본체(本体)'는 최종적으로 하나의 '경지(境界)'에 도달해야 합니다. 여기서 불교 용어를 하나 빌려서 사용하겠습니다. 스스로에게 '경지(境界)'가 있는지 한 번씩 질문해보세요. 고작 승진하고 부자가 되는 따위를 생각하는 거 말고, 민족의 일에 대해 생각해본 적이 있었는지? 인문적 배려가 있었는지? 옹알거리며 말을 배우던 '본체(本体)'가 모종의 '경지(境界)'에 오른 '본체(本体)'로 되기 위해서는 이를 연결해주는 루트, 즉 '공부(工夫)'가 필요합니다. 여기서 말하는 '공부(工夫)'는 무예를 연마한다는 뜻이 아닙니다. 그 내재적 의미는 학습한다는 것입니다. 한국 사람들은 중국의 많은 한자들을 배워갔습니다. '공부(工夫)'라는 이 단어의 본래의 뜻까지도 배웠는데 지금도 사용하고 있습니다. 우리는 이미 이 단어의 원 뜻을 사용하지 않습니다. 가끔 한국 사람들에게 어느 학교를 나왔느냐고 물으면 그들은 모모 대학교에서 '공부(工夫)'했다고 대답하는 것을 볼 수 있지요. 우리의 옛 단어를 사용하고 있는 것입니다. 사람은 무엇을 배워야 할까요? 바로 '예'를 배워야 합니다. '예'는 지행일체(知行一体)를 이루어야 하며, 배우고 나서는 그대로 실천해야 합니다. 도리를 터득한 뒤에는 집이든, 학교든, 기숙사든, 도서관이든, 사회에서든 모두 그대로 해야 합니다. 그래서 주희(朱熹)는 다음과 같이 말했습니다. "한 사람의 일생에는 두 가지 일이 있다. 하나는 지(知)이고, 다른 하나는 수(守)이다. 하나의 도리를 터득했으면 이를 지켜야 한다." 그 가운데의 고리가 바로 '예'입니다. 부단히 '예'를 배우고 '예'를 실천해야만 우리는 부단히 진보할 수 있는 것입니다.

혹자는 이러한 것들이 2천여 년 전의 일이어서 너무 요원하다고 말할지도 모릅니다. 사실 중국문화의 많은 정수(精髓)들은 시공간을 초월한 것들입니다. 이를테면 사람은 성실하고 효성이 있어야 하며, 겸손해야 한다는 것 등은 2천여 년 전에 이미 제기되었던 문제의식입니다. 사회가 어떻게 발전해도 이러한 것들은 영원토록 인류의 미덕으로 간주될 것입니다. 오늘날 중화민족은 비약을 꾀하고 있는데, 그러기 위해서는 5천 년 동안 축적되어온 전통문화의 힘을 빌릴 필요가 있는 것입니다. 마지막으로 저는 장자(庄子)의 말 한마디를 빌려서 오늘의 강연을 마무리하려고 합니다. "물이 깊지 못하면 큰 배를 띄울 수 있는 힘이 없게 되고, 한 컵의 물을 방 앞에 있는 웅덩이에 쏟으면 작은 풀을 배처럼 띄울 수 있지만 거기에 컵을 놓으면 바로 가라앉는다. 물이 너무 낮은데 '배'는 크기 때문이다.(且夫水之积也不厚, 则其负大舟也无力, 覆杯水于坳堂之上, 则芥为之舟, 置杯则胶, 水浅而舟大也)"(『장자 · 소요유(庄子 · 逍遥游)』) 즉 큰 배가 물 위로 나아가기 위해서는 물이 반드시 깊어야 합니다. 물이 조금밖에 없으면 배는 뜰 수가 없습니다. 부력이 약하기 때문입니다. 장자는 비유를 하나 더 들었습니다. 물 한 컵을 방 앞의 웅덩이에 쏟으면 얼마나 큰 물건을 뜨게 할 수 있을까요? 작은 풀 같은 것은 뜨게 할지 몰라도 컵을 위에 놓으면 곧바로 가라앉게 된다는 겁니다. 중화민족이라는 이 거대한 거선(巨船)은 닻을 올려 먼 항해를 시작했습니다. 원활하게 항행을 이어나가기 위해서는 여러 가지 조건들을 필요로 합니다. 그 가운데 없어서는 안 될 조건이 바로 5천년 문명의 지혜를 빌리고 5천년 문명의 풍부한 자양분을 섭취하는 것입니다.

우리가 만약 그 속의 여러 가지 유효한 성분을 흡수한다면 사회의 발전은 더욱 좋아질 것입니다. 그렇게 되면 제가 이미 서두에서 언급했듯이 우리는 서방문화와는 완전히 다른 사회발전 유형을 세상에 선보일 수 있을 것입니다. 이는 종교에 의탁하는 것이 아니라 사회의 공리(公理)에 의지하고 인류의 자율에 의지하며 사람들 자신의 수양(修養)에 의지하는 것입니다. 그렇게 함으로써 스스로의 조화로움을 얻고 중국을 세계 일류의 강국으로 건설할 수 있게 되는 것입니다.

제2강

성실하게 처세하고 공손하게 남을 대해야 한다

(处世以诚, 待人以敬)

제2강

성실하게 처세하고 공손하게 남을 대해야 한다處世以誠, 待人以敬

군자는 공손한 마음을 간직해야 한다

선생님과 학생 여러분! 오늘 제가 강의할 제목은 성실하게 처세하고 남을 공손하게 대해야 한다는 것입니다.

'예'는 중국 전통문화의 핵심입니다. '예'와 중국의 전통도덕은 혼연일 체로서, 단순한 하나의 형식이 아니라 형식을 통해 사상과 내면을 나타내는 것입니다. 그러므로 중국의 '예'를 이야기하려면 반드시 '성(誠)' 과 '경(敬)' 두 자(字)를 말하게 됩니다. 베이징올림픽을 맞이하기 위하여 당시 사회적으로 수많은 '예의' 양성반을 만들었는데, 가르치는 것은 대부분 서방의 예의(禮儀)였고 일부 동작이나 형식이었습니다. 서방의 예의는 '성(誠)'과 '경(敬)'을 가르치지 않습니다. 서방의 예의는 '영혼(靈魂)'이 없으며, 단순히 어떻게 연기(演技)하거나 또는 '쇼'하는 것만을 가르칩니다. 이를테면 어떻게 아이섀도를 그리고, 립스틱을 바르며, 넥타이를 매고, 나이프는 어떻게 들고, 샐러드를 먹고, 수프를 마시고, 스테이크를 먹는지 등 겉치레를 특별히 강조합니다. 또 이를테면, 양복을 입을 때에 셔츠의 소매를 얼마쯤 노출시켜야 하는지, 몸에 착용하는 옷의 색상은 몇 가지를 넘어서는 안 되는지, 그리고 악수할 때 위팔과 아래팔의 각도가 얼마이고, 위팔과 몸의 각도는 얼마이며, 악수를 하고 나서 3초 만에 손을 놓아야 한다는 등 사람들의 관심사가 모두 이런 외적인 것에 집중되어 '쇼(보여주는)'적인 성격이 매우 많다는 것을 느끼게 됩니다. 그러나 중국의 예의(禮儀)야말로 근본적으로 사람을 변화시키는 교육입니다.

여기서 이야기할 내용은 두 글자인 데 하나는 '성(誠)'이고 다른 하나는 '경(敬)'입니다. 매우 유감스럽게도 이 두 자는 요즘 사회에서 가장 부족하지만 5천 년 동안 중화문화에서 가장 강조한 핵심이었습니다.

1. '예'는 진정한 정감(情感)을 나타내기 위함이다.

'성(誠)'은 중국 사람들이 늘 말하는 '성신(诚信)'·'진성(真诚)'의 의미와 같습니다. 예의(禮儀)를 말할 때 먼저 '성'을 이야기하는 것은 '예'가 허례(虛禮)가 아닌, 마음의 진정한 정감을 표현하기 때문입니다.『예기』에 이르기를, "예문취어인, 불문취인(禮聞取於人, 不問取人)" 즉 "'예'는 남에게 본보기가 된다는 말은 들었으나, 남에게 본을 받게 한다는 말은 듣지 못했다"는 뜻입니다. '예'는 정(情)에 의해 이루어지고, 각종 형식은 모두 사람의 정감(情感)을 표현하는 것입니다. 가령 사람들이 가슴 속에 진실한 정감이 있다고 할 때, 이를테면 한 사람을 아주 환영하거나 숭배하거나 또는 가엽게 여긴다면 이런 정감은 반드시 무의식중에 나타내게 될 것입니다. 그러므로 마땅히 규범을 세워 사람에게 경의를 표할 때 어떤 몸짓과 표정이나 말을 해야 하는지 등을 규정해야 합니다. 다시 말하면 마음속에서 우러러 나와야 하고, 거기에다 각종 예의(禮儀)가 곁들어져야 한다는 말입니다.

중국 유가경전(儒家經典)의 하나인『중용』에서 가장 강조하는 기본적인 이념이 바로 사람은 '성실(诚)'해야 한다는 것인데, 이 세상에서 진실한 존재 이외에는 다른 것이 없다는 말입니다. 이를테면 하늘과 하늘 위의 태양은 허황(虛荒)된 것이 아닌 진실한 존재이고, 땅과 땅 위의 만물(萬物)도 역시 환영(幻影)이 아닌 진실한 존재라는 것입니다. 중국 사람들이 연구하는 나라를 다스리는 '도(道)'나 몸을 수양(修養)하는 '도'는 모두 자연이나 자연 법칙에서 터득한 것입니다. 노자(老子)가 이르기를, "인법지·지법천·천법도·도법자연(人法地, 地法天, 天法道, 道法自然)", 즉 "사람은 땅을 본받고, 땅은 하늘을 본받고, 하늘은 도를 본받고, 도는 자연을 본 받는다"는 말입니다. 옛사람들은 천지를 가장 숭배하여, 하늘과 천상의 태양이 아주 비범하다는 것은 바로 그들이 진실하고 속임이 없다고 여겼기 때문입니다. 이를테면 태양은 운행(運行)할 때 일식(日蝕)에 부딪쳐도 숨거나 가려지지 않은 채 여전히 진실하게 드러내어 만민(萬民)이 우러러볼 수 있게 합니다. 태양은 날마다 때가 되면 뜨는데 영원히 그렇게 생기발랄하고 게으름을 피우지 않습니다. 옛사람들이 하늘의 위대함을 감사히 여김은 그가 만물을 비출 뿐만 아니라 대공무사하고 국경선(國境線)을 가름이 없이 그렇게 사리에 밝기 때문이었습니다. 대지 역시 사심 없이 만물이 고르게 자라도록 하여 사람들이 이용할 수 있게 하며, 무엇이든 너그러이 받아들입니다. 하늘과 땅은 화합하기에 만물이 생겨나므로 그들은 화목한 것입니다. 그 밖에 우주 자체는 질서가 있고, 춘하추동(春夏秋冬)도 규칙이 있어 여름 뒤에 갑자기 가을을 뛰어넘어 겨울이 될 수는 없는 것입니다. 만약 그렇게 된다면 농사는 수확을 할 수 없게 됩니다. 그러므로 그는 그렇게 성실하게 신용을 지켜, 봄이 지나면 여름, 여름이 지나면 가을, 가을이 지나면 겨울이 오듯이 그렇게 질서가 있는 것입니다. 『대학(大學)』에서는 '성의(誠意)'·'정심(正心)'을 논하고 있습니다. 옛사람들은 천지의 자연규칙에서 한 사람이 어떻게 성실한 인간이 될 수 있겠는가를 사고합니다. 옛사람들은 만물의 도(道)를 연구하여 물체 하나가 있으면 반드시 이름이 있어야 한다는 것을 발견했습니다. 가령 이름을 지었으나 실제적인 내용이 없다면 그것은 허명(虛名)인 것입니다. 그러므로 옛사람들은 성실하게 실질적인 것이 어느 경지(境地)에 도달하면 이름은 저절로 따라온다고 했습니다. 그러나 지금 일부 인텔리들 중에는 타인의 연구 성과를 표절(剽竊)하고, 실험 데이터를 위조(僞造)하는 경우가 있습니다. 이것은 성실(誠實)하지 못하기 때문입니다. 그 밖에 이 글의 뜻에서 볼 수 있듯이 '성실'은 '진실'과 같고, '실질'과 같으며, '신용'과 같은 것입니다.

"불성즉무물(不誠則無物)", 즉 "성실하지 않으면 사물이 존재하지 않는다"고 하는 것은 송명리학(宋明理學)에서 특별히 강조하는 관점입니다. '물(物)'은 마땅히 성실하고 진실한 존재여야 합니다. 그러므로 '예' 또한 반드시 진실한 정감을 가지고 나타내야만 의미가 있는 것입니다. 가령 마음속으로 공경하지 않는다면 당신의 절은 아무런 의미도 없는 것입니다.

제가 칭화(清华)대학에서 예의(禮義)에 관한 수업을 할 때, 첫 수업시간에 이렇게 말했습니다. 이 수업을 듣고자 하면 예의가 요구하는 바에 따라야 합니다.

첫째, 『예기』에서 정하기를 선생님의 강의를 들을 때에는 멀리 앉지 말아야 한다고 했습니다. 지금 중국 사람들은 좋지 않은 습관이 있는데, 교실이나 회의장에 들어서면 먼저 뒤쪽이나 복도와 가까운 자리를 차지하기에 선생님과 가까이에 있는 자리는 오히려 비어 있습니다. 사실 강의를 하고 나면 이 클라스의 분위기가 좋고 나쁨을 알 수 있습니다. 이 클라스 사람들이 여기저기에 갈라져서 앉는다면 이 클라스는 모래알처럼 산만하고 팀워크가 무기력하다는 것을 바로 알게 됩니다. 이것은 멀리 떨어져 앉거나 마이크 소리를 들을 수 있느냐 없느냐 하는 문제가 아니라, 마음속에 존경하는 마음이 있느냐 없느냐 하는 문제를 반영하는 것입니다. 그러므로 학생들은 마땅히 앞으로 나와 앉아야 하는 것입니다.

둘째, 수업 중에 의문되는 점이 있으면 질문하는 것을 저는 매우 반깁니다. 그러나 꼭 자리에서 일어나야 합니다. 자리에 앉아 있거나 심지어는 다리를 꼰 채로 묻는 것은 매우 실례(失禮)입니다.

셋째, '예'의 수업은 행동거지에 적용해야 합니다. 옛사람이 이르기를, "예자, 이야(礼者, 履也)", 즉 "'예'는 행(行)하는 것"이라 했습니다. 만약 말하는 것과 하는 것이 다르다면 배우지 않은 것과 같습니다. 이밖에 수업을 시작하거나 마칠 때 제가 여러 분에게 인사를 하는데, "내이불왕비례야(来而不往非礼也)"라는 말처럼 학생들에게도 예의(禮儀)가 오고 가는 것이 마땅한 것이 아니겠습니까?

'예'는 마음의 정감을 나타내는 외재적 형식입니다. 선생님이 자기의 교육 대상에 대한 경의(敬意)가 없다면 그것은 옳지 않은 것입니다. 저는 저의 교육 대상을 반드시 존중합니다. 그러므로 학생들에게 허리를 굽혀 인사를 드립니다. 그러나 여러 분이 선생님에게 인사할 가치가 없다고 여긴다면 별 수 없는 것입니다. "군자반구제기(君子反求諸己)"라고 했듯이 저는 자신을 반성할 것입니다. 여러 분들의 존중을 받지 못한 것은 제가 너무나도 잘못했기 때문이므로 스스로 더욱 자기에게 엄격해야 함을 요구할 것입니다. 스승은 도(道)를 전수하고 수업을 하며 의문을 풀어주는 사람입니다. 따라서 스승님에게 대해 경의(敬意)를 표하는 것은 중국문화의 도와 학문의 도에 대한 경의(敬意)의 표현이며, 국가의 희망과 민족의 미래에 대한 진지한 기대의 표현인 것입니다. 『중용』에 매우 전형적인 말 한 마디가 있습니다. "성실이란 것은 하늘의 도(道)이다. 성실해지는 것은 사람의 도이다. 성실이란 것은 힘쓰지 않아도 적중하고, 생각하지 않아도 얻어지며, 침착하게 도리에 들어맞으니 성인이다. 성실이란 것은 선함을 택하여 그것을 굳게 잡는 것이다(诚者, 天之道也, 诚之者, 人之道也, 诚者不勉而中, 不思而得, 从容中道, 圣人也, 诚之者, 择善而固执之者也)." 즉 "성실이란 하늘의 도이다(诚者, 天之道也)"라는 것입니다. 성실하고 꾸밈이 없는 것은 하늘이 우리에게 명시하는 하나의 도로써 영원히 변하지 않는 실체입니다. 이 도를 깨우치고 그것을 배워야 합니다. "성실해지는 것은 사람의 도이다(诚之者, 人之道也)" 그 자체인 것입니다. 우리는 '성실'함을 배우고, '성실'해지고, '성실'한 사람이 되기 위해서는 '성실'함의 요구대로 해야 하며, 이것이 바로 사람의 '도(道)'인 것입니다. 사람은 천도(天道)를 배워야 하는데, 천도가 바로 '성실'이며, '성실'함을 생활 속에서 일관되게 실천해야 하는 것입니다. 이것이 우리가 마땅히 해야 할 일입니다. 성인(聖人)들이 받드는 천도는 매우 완전무결한 것입니다. "성실이란 것은 힘쓰지 않아도 적중(诚者不勉而中)"하므로 각별히 노력하지 않아도 '적중(中)'할 수 있고 '성실'해질 수 있는 것입니다. 실제로 한 사람이 성실하다면 그의 눈빛도 자연히 부드럽고 친절해 보입니다. "생각하지 않아도 얻어지고(不思而得)", 일부러 생각하지 않아도 됩니다. 예를 들어, 연장자나 웃어른을 만났을 경우에 길을 양보하는 것이 생각할 꺼나 있습니까? 사상투쟁이 필요한 것입니까? 가령 일부러 생각을 한다면 경계(境界)를 없애는 것입니다. "언제나 자각적으로 원칙에 맞게 행동한다. 이런 사람이 바로 '성인'이다(从容中道, 圣人也)"라고 하는 것이므로 긴장하지 말고 어디서나 도리에 맞게 하는 사람이야말로 성인입니다. 공자는 온(溫)·양(良)·공(恭)·검(儉)·양(讓)을 말했는데, 매우 침착하고 보기에 매우 온화하고, 선량(善良)하고, 공경(恭敬)하고, 절제(節制)하고, 겸양(謙讓)한 이러한 품성(稟性)은 모두 그의 마음속으로부터 우러나오는 것입니다.

사람은 성인을 제외한 또 한 부류의 성실한 자(誠之者) 즉 일반인이 있습니다. 일반인은 '성실'함의 요구대로 하고, 사소한 일에서부터 배우고 해야 합니다. 어떻게 하는 것이 '성실'하게 하는 것입니까? 바로 선(善)을 택하는 것입니다. 여럿이 함께 있는 경우에 어떤 사람은 학자풍(學者風)이 나고 매우 교양이 있어 보이지만, 다른 사람은 그렇지 못합니다. 그러므로 선(善)을 택하여 그대로 실행할 뿐만 아니라 견지해야 하며, 덕(德)을 알뿐만 아니라 덕을 지켜야 합니다. 『중용』『대학』에서 반복하여 말했듯이, 하늘이 인(仁)·의(義)·'예'·지(智)·신(信) 등 인품과 덕성을 인간에게 부여했습니다. 그러나 사람의 각오는 선후차(先後次)가 있으므로, "이선각각후각(以先覺覺後覺)", 즉 "자신이 먼저 배우고 깨달은 바를 후에 배우는 사람에게 교육해야 하는 것"입니다. "학자효야(學者效也)", 즉 "배움은 본받는 것"이므로, 본받음을 잘 배운 사람이 먼저 잘해야만 후에 배우는 사람도 본받을 수 있다는 것입니다. 결론적으로 깨달은 도리를 공고히 해야 할뿐만 아니라 시종일관 전진해야만 발전할 수 있는 것입니다.

『중용(中庸)』에 나오는 "자성명, 위지성. 자명성, 위지교. 성즉명의, 명즉성의(自誠明, 謂之性, 自明誠, 謂之教, 誠則明矣, 明則誠矣)"라는 이 구절은 아주 유명합니다. '자(自)'는 '~에서' 혹은 '~부터'라는 뜻입니다. 여기에 두 가지 경우가 있는데, 그 한 가지가 '자성명(自誠明)'으로, '성실(誠)'함으로 인하여 많은 일을 알게 되고, 성실한 도리대로 따라 하면 된다는 말입니다. 한 사람이 성실하기만 하면 깨치지 못할 일이 없습니다. 이것을 "유성이명(由誠而明)"이라고 합니다. "위지성(謂之性)"은 곧 우리의 인성입니다. 맹자(孟子)가 이르기를, "인성본선(人性本善)", 즉 "사람의 성품(性品)은 본디 착하다"는 것처럼 '인(仁)·의(義)·예(禮)·지(智)'는 겉으로 드러나는 것이 아니고, 외부의 힘이 강요한 것이 아니라 사람의 성품에 원래 들어있다는 것입니다. 아이가 우물에 빠진 것을 보았을 경우 우물 밑에서 들려오는 아이의 울음소리를 듣고 측은한 마음이 생겨 아이가 어찌 되었는지 저도 모르게 달려가 보게 되는데, 이것이 곧 무의식간에 드러난 진정하고 진실한 인성(人性)의 표출(表出)입니다. 이렇게 하는 것은 결코 아이의 부모에게 아첨하거나 이웃에게 자신의 착함을 알리기 위함이 아니라 저도 모르게 우러나온 본능(本能)으로써 인간 본성(本性)의 표현인 것입니다.

사람마다 몸에 배인 '인·의·예·지'의 품성은 천차만별하여 어떤 이는 많고 어떤 이는 적을 수 있습니다. 적당치 않은 예를 하나 들어 봅시다. 가령 저에게 진흙 한 덩어리가 있다고 할 경우에 이 진흙 속에 한 색깔을 섞는다고 합시다. 이 색깔이 '인·의·예·지'라고 가정한다면 섞고 문지르고 나서 한 사람을 빚어낸다고 칩시다. 여러 분도 알다시피 제가 이 진흙 덩어리를 매우 고르게 반죽할 수 없으므로, 어느 부위는 색깔이 많이 들어가고 어느 부위는 적게 들어갈 수 있습니다. 사람의 천품(天稟)도 이 도리와 같다고 봅니다. 어떤 성품은 많을 수 있고 어떤 것은 적을 수 있으며, 어떤 이는 태어나서부터 착하고, 어떤 이는 어려서부터 비교적 장난기가 심합니다. 이는 그의 성품이 약함을 말해 줍니다. 그러나 이런 것은 괜찮습니다. 공부를 하고 육성하면 마찬가지로 성장할 수 있으니까요. 우리는 일반인이고 성인이 아니므로 모든 일을 하늘과 같이 해낼 수는 없는 것이고, 하늘과 같은 그런 경지에 도달할 수도 없는 것입니다. 그러므로 다른 한 경우를 '자명성(自明誠)'이라고 하는데, 한 사람이 배움을 거쳐 도리를 터득하고 나면 성실해진다는 것을 말합니다.

송(宋)나라 문인(文人)인 이청조(李淸照) 부군(夫君)의 이름이 조명성(趙明誠)이라고 하는데, 이 이름은 매우 지적인 것으로『중용』에서 따온 것입니다. 일반인은 교육을 받거나 교육을 통해 책을 읽고 도리를 깨달음으로써 '명(明)'에서 '성(誠)'에 이를 수 있습니다. 즉 "성즉명의, 명즉성의(誠則明矣, 明則誠矣)"인 것입니다. 즉 "사람이 성실하면 깨달아 똑똑한 사람이 되므로 일을 똑똑하게 할 수 있다"는 뜻입니다.

현실생활에서는 사회의 좋지 않은 영향을 받아 성실(誠實)하지 못한 사람들이 매우 많습니다. 공자가『논어』에서 여러 차례 제기한 "교언영색, 선의인(巧言令色, 鮮矣仁)"이라는 말이 있는데, '교언(巧言)'은 말을 멋들어지게 꾸며댈 줄 알아 사람을 만나면 사람 말을 하고, 귀신을 만나면 귀신 말을 하듯이 귀맛당기는 말을 하는 것을 말합니다. '영(令)'은 아름다움으로, '영색(令色)'은 곧 꾸며낸 낯빛이 사람을 편안하게 하는 것입니다. 그러나 이런 '교언영색'은 겉으로의 표현이지 결코 마음에서 우러나온 '성(誠)'이 아닙니다. '선의인(鮮矣仁)'은 바로 '교언영색'하는 사람이 어진 마음이 적음을 말하는 것입니다.

『논어·공야장(論語·公冶長)』에는 또한 "말 꾸밈, 낯빛 바꿈, 지나친 낮춤을 좌구명은 부끄러워했는데, 나도 부끄러워한다. 탓함을 숨기고 그 사람과 벗함을 좌구명은 부끄러워했는데, 나도 부끄러워 한다(巧言, 令色, 足恭, 左丘明恥之, 丘亦恥之, 匿怨而友其人, 左丘明恥之, 丘亦恥之)"

라는 말이 있습니다. 즉 '족공(足恭)'은 '넘치는 공'이라는 뜻으로 공경이 지나친 것을 말하는데, 하늘을 우러러 부끄러움이 없고 굽어보아 땅에 부끄럽지 않게 정정당당한 것이 매우 즐겁다는 것이고, 또한 원한을 감추고 그 사람을 친구로 삼는 것은 좌구명이 그것을 부끄럽게 여긴 것처럼 나도 그것을 부끄럽게 여긴다는 말입니다. 어떤 사람들은 남을 분명히 미워하면서도 원한을 속에다 감추고 겉으로는 여전히 그를 좋은 친구처럼 사귀는데, 좌구명은 이런 성실하지 못한 사람으로 인해 수치감을 느꼈던 것입니다.

황제릉(黃帝陵)에 성신정(誠信亭)이란 것이 하나 있는데, 제사를 올리기 전에 보통 먼저 정자(亭子)에 서서 잠시 자신의 성실함을 성찰(省察)하는 곳입니다. '성(誠)'은 중국문화에서 없어서는 안 될 부분으로 그것을 떠나면 우리의 문화가 되지 못 하는 것입니다.

우리 함께 중화(中華)의 오랜 전통이 있는 '동인당(同仁堂)'을 살펴봅시다. '인(仁)'은 곧 사랑이고, '동인(同仁)'은 인덕(仁德)을 함께 쌓자는 것으로, 의사라면 애심(사랑하는 마음)과 의덕(도덕성)이 없어서는 안 된다는 말입니다. '동인당'의 당훈(堂訓)은 "함께 인덕을 쌓고, 친밀하고 화목하게 일에 전념하며, 함께 인술(仁術)을 다하여 사람을 구제하고 보양(保養)한다(同修仁德, 亲和敬业；共献仁术, 济世养生)"는 것입니다. 그 밖에 "진품을 구하되 품질이 비록 비싸더라도 물품을 줄이지 않으며, 당예(堂譽)를 논하되 정제(精製)가 번거롭더라도 인력을 줄이지 않는다(求珍品, 品味虽贵必不敢减 物力；讲堂誉, 炮制虽繁必不敢省人力)."는 아주 유명한 대련(對聯) 있는데, 이는 곧 성실과 신용을 근본으로 삼는다는 말입니다. 많은 오랜 가게(老舗)들이 몇 백 년을 거치면서 여전히 존재하는 이유는 바로 그들의 성신(誠信)에 있는 것입니다.

2. 예주경(禮主敬)

두 번째 자는 '경(敬)'입니다. 『예기·예기(禮器)』에서 이르기를, "경례삼백, 곡례삼천(敬禮三百, 曲禮三千)"이라고 했습니다. 즉 경례는 대례(大禮)로 삼백 가지가 있고, 곡례는 소례(小禮)로 삼천 가지가 있습니다. '예'는 없는 곳이 없습니다. 이 많은 '예'에서 한 글자를 추출(抽出)한다면 여러 분이 기억할 수 있을까요? 그것은 바로 '경(敬)'입니다. 『효경(孝敬)』에 이르기를, "예자, 경이이의(礼者, 敬而已矣)", 즉 "'예'라는 것은 공경(恭敬)하는 것 뿐"이라는 겁니다. 존경을 알면 곧 '예'를 깨닫게 된다는 말입니다. 『예기』 서두의 첫마디는 '무불경(毋不敬)', 즉 "공경치 않음이 없어야 한다"는 겁니다. 이처럼 자기 자신이나 타인에게나 또는 사업에 대하여 모두 불경(不敬)하는 마음을 가져서는 안 되는 것입니다. 동한(東漢)에 정현(鄭玄)이라는 경학대사(經學大師)가 있었는데, 주경(注經, 경전에 대한 해설 - 역자 주)이 매우 간결하고 세련되어서 한 글자도 삭제하지 못할 만큼 잘 썼기에, 때로는 그의 주문(注文)이 정문(正文)의 글보다 적었다고 합니다. 그는 중국학술사상에서 매우 중요한 위치를 차지하며 그가 주해한 『예기』는 가장 유명합니다. '무불경(毋不敬)'에 대한 그의 주해는 "예주어경(禮主於敬)", 즉 "'예'는 경(敬)을 위주로 한다"는 것이었습니다. '경(經)'은 선진(先秦)의 것으로, 한대(漢代)의 사람들은 알아볼 수 없으므로 주해가 필요한 것입니다. 당대(唐代)에 이르러서는 주해마저도 알아볼 수 없게 되어, 주(注)를 다시 해석해야 했는데, 이것을 '소(疏)'라고 합니다. 당대(唐代)의 공영달(孔穎達)은 소(疏)에서 "오예(五禮), 즉 길례(吉禮)·흉례(凶禮)·군례(軍禮)·빈례(賓禮)·가례(嘉禮)는 모두 반드시 공경(恭敬)해야 한다"고 했습니다. '예'는 경의(敬意)를 표하기 위함입니다. 예를 들어, 외국의 국가원수가 내방할 때에는 인민대회당에 레드카펫을 까는데, 이것은 이 국가원수에 대한 경의(敬意)를 표하기 위한 것입니다. 덩샤오핑(邓小平)이 서거한 후 인민대회당에서 추도식을 가진 것도 덩샤오핑에 대한 마지막 경의를 표한 것입니다. 천안문(天安門) 앞의 국기 게양의식(國旗揭揚儀式)은 매우 장엄한데, 국기 호위대가 있어야 할뿐만 아니라 많은 해방군 전사들이 총을 들고 호송을 합니다. 이는 곧 국가의 상징인 국기에 대해 경의(敬意)를 표하는 것입니다.

이처럼 '경(敬)'은 '예'의 핵심입니다. 옛날에 어떤 한 사람을 고찰한다는 것은 그의 '공경여부(恭敬與否)'를 살피는 것이었습니다. 『좌전(左傳)』 희공(僖公) 32년에 이런 글이 실려 있습니다. "옛날, 구계(臼季)라는 사람이 출사(出使)할 때 기(冀)라는 지방을 지나게 되었는데, 마침 익결(冀缺)이라는 사람이 밭을 갈고 있었습니다. 그때 익결의 부인이 그에게 반찬(飯饌)을 가져왔는데, 두 사람 모두 서로 '상대여빈(相待如賓, 서로를 손님처럼 대하는 것 - 역자 주)'으로 존경의 예를 나누는 것이었습니다. 이에 감동한 구계가 익결에게 자기를 따라오게 하여 노문공(魯文公)에게 그를 천거(薦擧)했습니다. 그러나 익결의 부모와 원수(怨讐)지간인 노문공은 결국 응낙하지 않았습니다. 구계는 나라를 위하여 인재를 잘 발탁해야 한다고 여겨 자기가 보고 들은 것을 노문공에게 들려주면서 인애지덕(仁愛之德)의 구현(俱現)은 모두 '경(敬)'이라는 한 글자에 집중되므로 타인을 존중할 줄 아는 사람은 덕행(德行)을 지닌 사람입니다. 나라를 다스리는 데 도덕을 겸비한 사람을 등용하면 반드시 백성들의 사랑을 받기 때문에 사사로운 원한에 얽매이지 말고 군주께서 그를 등용해야 한다고 읍소하였다.(初, 臼季使, 过冀, 见冀缺耨, 其妻饁之, 敬, 相待如宾, 与之归, 言诸文公曰：'敬, 德之聚也, 能敬必有德,

德以治民, 君请用之!)"

'경(敬)'에 내포된 의미는 매우 풍부합니다. '경(敬)'은 일종의 인애지심(仁愛之心)을 표현한 말입니다. 공자는 이에 대해 다음과 같이 말했습니다. "군자경이무실, 여인공이유례, 사해지내, 개형제야(君子敬而無失, 與人恭而有禮, 四海之內, 皆兄弟也)", 즉 "군자가 경건(敬虔)하여 과실이 없고 다른 사람과 교제하며 공손하여 예의를 지킨다면 온 세상이 다 형제이다."(『논어·안연(論語·顏淵)』)

학생을 가르치려면 공경(恭敬)해야 합니다. 중국 사람들은 이런 이념을 아이들 몸에도 주입시켰습니다. 지금 많은 교육기구에서 『제자규(弟子規)』를 배우고 있습니다. 『제자규』는 청조(淸朝) 때 산시(山西)의 한 서생(書生)이 편찬한 것입니다. 그는 공명(功名)이 없었으므로 사숙(私塾)에서 글을 가르쳤습니다. 그는 『논어』 중의 일부 구절들을 『삼자경(三字經)』처럼 즉흥적인 문구(文句)로 엮고, 거기에 중국 전통문화의 일부 핵심 이념을 첨가하였기에 매우 근사했습니다. "범시인, 개수애, 천동부, 지동대(凡是人, 皆须爱, 天同覆, 地同載)" 즉 "무릇 올바른 사람은 모두 애정을 가지고 대해야 하는데, 이는 우리가 같은 하늘을 이고 같은 땅을 밟고 있는 동등한 사람이기 때문이다"라는 식이었습니다.

지금 '박애(博愛)'를 언급하면 많은 사람들은 자연스레 프랑스대혁명 시기에 제창했던 '자유(自由)·평등(平等)·박애(博愛)'를 떠올리는데, 그럼 중국 사람에게는 애심(愛心)이 없는 걸까요? 중국 전국시대 때의 『효경(孝經)』에는 이미 『박애』라는 말을 썼습니다. 난징(南京)의 중산릉(中山陵)에는 '박애방(博愛坊)'이라는 패방(牌坊)이 있는데, 이 '박애'는 결코 프랑스의 '박애'가 아니라 중국 사람들이 제기한 '박애'입니다. '박애방' 앞 큰길 맞은편에 있는 연주대(演奏臺)가 자리한 곳에 '효경정

(孝經鼎)'이라는 청동으로 된 정(鼎)이 있는데, 그 정 안의 동패(銅牌)에 『효경(孝經)』 전문(全文)이 새겨져 있습니다. 중국에서 '박애'라는 이 낱말은 『효경』에서 유래된 것으로, 프랑스보다 무려 2000여 년이나 빠른 것입니다. "범시인, 개수애(凡是人, 皆须爱)"라는 말은 『효경(孝經)』의 박애·인의(仁義)의 사상을 표현하고 있는 것입니다. 무릇 사람이라면 마땅히 사랑해야 합니다. "천동부, 지동대(天同覆, 地同載)"라는 말처럼, 모든 사람들이 한 줄기 햇빛 아래에서 생활하고 같은 대지에서 의존해 살기 때문입니다.

동물과 달리 사람은 사회적 동물이라서 그 누군가를 떠나서 홀로 쓸쓸하게 지낸다면 생존하기 어렵게 됩니다. 사회는 날이 갈수록 발전하고 분업(分業)도 점점 더 세밀해지므로 사회를 등지는 사람은 생존이 불가능해집니다. 예를 들어, 우리들의 의(衣)·식(食)·용(用)의 모든 것이 사회의 분업에 의하여 얻어지는 것입니다. 기왕에 사람과 사람 사이에는 반드시 서로 의존해야만 살아갈 수 있다면, 서로 간에 사랑하지 않을 이유가 없는 것입니다. 중국 사람들은 사랑에 대해 말할 자격이 가장 많습니다. 중국 사람들의 사랑에 대한 전통은 가장 유구하며, 천주교만이 사랑을 이야기하는 것은 아닙니다. 『제자규(弟子規)』는 역사상에서 매유 유행되었는데, 하마터면 『삼자경(三字經)』마저 대체할 뻔 했으며, 어린아이들도 쉽게 읽을 수 있게 되어 있습니다. 그만큼 중국 사람들의 박애사상은 마음속 깊이 파고들어가 있는 것입니다.

『논어·계씨(季氏)』에 이르기를, "군자는 사회생활에서 아홉 가지 일을 고려해야 한다(九思). 사물을 볼 때는 분명하게 봐야 하고, 소리를 들을 때는 똑똑하게 듣고, 안색은 온화하고, 태도는 공손하고, 말은 충실하고 꾸임이 없어야 하고, 일할 때는 신중하고 엄숙해야 하고,

의문이 있을 때는 어찌 물을까를 생각하고, 화가 날 때는 후환이 있을지를 생각하고, 재물과 이득을 얻게 되면 의로운 것인지를 생각해야 한다(君子有九思, 視思明, 听思聪, 色思溫, 貌思恭, 言思忠, 事思敬, 疑思问, 忿思难, 见得思义)"고 했습니다. 여기에서 말하는 '구사(九思)'는 모두 성(誠)과 경(敬)을 거론한 것이며, 사회상의 일부 사람들처럼 교만하고 방종하지 말고, 공경하고 마음을 단속해야 함을 이르고 있습니다.

한국(韓國) 사람들은 사람을 조롱할 때 늘 '양반(兩班)'이라고 칭하는데, 처음에는 그 뜻을 몰랐으나 후에 차차 알게 되었습니다. 옛날 조정에서의 벼슬은 문반(文班)과 무반(武班)으로 나뉘었는데(이 둘을 합쳐 양반이라고 함 – 역자 주), 이 양반은 곧 귀족을 의미했습니다. 따라서 어떤 사람들은 '양반(兩班)', 즉 귀족(貴族)이 되었다고 득의양양해 했지만, 이러한 행태를 풍자적으로 비꼬아서 '양반'이라 불렀던 것입니다.

『논어·헌문(論語·憲問)』에서, "자로문군자. 자왈: '주기이경'(子路問君子, 子曰: '修己以敬')" 즉, "자로가 군자에 관하여 여쭈어보자, 공자가 이르기를 '자기 자신을 닦아야만 경건하게 된다.'고 답했던 것입니다. 전하는 말에 의하면 자로(子路)는 원래 거리의 건달이어서 늘 괴상망측(怪常罔測)한 옷을 입고 싸움을 즐겼으므로 공자는 그의 물음에 "수기이경(修己以敬)"이라고 하여 "사람이라면 공경하는 것을 알아야 하기에 이를 받아들여 '경(敬)'으로써 마음을 다스려야 한다"고 답했던 것입니다.

『논어·헌문(論語·憲問)』에서는 "자장문행, 자왈: '언충신, 행독경, 수만맥지방행의. 언불충신, 행부독경, 수주리행호재? 입, 즉견기참어전야; 재여, 즉견기의어형야. 부연후행! ' 자장서저신(子張問行, 子曰: '言忠

信, 行篤敬, 雖蠻貊之邦行矣, 言不忠信, 行不篤敬, 雖州里乎哉? 立, 則見其參於前也, 在輿則見其倚於衡也, 夫然後行'子張書諸紳)."이라고 했습니다. 그 뜻은 "자장이 사람은 행위를 어찌해야 할지 여쭈어보자 공자께서 이르기를, '말이 충성스럽고 믿음직하며, 행위가 아주 공경하다면, 이러한 사람은 오랑캐의 부락에 가더라도 사람들이 반길 것이다. 이와 반대로 행하면 발달한 고장에 가더라도 너를 반길 사람이 없을 것이다. 자장이 그 말씀을 듣고 일리가 있다고 여겨 띠 자락에 적었다."는 것입니다. 옛사람들은 넓은 헝겊 띠로 허리를 졸라매고 매듭을 짓고 남은 부분은 허리 아래로 늘어뜨려 장식으로 삼았는데, 이런 큰 띠를 맨 사람을 '신사(紳士)'라고 불렀습니다. 자장은 잠시 적을 곳이 없자 공자의 말을 이 띠에 적었던 것입니다.

『논어·자로(論語·子路)』에는 이런 내용이 있습니다. "번지문인, 자왈: '거처공, 집사경, 여인충. 수지이적, 불가기야(樊遲問仁, 子曰: '居處恭, 執事敬, 與人忠, 雖之夷狄, 不可棄也)" 즉 "번지가 인(仁)에 관하여 여쭈어보자 공자께서 말씀하기를, 가령 '교언영색(巧言令色)'이 아닌 '공(恭)'·'경(敬)'·'충(忠)'을 실행할 수 있다면, 비록 오랑캐 땅에 간다고 할지라도 너를 내치지 않을 것이다."라는 뜻입니다. 곧 사람은 반드시 공경하고 충정(忠正)해야 하는데 이것이 곧 '인'이고, '인'은 공허한 것이 아니라 '성(誠)'·'경(敬)'·'충(忠)'으로 표현되며, '충(忠)'은 일종의 성실(誠實)이라는 것입니다. 『논어』에서 말하는 "군사신이례, 신사군이충(君使臣以禮, 臣事君以忠)"은 "지도자가 부하를 존중하고 '예'로써 대한다면, 부하도 충심으로 지도자를 대하고 성심성의(誠心誠意) 껏 일하게 된다."는 뜻입니다. 지금 많은 기관의 직원들은 충성심이 부족하고 너그럽지 못한데, 이것은 사회발전에 큰 영향을 미치게 되는 것입니다.

옛사람들은 흉금(胸襟)이 넓고 사랑하는 마음이 있어 단순히 자기의 부모만을 사랑하지 않았습니다. 『맹자·양혜왕상(孟子·梁惠王上)』에서 이르기를, "노오노이급인지노, 유오유이급인지유, 천하가운어장. 『시(詩)』운: '형어과처, 지어형제, 이어어가방.' 언거사심가제피이이, 고추은족이보사해, 불추은무이보처자(老吾老以及人之老, 幼吾幼以及人之幼, 天下可運於掌, 『詩』云: '刑於寡妻, 至於兄弟, 以御於家邦' 言擧斯心加諸彼而已, 故推恩足以保四海, 不推恩無以保妻子)"라고 했습니다. 처음의 "노오노이급인지노(老吾老以及人之老)"에서 첫 번째의 '노(老)'는 동사로서, 효경(孝敬)을 다른 집의 노인에게까지 미치게 하고, "천하의 아이들을 자기의 아이로 간주한다(유오유이급인지유[幼吾幼以及人之幼])"면, 마찬가지로 천하의 부모는 모두 자기의 부모가 되므로 이렇게 되면 "천하를 다스리기가 수월해진다(天下可運於掌)"는 것입니다. 즉 사람마다 모두 이런 사랑하는 마음을 가진다면 사회는 화목해질 것이라는 것입니다. 만약 이렇지 못할 경우, 심지어 자기의 부모도 봉양하기를 원치 않는다면, 사회에는 많은 문제가 생기게 되는 법이지요.

『시(詩)』에는 다음과 같은 말이 있습니다. "형어과처, 지어형제, 이어어가방.' 언거사심가제피이이. 고추은족이보사해, 불추은무이보처자(刑於寡妻, 至於兄弟, 以御於家邦, 言擧斯心加諸彼而已, 故推恩足以保四海, 不推恩無以保妻子)" 이 뜻은 "본보기를 보여 처에서 다시 형제들에까지 미치게 하면, 더 나아가 '가(家)'와 '방(邦)'을 잘 다스릴 수 있다"는 것입니다. 옛날 대부(大夫)의 관할 범위는 '가(家)'이고 제후(諸侯)의 관할을 '방(邦)'이라고 불렀으나, 그 뒤 유방(劉邦)의 이름을 피하기 위해 '국(國)'이라고 칭(稱)했습니다. 따라서 자기의 부모와 아이를 사랑하는 마음을 다른 사람에게까지 미치게 하여 사방으로 퍼져 나가게 한다면,

자기 부모에 대한 은정(恩情)을 천하의 모든 사람에게 널리 미치게 할 수 있으므로 천하를 보존할 수 있다는 것입니다. 그러나 한 사람이 지나치게 이기적이어서 그 은정을 미루어 옮기지 않는다면 결국에는 자기의 처자마저도 보전하지 못하게 되는 것입니다.

『맹자·이루하(孟子·離婁下)』에는 평생 새겨둘 만한 매우 전형적(典型的)인 구절이 있습니다. 즉 "군자소이이어인자, 이기존심야. 군자이인존심, 이예유심. 인자애인, 유예자경인. 애인자, 인항애지; 경인자, 인항경지(君子所以異於人者, 以其存心也, 君子以仁存心, 以禮存心, 仁者愛人, 有禮者敬人, 愛人者, 人恒愛之; 敬人者, 人恒敬之)"라는 말입니다. 그 뜻은 "군자가 속된 사람과 다른 것은 그가 마음을 지니고 있기 때문이니, 군자는 인(仁)을 마음에 지니고, 예(禮)를 마음에 지닌다. 어진 사람은 남을 사랑하고, 예(禮)가 있는 사람은 남을 공경(恭敬)한다. 남을 사랑하는 사람은 남도 항상 그를 사랑하고, 남을 공경하는 사람은 남도 항상 그를 공경한다."는 것입니다.

『논어』에서도 군자(君子)와 소인(小人)의 비교를 자주 보게 됩니다. 순자(荀子)의 『권학(勸學)』에서 독서인을 "시오위사(始乎爲士)", 즉 "처음에는 모두 '사(士)'이다"라는 것입니다. 그럼 '사(士)'란 무엇입니까? '지어도자지위사(志於道者之爲士)'라는 것인데, 곧 "도를 추구하는 데 뜻을 품고 진리를 추구하는 사람을 '사(士)'라고 한다"는 것입니다. 이러한 견해는 지금까지 줄곧 이어져 내려오고 있습니다. 이를테면, 본과 졸업생을 학사(學士), 대학원 졸업생을 석사(碩士) 또는 박사(博士)라 하고, 이어서 평생토록 가장 높은 진리를 추구하는 사람을 원사(院士)라고 하는데서 알 수 있습니다. 또 "시오위사, 종호위성인(始乎爲士, 終乎為聖人)"처럼 "처음에는 사(士)가 되고, 이어 군자(君子)가 되며, 마지막에는 성인(聖人)이 된다"는 말도 있습니다.

"군자란 어떤 사람을 말합니까?"라는 물음에 맹자(孟子)는 "군자소이이어인자, 이기존심야(君子所以異於人者, 以其存心也.)"라고 했습니다. 즉 "군자가 일반인과 구별되는 것은 바로 마음속에 간직하고 있는 품성(稟性) 때문이다"라는 것입니다. 우리들이 말하는 "속마음이 불량하다(存心不良)" "일부러 소란을 피우다(存心搗乱)"에서 사용하는 '존심(存心)'은 바로 여기에서 유래된 것입니다. 또 "군자이인존심, 이예유심(君子以仁存心, 以禮存心)"이라는 말처럼 "군자는 '인'·'예'를 마음에 간직하고 있으므로 사람을 사랑할 수가 있고, '예'를 알면 존중할 줄 안다"는 말입니다. 또 "애인자, 인항애지; 경인자, 인항경지(愛人者, 人恒愛之; 敬人者, 人恒敬之)"라는 말처럼 "네가 남을 사랑하면 남도 너를 사랑하게 되며, 네가 남을 존중하면 또한 남이 너를 존중하게 된다"는 말입니다. 또 "인경아일척, 아경인일장(人敬我一尺, 我敬人一丈)"이라는 말처럼 "남이 나를 한 척 높이 존경하면 나는 남을 한 장 높이 존중한다"는 것입니다. 이처럼 한 사람이 '예'를 갖춘다면 다른 사람도 마찬가지로 너에게 '예'로 대할 것이고, 네가 '예'로 대했는데도 상대방이 무례(無禮)하다면, 그것은 상대방이 교양(敎養)이 모자라기 때문이라는 겁니다. 사람은 실질적이어야 합니다. 덕(德)은 허위적(虛僞的)일 수 없으며, 반드시 실질적인 것이며, 나타낼 수 있는 것입니다. 여러분이 타인을 존경하게 되면 다른 사람들도 틀림없이 느끼게 됩니다. 이를테면, 천안문(天安門) 앞에서 국기 계양식을 할 때 당신이 그냥 땅에 누워 잠을 잔다면 그것이 존경이겠습니까? 사람들은 당신의 무례함을 볼 것입니다. 만약 당신이 존경심을 나타내려 한다면 일어나서 모자를 벗을 것입니다. 이것이 곧 존경의 표시인 것입니다.

3. 경의(敬意)을 표하는 원칙 및 방식

경의를 표하는 데는 원칙과 방식이 있어야 합니다. 중국 사람들이 경의를 표하는 원칙은 노인을 존중하고 윗사람을 공경하고 스승을 존경하고 자기를 낮추는 것입니다. "재조서작, 재야서치(在朝序爵, 在野序齒)", 즉 "조정(朝廷)에서는 작위(爵位)에 따라 차례를 정하고, 재야에서는 연령순(年齡順)으로 차례를 정한다"는 뜻입니다. 그중 가장 기본적인 것은 항렬(行列)을 따지고 노인과 어른을 존경하는 것입니다. 우리보다 연상(年上)이거나 사회에 기여를 많이 했거나 몸이 우리보다 허약한 사람에 대해서 우리는 존경하고 관심을 갖고 도와드려야 하며, 무슨 일이든 간에 양보해야 합니다. 그리고 스승님을 존중해야 합니다. 남을 존중한다는 것은 스스로를 남과 동일한 위치에 놓지 말고 겸손해야 한다는 것을 말합니다. "재조서작, 재야서치(在朝序爵, 在野序齒)"라는 말처럼 "사사로운 장소나 또는 정식 장소에서 어떻게 드나들고 자리를 정해야 하는지는 직위(職位)와 연령(年齡)의 차례를 따라야 한다"는 것입니다. 서작(序爵)은 곧 작위(爵位)의 높고 낮음에 따라 경중(輕重)을 분명히 가려야 하고, 지도자는 앞에 있는 메인테이블이나 주인석(主人席)에 자리를 합니다. 인민대회당에서 회의를 할 때에는 반드시 서열(序列)이 있기에 마음대로 앉아서는 안 됩니다. 그것은 각자의 직위에 따라 사람마다 맡은바 소임이 다르기 때문입니다. 이것은 결코 유가사상(儒家思想)에서 강조하는 등급(等級)이 아닙니다. 그러나 지금 이 점에 대한 이해가 잘못되었습니다.

『효경(孝經)』을 읽으면 알 수 있듯이, 효(孝)는 천자(天子)로부터 시작하여 제후(諸侯)·경대부(卿大夫)·사(士)로 이어지며, 모두 효도(孝道)의 직책이 있습니다. 『대학(大學)』에서는 "수제치평(修齊治平, 修身齊家治國平

天下)"이라고 했습니다. 그렇기 때문에 사람마다 모두 먼저 근본이 되는 수신(修身)을 해야 하는 것입니다. "자천자이치어서인, 일시개이수신위본(自天子以至於庶人, 壹是皆以修身爲本)"이라 했듯이 "천자부터 서민에 이르기까지 모두가 수신을 근본으로 해야 한다"는 것입니다. 만약 천자가 수신을 잘 하지 못한다면 어찌 천하를 통솔할 수 있겠습니까? 천자를 가장 중요한 자리에 놓는 것은 그의 책임이 무겁기 때문입니다. 만약 잘 처신하지 못한다면 전복될 수도 있는 것입니다. 이를테면, 무왕극상(武王克商)이 주왕(紂王)을 전복시켰습니다. 맹자(孟子)가 이르기를 주왕은 단지 필부(匹夫)나 민적(民賊)에 지나지 않아 누구든지 그를 죽여도 된다고 했습니다. 그러므로 등급제도를 단편적으로 이해해서는 안 됩니다. 한 사회의 관리는 계층(階層)을 나누게 됩니다. 이를테면 성(省)·시(市)·현(縣)·향(鄕)으로 나누는데, 이는 사회문명 발전의 표현입니다. 그러나 이런 계층을 특권으로 변화시켜서는 안 됩니다. 계층을 구획(區劃)하는 것은 필요하지만, 중요한 것은 특권과 연계를 맺어서는 안 된다는 것으로 유가사상은 특권을 반대합니다.

"재야서치(在野序齒)"라 해서 학우(學友)나 친구들 간에 식사를 할 때도 이것이 적용되는 것은 아닙니다. 곧 작위(爵位)와는 관계가 없기 때문이지요. '서치(序齒)'는 나이의 크고 작음을 가리키는 것으로 연장자나 노인이 윗자리에 앉아야 한다는 것을 말합니다.

경의(敬意)를 표하는 방식은 매우 많은데 경어(敬語)·용모(容貌)·복식(服飾)·진퇴(進退)·읍양(揖讓)·선후(先後) 등이 있습니다.

첫째, 말할 때는 경어(敬語)를 써야 합니다. 몇 해 전에 중국 대륙에서 타이완 여행이 개방된 후 『환구시보(環球時報)』에 많은 대륙인들의 타이완에서의 재미있는 토막 기사들이 실렸습니다. 보도에 따르면 타이완 사람들의 언어가 매우 새롭고 재미있다는 것입니다. 예를 들면, "장 선생님, 올해 춘추(春秋)가 어떻게 되십니까(张先生, 您今年高寿啊)?" "이 선생님, 댁(宅)은 어디십니까('李先生, 您府上哪里)?" "이 선생님, 올해 연세가 어떻게 되십니까(李先生, 您今年贵庚啊)?" 등처럼 말이 너무나도 점잖다는 것입니다. 사실 이런 것은 모두 중국의 전통 용어들입니다. 손님, 특히 멀리서 온 손님에게 이야기할 때에는 응당 경어(敬語)를 써야 합니다. 돌이켜 보면 지금 많은 젊은이들은 말을 할 때 예의(禮儀)가 부족하며 심지어는 저속(低俗)하고도 품위(品位)가 떨어지는 사투리에 매우 흥미를 느끼고 있습니다.

옛날에는 호칭(呼稱)에 대해 매우 중시하고 엄격했습니다. 기실 이것은 다른 문화수준을 반영하는 것이었습니다. 예를 들어, 부부가 함께 문을 나서다가 아는 사람을 만났을 때, 남편이 아내를 어떻게 소개하겠습니까? 어떤 사람은 '천내(賤內)'·'애인(愛人)'·'내자(內子)'·'처자(妻子)'·'마님(太太)'·'부인(夫人)'이라고 답할 것입니다. 이런 칭호 중에 어떤 것은 서면용어(書面用語)이고, 어떤 것은 공식장소(公式場所)에서 사용이 적합하지 않은 것입니다. 이를테면 '천내(賤內)', 가장 황당한 것은 '부인(夫人)'입니다. 『예기』에서 이르기를, 옛날 천자(天子)의 배우자를 후(後), 황후(皇后), 태후(太后), 모후(母后)라 하고, 이런 칭호는 보통 사람들은 사용이 금지되었으며, 제후급(諸侯級)에 해당하는 배우자만이 '부인(夫人)'이라고 호칭(呼稱)했습니다. 물론 언어가 발전함에 따라 오늘에 이르러 '부인(夫人)'이라는 말을 사용하여 상대방을 배려하는 마음에서 높여 부르기도 합니다. 그러나 '부인(夫人)'·'귀경(貴庚)'·'각하(閣下)'·'전하(殿下)'와 같은 존칭(尊稱)은 오직 상대방이 하는 말로, 자기 스스로에게 써서는 안 됩니다. 이를테면, 자기가 "이 사람은 제 부인입니다."라고 하는 것은 우쭐거리거나 겸손하지 못한 표현이 되는 것입니다. 자기가 "귀경(貴庚)이 서른여섯입니다." 등의 말을 하는 것도 황당하기 짝이 없습니다. 지금 비교적 많이 쓰이고 있는 말 가운데 '애인(愛人)'이라는 단어가 있는데, 중국 4대 소설에서도 이 낱말이 언급된 것은 하나도 없습니다. 그리고 일본(日本)이나 한국(韓國), 중국 타이완 및 중국 홍콩 등 한자문화권에서 말하는 '애인(愛人)'은 정부(情夫) 또는 정부(情婦)를 가리킵니다. 개혁 개방 초기에 한자문화권의 친구들이 대륙에 왔을 때, 어떤 선생님이 그들을 식사에 초대하여 자기 마누라를 손님에게 소개하며 "여기는 제 애인입니다."라고 하여 이 친구들이 매우 놀랐다고 합니다. 중국의 개혁 개방 발걸음이 아무리 빨라도 감히 공공장소에까지 애인을 동반하다니 말입니다. 그럼 응당 어떻게 호칭해야 할까요? 일반적으로는 '처(妻)', 좀 우아하게 부르면 '내자(內子)' 또는 '내인(內人)'입니다. 그러나 아내는 자기의 남편을 '외인(外人)'이라고 부를 수 없으나, '외자(外子)'라고는 부를 수 있습니다. 이처럼 칭호는 함부로 써서는 안 되는 것입니다.

중국의 고전소설을 보면, 『삼국연의(三國演義)』와 같이 하이라이트에 이를 때마다 "관객 여러분, 그 뒤에 어떻게 되었는가를 알려면 다음 회(回)의 이야기를 듣도록 하세요(各位看官, 欲知后事如何, 且听下回分解)."라는 말을 하고 있음을 보게 됩니다. 사실 전기수(傳奇叟, 직업적으로 사람들에게 소설을 읽어 주던 사람-역자 주)의 이야기를 듣거나 책을 보는 사람들은 반드시 관리(官吏)만은 아닙니다. 따라서 이곳에서 이렇게 말하는 것은 단지 독자를 "존경한다"는 뜻을 나타낼 따름인 것입니다. 1930·40년대에 이야기를 다룬 텔레비전 프로그램에서도 볼 수 있듯이, 손님이 노포(老舖, 오래된 점포-역자 주)에 들어서면, 심

부름꾼이 "나리, 안으로 드세요(这位爷, 里面请)"라고 하며 '나리(爷)'라고 호칭하는 것을 볼 수 있는데, 이는 손님을 높은 위치에 놓음을 말하는 것입니다. 장사에 신경을 쓰는 남방의 일부 음식점에서는 손님을 대할 때, "사장님께서는 무얼 드시겠습니까?(这位老板, 需要点什么)?"라고 말하는데, 그들이 '사장님(老板)'이라고 호칭하는 것도 존중을 나타내는 것입니다. 어느 땐가 한번은 제가 홍콩의 작은 음식점에 들려 아침식사를 하려고 하는데, 제가 대륙에서 온 손님이라는 것을 알아채고는 가게 사람이 "세 분 지도자께서는 무엇을 드시겠습니까?(三位领导, 要吃点什么)?"라고 하였는데, 여기서 '지도자(领导)'라는 것도 존칭인 것입니다. 그리고 비교적 널리 쓰이는 호칭인 '사부(师傅)'는 '문화대혁명' 때 노동자의 사부가 모든 것을 지도했기에 '사부'는 지고지상(至高至上)의 호칭이었습니다. 그에 비해 지금은 그렇게 호칭하는 게 적어졌습니다. 남에게 존칭(尊稱)을 쓰는 것을 배우고 경어(敬語)를 사용하는 것은 매우 중요한 것입니다.

둘째, 용모(容貌)가 단정해야 합니다. 서한(西漢) 때, 사서(史書)의 기록에 의하면 각급 정부마다 모두 예관(禮官)이 있었습니다. 이런 예관들은 노(魯)나라에 가서 전문적으로 '용의(容儀)'를 배웠습니다. '용의(容儀)'는 정감(情感)을 나타내기 위함이고, 정감은 반드시 얼굴에 드러내야 합니다. 그러므로 상례(喪禮)에 참가할 때 어떻게 비통한 표정을 지어야 하고, 혼례(婚禮)에 참가할 때는 어떻게 하며, 국가 대전(國家大典)에 참가할 때는 또 어떻게 처사해야 하는지 등을 알아야 합니다. 이를테면, 손중산(손문) 선생의 장사(葬事)를 치르기 위해 당시 전문적으로 봉안(奉安)위원회를 설치하고 일련의 의식상에 맞는 요구를 제정했던 것이 그것입니다.

한 사람의 용모는 공경하고 단정해야 하며, 히죽거려서는 안 되는데, 공식 장소나 공공장소에서는 더더욱 그렇습니다. 용모의 예의는 매우 중요하며 반드시 공경(恭敬)하는 마음을 드러내야 하는 것입니다.

셋째, 복식(服飾)은 정서(情緖)에 어울려야 합니다. 이를테면, 장례(葬禮)에 참가할 때 붉은 옷이나 꽃무늬 옷은 절대 입지 말아야 할뿐만 아니라 립스틱이나 매니큐어를 바르거나 꽃무늬가 있는 넥타이를 매는 것은 어울리지 않습니다. 공식 장소에서 여성들은 신분에 걸맞게 옷차림이 단정해야 합니다. 시안시(西安市)에서 몇 해 전에 택시 운전을 할 때 여성 기사들은 스트랩리스[10]나 미니스커트를 착용하지 못하게 규정하였는데, 그렇지 않을 경우 손님들이 여성의 직업에 대해 오해를 가질 수 있었기 때문입니다. 공공장소에서 몸에 어울리지 않는 옷을 착용하는 것은 타인을 존중하지 않는 것입니다. 이전에 신문에 게재된 기사에 의하면, 외국인이 중국에 와서 텔레비전 프로의 여성 사회자가 노출이 심한 옷을 입고 있는 것을 보고 매우 놀랐다고 합니다. 어떤 사람은 심지어 이런 사회자는 심리상태가 바르지 못하다고 비꼬기까지 했습니다. 이는 매우 자중(自重)하지 못한 표현입니다. 이러한 것은 결코 우리의 전통이 아닙니다.

넷째, 진퇴(進退)를 알아야 합니다. 어느 때인가 한 번 제가 회의 참석 차 홍콩대학에 가게 되었는데, 그 회의는 진용(金庸) 선생의 협찬(協贊)으로 개최된 것입니다. 폐막식 때 진용 선생이 회의장에 들어서자 모두들 환호성을 터뜨리며 그의 말씀을 듣고 싶어 했고 그와 기념

---

10) 스트랩리스 : 어깨, 팔, 가슴과 등의 윗부분이 노출되게 디자인한 옷.

촬영을 하려고 했습니다. 진용 선생은 그 자리에 못 박힌 듯 서서 낮은 목소리로 겸손하게 이야기를 했습니다. 그의 손님들에 대해 공경하고 예의바름을 엿볼 수가 있었습니다. 홍콩대학에서는 내빈들에게 책을 증정하려고 했으나 회의에 참석한 사람들이 너무나 많기에 학교마다 대표를 파견하여 책을 받도록 하고 그 대표들과만 기념사진을 찍도록 하였습니다. 이때 책을 수령하는 대표는 어떻게 무대에 올라가야 할까요? 마땅히 '추(趨)', 즉 발걸음을 빨리해야 합니다. 옛사람들은 '길을 걸음(走路)'을 나타내는 몇 가지 단어가 있었는데 참으로 재미있습니다. 그중 하나인 '보(步)'는 발걸음이 내키는 대로 편히 걷는 것으로, 한 걸음 한 걸음 걸어가는 것을 말하는데, 어떤 장소에서는 이렇게 느긋하게 걸어서는 안 됩니다. 진용 선생이 무대에 서 있을 때 대표들이 책을 수령하는 모습도 모두 달랐습니다. 대부분이 어깨를 으쓱거리며 느릿느릿 무대에 오르는가 하면, 어떤 이는 잰걸음으로 진용 선생 앞으로 달려가 재빨리 인사를 하기도 했습니다. 여기서 교양이 있는지 없는지를 분별할 수가 있는 것입니다.

다섯째, 읍양(揖讓)·겸양(謙讓)해야 합니다. 생활 속에 사람들은 때때로 서로 뒤질세라 앞을 다투면서 차례를 무시합니다. 한 번은 칭화원(清华园)에서 한 친구와 엘리베이터를 타게 되었습니다. 이 친구는 학원을 차려 아이들에게 『삼자경(三字經)』과 『제자규(弟子規)』 등을 가르쳤습니다. 그날 그가 학생 둘을 데리고 왔는데, 엘리베이터 문이 열리자마자 두 아이는 쌩하니 달려 들어갔습니다. 그 뒤를 따라 우리도 들어가고 문이 닫힌 다음에 저는 이 학생 둘에게 『제자규(弟子規)』를 배웠냐고 물었습니다. 그들은 배웠다며 외울 수도 있다고 했습니다. 그래서 나는 금방 너희들이 엘리베이터에 들어서는 행위는 『제자규(弟

子規)』의 가르침에 위배되는 행동이라고 알려줬습니다. 『제자규(弟子規)』에서 "나이 많은 사람이 우선이고, 어린 자는 후순이다(長者先, 幼子後)"라고 말하고 있습니다.

또 겸양할 줄을 알아야 하는데, 비록 동년배라도 서로 겸양해야 합니다. "재야서치(在野序齒, 재야에서는 연령순으로 차례를 정한다－역자 주)"를 알면 앞으로의 생활에 아주 도움이 될 것입니다.

이제 어떻게 손님을 배웅하는지에 대해 이야기해 보겠습니다. 어떤 사람은 손님을 배웅할 때 아주 열정적이지만, 손님이 금방 떠나 엘리베이터에 다가가기도 전에 집으로 들어가 '쾅'하고 문을 닫아 버리는데, 이는 아주 무례(無禮)한 짓입니다. 한 번은 홍콩에서 어떤 법사(法師)님이 저를 식사에 초대해주셨습니다. 식사 뒤에 아파트를 내려갈 때 그는 몸소 우리를 배웅했습니다. 그 아파트는 산 위에 세운 것이라 비탈길을 따라 내려가야 했습니다. 우리가 차를 타자 그는 조수(助手)와 함께 손을 흔들며 작별 인사를 했습니다. 차창 유리가 닫히고 차가 아래에 도착할 때까지 우리는 그가 조수와 함께 그 자리에 공손하게 서 있는 모습을 보았습니다. 이것이 바로 『제자규(弟子規)』에게 이르는 "과유대, 백보여(過猶待, 百步餘)", 즉 "지나가길 기다리고 지나간 뒤 길을 간다"는 것입니다. 생활을 하다보면 손님을 배웅할 때가 있습니다. 이 때는 적어도 손님이 엘리베이터에 올라 엘리베이터가 작동할 때까지 기다렸다가 자기 집으로 들어가는 것이 예의입니다. 관계가 밀접하면 아파트 아래 문어귀까지 배웅하고, 더 친밀한 사이라면 뜰 어귀까지 배웅하거나 차에 오를 때까지 기다렸다가 '백보여, 객불고(百步餘, 客不顧)', 즉 "지나간 뒤 길을 가고, 손님이 돌아볼 수 없을 때까지 기다려야 한다"는 것입니다. 손님이 고개를 돌려 인사를 하려는데, 배응하는 사람은 이미 돌아서서 보이지 않으면 이는 불경(不敬)이고 무례(無禮)입니다.

경의(敬意)를 나타내는 데는 중요한 원칙이 있습니다. 겸손해야 하고 존경해야 하는 것입니다. 『예기·곡례상(曲禮上)』에서 이르기를, "부례자, 자비이존인. 수부판자, 필유존야, 이황부귀호(夫禮者, 自卑而尊人, 雖負販者, 必有尊也, 而況富貴乎?)"라고 했습니다. 즉 "무릇 '예'라는 것은 자기를 낮추고 남을 높이는 것이다. 비록 행상(行商)을 하는 미천한 자라 하더라도 반드시 존중하는 마음이 있어야 한다. 하물며 부귀한 사람은 더 이를 말이 있겠는가?"라는 뜻입니다. 여기서 '자비(自卑)'는 비굴하게 남에게 아첨한다는 비(卑)가 아니라 겸비(謙卑)·자겸(自謙)의 뜻으로, 스스로를 겸비의 위치에 놓고 상대방을 존중한다는 의미입니다. 문화계의 어떤 유명 인사가 텔레비전 방송에서 중국의 전통문화를 비판한 적이 있습니다. 그는 중국이 발전하지 못하는 것은 바로 '예'가 있기 때문이며, 그뿐만 아니라 중국 사람의 예는 모두 윗사람이나 상급자에게 대한 것이어서, 사람마다 평등함을 추구하는 서방보다 좋지 못하다고 비판했습니다. 어찌 들어보면 일리가 있는 것 같기도 합니다. 그러나 그의 생각은 서방 것이 좋다는 점에서 비롯된 것입니다. 만약 그가 『예기』를 읽어보았더라면 결코 그렇게 말하지 않았을 것입니다.

서방 사람들이 공평함을 추구한다고 하는데, 그것은 그들의 문화가 종교문화이기 때문입니다. 모든 사람이 다 하나님의 아들이기에 아버지와 아들도 하나님 앞에서는 등배(等輩)이고 평등합니다. 아버지는 단지 아들의 후견인(後見人)이기에 가령 아버지가 아들을 때리거나 하면 아들은 아버지를 법원에 기소(起訴)할 수 있으며, 부모가 연로(年老)해지면 양로원(養老院)에 가는 것이 마땅한 일이라고 생각합니다.

그러나 중국 사람은 하나님의 아들이 아니고 부모의 자식입니다. 부모가 자녀를 고생스레 양육하였기에 자녀가 부모에게 효도(孝道)하는 것은 당연한 이치인 것입니다. 그뿐만 아니라 이것은 불공평을 대표하는 것이 아닙니다. 왜냐하면 사람은 한평생 자녀로만 살아가지 않으며, 나이가 들면 역시 아버지가 되고 어머니가 됨으로 당연히 다음 세대가 당신에게 효도하기 마련입니다. 여러 해가 지난 뒤 당신이 할아버지·할머니가 되면 온 집안의 자손들이 역시 당신에게 효도하므로 이런 기회는 균등(均等)한 것입니다.

그밖에 중국의 '예'는 단순히 후배(後輩)가 선배(先輩)에 대한 것만은 아닙니다. 그럼 어느 정도까지 존중해야 마땅한 것입니까? 즉 "수부판자, 필유존야, 이황부귀호(雖負販者, 必有尊也, 而況富貴乎?)"에서 알 수 있는 것처럼, 짐을 짊어지고 대바구니를 메고 길거리를 떠돌아다니며 물건을 파는 행상인(行商人)인 부판자(負販者)는 비록 소외 계층(疏外階)이기는 하나 그들도 인간으로서의 존엄이 있다는 것입니다. 곧 상점 안의 판매원들은 출근할 때 고객을 존경하지만, 퇴근 뒤에는 기타 가게에 가서 소비를 할 때면 역시 같은 존경의 대상이 됩니다. 당신이 남에게 경어(敬語)를 쓰면 남도 역시 당신에게 경어를 쓰게 마련이지요. 당신이 스스로를 겸손한 위치에 놓고 타인을 존중한다면 타인도 역시 그렇게 당신을 존중할 것입니다. 이것이 더 높은 차원의 평등이 아니겠습니까? .

한편 '예'의 정신이 '박애(博愛)'라는 것을 깨달아야 합니다. "범시인, 개수애(凡是人, 皆須愛)"라는 말처럼 "무릇 사람이라면 모두를 사랑해야 한다"는 말입니다. 자기가 동난(東南)대학의 학생이기 때문에 행운아(幸運兒)라고 자부하면서 잘난 체하고 남을 깔봐서는 안 됩니다. 텔레비전 방송의 일부 사회자들은 매우 거만하여 방송실에 앉아 머리 숙여 인사를 할 줄을 아예 모릅니다. 어느 땐가 『광명일보(光明日報)』 '국학판(國學版)'의 주필(主筆)과 이야기를 나눈 적이 있습니다. 그는 일본이나 중국 타이완의 유명한 사회자들이 아주 예의(禮儀)가 밝아 감개무량하다고 말했습니다. 뭇사람에게 인사를 하는 것은 매우 간단한 일이며, 한눈에 "당신은 예의에 밝다"는 인상을 줍니다. 이것이 얼마나 좋습니까? 무엇 때문에 겸허(謙虛)해야 하냐고 어떤 이들이 물을 수 있습니다. 뿐만 아니라 "만나는 사람마다에게 겸허해야 하고 인사를 해야 한다니, 얼마나 견디기 힘든가요?"하고 대드는 사람도 있습니다. 사실 그는 아직 이것이 일종의 수양(修養)이라는 것을 이해하지 못하고 있는 것입니다.

현재 사회에서는 일부 사람들이 『주역(周易)』을 다양하게 이야기하고 있습니다. 그리고 많은 곳에서 국학반(國學班)을 세운다는 명목아래 사실은 돈을 긁어모으기 위하여 풍수(風水)를 어떻게 보는지, 주식 투기(株式投機)나 점치는 것을 가르치고 있습니다. 거기다가 기관에서 간부를 일부 발탁하는데도 『주역(周易)』을 보고 자기에게 차례가 오는지를 점치기도 합니다. '국학열(國學熱)'이 마냥 이렇게 나아간다면 점차 기로(岐路)에 들어설 수 있을 것입니다. 사실 『주역(周易)』은 아주 좋은 책의 하나로 반드시 전면적으로 보아야 합니다. 칭화대학의 교훈(校訓)인 "자강불식, 후덕재물(自强不息, 厚德載物)", 즉 "스스로 강해짐을 쉼 없이 해야 하고, 두터운 덕으로 만물을 포용해야 한다"는 말입니다. 이는 바로 『주역(周易)』의 곤괘(坤卦)에서 온 것이며, 그밖에 "관호인문, 이화성천하(觀乎人文, 以化成天下)" 즉 "인문을 관찰하여 천하를 교화(敎化)시킨다"는 것도 있습니다. 이처럼 주역은 인문을 중요시한 책의 하나입니다.

주공(周公)이 그 아들인 백금(伯禽)에게 이르기를, 『역(易)』유일도, 대족이수천하, 중족이수기국, 소족이수기신: 겸지위야(『易』有一道, 大足以守天下, 中足以守其國, 小足以守其身: 謙之謂也),' (『韓詩外傳』卷三引)라고 했습니다. 즉 "사람은 겸허함을 알아야 하고, 사람을 존중할 줄 알아야 하며, 자기의 부족함을 알아야 하고, 수렴(收斂)할 줄을 알아야 한다. 이런 인품(人品)과 덕성(德性)을 겸비하면 크게는 천하를 지킬 수 있고, 중간 정도로는 국가를 지킬 수 있으며, 작게는 제 몸을 지킬 수 있다."는 뜻입니다.

4. 성(誠)·경(敬)은 허리를 굽혀 절하는 데서부터 시작한다.

'성(誠)'과 '경(敬)'은 어떻게 양성하는 것일까요? 제가 여기에서 건의를 하나 하는데 허리를 굽혀 절하는 것부터 시작할까 합니다. '성(誠)'과 '경(敬)'을 만약 마음속에 두면 반드시 일정한 표정과 몸짓으로 나타내게 됩니다. '성(誠)'과 '경(敬)'의 표정과 몸짓은 아주 많은데, 그 중 허리를 굽혀 절하는 것은 중국 사람들이 경의(敬意)를 표하는 가장 많이 사용하는 방식입니다. 저의 한 친구가 베이징에서 회사를 차리고 있는데, '예'에 관한 책을 읽고 나서 그는 "한 사람이 자기를 변화시키고 사회를 변화시키려면 반드시 행동으로 옮겨야 한다"는 도리를 깨달았다고 했습니다. "문명을 습관이 되게 하자(让文明成为习惯)", 만약 단순히 슬로건으로만 붙인다면 단지 거리의 구호에 지나지 않으므로 그 누구도 행하려 하지 않을 것입니다. 어떻게 하면 습관이 되게 할 수 있을까요? 지금 가장 먼저 해야 할 것은 허리를 굽혀 인사하는 것입니다. 회사를 세운다는 그 친구가 회사의 동료들에게 서로 만나면 허리를 굽혀 인사를 하자고 제기하자, 어떤 직원이 그것은 일본인의 방식이라고 화를 내며 사직(辭職)했다고 합니다. 그렇다면 정말 일본인만이 이렇게 하는 걸까요? '국궁(鞠躬, 허리 굽혀 인사하는 것－역자 주)'에 대해 중국 고대에는 많은 기록이 있습니다. 『논어』에서 이르기를, 공자가 "입공문, 국궁여야(入公文, 鞠躬如也)"라 했는데, 이는 즉 "궁궐 문에 들어갈 때에 (존경의 뜻으로) 몸을 구부렸다"는 말입니다. 제갈량(諸葛亮)이 『후출사표(後出師表)』에서 "국궁진췌, 사이후이(麴窮盡瘁, 死而後已)"라 한 것도 즉 "나라를 위하여 죽을 때까지 몸과 마음을 다 바치겠다"고 고백한 것입니다. 만약 한 사람이 허리 굽혀 인사를 하는 것마저 마다한다면, 어찌 나라와 가정에 충성할 수 있겠습니까? 루쉰(魯迅)은 『자조(自嘲)』라는 글에서, '횡미냉대천부지, 부수감위유자우(橫眉冷對千夫指, 俯首甘爲孺子牛)', 즉 "매서운 눈초리로 뭇 사람들의 질타(叱咤)에 맞서며, 기꺼이 백성들을 위해 봉사(奉仕)해야 한다"라고 말했습니다. 여기서 '부수(俯首)'는 곧 허리를 구부려 인민 대중의 소가 되겠다는 것입니다. 허리를 굽히는 게 어찌 일본사람만이 하는 것일까요? 배우지 않은 것이 잘못입니다.

2005년에 치공(启功) 선생님이 세상을 하직한 후, 저는 신문에서 그를 기리는 기사(記事)를 한 편 보았습니다. '문화대혁명' 기간에 치공 선생님이 곤경에 처했을 때, 어떤 친구가 늘 그의 집을 찾아 그와 한담을 나누곤 하였다고 합니다. 그 당시 치공 선생님은 아주 형편이 어려워 한 낡은 집에 거주하고 있었습니다. 이야기를 나누다 식사시간이 되면 그 친구는 일어나 작별 인사를 하곤 하였는데, 작별 인사를 할 때마다 치공 선생님은 한 발 앞서 문어귀로 달려가 그에게 허리를 굽

혀 절하며 그가 멀리 갈 때까지 눈으로 바래주면서 정성을 다 해 전
송을 해주었기에 이 친구는 영원히 그 장면을 잊지 못한다고 했습니
다. 어느 한 번 중앙 텔레비전 방송국(CCTV)의 사회자인 주쥔(朱軍)의
인터뷰 프로를 보게 되었는데, 그 날 인터뷰 게스트는 동북지역에서
온 민요 가수인 궈쏭(郭頌)이었습니다. 궈쏭은 독학으로 가수가 된 사
람인데, 기회가 되어 베이징에서 노래를 하게 되었고, 유명한 가수인
왕퀸(王崑)의 마음에 들게 되었습니다. 그리하여 그는 왕퀸에게 "왕 선
생님, 상하이에 가수 학습반이 있다는데, 제가 가고는 싶으나 자격이
되지 않고 학력도 없으니 선생님께서 도와주실 수 있겠습니까?"하고
여쭤봤답니다. 이에 왕퀸은 흔쾌히 응낙하고 그를 도와 그의 소원을
들어주었답니다. 궈쏭은 이에 큰 감동을 받았으며, 왕퀸이 여러 면에
서 그의 스승이라고 여기면서 지금까지도 왕퀸을 만나면 허리를 90도
로 굽혀 절을 한다고 합니다. 그는 특별히 왕퀸 선생님에게 감사를 드
리며, 영원히 그녀를 잊지 못한다면서 그녀를 만나면 반드시 이런 방
식으로 마음의 경의(敬意)를 표한다고 했습니다. 그러나 지금 일부 학
생들은 선생님을 만나도 나란히 앉기도 하고, 심지어는 선생님의 어깨
도 툭툭 치곤하는데 이는 불손(不遜)한 행위입니다.

2004년 전국인민대표대회에서 원자바오 총리께서 정부사업에 대해
보고를 할 때, 강단에 올라 먼저 단상 아래의 대표들을 향해 허리를
굽혀 절을 두 번 하고나서 몸을 돌려 주석단에 있는 사람들에도 허리
를 굽혀 인사를 했습니다. 보고를 마친 후에도 그는 그렇게 허리를 굽
혀 세 번이나 예의(禮儀)를 표시하였습니다. 보고를 마친 뒤 그가 좌석
에 돌아와 앉을 때까지 대표들의 박수소리가 끊이지 않자 그는 재차
일어나 허리 굽혀 두 번 절을 더 하며 사의(謝意)를 표시했습니다.

그럼에도 불구하고 대표들의 열정적인 박수소리가 여전히 온 장내에 울려 퍼지자, 그는 다시 한 번 장내를 향해 허리를 굽혀 인사를 했습니다. 전후 아홉 차례에 걸친 인사에 현장에 있던 대표와 회의 참석자들의 얼굴에는 모두 감동의 표정이 역력했습니다. 이러한 진심은 모두를 감동시키는 것입니다.

후진타오(胡錦濤) 주석 또한 그런 대표적인 행동을 보였습니다. 2005년에 후 주석이 미국을 방문했을 때, 뉴욕 교민단체에서 5천여 명을 조직하여 환영의식을 가졌습니다. 교민 동포의 열정에 깊이 감동된 후 주석은 허리를 깊숙이 숙여 절을 하였습니다. 겸손하고 온화하며 진심 어린 후 주석의 태도에 현장의 모든 화교들은 몹시 감동하였으며, 조국에서 해외에 있는 동포들에 대한 관심과 존중을 절실하게 느낄 수 있었다고 했습니다. 그보다 더 일찍이 후 주석이 미국을 방문했을 때, 화교들은 새벽에 비를 무릅쓰고 몇 시간을 기다렸다는 말을 듣고 두 번이나 90도에 가까운 절을 하였습니다. 그의 이러한 친화적(親和的)인 태도는 이미 교표들의 마음속에 깊이 파고들어가 있었던 것입니다. 베이징올림픽이 임박할 무렵, 저는 『환구시보(環球時報)』에 한 편의 글을 게재했습니다. 여러분들 모두가 매일 적어도 세 번씩은 예(禮) 취하자고 호소했습니다. 첫 번째 예는 세 번 인사를 하자는 것이었습니다. 즉 아침 출근길에 이웃을 만나면 인사를 하고, 점심에 식당에서 식사할 때 동료를 만나면 인사를 하고, 퇴근하고 돌아갈 때 또 한 번 인사를 하자는 것입니다. 두 번째 예는 매일 세 번씩 양보를 하자고 했습니다. 차를 운전하거나 엘리베이터를 타거나 식사를 할 때에 다른 사람과 다투지 않기 위해서입니다. 세 번째 예는 매일 존칭어를 세 번 사용하자는 것입니다. 이 기회를 빌려서 차츰 좋은 습관을 양성하고 나아가 점차 좋은 기풍(氣風)이 형성되었으면 하는 바람이었습니다. 한 학교에서 이렇게 한다면 이 학교는 변화될 수 있고, 한 도시가 이렇게 한다면, 이 도시도 한층 더 업그레이드될 수 있으며, 전국 인민이 이렇게 한다면 좋은 기풍(氣風)이 형성될 수 있는 것입니다.

저는 지금 각처로 다니며 호소하고 있습니다. 일개 서생(書生)이며 학자(學者)로서 저는 여러분들에게 중국문화를 알림으로써 문화라는 것은 반드시 몸에서 구현(具現)될 때만이 살아 있게 되는 것임을 여러분들이 느꼈으면 합니다. 문화를 전승(傳承)하려면 그것이 우리 생명체의 일부분이 되어야 합니다. 이 도리를 깨달은 뒤 그것을 인생의 하나의 신념으로 내면화(內面化)시켜야 합니다. 그래야만 중국문화의 전승은 비로소 희망이 있게 되는 것입니다. 그렇지 않으면 지금 우리 세대는 역사에 부끄럽게 됩니다. 지금은 더 이상 가난하여 먹는 문제에만 신경을 쓰던 때가 아니라 사회는 이미 일정한 단계로 발전했습니다.

"창름실즉지예절, 의식족즉지영욕(倉廩實則知禮節, 衣食足則知榮辱)(『관자·목민(管子·牧民)』)이라는 말이 있습니다. 즉, 창고가 가득 차면 예절을 알고, 의식이 풍족하면 영욕을 알게 된다"는 뜻으로 물질문명이 발달하면 정신문명도 그에 걸맞게 발전하여 어깨를 나란히 해야 한다는 말입니다. 이는 근본적으로 말해서 우리의 문화가 발을 붙일 수 있을지, 전 세계를 향하여 기타 어느 문화보다 못지않을 뿐만 아니라 더욱 우수한 문화라는 것을 증명하는 것과도 관계되는 것입니다.

인류사회가 이러한 모델로 나아간다면 앞날은 더욱 아름답게 변할 것입니다!

제3강

예악을 모두 습득해야 덕이있다고 할 수 있다.

(禮樂皆得, 謂之有德)

제3강
예악을 모두 습득해야
덕이있다고 할 수 있다. 禮樂皆得, 謂之有德

고대 중국의 예악

이번 강연의 제목은 '예악개득 위지유덕(禮樂皆得, 謂之有德)'으입니다. 즉 "예악(禮樂)을 모두 얻은 것을 덕(德)이 있다고 한다."라는 것입니다. 기회가 없어서 고대 경전을 접촉하지 못한 학생들에게 이 말은 비교적 알기 어려울 것입니다. 먼저 이 문제부터 풀어보도록 합시다. 옛사람들은 글 한 자 또는 한 낱말을 해석할 때 이런 습관이 있습니다. 그것은 곧 동음자(同音字)로 주해를 단다는 것입니다. 그중 가장 경전적인 증명은 바로 한대(漢代) 학자인 유희(劉熙)의 저서『석명(釋名)』입니다. 이 책에서 명물어사(名物語辭)는 모두 성운(聲訓)으로 해석하였습니다. 즉, 소리가 같거나 비슷한 자(字)로 어의(語義)를 해석했습니다. 예를 들면, '춘자, 준야(春者, 蠢也)'를 가지고 '춘(春)'과 '준(蠢)'은 동음(同音)인 '쳔(chun)'이라 발음하는데, 여기서 '봄(春天)'은 무슨 뜻일까? 즉 "만물이 소생하여, 벌레가 꿈틀꿈틀 기어 나가려 하는 것(蠢蠢欲动)"을 '봄'이라 한다고 했습니다. 또 예를 들면, '토자, 토야(土者, 吐也)' 즉 "무엇이 '흙(土)'인가? 벼·밀·채소 따위를 토(吐)해내는 것이 '흙(土)'이다" 라고 했습니다. 다시 말해서 만물을 자라나게 하는 것이라는 겁니다. 마찬가지로 '덕자, 득야(德者, 得也)'는 "무엇이 도덕인가? 인생 및 사회의 참뜻을 얻는 것이다." 다시 말해서 유덕(有德)한 사람, 또는 득도(得

道)한 사람을 말하는데 그들은 진리를 깨달았기 때문이라는 것입니다. 『예기』에 「악기(樂記)」라는 편이 있는데, 그중 '예악개득(禮樂皆得)'이라는 말이 있습니다. 즉 "'예'와 '악(樂)'의 참뜻을 모두 얻었다."라는 뜻인데 그러한 사람은 덕이 있는(有德) 사람이므로 "덕이 있다고 말한다(謂之有德)"고 하는 겁니다. 이처럼 예악(禮樂)과 인생은 잠시라도 떨어질 수가 없는 것입니다.

여러 해 전에 저는 중화서국(中華書局)에서 강연집(講演集) 한 권을 출판했는데, 이름을 『예악인생(禮樂人生)』이라고 지었습니다. 그 뜻은 곧 사람의 일생은 마땅히 '예악'으로 규범하고 지도해야 한다는 것입니다. 중국문화의 핵심은 '예'이고, 중국문화는 '예'의 문화이며, 이 '예' 속에 '악(樂)'이 포함되어 있습니다. 좀 더 자세히 말하면 '예악'이고, 간략하게 말하면 '예'입니다. 무엇 때문에 '예'가 '악(樂)'을 내포하고 있다고 하는 것일까요? 『예기』의 한 편인 「악기」를 읽고 나면 깨닫게 될 것입니다. 많은 사람들이 일부 학자를 포함하여 이 문제에 대한 인식 또는 예악문화에 대한 인식을 제대로 못하고 있습니다. 이를테면 어떤 사람들은 '예'를 취할 때면 반주(伴奏)가 있어야 하고, 반주는 곧 '악'이라고 간주하므로 '예악문화'라고 부른다는 것입니다. 또 어떤 사람들은 '예'는 사람을 구속하는 것이므로 구속하고 나면 긴장감을 느끼게 되며, 오래도록 긴장한 상태로 있을 수가 없기 때문에 '악'으로 이완시킨다는 것입니다. 이를 보면서 저는 예악지국(禮樂之國)에 살고 있는 민족이 자기의 문화에 대한 인식을 시급히 높여야 한다는 것을 느끼게 되었습니다. 이러한 기본적인 문제를 깨닫지 못하고서는 전통문화를 수호하고 발양시킨다는 말은 사실 공언에 지나지 않는 것입니다. 그러므로 자기의 문화를 분명히 이해하는 것이 제일 중요한 문제라고 할 수 있습니다.

오늘 중점적으로 이야기할 내용은 악교(樂敎)입니다. 전 세계의 어떤 민족이든 간에 문명이 일정한 수준으로 발전하게 되면 모두 음악을 인식하게 됩니다. 크게는 아프리카, 라틴아메리카, 유럽, 아시아, 작게는 시짱(西藏, 티베트), 신장(新疆), 윈난(云南) 또는 중원(中原) 지역에 이르기까지 무릇 어느 민족이든 일정한 단계에 이르면 모두 음악과 인연을 맺기 마련입니다. 그러나 특별히 지적해야 할 것은 전 세계에 중화민족처럼 음악을 일종의 교화(敎化) 도구로 삼은 민족은 하나도 없다는 것입니다. 『예기』에 육경(六經)을 해석한 한 편의 「경해(經解)」가 있는데, 공자를 이야기할 때, 시교(詩敎)·서교(書敎)·예교(禮敎) 등을 포함하여 육경지교(六經之敎)가 있다고 했습니다. 그중 '예'로써 가르침을 '예교', '악'으로써 가르침을 '악교'라고 했습니다. 중국 사람들은 악을 오락(娛樂)의 방식으로 삼았을 뿐만 아니라 민중에 대한 교화 역할을 더 중시하였습니다. 어떤 의미에서 볼 때 유가에서는 악교를 예교보다 더 높은 위치에 놓은 것입니다. 아래에서 더욱 자세히 소개해드리도록 하겠습니다.

1. 중국 상고(上古)의 음악성과

일반적으로 무릇 음악을 언급하게 되면 사람들은 흔히 교향악단(交響樂團)이나 금관악기(金管樂器)를 연상하게 되지만, 중국의 악기를 말할라 치면 아주 촌스럽고 낙후하다고 여기는데 이는 옳지 않습니다. 중국은 음악의 발단이 매우 빠른 나라입니다. 문헌기록에 따르면 중국음악의 기원은 황제(黃帝) 때로 거슬러 올라갈 수 있습니다. 황제(黃帝) 때에 수많은 발명과 창조가 나타났다고 전해지는데, 그중의 하나가 바로 12율(十二律)을 발명한 것입니다. 사서의 기록에 의하면 황제가 영론(怜論)이라는 악관(樂官)을 임명하여 '12율'을 창작했다고 합니다. '12율'은 음악에서 가장 중요한 기본 요소라고 할 수 있습니다. 그외에 음악에는 또 1(도), 2(레), 3(미), 4(파), 5(솔), 6(라), 7(시)로 구성된 7음계(七音階)가 있고, 그 사이에는 음(音) 높이의 차이가 있을 뿐만 아니라 이 음높이는 균등한 것이 아닙니다. 1(도), 2(레), 3(미) 세 개는 같으나, 4(파)에 이르러서는 비교적 작아 반음(半音)이고, 7(시)에 이르러서는 다시 반음으로, 일곱 음(音)이 같지 않았습니다. 마치 피아노에 검은 건반(鍵盤)과 흰 건반이 있듯이, 그들의 음높이는 서로 달랐습니다. 비교적 복잡한 연주에서 편종(編鐘)을 예로 들면, 이 7음의 음계를 균등(均等)하게 한 뒤 선궁전조(旋宮轉調)[11]할 수 있는데, 이를테면 1(도)인 이 건(鍵)을 임의의 곳에서 누를 수 있고, 그 기초는 7음 음계를 12율로 나눈 것입니다. 그 당시 영론은 죽관(竹管)으로 취주악기를 만들었는데, 그중 봉(鳳. 수컷)과 황(凰. 암컷)을 모방하고, 봉과 황의 울음소리에 근거하여 그것을 '6율(六律)'과 '6려(六呂)', 즉 여섯 개의 양율(陽律)과 여섯 개의 음율(陰律)을 합쳐서 12율이 되게 하였다고 합니다. 이 견해에 따르면 일찍이 5천 년 전에 중국 사람들은 이미 12율을 깨닫고 있었던 것입니다.

『상서·순전(尙書·舜典)』에는 이런 대화가 있습니다. "제왈: '기, 명여전악, 교주자, 직이온, 관이율, 강이무학, 간이무오, 시언지, 가영언, 성의영, 율화성, 팔음극해, 무상탈륜, 신인이화.'"("帝曰: 夔, 命汝典樂,

---

11) 선궁(旋宮) : 칠성(七聲)을 고르게 하는 것.
　　전조(轉調) : 악곡(樂曲)의 진행 중 지금까지 계속되던 곡조에서 딴 곡조로 바꾸어 진행시키는 것.

敎胄子, 直而溫, 寬而栗, 剛而無虐, 簡而無傲, 詩言志, 歌永言, 聲依永, 律和
聲, 八音克諧, 無相奪倫, 神人以和")라는 것인데, 그 뜻은 "당시 순제(舜
帝)가 일부 관리들을 임명하자 그 중에 기(夔)라는 관리가 있었는데,
그 직책이 '전악(典樂)'으로, 음악으로 교화하는 것을 전문적으로 관리
하는 직책이었다. '기'는 음악을 관리하였는데 주로 '주자(胄子)'[12]를 가
르쳤다. 음악을 배우는 것을 통해 정직하되 온화하며, 너그럽되 경외
(敬畏)함을 깨닫고, 강의(剛毅)하되 포학하지 않으며, 행위는 간솔(簡率)
하되 오만하지 않도록 한다. 아울러 당시의 시(詩)는 노래할 수 있고,
음악은 시를 떠날 수 없으며, 시는 사람들의 심지(心志)를 토로할 수
있고, 노래는 사람들이 하고 싶은 말을 늘여놓을 수 있다. 곧 팔음(八
音)[13]으로 조화롭게 할 수 있다(克諧)."[14]는 것이었습니다.

중국 사람들이 조화에 대한 이치를 깨달은 것은 음악에서 시작되었
습니다. '생(笙)'의 관(管)은 고저(高低)·조세(粗細)·장단(長短)이 있는데,
이는 아주 정상적인 것입니다. 가령 관(管)이 하나밖에 없다면 어떻게
불 수가 있겠습니까? 전체 사회는 서로 다른 사람들로 구성된 것입니
다. 서로 다른 특기를 가졌거나 서로 다른 사상을 소유한 사람도 있습
니다. 이 모든 사람들이 함께 있으면서 어울리기도 하지만 서로 다르
기도 합니다. 이를 조화롭게 되도록 사귀는 것입니다. 마치 '생(笙)'의

---

12) 귀주 : 귀족의 자제들을 교육시키는 것을 말함. 고서(古書)에서는 귀족(貴族)을 귀주(貴
胄)라 불렀다.
13) 8음 : 금(金)·석(石)·토(土)·혁(革)·사(絲)·목(木)·포(匏)·죽(竹) 따위 여덟 가지 재료로
만든 악기를 이른다. 이를테면 흙으로 만든 것 중에 도훈(陶壎)이 있고, 그밖에 가지각색
의 악기가 있다. 금(金)은 실제로는 동(銅)을 가리키며, 구리는 편종(編鐘)을 만드는 데 쓰
였다. 돌은 편경(編磬) 따위를 만드는 데 쓰였다.
14) 극해 : 어떤 사람들이 이름을 '극문(克文)'이나 '극무(克武)'라고 짓는 것은 그들이 학문
이나 무예를 할 수 있기를 바라기 때문이다.

관(管)처럼 고저·조세(粗細)·장단이 서로 다르기는 하지만 하나의 주선율(主旋律)을 둘러싸고 연주되는 곡이 조화로운 것처럼 말입니다. 이것이 바로 중국 사람들의 사상입니다. 통일을 바라지 않으나 하나의 주선율을 둘러싸고 화합을 추구하되 방임하지 않고, 개성을 보류하면서도 접합점과 공통점을 찾아내는 것입니다. 이에 기(夔)가 이르기를, "어! 여격석부석, 백수솔무(於! 予擊石拊石, 百獸率舞)"라고 했는데, 이는 즉 "아! 매우 즐겁구나! 내가 편경(編磬)을 세게 또는 살짝 치니 음악이 울리고 봉황(鳳凰)이 내려와 춤을 추고 온 짐승이 따라서 춤을 추니 사회가 온통 조화로운 모습이도다."라고 했습니다. 이러한 기록에 대해 사람들은 오랜 동안 의문을 가졌습니다. 그러나 믿거나 말거나 고고학에서는 증명할 수 있는 대량의 자료를 찾아냄으로써 사실이 문헌기록보다 더 많음에 놀라지 않을 수 없었습니다.

지난 몇 년간 베이징 올림픽을 맞이하기 위해 수도박물관에서 문물박람회를 개최하였는데, 전국 각성(各省)에서 정선한 문·물품들이 거의 모두 전시되었는데, 이는 극히 드문 기회였습니다. 그리하여 수많은 외지의 사람들이 이를 구경하기 위해 기차를 타고 베이징에 달려오기까지 했습니다. 그 중 아주 정교한 문물이 하나 전시되었는데, 그것은 허난(河南) 우양(舞阳)의 이름도 별로 알려지지 않은 작은 마을인 자후(賈湖)에서 출토된 것입니다. 자후의 고문화는 지금으로부터 약 7천 년 전인 양사오문화보다 더 앞서는데, 약 9~7천 년 전이라고 합니다. 당지 소학교의 한 교원이 고고학에 취미가 있어 늘 밭에서 도자기 조각을 주워 수집하다가 후에 문물보호부문에 보고했습니다. 이에 문물보호부문에서는 그곳을 발굴하기 시작하였는데, 그 면적이 엄청나게 커서 지금까지 발굴이 끝나지 않았습니다. 그 많은 발굴 중에서 가장 센세이션을 일으킨 성과는 16개 학류(鶴類)의 지골(肢骨)로 만든 피리였습니다. 그것은 학의 다리뼈 양끝을 절단한 뒤 중간에 구멍을 낸 것입니다. 갓 출토(出土)했을 때 이런 피리에는 진흙이 꽉 들어차 있었는데, 시신(屍身)의 오른손 쪽이나 또는 시신의 양다리 사이에 놓였으며, 그 위치가 각각 달랐습니다. 직감에 의해 모든 사람들은 피리라고 간주했으나, 평소에 보는 피리와는 달리 취구(吹口)가 없고 피리리드(피리서)를 붙이는 구멍이 없이 가깝게 이어진 일곱 개의 구멍뿐이었습니다. 어떤 사람들은 이것이 피리가 확실하다고 하면서 그것을 들고 베이징에 있는 중앙음악학원을 찾아가 음악사 전문가와 민속기악 연주가에게 감정을 의뢰하였습니다. 전문가들은 한 결 같이 피리라고 단정하면서 이런 피리는 중국의 신장(新疆) 일대나 중앙아시아 일대의 민족들이 아직도 사용하고 있다고 했습니다. 그러나 이것은 가로로 부는 것이 아니라 세로로 부는 것이었고, 피리를 불 때 각도를 이루어 기(氣)를 내벽(內壁)에 불어넣어 피리의 내부에서 진동(振動)을 일으키게 하는 것이라고 했습니다. 악기는 진동에 의해 소리를 내는 것입니다. 진동에는 여러 가지 형식이 있는데, 한 가지는 피리와 같은 관진동(管振動)입니다. 다른 한 가지는 거문고와 비파(琵琶) 같은 현진동(弦振動)이고, 또 한 가지는 종(鐘)·형(馨)·고(鼓)와 같은 판진동(板振動)입니다. 그 후 반복적으로 불어보고 또 기구로 음(音)을 측정한 결과 완전히 불 수 있을 뿐만 아니라 음(音)이 매우 정확하므로 악기라고 확정하였습니다. 이러한 악기가 2년 전에 또 발견되어 이미 20개에 달한다고 합니다. 정교롭게 만든 이런 피리는 그 당시 수공업 제작 기술이 매우 높았음을 말해주고 있습니다.

이전에는 고고학적 근거가 부족하여 중국 과학기술사를 쓸 때 매우 조심스러웠습니다. 이를테면『중국대백과전서』에서 양사오문화를 언급할 때, 그 당시 이미 하나, 둘, 셋, 넷, 다섯을 셀 수 있는 것이 '가능'했다고 했습니다. 그러나 여섯을 셀 수 있는지에 대해서는 상상할 수가 없었습니다. 왜냐하면 사람에게는 손가락이 다섯 개뿐이니까요. 그러나 이 피리들은 구멍이 일곱 개가 있을 뿐만 아니라 구멍과 구멍 사이의 거리가 서로 같지 않은 걸 보면 이미 수리관계(數理關係)을 깨달았음을 설명해줍니다. 거리와 음(音) 높이가 연관된다는 것을 알고 구멍마다 기호(記號)를 표시한 것을 보면 경험이 매우 풍부했음을 알 수 있습니다. 이렇게 가정해서 분석해봅시다. 먼저 위에 작은 구멍을 뚫고 불어보고 맞지 않으면 다시 조절을 했던 것이 아닐까요? 그 작은 구멍은 바늘구멍만큼이나 작은데 무엇으로 뚫었을까요? 정말 상상이 안 됩니다. 9천 년 전에 이미 이렇게 정교하게 만들었는데, 이에 비해 만(萬) 년 전의 산정동인(山頂洞人)은 그때까지도 모두 거친 바느질로 만든 물건이었습니다.

음(音)을 측정한 결과 그 중에서 가장 좋은 피리를 발견했는데, 음혈(音穴) 간의 음정(音程)의 오차가 거의 모두 5개 센트(cent)보다도 작았습니다. 그 중에서도 두 개 구멍은 그 오차가 거의 영(零)에 가깝다고 합니다. 이렇게 작은 오차라면 현대인도 만들어내기가 쉽지 않은 것입니다. 교향악단에서 연주를 할 때 제1 바이올리니스트가 선음을 떼면 기타 악사(樂士)들은 그에 따라 음을 맞추는데, 일반적으로 악사(樂士)의 오차가 약 10개 센트(cent) 이상에 달하고, 피아노 음(音) 조절에 능한 조율사(調律師)도 약 대여섯 개 센트(cent)에 달한다고 합니다. 그러나 그 당시는 아무런 기구도 없었습니다. 이것이 곧 9천 년 전 사람입니다! 지금의 표준에 근거하여 그들의 생활이 얼마나 처참하고 먹을 것, 입을 것이 없다고만 상상하지 맙시다. 사실 당시의 사람들은 정신 생활과 문화생활도 했을 뿐만 아니라 생활의 질도 아주 높았음을 알 수 있는 것입니다. 즉 이들 출토품 중에 피리가 하나 있었는데, 출토된 당시에는 이미 부러져 있었습니다. 그 부러진 곳에 작은 구멍이 여러 개 뚫어져 있고 실로 매어 있었습니다. 그런데 이 피리는 너무 닳아서 반들반들해질 정도였는데 이 피리를 통해서 우리는 이 피리의 주인이 생전에 이 피리를 특별히 좋아하여 그가 세상을 떠난 뒤에 그의 집사 람들이 그가 애지중지하던 물건임을 알고 비록 이미 부러졌지만 잘 동 여매어 그의 곁에 놓았을 거라고 상상할 수 있는 것입니다. 이런 골적 (骨笛. 뼈피리)은 세계 최초의 취주악기의 하나로, 국보급 문물인 것입 니다.

'훈(壎)'은 중국 특유한 악기로서, 깐쑤(甘肅), 산시(山西), 쓰촨(四川), 산시(陝西) 등 많은 지역에서 출토되었습니다. 깐쑤 위먼(玉門)에 훠사 오거우(火燒沟)라는 곳이 있는데, 출토된 '훈'의 겉모양은 마치 한 마리 의 물고기와 같았고 몸체 여러 곳에 모두 취구(吹口)가 있는 게 매우 아름답습니다. 깐쑤 및 칭하이(青海)지역에 고대문화가 있었는데 마자 야오(马家窑)문화라고 부릅니다. 마자야오문화에서 출토된 채도훈(彩陶 壎)은 매우 정교하여 세계 어느 곳에 내놓아도 손색이 없습니다. 저는 프랑스 루브르궁에서 특별히 세계 기타지역의 채도(彩陶)를 본 적이 있 는데, 보고 나서 이보다 더 나은 것이 없다고는 감히 말할 수 없으나 그리 많지는 않다는 것에 한결 마음이 놓였습니다. 채도훈은 납작한 공 모양으로 생겼는데 아주 아름답습니다. 이는 마자야오문화의 전형 적인 특징인 '사대원(四大圓)'을 골고루 갖추고 있었습니다. 중간에 원 심(圓心)이 하나 있고, 취구 4개, 취구의 주위에는 '사대원'이 분포되어 있었으며, 옆에는 물결무늬의 소용돌이가 있었습니다. 이러한 '도훈(陶塤)'은 그 가치가 아주 귀중한 것입니다.

쓰촨 청두(成都)에 진사(金沙) 유적이 있는데, 그곳은 본래 정류장이었습니다. 공사를 할 때 면적이 엄청 큰 상대(商代)에서 춘추전국(春秋戰國)에 이르는 유적을 발견하였고, 출토된 문물이 극히 풍부하여 지금은 박물관을 세웠습니다. 그곳에서 원시 상태의 석경(石磬) 두 개가 출토되었습니다. 석경 먼저 석판(石板)을 만든 뒤 구멍을 하나 뚫어 그것을 매답니다. 이렇게 크기나 두께, 길이가 다른 여러 개를 매달아 두드리면 칠음계가 됩니다. 유적 중 상대의 큰 무덤은 이미 도굴되어 쓸모없는 것만 남았는데, 그것이 이런 석경입니다. 이밖에 허난 안양(安阳) 은허(殷墟)의 우관촌(武官村)의 무덤에서 청석(靑石)으로 조각한 경(磬)이 출토되었는데, 그 모양이 매우 정연하고 중앙에는 양각(陽刻) 형식으로 호랑이 모양의 윤곽이 새겨져 있으므로 호문대경(虎紋大磬)이라고 부르는데, 국보급 문물에 속합니다. 석경은 이미 중국의 여러 지방에서도 출토되었습니다.

사람들을 더 놀라게 하는 것은 후뻬이에서 출토된 증후을편종(曾侯乙編鐘)입니다. 증(曾)은 고대의 작은 나라였습니다. 증나라의 후(候)는 증후(曾侯)라고 불렀는데, 이름이 을(乙)이었기에 증후을(曾侯乙)이라고 합니다. 비록 사람들은 이 증(曾)이라는 나라가 이름이 알려지지 않아 책에서도 찾아볼 수 없으나, 출토된 이 편종 만큼은 모든 사람들을 깜짝 놀라게 합니다. 이 자그마한 제후국에서 만든 편종조차 이렇게 대단할진대, 초왕(楚王)의 종이라면 어떠했을까 상상해보십시오. 주천자(周天子)의 종(鐘)은 또 어떠했겠습니까? 실로 감히 상상할 수가 없습니다. 이 한 조(組)의 편종은 세계 음악사상에서 현존하는 진귀한 보물입니다. 편종은 세 개의 틀이 있는데, 중간은 오동(梧桐)나무 구조로 되어 있고, 모두 64개의 편종이 있습니다. 그 옆에서 또 편종(編鐘)이 64개나 출토되어 모두 100개가 됩니다. 이 청동편종은 무게가 무려 4,400킬로그램에 달하며, 종 하나하나가 유일무이한 것입니다. 베이징 대종사(大鐘寺)에 고종박물관(古鐘博物館)이 있는데, 그곳에 전시되어 있는 서양인의 종은 둥근 것이고, 그 어느 부위를 두드려도 울리는 소리는 다 같습니다. 그러나 이런 편종은 둥글지 않고 합와형(合瓦型)으로, 마치 기와를 합쳐놓은 모양을 하고 있어, 만약 그것을 들어 올리면 절단면(切斷面)은 합와형이고, 정면은 교형(橋型), 즉 다리 모양입니다. 그리고 종의 중간과 양쪽을 두드리면 서로 다른 음이 납니다. 이것은 결코 우연한 일치가 아닙니다. 이런 청동으로 만든 종에는 모두 명문(銘文)이 새겨져 있는데, 이 종 또는 궁(宮)·상(商)·각(角)·징(徵)·우(羽)의 어느 부위는 어떤 음(音)이라고 새겨 있으며, 또한 선궁전조(旋宮轉調)할 수도 있습니다. 우한(武汉)음악학원에서 음을 측정한 결과에 의하면, 편종 중심 부분의 음역폭(音域幅)은 5개 옥타브에 달한다고 합니다. 그에 비해 피아노는 7개 옥타브이고, 피아노는 그보다 천년 이상 늦습니다. 피아노보다 단지 최저음과 최고음이 적을 뿐 중간의 다섯 개 옥타브는 모두 다 같습니다. 증후을편종(曾侯乙編鐘)을 베이징 인민대회당에 가져갔을 때 저는 다행이도 그 연주를 듣게 되었습니다. 편종(編鐘) 아래 큰 종(鐘)은 지렛대로 부딪치고 위의 작은 종(鐘)은 나무망치로 칩니다. 그때의 연주 소리는 심금(心襟)을 울려주어 중국 사람으로서의 긍지를 느끼게 하였습니다. 2천 년 전에 중국인들의 악기가 이미 이런 수준에까지 도달했으니 중국인의 음악 성취가 아주 높다는 것을 엿볼 수가 있는 것입니다.

고대 대중적인 가창(歌唱) 활동 또한 매우 보급되어 많은 가수들이 나타났습니다. 『열자·탕문(列子·湯問)』에서 이르기를, 설담(薛譚)이라는 사람이 진청(秦靑)의 문하에 들어가 노래를 배웠는데, 한동안 배우고 나자 스스로 만족하여 스승과 수준이 비슷하다고 느껴 스승에게 더 배우고 싶지 않다면서 떠나려고 했답니다. 스승은 그 말을 듣고 매우 슬퍼했으나 더는 만류할 수가 없어 교외에서 그를 전별(餞別)했습니다. 책의 기록에 따르면, 그 당시 진청(秦靑)은 '무절비가, 성진임목, 향알행운(撫節悲歌, 聲振林木, 響遏行雲)'이라 했는데, 즉 "그 노랫소리에 구름마저 멈추어 서게 했다"고 했습니다. 이 정경을 목격한 설담(薛譚)은 몹시 부끄러워하며 스승에게 잘못을 빌면서 자기의 수준이 아직도 너무 멀었는데 이렇듯 경망스럽게 굴지 말았어야 한다고 인정하면서 남아서 계속 스승에게서 배웠다고 합니다.

『열자·탕문(列子·湯問)』에서는 또 한아(韓娥)라는 민간인 여자가수의 이야기도 있습니다. 그녀는 세상을 떠돌아다니다가 제(齊)나라에 이르러 먹을 것이 떨어져 하는 수 없이 임치성(臨淄城) 밑에서 노래를 불러 먹을 것을 구했습니다. 그녀의 아름답고 구성진 노랫소리에 수많은 사람들이 모여들었고 사람들은 너도나도 그녀에게 먹을거리를 주었습니다. 그 뒤 그녀는 그곳을 떠나가던 길을 재촉했습니다. 그녀가 떠나고 나자 사람들은 놀라움을 금치 못했습니다. 그녀가 떠난 지 이미 사흘이 지났는데도 집안의 대들보에서는 그녀의 노랫소리가 울리고 있었다고 합니다. 이것이 바로 '여음요량, 삼일불절(餘音繞梁, 三日不絶)'의 전고(典故)입니다.

한대(漢代)에 『신서(新序)』라는 책이 한 권 있습니다. 그 책의 「송옥대초왕문(宋玉對楚王問)」 일절에 "객유가어영중자, 기시왈「하리파인」, 국중속이화자수천인. 기위『양능채미』, 국중속이화자수백인. 기위「양춘백설」, 국중속이화자수십인이이(客有歌於郢中者, 其始曰「下里巴人」, 國中屬而和者數千人. 其爲『陽陵采薇』, 國中屬而和者數百人. 其爲『陽春白雪』, 國中屬而和者數十人而已)."라는 말이 있습니다. 송옥(宋玉)은 굴원(屈原)과 동시대(同時代)의 사람으로 그와 견줄만한 학자입니다. 이 말의 뜻은 "손님 한 사람이 초(楚)나라의 도읍지인 영중(郢中)에서 노래를 불렀다. 처음에 그가 부른 곡조는 「하리파인(下里巴人)」이었다. 그가 성 위에서 노래를 부르자 아래에서 수천 명이 따라 불렀다. 후에 그가 다시 「양능채미(陽陵采薇)」를 불렀는데, 이 노래는 부르기 힘든 노래여서 10분의 1의 사람만이 따라 부를 수 있었고, 마지막으로 「양춘백설(陽春白雪)」을 불렀는데, 음조(音調)가 너무 높아 결국 수십 명만이 따라 부를 수 있었다"는 것입니다. 여기에서 볼 수 있는 것처럼 그 당시 대중적인 가창(歌唱) 활동은 매우 열정적이었던 것입니다.

2. 유가의 음악 이론

위에서 중국 고대 악기 및 그 연주(演奏)의 기교(技巧), 그리고 사적(史籍)에 기록된 가창(歌唱) 활동에 대해 이야기하였습니다. 춘추전국시대에 이르러 악기와 성악은 비교적 높은 수준으로 발전하였고, 이후에 유가에서는 음악 이론을 연구하기 시작하였습니다. 음악의 본질이 무엇인지? 그것은 어떻게 시작된 것인지? 음악과 민풍(民風) 및 국가의 흥망성쇠의 관계는 어떠한지? 이러한 것 등을 기초로 하여 유가에서는 악교(樂敎) 이론을 제기하였는데, 이는 중국 고대문화의 중요한 특색의 하나였습니다. 전 세계는 모두 음악을 압니다. 그러나 이처럼 중국의 음악 이론만큼 개성이 있는 것은 없습니다.

음악의 역할에 대하여 학술계에서는 다른 견해가 아주 많습니다. 그 중 중요한 견해를 보면, 원고(遠古)시기에는 기후가 비교적 음습하여 사람들의 관절에 쉽게 탈이 나고 혈맥이 통하지 않았으므로 운동을 하여 근골(筋骨)을 펴야 했기에 음악을 들으며 충을 주었다는 것입니다. 『여씨춘추(呂氏春秋)』의 여러 문장에서는 음악에 대해 말하고 있는데, 그 중 한 편에서 이르기를, 고대에 갈천씨(葛天氏)라는 부락이 있었는데 이렇게 노래하고 춤을 추었다고 했습니다. 즉 "삼인조우미, 투족이가팔결(三人操牛尾, 投足以歌八闋)."라고 했습니다. 갑골문에서의 '무(舞)'자는 마치 사람이 두 손으로 쇠꼬리를 잡고 춤을 추는 것을 형상화 한 것으로 보이는데, 여기서는 "세 사람이 소꼬리를 잡고 춤을 추었다고 했습니다(三人操牛尾)". '투족(投足)'은 발로 박자(拍子)를 밟는 것인데 8단계 노래가 다 끝날 때까지 춤을 추었다는 것입니다. 궤이저우(贵州)에는 「아와인민창신가(阿佤人民唱新歌)」라는 노래가 있는데, 두 줄로 늘어선 남녀가 와족(佤族)의 복장을 입고 발을 구르며 노래를 하는 것이 마치 갈천씨(葛天氏)가 노래하고 춤을 추는 것과 흡사합니다. '팔결(八闋)'을 어떤 사람들은 팔단(八段)이라고 하는데 이는 아주 복잡합니다. 『사기·악서(樂書)』에서 이르기를, "고음악자, 소이동탕혈맥, 통류정신이정심자야(故音樂者, 所以動蕩血脈, 通流精神而正心者也)."라 했습니다. 즉 "음악의 역할은 사람의 혈맥을 흐르게 하고, 또한 사람의 정신과 심성(心性)을 조양(調養)할 수 있다"고 여겼던 것입니다.

예악의 본질은 형식에 있지 않습니다. 『예기·악기』에 이르기를, "악자, 비위황종, 대려, 현가, 간양야, 악지말절야, 고동자무지. 포연석, 진존조, 열변두, 이승강위예자, 예지말절야, 고유사장지(樂者, 非謂黃鐘, 大呂, 弦歌, 干揚也, 樂之末節也, 故童者舞之, 鋪筵席, 陳尊俎, 列籩豆,

117

以升降爲禮者, 禮之末節也, 故有司掌之)."라고 했습니다. 즉 사람들이 음악을 생각하면 재빨리 '황종, 대려, 현가, 간양'을 연상하는데, 여기서 '간(干)'은 방패(防牌)로서 방어하는 병기(防禦性兵器)입니다. 이를테면 평상시 사람들이 늘 말하는 '대동간과(大动干戈)'에서 '과(戈, 창)'는 공격성적인 병기인데 이것과는 상대적인 것입니다. 그때 당시의 무도(舞蹈)는 늘 전쟁 장면의 일부를 나타내는 것으로 손에는 방패나 '창'를 들었습니다. 그러나 『악기』에서 이런 것은 음악의 외재적인 형식에 불과한 것이라며 '악지말절(樂之末節)'이라고 했습니다. 즉 "큰 나무의 나무줄기가 아닌 말초(末梢)이므로 그리 대수롭지 않다"는 것인데, 음악의 본질도 여기에 있었던 것이 아니었습니다. 당시의 춤은 단지 한 무리의 아이들이 뛰어노는 '동자무지(童者舞之)'정도였습니다. '예'를 행할 때에 거적을 펴는 것은 마치 지금의 일본이나 한국의 풍속처럼 거적에 꿇어앉는 것에서 볼 수 있습니다. 왜냐하면 그때 당시에는 걸상이 없었으므로 땅바닥에 앉아야만 했습니다. 그러나 땅바닥은 더럽고 축축하기 때문에 거적을 깔아야만 했습니다. 그래서 그 뒤 입석(入席) 또는 즉석 강화(卽席講話) 또는 즉석 주석(主席) 등 용법(用法)으로 전의(轉意)되어갔습니다. "포연석, 진존조, 열변두, 이승강위예자(鋪筵席, 陳尊俎, 列籩豆, 以升降爲禮者)"라는 말처럼 "식사를 할 때 거적을 깔고 존(尊)과 조(俎)를 진설(陳設)하고, 변두(籩豆)를 늘어놓고, 선후(先後) 차례를 배치하는 이 모든 것이 '예'의 말절(末節)이다"라고 했으므로 일을 보는 '유사(有司)'에게 관리를 하게만 하면 되었던 것이었습니다. 이처럼 이러한 '예'는 '예'가 아니었습니다. '예'의 가장 중요한 영혼은 '악(樂)'입니다. 따라서 그 영혼은 이런 춤에 있던 것이 아니었습니다. 그럼 어디에 있었던 걸까요?

유가 음악 이론의 기본적인 관념은 "성음악삼분(聲音樂三分)"으로 곧 "세 개의 낮은 데서 높은 데로 이르는 순서로 성(聲), 음(音), 악(樂)이었다."는 것이었습니다.

음악의 기원은 인간의 심리활동 및 정감과 떼어놓을 수 없습니다. 『예기·악기』에서 "범음자, 생인심자야. 정동어중, 고형어성. 성성문, 위지음(凡音者, 生人心者也, 情動於中, 故形於聲, 聲成文, 謂之音.)"라고 한 것처럼 즐거움은 마음에서 생기는 것이고, 마음에서 우러나오는 것입니다. 사람들이 흔히 "우리나라 각 민족의 마음을 노래했다(唱出了我国各族人民的心声)"는 말은 가장 먼저 『악기』에서 유래된 것입니다. "정동어중(情動於中)" 즉 "사물 하나를 보고 사람의 마음이 동하여 정감이 마음속에서 움직임으로써 '형어성(形於聲), 즐거워할 때에 쉽게 소리를 내게 된다"는 것입니다.

『시경』은 예전에 『모시(毛詩)』·『제시(齊詩)』·『노시(魯詩)』등 여러 가지 판본(版本)이 있었는데, 지금 현존하는 것은 모씨(毛氏)에서 전해온 것이기에 『모시(毛詩)』라고도 부릅니다. 『모시(毛詩)』에는 서(序)가 있습니다. 고대에 시(詩)는 노래할 수 있는 것이므로, 고대 시가악무(詩歌樂舞)를 논한 「모시서(毛詩序)」는 매우 유명합니다. 「모시서」에 이르기를, "정동어중이형어언, 언지부족, 고차탄지; 차탄지부족, 고영가지; 영가지부족, 부지수지무지, 족지도지야(情動於中而形於言, 言之不足, 故嗟歎之; 嗟歎之不足, 故永歌之; 永歌之不足, 不知手之舞之, 足之蹈之也.)"라고 했습니다. 즉 "한 사람의 마음이 동하면 정이 생겨 말로 나타나는데, 그러나 단지 말로만으로는 마음속의 정감을 충분히 표현하지 못하므로 탄식을 하게 된다. 그래도 부족하다면 소리를 길게 뽑게 되며, 만약 이로도 부족하면 손발을 흔들며 노래를 하게 된다."는 것입니다. 이것이 바로 사람의 정감을 승화시키는 것이고, 이것이 점차 고조되어 각종의 정감을 표현하는 방식으로 이루어진다는 것입니다.

여기에서 두 개 차원의 음악이야기를 했습니다. 첫째는 "마음이 동하면 정이 생기는데(情動於中)" 이를 "소리로 나타낸다(形於聲)"는 것입니다. '성(聲)'은 가장 낮은 차원으로서, 문화가 없는 사람이라도 정(情)에 동(動)하여 소리를 내고 큰소리로 외치고 고함칠 수 있습니다. 이런 '성(聲)'은 동물들도 감지할 수 있는 아주 단조롭고 차원이 있는 것이 아니며, 그 표현하는 내용 또한 아주 솔직하게 됩니다. 그로부터 사람들은 자기의 정감에 따라 즐거웠다가 노하기도 하고, 슬펐다가도 기뻐하기도 하지만 단지 '성(聲)'의 차원으로만은 만족하지 못했습니다. 그리하여 대자연을 관찰하기 시작하여 관진동(管振動)·현진동(弦振動)·판진동(板振動)을 발견하게 됩니다. 이에 대해서는 『관자(管子)』라는 책에 기록이 있습니다. 처음에는 실을 뽑는 소리에 대해 연구하기 시작했습니다. 이 실은 길이가 81촌(寸, 손가락 하나의 굵기−역자 주)에 달하는데, 장단이 같지 않은 곳에서 궁(宮)·상(商)·징(徵)·우(羽) 등 같지 않은 음을 낼 수 있다는 것을 발견하였습니다. 한 조(組)의 크기와 두께가 다른 석판(石板)을 끊임없이 조정(調整)하여 일곱 가지 음계를 내고, 음이 오르고 내리며 고저의 변화가 있었습니다. 일곱 가지 음계의 응용은 작곡가에게 임의로 창작할 수 있는 공간을 제공하였으며, 모든 노래가 중복되지 않도록 하였습니다. 뿐만 아니라 일곱 가지 음계로 창작한 가곡(歌曲)은 다른 음조(音調)와 선율(旋律)을 부여하여 풍부하고도 복잡한 심성(心聲)과 정감을 드러내게 하였습니다. 그리하여 심미적(審美的)인 가치와 미감(美感)이 있게 되었고, 열심히 연주하면 사람들의 마음을 동하게 할 수 있었던 것입니다. 그러므로 두 번째 차원은 "성성문, 위지음(聲成文, 謂之音)"하여 "'음(音)'이 생기고 '성(聲)'이 '문'으로 되었는데, 이를 '음'이라 했다."고 했습니다. '문'은 문채(文彩)로써, 일종의 규칙이고 또한 참신한 표현 방식을 말합니다.

'음(音)'은 곧 지금 말하는 음악(音樂)입니다. 음악의 종류는 아주 많았습니다. 다른 음악은 사람들에게 각각 다른 느낌을 주게 됩니다. 어떤 것은 사람들을 슬프게 하여 눈물을 참지 못하게 하고, 오래 들으면 힘이 빠지게도 됩니다. 어떤 것은 몹시 열광적이어서, 디스코나 로큰롤에 빙글빙글 도는 네온등까지 곁들여지면 사람들도 같이 조급해집니다. 어떤 음악은 또 아주 장엄하기도 합니다. 또한 강남의 민요(民謠), 이를테면 수저우(苏州)의 가락처럼 부드러운 것도 있는데 이 역시 일종의 풍격입니다. 서로 다른 음악의 역할은 서로가 다른데 훌륭한 음악은 사람들을 격앙시키고, 지혜와 이상을 정확한 방향으로 이끕니다. 그러나 어떤 음악은 또한 사람을 나른하게 합니다. 이를테면 항일전쟁 때, 전선의 용사들은 피를 흘리며 싸우고 있는데, 상하이에서는 많은 사람들이 사치스럽고 방탕한 생활에 빠져들어 망국을 초래하는 노래를 부르고 있었습니다. 음악이 인간에게 주는 영향은 아주 큽니다. 한 사람이 어떤 음악을 즐겨 듣는가에 따라 그의 기질도 차츰 변화될 수 있습니다. 늘 고전음악을 듣는 사람들은 학자 냄새를 풍기게 되는데, 로큰롤을 늘 상 듣는 사람들과는 긍정적으로 다릅니다.

서로 다른 음(音)이 서로 다른 느낌을 불러일으키므로 어떤 사람들은 음악이 어찌하여 사람들을 쉽게 움직이게 하는지를 사고하게 되었습니다. 그것이 슬프면 사람도 매우 슬프게 하고, 그것이 조급하면 사람들을 그보다 더 조급하게 만들지만, 어떤 것은 사람들로 하여금 침착하게도 합니다. 그러므로 '음'은 방임해서는 안 되며, 그러지 않으면 사람들의 마음이 난잡해지고 고르지 않게 된다는 것을 느끼게 되었습니다. 그리하여 유가에서는 그 당시에 고려하고 연구한 결과 '음'에서 벗어나 또 다른 하나의 차원을 가려내야 한다고 했습니다. 이것이 바로 '악(樂)'이었습니다.

그렇다면 진정으로 "무엇이 '악(樂)'일까요?" 그것은 바로 "도덕적 교화(敎化)를 나타내는 '음'만이 '악(樂)'이라 칭(稱)할 자격이 있다"는 것입니다. 『예기·악기』에 이르기를, "덕음이야말로 악이라 할 수 있다(德音之謂樂)"고 했고, 또는 "덕음이야말로 아름다운 익이라 할 수 있다(德音雅樂)"라고 했습니다. 이러한 악곡(樂曲)이야말로 건강하고 순수하며, 풍격에서 완만하고 우아한 것입니다. 이러한 악곡은 사람의 심신을 조화롭게 하고, 사회의 안정에 대해 적극적인 역할을 일으키게 되므로 이러한 악곡을 추구해야 한다고 했던 것입니다.

비록 '음(音)'과 '악(樂)'은 매우 근접하여 모두 일곱 음계(七音音階)에 속합니다. 일정한 선율이나 음조(音調), 규칙에 의해 창작된 것이지만 그들은 결코 같지가 않습니다. 이것이 바로 『예기·악기』에서 공자의 고제(高弟)인 자하(子夏)가 말한 "부악자, 여음상근이부동(夫樂者, 與音相近而不同)"라는 것으로, 즉 "'악(樂)'이라는 것은 '음(音)'과 구현(俱現)하는 뜻이 비슷하지만 같지 않다"라는 것입니다.

『예기·악기』에서 이르기를, "군자악득기도, 소인악득기욕. 이도제욕, 즉악이불란; 이욕망도, 즉혹이불락(君子樂得其道, 小人樂得其欲, 以道制欲, 則樂而不亂; 以欲忘道, 則惑而不樂)."라 했습니다. 즉 "사람은 쾌락이 없어서는 안 되고, 쾌락을 추구하면 춤을 추거나 노래를 부르는 오락 활동을 하고 싶어 한다"는 것입니다. "군자악득기도(君子樂得其道)"란 "군자가 가장 흥미를 가지는 것은 이러한 문화 오락 활동에서 그 도

(道)를 파악한다"는 것입니다. "소인악득기욕(小人樂得其欲)"이란 "소인은 단지 감각기관의 발산(發散)을 추구할 뿐 도덕과 사상이 없다"는 것입니다. 감각기관의 자극과 욕망은 그 합리성이 있기는 하나 만약 도(道)로 제약한다면 즐거우면서도 혼란스럽지 않게 됩니다. 만약 "이욕망도, 즉혹이불락(以欲忘道, 則惑而不樂)"이라는 말처럼 "가령 감각기관의 자극만을 생각하면서 사람의 일언일행이나 일거수일투족이 마땅히 이성적인 지도를 받아야 함을 망각한다면, 미혹(迷惑)되고 방향을 잃게 되므로 진정한 즐거움이란 있을 수 없게 된다."는 것처럼 되는 것입니다. 만약 무슨 노래를 하고 싶으면 하되 도(道)로써 제약을 할 줄 모른다면 사회 풍기가 영향을 받게 된다는 것을 옛사람들은 이미 이러한 이념을 터득하였던 것입니다. 그러므로 "도로써 욕망을 제어해야 한다(以道制欲)"라는 것을 깨닫고, 건강하고 우아한 가곡(歌曲)만을 제창한다면 사회의 풍기는 비로소 단정해질 수 있는 것입니다.

"덕자, 성지단야(德者, 性之端也)"라는 말처럼 "사람의 마음이 밖으로 드러나는 것이 덕(德)입니다." 인심(人心)의 인·의·이·지(仁·義·理·智) 사단(四端)은 모두 덕(德)의 표현입니다. '악(樂)'은 "덕이 승화한 것(德之華)"입니다. 여기서 '화(華)'와 '화(花)'는 서로 통합니다. 산시(陝西)에 화산(华山)이 있는데, 다섯 개의 산봉우리가 마치 한 송이 연꽃과도 같아서 붙여진 이름입니다.

『예기·악기』에서는 "금석사죽, 악지기야. 시언기지야, 가영기성야, 무동기용야, 삼자본어심, 연후악기종지, 시고정심이문명, 기성이화신, 화순적중이명화발외(金石絲竹, 樂之器也, 詩言其志也, 歌詠其聲也, 舞動其容也, 三者本於心, 然後樂器從之, 是故情深而文明, 氣盛而化神, 和順積中而英華發外)"이라 했습니다. 즉 "금속, 돌, 실, 대나무는 악(樂)의 기물(器物)

이다. 시(詩)는 그 뜻을 말하고, 노래는 그 소리를 읊으며, 춤은 그 의용(儀容)의 움직임이다. 삼자는 마음에 근본을 두니, 그 뒤에 악기가 이를 따른다. 그러므로 정감(情感)이 깊어야만 문명하고, 기(氣)가 성(盛)해야 신묘(神妙)해지며, 조화로운 정감이 마음속에 쌓여야만 영화(英華)가 밖으로 발산한다." 이것이 건강하고 도덕을 표현하는 음악입니다. 금석사죽(金石絲竹)은 이러한 정감(情感)을 나타내는 도구입니다.

아래 구절은 이 강의의 제목이 어디에서 나왔는지를 알려줍니다. "범음자, 생어인심자야. 악자, 통윤이자야. 시고. 지성이부지음자, 금수시야; 지음이부지악자, 중서시야. 유군자위능지악 … 시고, 부지성자불가여언음, 부지음자불가여언악. 지악, 즉기어예의. 예악개득, 위지유덕. 덕자, 득야(凡音者, 生於人心者也, 樂者, 通倫理者也, 是故, 知聲而不知音者, 禽獸是也；知音而不知樂者, 衆庶是也, 唯君子爲能知樂, ……是故, 不知聲者不可與言音, 不知音者不可與言樂, 知樂, 則幾於禮矣, 禮樂皆得, 謂之有德, 德者, 得也)"(『예기·악기』) 즉 "음(音)'이란, 사람의 마음의 소리이다. '음(音)'에서 갈라져 나온 '악'은 윤리에 통한다. 사람은 윤리가 있으나 동물은 윤리가 없다. 금수는 오직 '성(聲)'만 알아 각종 소리만 듣는다. '음'만 알고 '악'의 차원에 도달하지 못하는 자가 대중이다. 대중은 기회가 없어 이러한 교육을 받지 못하여 선택의 여지가 없으므로 부득이 '음(音)'의 차원에 머물러 더 높은 차원의 '악'이 있음을 모른다. 군자는 학문과 품위가 있는 걸출한 사람이므로 악을 안다. 가령 '성(聲)'도 모른다면 어찌 '악'을 논할 수 있겠는가? 따라서 '악(樂)'을 터득하면 반드시 '예'를 깨닫게 된다. '예'와 '악'을 모두 가진 것을 유덕(有德)이라고 하는데, '덕(德)'은 곧 '득(得)'인 것이다."라는 뜻입니다. 그러므로 한 사람의 차원을 살필 때 말을 몇 마디만 나누어 보아도 환

히 들여다 볼 있어 무엇을 간절히 바라는지, 무엇을 좋아하는지를 알
수가 있는 것입니다. 이처럼 고대에 덕(德)이 있는 군자는 예악에 따라
생활했던 것입니다.

3. 음악(音樂)은 정치와 통(通)한다

고대의 군자(君子)는 음악 또는 어떤 음악이 유행하는 지를 매우 중
요시했습니다. 음악과 하나의 정권, 또는 정부의 정사(政事)의 득실과
밀접하게 연관되며 또한 사회풍기와도 밀접히 연계됩니다. 어떠한 음
악이 유행하는가에 따라 이 사회가 어떤 상황에 처해 있는지를 알 수
있습니다. 이를테면, '문화대혁명'시기에 모든 저항과 반란에는 정당
한 도리가 있다는 가곡이 유행하여 모든 사회 풍기나 인성(人性)이 왜
곡되었습니다. 그 당시 어떤 이들은 반란을 일으켜 부모가 신분이 좋
지 않으면 채찍으로 그들의 얼굴을 때리고 또는 발로 그들의 몸을 밟
기도 했습니다. 많은 사람들이 지금 돌이켜 보며 몹시 후회하고 있습
니다. 이밖에 수저우(苏州) 사람들의 말씨는 아주 부드러워서 마치 노
래하는 것만 같아 음악성이 매우 강합니다. 그들의 핑탄(評彈, '평화
[评话]'와 '탄사[弹词]'를 결합한 형식)도 모두 부드러워서 만약 여성들
이 이야기하면 특별히 귀맛이 당깁니다. 그러므로 이 고장에는 재자
(才子)와 미인이 나옵니다. 이곳의 민풍도 역시 온화하고 우아한데 『홍
루몽(紅樓夢)』을 보면 알 수 있습니다. 장쑤(江苏)에 대부(大府)가 두 개
있는데, 하나는 장닝부(江宁府)이고, 다른 하나는 수저우부(苏州府)입
니다. 이곳은 "온유부귀향, 풍류번화지(溫柔富貴鄉, 風流繁華地)"라 했
듯이 "온유하고 부귀한 고장이요, 풍류하고 번화한 지방이다."라고 할
정도였기에 가보옥(賈寶玉)과 임대옥(林黛玉)과 같은 재주 있는 남자와

아름다운 여자를 배출하였습니다. 다시 시안(西安)으로 가봅시다. 시안 사람들의 친창(秦腔)은 격앙되고 낭랑(朗朗)합니다. 사람들이 들에서 목청을 높여 노래를 부르므로 그곳의 민풍은 비교적 강직합니다. 민풍의 형성은 많은 요소와 연관됩니다. 그 중 가장 중요한 것이 바로 음악입니다. 왜냐하면 음악은 그 누구나 노래할 수 있고, 한 사람이 어떤 노래를 부르냐 하는 것은 그 사람의 정서가 어떠한 지를 말해줍니다. 음악 또한 지도자의 제창(提唱)과도 연관이 많습니다. 천원(陈云) 동지가 '핑탄'을 즐겨듣자 핑탄이 곧 유행되었고, 리뤄이환(李瑞环) 동지가 재임 당시 경극(京劇)을 즐겨듣자 그 당시 경극이 붐을 이루었습니다. 또한 음악은 정치와도 연관이 있습니다. 『여씨춘추』에서 『음악통호정(音樂通乎政』이라고 언급했었습니다.

『여씨춘추·음초(音初)』에서 이르기를, "문기성이지기풍, 찰기풍이지기지, 관기지이지기덕, 성쇄, 현불초, 군자소인, 개형어락, 불가은닉. 고왈: 악지위관야심의(聞其聲而知其風, 察其風而知其志, 觀其知而知其德, 盛衰, 賢不肖, 君子小人, 皆形於樂, 不可隱匿. 故曰: 樂之爲觀也深矣)"라 했는데, 이는 즉 "그 소리를 들으면 풍속을 알 수 있고, 그 풍속을 살피면 지향하는 바를 알 수 있으며, 그 지향을 살피면 덕행을 알 수 있다. 흥성과 쇠망, 현명과 불초(不肖), 군자와 소인이 모두 음악 속에서 나타나니, 감출 수 없다. 그러므로 음악으로 살핌도 깊은 것이다."라는 뜻입니다. 만약 입을 열어 부르는 노래가 친창이면 서북의 민풍임을 알 수 있고, 부드러운 말씨를 쓰면 쑤저우 일대임을 알 수 있습니다. 이러한 기풍을 통해 사람들의 지향을 엿볼 수 있고, 그들이 무엇을 숭상하는지, 그 지향에 의해 덕을 알 수 있는 것입니다. 그러므로 한 사회의 성쇠나 한 사람이 현명한가 불초한가, 군자인지 소인인지는 음악만

들어도 숨김이 없이 곧 발견할 수 있을 뿐만 아니라 더 깊이 이해할 수 있는 것입니다.

『예기·왕제(王制)』의 기록에 의하면, 상고(上古) 시기 군왕은 정기적으로 나라 안을 순수(巡狩)하였는데, 12년을 1주천(周天)으로 하였습니다. 이는 천상의 세성(歲星)의 12년이 하루에 걸렸기 때문입니다. 천자는 하늘의 아들이므로 각기 3년의 시간을 들여 동서남북 네 곳을 시찰하여 모두 12년 동안 순시를 합니다. 그리고 순시하는 동안 반드시 민간에 들어가 민풍과 민정(民情)을 이해했습니다.

순시하며 이르는 곳마다 지방의 관리들이 술직(述職)해야 했습니다. '술직'이란 이 단어는 『예기·왕제』에서 가장 먼저 출현했습니다. 술직할 때 말해야 하는 내용은 아주 많았는데, 그중 그 지방에서 유행하는 노래를 전시하는 것이 있습니다. 만약 들리는 것이 모두 애원하는 소리거나 풍자하는 것이거나 또는 퇴폐적이고 음탕한 것이면 해당지역의 관리를 꾸짖었습니다. 왜냐하면 "상유소호하필심지(上有好者下必甚之)", 즉 "위에서 좋아하는 바가 있으면, 아래에서는 그보다 더 심할 것이다"라고 믿었기 때문입니다. 초왕(楚王)이 허리가 가느다란 여자를 즐겼기에 많은 궁녀들이 굶어죽었습니다. 관리들이 온종일 주색잡기에 빠져 있으면 아래의 백성들도 자연히 퇴폐적이고 음탕한 노래를 부르게 되니 민풍이 어지러워지게 되므로 어찌 다스릴 수 있겠습니까? 가령 들리는 민요가 전아(典雅)할 뿐만 아니라 내용 또한 아주 좋다면 민요를 수집하는 관리는 기록하고 가져가 널리 보급했습니다.

당시의 민요는 '풍(風)'이라고 했습니다. 『시경』에는 풍(風)·아(雅)·송(頌) 등 세 가지가 있다고 했는데, '풍'은 15개 나라의 민요로써, 악관(樂官)이 내려가 채집한 특별히 좋은 민요를 말합니다. 채집된 민요들은 궁정 등 공식 장소에서 연주하고 이어 전국으로 널리 보급했습니다. 이리하여 풍기는 비교적 순수해졌습니다. 이를테면, 『시경』의 제1편을 「관저(關雎)」라고 하는데, 애정을 매우 적당하게 표현했습니다. 그 내용인 즉, 남자애가 강가에서 들려오는 새 울음소리를 듣고 마음속의 여자애를 떠올리면서 이리저리 몸을 뒤척이며 언제면 징을 치고 북을 울리면서 여자애를 아내로 맞이할까 "오매사복(寤寐思服, 잊지 않고 나자나깨나 늘 생각하는 것-역자 주)"하는 것으로, 이렇게 아름다운 사랑을 갈망하는 남자애의 그런 마음을 그럴싸하게 표현했습니다. 현실 속에서 유행하던 어떤 노래는 불건전합니다. 어떤 일은 노래로 부를 수 있으나 해서는 안 되고, 어떤 것은 할 수는 있으나 노래해서는 안 됩니다. 만약 그 정도가 지나치면 유치원의 애들도 모두 성인들이 하는 일에 너무 일찍 눈을 뜨게 되는데 이는 아주 부적절하며 시간이 오래되면 엄청난 피해를 보게 되는 것입니다.

역사상 태평성세가 될 때마다 반드시 시대의 찬가가 있게 되며 서사시와 같은 가곡이 전해져 내려옵니다. 황제 때에 전해진 '악'은 『함지(咸池)』라고 하고, 전욱(顓頊)의 노래는 『승운(承雲)』, 제곡(帝嚳)의 노래는 『당가(唐歌)』, 요(堯)의 '악'은 『대장(大章)』이라 부릅니다. 그 뿐만 아니라 많은 악기도 발명했는데, 순(舜)은 이십삼현금(二十三弦琴)을 발명했습니다. 그러므로 매 시대마다 모두 그 대표적인 악곡이 있습니다. 예를 들면, 마오쩌둥 시대의 대표적인 악곡은 『동방홍(東方紅)』입니다. 이 『동방홍』을 듣기만 하면 사람들은 그 시대를 떠올리게 됩니다.

옛사람들은 대표적인 악장(樂章)을 성악(聖樂)으로 간주했습니다. 그 밖에 요·순 등 전설 속의 성현을 제외하고, 아직 그러한 수준에 미치지는 못했으나 천하 백성들에게 공을 쌓은 그 일부분도 유명한 악장을 남겼습니다. 이를테면, 대우치수(大禹治水)는 『하질(夏迭)』이라는 노래를 남겼고, 탕상(湯商)이 걸(桀)을 주벌(誅伐)한 것을 노래한 『대호(大護)』와 『신로(晨露)』라는 가무가 있으며, 무왕(武王)이 상(商)을 물리친 뒤 주공(周公)이 지은 『대무(大武)』라는 곡이 있습니다. 왕정안(王靜安), 즉 왕국유(王國維) 선생은 『대무』라는 이 악장을 고증한 논문을 발표한 적이 있습니다. 그 논문에 따르면 은(殷)나라의 유민들이 반란을 일으킬 때 코끼리를 앞세워 공격했기에 『삼상(三象)』이라는 노래도 지었다고 합니다.

『여씨춘추·적음(適音)』에서도 이르기를, "고유도지세, 관기음이지기속의, 관기정이지기주의(故有道之世, 觀其音而知其俗矣, 觀其政而知其主矣)"라 했습니다. 즉 "'도'가 있는 세상에 그 음악을 살피면 그 풍속을 알 수 있고, 그 정치를 살피면 그 군주를 알 수 있다."는 뜻입니다. 세계에서 그 어느 나라가 음악과 정치 및 정사를 연계시켰습니까? 오직 중국뿐입니다.

여기에서 망국지음(亡國之音)을 언급해야겠습니다. "상녀부지망국한, 격강유창「후정화」(商女不知亡國恨, 隔江猶唱「後庭花」)"라는 말이 있는데, "기녀는 망국의 서러움을 알지 못하고, 강 넘어 에서는 여전히 『후정화』를 노래하네."라는 뜻입니다. 『여씨춘추·치악(侈樂)』에서 여러 번이나 언급했듯이 한 정권이 종말을 고할 무렵에는 음악이 이미 그렇게 된다는 것을 예기한다는 것입니다. 즉 하걸(夏桀)은 하나라(夏朝)의 마지막 왕이고, 은주(殷紂)는 은나라의 마지막 왕입니다. 그들은 향락을 추구하고 감각기관의 자극을 추구했으므로 음악에서 "치악대고, 종경관소지음, 이거위미(侈樂大鼓, 鐘磬管簫之音, 以鉅爲美)." 즉 "큰 것을 아름다운 것으로만 여겼다."는 것인데, 당시의 '악'은 모두 치악(侈樂, 사치스러운 음악 - 역자 주)이었던 것입니다. "이중위관(以衆爲觀)" 즉 "보는 이의 숫자는 많고 무대 장면은 매우 컸다."는 것인데, 다시 말해서 종(鍾)을 아주 크게 만들면 그 소리는 미감(美感)과 향수(享受)를 주기가 매우 어려운데도 크게만 만든다는 것이었습니다. 그러므로 "위목혁지성즉약뢰, 위금석지성즉약정, 위사죽가무지성즉약조(爲木革之聲則若雷, 爲金石之聲則若霆, 爲絲竹歌舞之聲則若噪)."라 했습니다. 즉 "나무와 가죽의 소리를 내면 천둥과 같고, 쇠와 돌의 소리를 내면 벼락과 같으며, 실과 대나무에 노래와 춤의 소리를 내면 떠들썩하다."라는 의미입니다. 다시 말해 소리가 천둥소리와 같으면 듣기에 너무나 괴롭다는 말입니다. "해심기, 동이목(駭心氣, 動耳目)."은 "심기를 놀라게 하고, 이목에 충격을 준다."는 말입니다. 즉 사람들이 정상적으로 감당해낼 수 있는 한도를 초과하면 그것은 향수가 아닌 괴로움이므로, 이렇게 즐기는 것은 즐거움이 아니라는 말입니다(以此爲樂則不樂).[15]

음악은 또한 민정을 반영합니다. 『예기·악기』에서 이르기를, "치시지음아니락, 기정화. 난세지음원이노, 기정괴. 망국지음애이사, 기민곤(治世之音安以樂, 其政和)"이라 했습니다. 즉 "한 사회를 잘 다스리면 반드시 화목하고, 유행하는 음악도 귀맛이 당기고 아주 아름다우며 즐길 수 있다."는 것입니다. 그러나 "난세지음원이노, 기정괴(亂世之音怨以怒, 其政乖)"라고 했듯이 여기서의 '이(以)'는 '이(而)'로 쓰이는데, "세도(世道)가 혼란해지면 사람들의 마음에 원망과 분노가 일어나므로, 그

---

15) "하걸, 은주작위치악대고, 종경관소지음, 이거위미, 이중위관, 숙궤수괴, 이소미상문, 목소미상견, 무이상과, 불용도량. 송지쇠야, 작위천동. 제지쇠야, 작위대려. 초지쇠야, 작위무음(夏桀, 殷紂作爲侈樂大鼓, 鐘磬管籥之音, 以鉅爲美, 以衆爲觀, 俶詭殊瑰, 耳所未嘗聞, 目所未嘗見, 務以相過, 不用度量. 宋之衰也, 作爲天鐘. 齊之衰也, 作爲大呂. 楚之衰也, 作爲巫音).' (『여씨춘추·치악(侈樂)』).

정국은 반드시 혼란스러워진다."는 것입니다. 따라서 "나라가 망하면 사람들이 부르는 노래도 슬퍼지고 백성들의 생활이 몹시 어려워진다 (亡國之音哀以思, 其民困)"고 했던 것입니다.

　유가에서는 이러한 음악을 분별할 때 하나의 배경, 즉 유행음악이 출현하였습니다. 오늘에 이르기까지 아악(雅樂)과 유행 음악의 대결은 멈춘 적이 없습니다. 공자가 생활하던 그 당시에 한 차례 유행 음악이 고조되는 시기가 출현하였습니다. 그러나 그때의 사회 풍기는 아주 나빴습니다. 이를테면, 아들이 아버지를 살해하고, 동생이 형을 죽이고, 어머니가 아들과 간통하고…풍기가 혼란하여 음악에서도 이러한 사회적 현상이 문란하게 구현되었습니다. 그중 정(鄭)나라의 정성(鄭聲)은 극도로 부패했습니다. 어떤 사람들은 이러한 음악을 즐겨 들으므로 공자는 이에 대해 몹시 화를 냈습니다. 그는 이런 격조(格調)가 너무나 저속했기에 유행하는 음악을 혐오했습니다. 이에 그는 이르기를, "오자지탈주야, 오정성지란아악야, 오이구지복방가자(惡紫之奪朱也, 惡鄭聲之亂雅樂也.)"라 했습니다. (『논어·양화(陽貨)』) 즉 '주(朱)'는 정색(正色), 자색은 하나의 정색(正色)이 아닌 요염한 것으로, "정색이 자색에게 가려져 자색이 정색의 지위나 영향을 모두 빼앗았을 뿐만 아니라, 심지어 사람들로 하여금 모두 정색을 싫어하고 오히려 부정한 색깔을 좋아하도록 하였다"는 뜻입니다.. 그러므로 공자는 이러한 부정한 자색을 몹시 혐오하고 정성(鄭聲)이 아악(雅樂)을 어지럽히는 것을 염오(厭惡, 혐오)했던 것입니다. 그밖에 '이구(利口)' 즉 "말이 번지르르하고 아첨을 일삼는 사람들이 나라를 뒤엎었다(惡利口之覆邦家者.)"고 혐오했습니다. 이처럼 유가에서는 그 당시 유행한 많은 불건전한 음악을 매우 반대했던 것입니다.

말이 나온 김에 증후을묘(曾侯乙墓)의 발굴에 대해 좀 더 이야기하려고 합니다. 이것은 한편으로는 학술계에 충격을 주었으며, 다른 한편으로는 일부 사람에게 정론(定論)을 뒤엎을 계기가 되기도 했습니다. 이전에 춘추를 이야기할 때, "예붕악괴(禮崩樂壞, 예가 붕괴하고 악이 무너졌다—역자 주)"라고 했는데, 지금 발굴되고 있는 유물들을 보면 어디가 잘못되었는지 알 수가 없습니다. 즉 '예'도 악도 붕괴되지 않았다는 것을 알 수 있기 때문입니다. 이렇게 당시를 보는 견해는 다소 천박하다고 하겠습니다. "예붕악괴"라고 해서 그 당시 예가 없고 음악이 없었다는 것이 아닙니다. 문제는 음악의 격조에 있는 것으로, 악기가 연주하는 것은 여전히 음(音)이고, 악(樂)을 연주하는 것이 아악(雅樂)인가, 아니면 정성(鄭聲)인지에 달려있었던 것입니다.

공자는 정(鄭)나라의 음악을 극도로 혐오했습니다. 그의 학생 중에 안연(顏淵), 즉 안회(顏回)라는 사람이 있었습니다. 안연이 공자에게 "문위방. 자왈: '행하지시, 승은지로, 복주지면, 악즉『소』무. 방정성, 원녕인. 정성음, 영인태(問爲邦, 子曰, 行夏之時, 乘殷之輅, 服周之冕, 樂則『韶』舞, 放鄭聲, 遠佞人, 鄭聲淫, 佞人殆)."(『논어·위령공(衛靈公)』)라고 하며 "나라를 어떻게 다스려야 합니까? 하고 묻자, 공자가 이르기를, 하나라의 역법을 쓰게 하면 된다. 하조의 역법은 가장 농기(農期)에 맞으므로 오늘(지금의 음력이 곧 하력임)에까지 쓰이고 있다. 은나라의 수레를 타게 하면 된다. 은나라의 수레는 가장 검소하게 만들어졌다. 주(周)나라 사람들의 면복(冕服)을 입게 하면 된다. 주나라 사람들의 면복은 화려하고 비싸기는 하나 사치스럽지 않다. 음악을 연주하려면 반드시 『소(韶)』악을 연주토록 해야 한다. 『소(韶)』는 순 임금의 음악으로, 더할 수 없이 훌륭했다."라고 했습니다. 『논어』에서 이르기를, 공자가 제(齊)나라에서 『소(韶)』를 듣고 "삼월불지육미(三月不知肉味)", 즉 "석 달을 고기 맛을 잊었다"고 했습니다. 여기에 나오는 "방정성(放鄭聲)" 이라는 말은 "정나라의 소리를 버려야 한다" 말입니다. 『맹자』에서 보면 "구방심(求放心)"이 라는 말이 있는데, '방심'은 곧 마음이 떠났다는 것으로 "정신을 딴 데 판다"는 뜻입니다. 그래서 맹자는 "방사(放肆)한 마음을 되돌려오게 하고 안정시켜야 한다"고 했던 것입니다. "방정성(放鄭聲)"은 즉 "음탕하고 진부한 음곡(音曲)을 포기해야 한다"는 말입니다. 또 "원녕인(遠佞人)"의 '영인(佞人)'은 교언영색의 무리, 즉 소인을 말합니다. 따라서 "정성음, 영인태(鄭聲淫, 佞人殆)"란 "정나라 소리가 음란하므로, 백성들이(佞人)이 위험하다"라는 뜻인 것입니다.

4. "기풍을 바꾸는 일은 아주 쉬운 것이고, 품이 가장 적게 들며, 효과가 가장 빠른 방식이 곧 음악이다.(移風易俗莫善於樂)"

유가에서는 사회의 걸출한 사람이라면 번잡한 음악 현상에 직면하여 각종 음악에서 덕음아악(德音雅樂)을 선택하고 분별하여 민중을 교화해야 하고 그래야만 사회의 풍속이 돈후(敦厚)해 진다고 인정합니다. 이러한 교화는 억지로 사람들을 강박하여 안정하게 하는 것이 아니라 음악을 전파하여 백성들이 기쁘게 반기는 방식으로 진행한다는 것입니다.

음악은 본래 교육입니다. 제가 아직 대학원에 다닐 때 중앙악단(지금은 중국 국가교향악단)의 수석 지휘자인 리더륀(李德伦)이 대학교에서 교향악을 듣는 청중이 없음을 통감하고 베이징의 고등학교를 일일이 찾아다니며 모든 사람들에게 교향악단이 몇 부분으로 나뉘고, 그 부분이나 악기마다의 명칭에 대해 하나하나씩 몸소 설명을 해주었습니다. 이를테면, 바순(bassoon)의 연주 특징은 무엇이고, 그것으로 연주한 가장 경전적인 곡은 무엇이며, 어떤 것이 오보에와 클라리넷이며, 어떤 악기가 악대(樂隊)의 왕자(王子)이고, 어떤 악기가 악대의 국왕(國王)인가를 일일이 설명했습니다. 그리고 나서는 서방의 고전음악을 연주했습니다. 서방 국가에서 고전음악의 교육은 문화의 기초교육으로, 아이들은 어려서부터 모두 고전음악을 배웁니다. 그러나 지금 중국의 중학교나 초등학교의 교육은 바로 이런 기초적인 교육이 모자라는 것입니다.

그날 리더륀이 지휘하는 교향곡이 연주를 마친 뒤 장내는 쥐 죽은 듯 조용했던 일이 기억납니다. 그러나 30초가 지나자 사람들은 박수를 치기 시작했습니다. 그때 제 옆에 앉아 있던 한 학우는 정말 대단하다며 듣고 난 뒤 온 마음이 조용해지는 것 같다고 했습니다. 제가 무대 뒤에 가서 이 선생님을 찾아뵙고 말했습니다. "이 선생님, 음악이 참으로 좋습니다. 사람의 마음에 대한 영향이 이렇게 직접적이고 빨라 대번에 사람의 마음상태를 변화시킵니다."라고 하자 리더륀은 『효경(孝經)』의 두 구절인 "이풍역속막선어락, 인상치민막선어례(移風易俗莫善於樂, 安上治民 莫善於禮)"를 인용하며 말했습니다. 즉 "앞 구절에서는 '악(樂)'을 말한 것이고, 뒤 구절에서는 '예'를 말한 것이다. 유가에서는 백성을 교화(敎化)하는 매우 쉬운 방법으로 그에게 음악을 잘 듣게 한다면 그 사람의 기질이 변한다"고 했습니다. 이 마을에서 음악을 잘 듣게 된다면 온 마을의 풍기가 변화될 수 있다는 것이었습니다. 『시경』에 "유민공역(誘民孔易)"이라는 말이 있습니다. '유(誘)'는 유도(誘導)하거나 가르치는 것이고, '공(孔)'은 '매우'·'대단히' 라는 뜻입니다. 제갈량(諸葛亮)을 공명(孔明)이라고 하는 것은 "매우 밝다"는 뜻입니다.

즉 이 말의 뜻은 "기풍을 바꾸는 것은 아주 쉬운 것이고, 품이 가장 적게 들며, 효과가 가장 빠른 방식이 곧 음악이다."라는 것입니다.

　음악은 근본적으로 말하여 사람 마음의 문제를 해결하는 것이고, '예'는 사람의 외적인 행위규범을 해결하는 것입니다. 어떤 사람들은 흔히 행동은 아주 잘하지만 마음만은 행동과 일치하지 않습니다. 후뻬이(湖北) 징면(荆门)에서 출토된『곽점초간기(郭店楚簡記)』의 기록에 보이는 "범학자, 구기심위난(凡學者, 求其心爲難)" 즉, "사람의 마음을 변화시키는 것은 가장 어려운 것이다"라고 했듯이, 사람이 서로 사귀면서 서로의 마음을 얻는 것 역시 가장 어려운 것입니다. 또한 "수능기사, 불능기심, 불귀(雖能其事, 不能其心, 不貴)"라고 했는데, "한 사람이 비록 한 가지 일을 잘 하거나 또는 좋은 일을 할 수는 있어도, 만약 동기가 올바르지 않고 마음을 올바른 위치에 놓고 하지 않으면 안 된다."는 것입니다. 그러므로 진정한 마음에서 우러나와서 해야 하는 것입니다. 사람마다 마음이 있습니다. 이 마음은 매우 활기를 띠고 끊임없이 움직입니다. 또한『곽점초간』에서 이르기를, "범인수유성, 심무정지(凡人雖有性, 心無定志)"라 했는데, 이는 즉 "모든 사람은 비록 성(性)을 가지고 있지만, 그 마음(心) 자체는 정해진 지향함이 없다"는 것입니다. 사람의 마음은 끊임없이 살피고 들으며, 그 마음은 쉬지 않고 움직입니다. 그러면 그것을 어떻게 해결해야 합니까? 어찌하면 마음을 조화롭게 할 수 있습니까? 그 가장 좋은 방식이 바로 음악이라는 것입니다.

　『곽점초간』의 「성자명출(性自命出)」에서 한 두 마디 말은 사람의 마음과 음악을 말하는 것입니다. 즉 "범성, 기출어정야신, 연후기입발인지심야[후](凡性, 其出於情也信, 然後其入撥人之心也[厚])"라 했는데, 이

135

는 "'신(信)'은 진실하다는 뜻이고, 성(聲)은 진실한 감정으로 마음에서 드러나는 것이며, 음악은 사람의 마음을 가장 감동시키므로 그것으로 심현(心弦)을 움직이는 데에 가장 유용하다"는 뜻입니다. 뒤 구절의 "악지동심야, 준심울도(樂之動心也, 浚深鬱度)"라는 말은 "'악'은 사람의 마음을 직접적으로 움직이게 할뿐만 아니라 깊은 감동을 주는데, 이것이 음악의 효용이고 특징이다"라는 뜻입니다. 음악은 성현(聖賢)의 마음을 동하게 하고 공자로 하여금 "삼월부지육미(三月不知肉味)" 즉 "석 달 동안 고기 맛을 모르게 했다"라는 겁니다. 그 뿐만 아니라 공자는 또 감개무량해서 "부도위락지지어사야(不圖爲樂之至於斯也)!"라고 감탄했는데, 이는 "이런 음악이 이러한 경지에까지 이를 줄을 생각지 못했다"고 했습니다. 이는 일반 백성들도 마찬가지로 감동을 받게 됩니다.

아주 재미있는 전고(典故)가 하나 있는 데, 위문후(魏文侯)가 음(音)은 아나 악(樂)을 모른다는 이야기입니다. 위문후라는 사람은 고상한 티를 내기를 좋아했습니다. 어느 날 그가 공자의 학생인 자하(子夏)와 함께 토론을 했는데, 그가 자하에게 묻기를, "저는 모자를 쓰고 정장을 하고 고악(古樂)을 듣는데(吾端冕而聽古樂), 잠이 들까봐 걱정이오(則唯恐臥)." 그러나 "음란한 말이나 진부한 음곡(音曲)을 들으면 도리어 고단한 줄도 모른 채 밤을 새워도 졸음이 안 온다오(聽鄭衛之音, 則不知倦)" 그런데 "고악을 들으면 이렇게 되는데 어찌해서 이렇습니까?(敢問古樂之如彼何也?)" 또한 "새로운 음악을 들어도 이와 같은데 어찌 그리 되는지요?(新樂之如此何也?)"하고 묻자 자하가 한 마디 했습니다. 고악(古樂)은 "진퇴를 같이 하는 것입니다(進旅退旅)"라고 대답했다. 여기서의 여(旅)는 군대입니다. 이를테면, 무왕(武王)이 상(商)을 물리치고

『대무』를 남겼습니다. 이『대무』를 보면 무왕이 군사를 이끌고 상나라를 물리쳤기에 손에 창(戈)과 같은 무기를 들고 있는데, 이는 "현·포·생·황(弦·匏·笙·簧)의 악기가 부(拊)와 고(鼓)에 따라 함께 모이니, 이러한 것은 모두 아주 올바른 무기이다(弦匏笙簧, 會守拊鼓)"라는 것입니다. 즉 이 춤에서 표현하는 것이 "조화롭고 바른 것이다.(和正以廣.)"라는 뜻입니다. 이렇게 되려면 "연주의 시작은 문(북을 침)으로 하고, 마지막은 무(武, 징을 침)로 하고, 어지러운 것을 바로잡을 때는 상(相, 부고[拊鼓]. 북을 침)으로 하고, 신질(迅疾)의 조절은 아(雅)로 해야 한다(始奏以文, 復亂以武, 治亂以相, 訊疾以雅)"는 것입니다. 이는 문왕과 무왕의 일을 말한 것입니다. 즉 "군자는 여기에서 말하고, 옛날을 논한다. 군자가 이『대무』를 보고 지나온 역사를 생각하였으며, 문무(文武)의 도를 생각했다(君子於是語, 於是道古)"고 했던 것입니다. 이처럼 "몸을 수양하여 집안을 다스리고, 천하를 고르게 한다. 이것이 고악이 발현하는 것이다(修身及家, 平均天下, 此古樂之發也)"라는 것입니다.

다시 말해서 고악은 수(修)·제(齊)·치(治)·평(平)의 이념을 불러일으키게 한다는 것입니다. 그렇기 때문에 "지금의 신악(新樂)은 달라졌으므로, 모두 허리를 굽혀 들어갔다가 허리를 구부리고 나와야 한다(今夫新樂, 進俯退俯)" "소리도 모두 부정하고 음란한 말과 진부한 음곡(音曲) 만이 판을 치며 그칠 줄을 모른다(奸聲以濫, 溺而不止)" "마치 난쟁이들이 원숭이마냥 마구 날뛰면서 주제가 무엇인지도 모른다(及優侏儒, 獶雜子女, 不知父子)" "음악이 끝나도 이야기하거나 말을 해서는 안 되며, 옛날의 도도 토론할 수가 없다.(樂終不可以語, 不以道古)"고 주의를 주었던 것입니다. 마지막에 그는 위문후(魏文侯)를 비꼬면서 말하기를 "오늘 군(君)이 악(樂)을 물었는데, 즐기는 것은 음(音)입니다. 당신은 무엇이 (樂)인지를 모르니 들으면 잠이 오게 마련이지요. 왜냐하면 당신은 아직 그러한 차원에 도달하지 못했으므로 감상할 줄 모르기 때문입니다.(今君所問者樂也, 所好者音也.)"라고 했던 것입니다.

사실 교향악을 들으면 많은 사람들도 그 경지에 이르지 못해 들으면 잠이 오게 되는데, 이는 당신이 아직 이 방면의 교양을 갖추지 못했다는 것을 설명합니다. 그러니 "악을 물었는데, 즐기는 것은 음이다(所問者樂也, 所好者音也)"였으니 '음(音)'과 '악(樂)'은 구별이 매우 크다는 것을 알 수가 있습니다.

그렇다면 옛사람들은 어떻게 악교(樂敎)를 널리 보급했을까요? 옛날에 한 마을사람들이 추수를 끝내고 한자리에 모여 술을 마셨습니다. 그곳은 안채였는데, 앞에는 뜰이 있었습니다. 어떤 사람이 안채에 앉을 수 있습니까? 촌장이 아니라 반드시 마을에서 연세가 가장 많은 분입니다. 그 옆에 앉는 사람은 예순이 넘은 노인이고, 쉰 아래의 사람은 그 아래에 앉았습니다. 마을 사람들은 노인이 존경받는 것을 보고 앞으로 그들에게 자리를 양보하고 길을 비켜줘야 함을 깨닫게 됩니다. 이러한 광경을 지나가던 공사가 목격을 했습니다. 이에 공자는 "마을의 술자리를 보고서 왕도(王道)를 실행하기가 아주 수월함을 깨달았다.(吾觀於鄕, 而知王道之易易也)"라고 말했습니다. 이처럼 술을 마시는데도 교육이 있는 것입니다. 모두가 노인을 존중하면 나이가 들어도 편안해질 수 있습니다. 한마을 사람들이 함께 술을 마시고 한편에서는 음악이 흥을 돋우고 있었는데, 음악은 정성들여 선택한 것이었습니다. 악공(樂工)이 『시경』의 「녹명(鹿鳴)」「사모(四牡)」「황황자화(皇皇者華)」를 노래했는데, 이것들은 모두 군신간(君臣間)에 온화하고 충실하고 성실한 도(道)에 대한 이야기입니다. 생황(笙簧)을 부는 사람이

「남해(南陔)」「백화(白華)」「화서(華黍)」를 연주하는 것은 효자가 부모를 봉양하는 것을 이야기한 것입니다. 그리고 당상(堂上)과 당하(堂下)에서 번갈아가며 연주하는데, 당상에서는 고슬(鼓瑟)이 「어려(魚麗)」의 노래를 부르고, 당하에서는 생황(笙簧)이 「유경(由庚)」의 곡을 연주합니다. 당상에서 고슬이 「남유가어(南有嘉魚)」의 노래를 하면, 당하에서는 생황이 「숭구(崇丘)」의 곡을 연주합니다. 당상에서 고슬이 「남산유대(南山有臺)」의 노래를 하면, 당하에서는 생황이 「유의(由儀)」의 곡을 연주합니다. 마지막으로 기악(器樂)과 성악(聲樂)이 어우러져 『주남(周南)』의 「관저(關雎)」「갈다(葛覃)」「권이(卷耳)」『소남(召南)』의 「작소(鵲巢)」「채번(采蘩)」「채민(采蘋)」을 연주하고 노래하는데, 이것 모두 인륜(人倫)의 도(道)를 말하는 것입니다. 한마을 사람들이 읍하고 사양하고 올렸다 내렸다 하면서, 생황과 거문고가 노래하는 즐거운 기분 속에서 술잔이 오고가며 들리는 것은 모두 아악입니다. 봄비가 가늘고 부드럽게 소리 없이 만물을 적시듯이 덕음아악(德音雅樂)의 교화를 받고 있는 것입니다.

정나라와 위나라의 음(鄭衛之音)은 고대에는 묘당(廟堂)에서 연주할 수가 없었습니다. 묘당에서 연주할 수 있는 것은 반드시 덕음아악(德音雅樂)이어야 했습니다. '악'이 종묘에서 연주할 수 있는 것은 그 내용이 좋기 때문입니다. 그러므로 "종묘에서 악을 연주할 때 군신 상하가 함께 들으면 서로 공경하지 않을 수 없다. 이것은 강박한 것이 아니라 마음속에서 '화(和, 화합)'가 우러나온 공경이다.(樂在宗廟之中, 君臣上下同聽之則莫不和敬)"라고 했던 것입니다. 즉 "마을에서 장유(長幼)가 함께 들으면 화순(和順)하지 않을 수 없다(在族長鄉里之中, 長幼同聽之則莫不和順)"는 것처럼 장유의 화순은 마음에서 우러나오는 것입니다. 이처럼

"집안에서 부자와 형제가 함께 들으면 화친하지 않을 수 없다(在閨門之內, 父子兄弟同聽之則莫不和親)"는 것이지요. 사회가 어떻게 화합합니까? 바로 음악을 통해 조화(和)를 이루는 것입니다.

예로부터 군주(君主)가 음악을 즐기는 것은 발산(發散)시키거나 연기를 하기 위한 것이 아니라 자신의 '심(心)'과 '성(性)'을 감화시키고 심성을 도야하기 위해서입니다. 옛사람들은 거문고를 만지기 전에 먼저 목욕하고 분향하여 마음을 가라앉히고 입정(入定)을 합니다. 부드럽게 거문고 현을 켤 때 머릿속에 떠오르는 것은 넓은 산림이고, 구불구불한 오솔길이 그윽한 곳으로 통하는데, 그곳에는 바람이 있고 폭포가 있습니다. 사람들은 이처럼 아늑한 환경에서 편안함을 느끼고 영혼이 평온하여 그 속에서 마음껏 거닐 수가 있었던 것입니다. 이것은 진정한 향수입니다. 지금 거문고를 연주하시는 분들이 대외 공연을 하지 않는 것은 거문고를 연주하는 것이 상업적인 것이 아니라 스스로를 위해 타는 것이기 때문입니다. 즉 심성(心性)과 금성(琴聲)의 교류 속에서 스스로의 마음을 감화시키기 위함입니다. 그러므로 조화롭고 품위가 있는 사람이 되려면 반드시 '음(音)'을 통해 스스로를 감화시켜야지, 그렇지 않으면 심성은 성장할 수 없습니다.

『예기·악기』에서 이르기를, "악자소이상덕야, 예자소이철음야(樂者所以象德也, 禮者所以綴淫也)"라는 했는데, 이는 즉, "'악'은 '덕'의 표현이고, '예'는 음(淫)을 막기 위함이다"라는 것입니다. 그러므로 '예'와 '악'은 언제나 갈라놓을 수 없는 것입니다.

오늘날에는 다시 '음악요법'에 사람들의 관심이 쏠리고 있습니다. 봉황(鳳凰)위성텔레비전에서 한 프로를 보았는데, 타이완 동하이(东海)대학교의 여 교수가 개설한 '음악요법' 수업이었습니다. 이 여 선생님은 생김새가 아주 아름답다고 합니다. 이 수업에 100명의 학생만을 선택하는데, 대부분은 남학생들을 선택한답니다. 수업시간에 여 선생님은 별로 말을 하지 않고 주로 학생들에게 아악(雅樂)을 듣게 합니다. 처음 시작할 때 남학생들은 좀처럼 앉아있지 못하고 엎드리거나 고개를 쳐들거나 팔로 턱을 고이거나 또는 몸을 기대거나 하면서 귀를 기울이지 않았다고 합니다. 선생님은 학생들에게 듣게 하면서 악곡이 어떠한 분위기를 표현하는지에 대해 간단히 이야기하면서 학생들에게 다시 듣게 하고 느끼게 하였습니다. 두 시간 수업이 지난 뒤 이 남학생들은 모두 조용해졌고 앉아있을 수 있었다고 합니다. 한 학기가 지난 뒤 이 남학생들의 기색이 변했고, 기질도 변했다고 합니다. 지금 이 수업은 난리가 났다고 합니다. 이 수업의 의도는 아주 깊고, 그 수법 또한 아주 교묘하다는 평가를 듣고 있습니다. "유민공역(誘民孔易)"이라는 말처럼 "백성들을 유도하기란 아주 쉽다"고 할 수 있습니다. 주의산만증이라면 아무리 많은 약을 먹여도 반드시 효과적이라고는 할 수가 없고, 야단을 친다고 해서 문제를 해결할 수 있는 것도 아닙니다. 그러나 이러한 '음악 요법'은 목적을 이루는데 아주 효과적이었습니다.

제가 몹시 존경하는 선생님이 한 분 계시는데 여든이 넘었습니다. 십여 년 전에는 모두가 수입이 아주 적었지만, 선생님 댁에는 책 외에는 별다른 게 없었습니다. 그러나 예상 밖에 그 분의 집에는 1만 위안에 달하는 아주 좋은 오디오가 하나 있었습니다. 그 당시 1만 위안이라는 액수는 아주 큰돈이었습니다. 국학을 연구하고 골동품을 연구하는 선생님이 이런 현대화된 설비를 갖고 있는 것에 대해 의아해했습니다. 선생님은 책을 볼 때 리듬이 완만하고 편안한 고전 음악을 배경음악으로 트는데, 들릴 듯 말듯 소리를 아주 낮게 하면 그 어떤 소리보다 조용하게 느낄 수 있다고 하였습니다. "침묵이 소리를 압도한다."는 말처럼 이러한 배경 음악 속에서 독서를 하는 것은 아주 편안한 것입니다.

마지막으로 저의 고향인 우시(无锡)의 음악가에 대해 이야기하고자 합니다. 한 분은 음악세계에서 모르는 사람이 없는 음악가 양인류(楊陰瀏)이고, 다른 한 분은 얼후(二胡)를 켜는 아빙(阿炳)입니다. 제가 우시에서 중학교에 다닐 때 우시인민방송국에서는 집집마다 스피커를 달게 하였는데, 매일 방송 프로가 끝날 때마다 마감을 알리는 곡목이 「이천영월(二泉映月)」이어서 온 거리에 모두 이 곡이 울려 퍼졌습니다. 그것은 어떤 곡이었을까요? 아빙은 원래 도사(道士, 도교의 승려 - 역자 주)였었는데, 도사는 모두 음양을 이야기합니다. 그의 이 곡은 음양 두 부분이 아주 뚜렷하고 배치도 잘 됐습니다. 저음부에서는 한 맹인이 빛을 보지 못하고 어둠속에서 열심히 모색하여 광명을 추구하면서 방황하고 고민하고 발버둥치는 그의 내심을 표현한 것입니다. 고음부에서는 광명에 대한 갈망과 노력을 상징하고 있습니다.

중앙악단에서는 세계적 저명한 지휘자인 오자와 세이지(小澤征爾)를 청해 지도를 받은 적이 있었습니다. 그 당시 오자와 세이지는 민족 곡을 하나 연주해 주기를 원했습니다. 그리하여 어떤 사람이 「이천영월」을 추천하자, 그는 한 번 들어보자고 했습니다. 오자와 세이지는 이 곡을 몹시 즐겨하면서 듣고 나서는 눈물을 흘렸습니다. 처음에 우리는 믿지 않았습니다. 몇 해 전에 봉황위성텔레비전에서 오자와 세이지를 탐방했는데, 저는 두 번이나 보았습니다. 그는 탐방에서 그 곡을 듣고 나서 눈물을 흘렸다고 말했습니다. 왜냐하면 그가 이 곡을 알아들었기 때문입니다. 음악계의 거장은 듣자마자 이 곡이 아주 훌륭하다고 느꼈던 것입니다. 여느 때 일을 하다 힘이 들 때면 저도 「이천영월」을 틀어 놓고 눈을 감은 채 스스로의 인생 노정을 돌이키면서 눈물을 흘리곤 했습니다. 그러나 이 속에서 더 많은 격려를 받을 수 있습니다. 맹인마저도 광명을 추구하는데 우리의 인생길에서의 곤란이 그보다 더 클 수가 있겠습니까? 이 곡은 아주 아름답고 우아하며 우리를 격려하고 진작시키게 합니다.

제4강

바탕과 꾸밈을 갖춰야 군자라 할 수 있다

(文質彬彬, 然後君子)

제4강
바탕과 꾸밈을 갖춰야
군자라 할 수 있다 文質彬彬, 然後君子

군자의 내외겸수(內外兼修)

고대의 예의문명을 이해하려면 반드시 한 쌍의 범주 즉 '문'과 '질'을 이해해야 합니다. 만약 이 한 쌍의 범주를 이해하지 못한다면 공자의 책을 읽거나 『예기』 『좌전』을 읽을 때, 많은 부분은 읽어도 이해하지 못합니다. "바탕과 꾸밈을 갖춰야 군자라 할 수 있다(文質彬彬, 然後君子.)"의 출처는 『논어』인데, 그 핵심은 군자가 겉과 속을 겸하여 수양해야 한다는 것입니다. 서방의 예의에는 이런 이념이 없이 단지 어떻게 구체적으로 하는지 만을 알려줍니다. 중화의 예의는 매우 깊은 문화의 토양에서 성장한 것입니다. 그러므로 반드시 그와 연관된 많은 배경을 이해해야만 '예'의 특징을 철저하게 인식할 수 있습니다.

1. 속(俗)에서 '예(禮)'까지

흔히 사람들은 '예속(禮俗)'이라는 말을 하는데, 실제로 '예'와 '속(俗)'은 같은 것이 아닙니다. 『설문해자』의 해석에 따르면, '속'은 "'토지'에서 생겨난 습속이다(土地所生習也.)라는 것입니다. 토지는 사람들이 생활하는 지리적·자연적 환경을 가리키며, 다른 사람들이 다른 영역의 환경에서 생활하면서 다른 민족 특징을 형성한 것입니다.

습속은 사람들의 약속에 의해 이루어진 것입니다. 인류에게는 일찍부터 풍속이 있었고, 연대가 이를수록 풍속은 더욱 원시성·야만성을 띠며, 심지어 오늘날의 관점으로 볼 때, 어떤 것은 그야말로 인정에 어긋나기도 합니다.

옛사람들은 일찍부터 풍속의 구별에 대해 주의를 기울였습니다. 『예기·왕제(王制)』에서 이르기를, "동방왈이, 피발문신, 유불화식자의. 남방왈만, 조제교지, 유불화식자의. 서방왈융, 피발의피, 유불립식자의. 북방왈적, 의우모혈거, 유불립식자의(東方曰夷, 被髮文身, 有不火食者矣, 南方曰蠻, 彫題交趾, 有不火食者矣. 西方曰戎, 被髮衣被, 有不粒食者矣, 北方曰狄, 衣羽毛穴居, 有不粒食者矣)"라고 했습니다. 즉 중원민족(中原民族)의 주변에는 서로 다른 민족이 있었고, 이러한 민족의 풍속은 현저한 차이가 있다는 것입니다. 동남서북의 변방지역 사람들을 하나의 글로로 칭했는데, 동방은 '이(夷)', 남방은 '만(蠻)', 서방은 '융(戎)', 북방은 '적(狄)', 즉 동이(東夷), 남만(南蠻), 서융(西戎), 북적(北狄)이라고 불렀다는 것입니다. 그 후 '이십사사(二十四史)'에서는 사면의 소수 민족을 모두 '이(夷)'로 칭했습니다. 『사이지(四夷志)』라는 책은 소수민족 부락의 생활상을 소개한 것입니다.

동이의 풍속은 '피발문신(被髮文身, 머리를 풀어 헤치고 몸에 문신을 하는 것—역자 주)' 으로, 중원의 사람들과는 달랐습니다. 중원의 사람들은 매일 머리를 빗습니다. 아침에 일어나서 머리를 빗지 않고 어떻게 사회에 나갈 수가 있겠습니까? 이것은 실례입니다. 그러나 이 지방의 사람들은 머리를 빗지 않고 산발을 합니다. 민족학 자료가 증명하는 바에 따르면, 전 세계에서 일부 민족, 아프리카나 태평양지역의 섬에 있는 일부 민족은 아직까지도 문신하는 습관이 성행하고 있습니다. 동이에는 "음식물을 익혀먹지 않고 생으로 먹는다(有不火食者矣)"는 말이 있습니다. 국외의 일부 지방에서는 물고기를 흔히 날 것으로 먹습니다. 일본이나 한국이 그렇습니다. 한국에서는 생선을 잘게 썬 것을 회(膾)라고 하는데, "밥은 정(精)한 것을 싫어하지 않고, 회는 가늘게 썬 것을 싫어하지 않는다(食不厭精, 膾不厭細)"고 했습니다. 이 글자의 '월(月)' 획은 '육(肉)'자에서 변한 것인데, 한대 이후부터 혼동하여 쓴 것입니다. 일본에서 무릇 생선회를 판매하는 가게 문어귀에는 모두 기(旗)를 다는데, 그 기에 한자 '회(膾)'가 쓰여 있어 생선회를 판매한다는 것을 표시하고 있습니다.

"남방왈만, 조제교지(南方曰蠻, 彫題交趾)"에서 '제(題)'는 이마이고, '조제(彫題)'는 곧 이마에 자청(刺靑, 형벌의 하나로 먹물을 살에 넣어 자자[刺字]하는 것-역자 주)하는 것입니다. '교지(交趾)'는 남방의 아주 먼 곳을 가리키는데, 옛사람들이 흔히 그 사람이 남방의 자바(爪哇國)에 갔다는 그 교지(交趾·交阯)국이 곧 이 '교지(交趾)'입니다. 듣건대 이 지방의 사람들은 잠잘 때 그 발가락을 엇갈리게 한다고 하는데 아주 기괴합니다. 이 지방에서도 음식을 익혀먹지 않습니다.

서융(戎)'은 서북 일대를 가리킵니다. 그들은 "머리를 풀어 헤치고 짐승의 가죽으로 옷을 짓는다(被髮衣被)"고 합니다. 그 지방에는 몸집이 큰 야수가 많기 때문입니다. 그밖에는 "유불입식자의(有不粒食者矣)"라 하여, "쌀이나 좁쌀로 밥을 지을 줄 모르고 또는 밭에서 양식이 나지 않거나 어떻게 익혀 먹는지를 모른다"고 했습니다.

북적(北狄)은 "새의 깃털로 옷을 지어 몸에 걸치고 동굴에서 추위를 막고 역시 '입식(粒食)'을 하지 않는다(北方曰狄, 衣羽毛穴居, 有不粒食者矣)"고 했습니다. 중원의 농업민족은 모두 '입식'을 하기에 "입립개신고(粒粒皆辛苦)"라고 했듯이 "쌀 한 톨 한 톨마다 모두 고생이 배어 있음을 안다"고 했습니다.

　다시 따원커우(大汶口)문화의 고풍(古風)인 만속(蠻俗)을 보도록 합시다. 고고학 자료를 통해 지금은 어느 정도 이해하게 되었습니다만, 산동(山東) 타이안(泰安)에 따원하(大汶河)가 있고, 따원커우라는 기차역이 있는데 그곳에서 고고학 상 유명한 따원커우 문화를 발견하였습니다. 따원커우 유적에서 발굴한 사람의 해골은 아주 기괴합니다. 그들은 위턱의 앞니를 뽑는 것이 유행하였고, 뇌두개(腦頭蓋) 뒷부분의 침골(枕骨)은 자연적이 아니라 모두 인공적으로 기형화되어 비교적 이상한 모양을 하고 있습니다. 여성들은 입에 모두 작은 돌덩이 하나를 물고 있습니다. 이런 돌덩이는 죽은 뒤 끼워 넣은 것이 아닙니다. 입안의 이틀이 꺼져 있고 치관(齒冠)이 거의 모두 마모되고 치근(齒根)마저 모두 부식된 것을 보면 이는 오랫동안 돌덩이를 물고 있었던 것이 분명합니다. 오랫동안 돌덩이를 물고 있었기에 잇몸마저 모두 한쪽으로 기울어졌습니다. 이것은 원고(遠古)시대 따원커우 문화의 지역풍속입니다. 최근에 학자들은 일부 변방지역의 민족들은 사람이 발육단계에 이르면 모두 치아를 하나씩 뽑아버렸다고 했습니다. 왜냐하면 그곳에는 늘 일종의 병이 유행하였는데, 병에 걸리기만 하면 환자가 이를 꼭 깨물어 구강(口腔)의 피를 뱉어낼 수가 없었다고 합니다. 그러므로 병에 걸린 다음 응급처치를 하기 위해 미리 이 사이에 구멍을 내어 피를 뱉어낼 수 있도록 하기 위한 것이었습니다. 이것이 곧 풍속인 것입니다. 상고시기에 많은 민족에게 식인풍속이 있었습니다. 최초의 인류는 야수와 거의 비슷했습니다. 고고학적 발견에 의하면, 베이징 원인유적(猿人遺跡)의 동굴에는 두개골(頭蓋骨)이 특별히 많았다고 합니다. 뿐만 아니라 그 두개골은 둔기에 맞은 것이었습니다. 때려서 무엇을 했을까요? 분석에 의하면 사람이 사람을 잡아먹고, 먹고 나서는 또 뼈를 부수어 골수를 빨아먹고 뇌장(腦漿)도 먹었을 것이라 합니다. 이러한 식인 습속은 오래도록 유전되었습니다. 상대(商代)의 인제(人祭)나 순장인(殉葬人)은 바로 이런 야만 풍습의 유존(遺存)입니다. 고궁박물원에 갑골 한 조각이 보존되어 있는데, 감정 결과 사람의 두정골(頭頂骨)이었습니다. 그 위에 '우방백(盂方伯)'이라는 세 글자가 새겨 있는데, 아마 '우(盂)'라는 것은 이 나라의 우두머리를 말하는 것이고, '방백(方伯)'은 우두머리를 표하는 의미였을 것입니다. 추측에 의하면 우나라가 패한 뒤 우두머리의 머리를 베고 그 두개골을 취해 글을 새겨 기념품으로 삼은 것으로 보고 있습니다. 상나라의 제사 때에는 또한 산 사람과 소·양·돼지를 함께 놓고 제사를 지내기도 했습니다. 이것은 생전생활(生前生活)의 재현인 것입니다.

서주(西周) 이후 민본주의(民本主義)로 나가면서 사람의 가치를 중시했습니다. 일반적으로 말해서 사람을 죽일 수 없고, 마음대로 살인을 하면 비난을 받았습니다. 공자가 이르기를, "시작용자, 기무후호!(始作俑者, 其無後乎)"라 했는데, 이는 "비록 감히 산 사람을 순장하지는 못했으나 나뭇조각이나 진흙으로 인형을 만들었다. 그렇다 하더라도 공자는 이를 모두 받아들이지 않았다"는 뜻입니다. 그래서 공자는 "인형을 만든 사람은 그의 대(代)가 끊어질 것이다. 어찌 사람이 모형을 만들어 무덤 속에 넣는 단 말인가? 어찌 이렇게 사람을 대할 수 있는가?"라며 인애(仁愛)·애인(愛人)을 제창하던 공자는 이러한 야만적인 행위를 견결히 반대했던 것입니다.

『예기』에는 이러한 일들이 많이 기록되어 있습니다. 예를 들면, 모(某) 귀족이 죽자 그의 부인과 집사장은 어떻게 장례를 치를지를 상의

하여 사람으로 순장할 것을 결정했습니다. 그러나 그의 동생이 견결히 반대하였는데, 그 이유는 "예'에 어긋난다.(非禮也)"였기 때문이었습니다. '예'는 아주 인성화(人性化)된 것이므로, 어찌 사람을 순장시킬 수가 있겠습니까? 그러나 집사장은 자신의 주장을 우기면서, 첩 둘을 무덤에 넣지 않으면 이후에 누가 그를 돌보겠느냐고 했습니다. 이에 귀족의 동생은 "만약 다른 사람의 보살핌이 필요하다면, 제가 보기엔 당신 두 분을 순장하는 것이 가장 맞는다"고 말했습니다. 그러자 그 두 사람은 겁에 질려 더는 감히 말을 하지 못했다는 것입니다. 이 밖에 어떤 사람은 임종 때에, 큰 널을 만들어 내가 제일 아끼는 두 여인, 하나는 왼쪽에, 다른 하나는 오른쪽에 두어 자기를 시중들게 하라고 분부했다고 합니다. 그러나 집사람들은 절대 그렇게 하지 않았는데, 그 이유는 "비례야(非禮也)"였습니다. 이런 풍속은 실제적으로 명 왕조까지 이어졌습니다. 명 왕조의 제왕(帝王)들이 세상을 떠나면 그를 따라 순장된 궁녀도 있었으며, 그 무덤 안에 기름 한 독을 놓고 장명등(長明燈)을 켜 놓기도 했습니다. 춘추시기『사기』의 기록에 의하면 순장 인수가 가장 많은 것은 춘추 오패(五霸)의 하나인 진목공(秦穆公)으로서, 순장된 사람이 160명에 달한다고 합니다.

『시경』에 한 편의 아주 유명한 「황조(黃鳥)」가 있는데, 이는 진(秦)나라의 민요로, 모두 삼장(三章)입니다. 그 중 한 장에는 "교교황조, 지우극. 수종목공? 자거엄식. 유차엄식, 백부지특. 임기혈, 췌췌기률. 피창자천, 섬아량인. 여가속혜, 인백기신(交交黃鳥, 止于棘, 誰從穆公? 子車奄息, 惟此奄息, 百夫之特, 臨其穴, 惴惴其慄, 彼蒼者天, 殲我良人, 如可贖兮, 人百其身)"라고 되어 있는데, 여기에서 볼 수 있는 것처럼 그때 당시 순장되는 자는 결코 신분이 없는 사람만은 아니었고 때로는 귀족도 있었습니다. 그 중 자거씨(子車氏) 삼형제 중에 자거엄식(子車奄息)이 있었습니다. "교교황조, 지우극(交交黃鳥, 止于棘)"이란 "꾀꼬리가 날아다니다가 가시나무에 내려앉다." "수종목공(誰從穆公?)"의 '종(從)'은 순장(殉葬)을 말합니다. "누가 진목공을 따라 순장됩니까?" 이렇게 묻자 "자거엄식(子車奄息)"라고 했다. 그러자 "유차엄식, 백부지특(惟此奄息, 百夫之特)" 즉 "엄식(奄息)은 백명 중에서 하나를 고르라면 그를 고를 만치 매우 훌륭한 사람이다."라고 했습니다. 그러나 이러한 글귀만 남아 있고 고고학적 발굴에 의해 얼마 전까지는 진목공의 무덤을 찾지 못하고 있었습니다. 그러다가 후에 산시(陝西)성 펑샹(凤翔)에서 진경공(秦景公)의 무덤을 발견했는데, 무덤에 순장된 사람의 수는 170여 명이나 되며, 사서(史書)의 진목공을 초과하는 순장자를 발견했습니다. 무덤구덩이는 7층 아파트만큼 깊었고, 그 규모가 무척이나 방대했습니다. 무덤을 판 시간도 아주 길었고, 누가 순장될 것인지 그 명단도 오래 전에 공표되었습니다. 그러다 보니 "순장되는 사람들은 날마다 무덤구덩이 근처에 가서 무덤을 파는 진척 상황을 보곤 했는데, 당연히 그들은 몹시 두려워했다(臨其穴, 惴惴其慄)"고 했습니다. 백성들은 이렇게 훌륭한 사람이 순장된다는 것을 보고 몹시 슬퍼했습니다. 그러자 "피창자천, 섬아량인. 여가속혜, 인백기신(彼蒼者天, 殲我良人, 如可贖兮, 人百其身)"이라 했는데, 즉 "만일 그를 바꿀 수만 있다면, 차라리 우리들 백사람으로 그를 대신함이 올을 것 같다."라고 했습니다. 진(秦) 왕조에 이르러서도 순장제도는 매우 엄중히 지켜졌습니다.

태평양의 일부 섬나라의 여자애들은 목이 긴 것을 아름다움으로 간주하고, 몸이 한창 자랄 무렵 목에 쇠고리를 씌웁니다. 그 뿐만 아니라 쇠고리를 하나하나씩 계속 씌워 목이 기다랗게 될 때까지 덧붙이는데 이것 역시 풍속의 일종입니다.

시간이 흐를수록 사람들은 적지 않은 풍속습관이 사실 아주 좋지 못하고 사람의 심신 건강에 불리하다는 것을 차츰 깨닫게 되었습니다. 이를테면, 입에 돌덩이를 물고 있으니 결국에는 이가 썩어 음식을 먹는 것마저 고통스럽게 되었습니다. 그 후에 물질생활 조건이 차츰 호전되면서 사람들은 더는 먹고 입는 것을 걱정하지 않아도 되었고, 삶이 질이 있고 생활을 중시해야 함을 느끼게 되었습니다.『관자』에서 이르기를, "창름실즉지예절, 의식족즉지영욕(倉廩實則知禮節, 衣食足則知榮辱)"이라 했습니다."창고에 양식이 그득하면 먹을 것이 걱정되지 않으므로, 체면을 의식하게 된다."는 것입니다. 그리하여 양복을 사야만 하고, 넥타이를 맬 줄 모르면서도 하나는 갖추어야 하고, 구두도 있어야만 존엄이 있다고 느끼게 되었습니다. 이전에 어느 기업가가 저에게 물었습니다. 그늘 늘 손님을 모시고 식사를 하곤 하는데, "문에 들어설 때 누가 먼저 들어서야 하는지?" 잘못하면 남들이 깔볼까봐 두렵다는 것입니다. 이처럼 자연스레 스스로 생활 속에서 문화를 나타내 보이려고 자신을 요구하게 되었던 것입니다. "어떤 일은 할 수 있고 어떤 일은 하지 말아야 합니다. 사람이 치욕을 안다는 것은 일종의 진보입니다. 동물은 수치심이 없습니다. 아담과 이브는 에덴동산에서 처음에는 벌거벗은 채 수치심을 몰랐습니다. 금단의 열매를 먹고 나서는 벌거벗은 자기의 몸을 보고 재빨리 나뭇잎으로 가렸습니다. 그들이 수치심이 있게 된 것을 보고 하나님은 그들이 금단의 열매를 훔쳐 먹었다는 것을 알았습니다. 사람에게서 가장 두려운 것은 수치심이 없는 것입니다. 맹자가 이르기를, "인불가이무치. 무치지치, 무치의(人不可以無恥, 無恥之恥, 無恥矣)"라 했습니다. 즉 "사람은 수치심이 없어서는 안 된다. 수치심이 없는 수치심은 무치이다. 만약 수치심을 모른다면, 그것이야말로 진정한 치욕이다."라는 뜻입니다.

사회가 발전함에 따라 사람들은 점차 이런 야만적인 풍습에서 벗어나 문명적인 생활방식과 심미관을 건립하고 '예'의 시대로 들어서게 되는 것입니다.

2. 우(虞)·하(夏)·상(商)·주(周)의 '질'과 '문'

하·상·주 삼대 이전에 우(虞)가 있었습니다. '당요우순(唐堯虞舜)', '요(堯)'의 국호는 '당(唐)'이고, '순(舜)'의 국호가 '우(虞)'입니다. 『상서』 제일 부분이 바로 「우하서(虞夏書)」 「순전(舜典)」입니다. 『예기』에서도 흔히 '우'를 언급하고 있습니다. 중화문명은 우·하·상·주로부터 기원하였습니다. 옛사람들은 그것을 두 부분으로 나눕니다. 우·하는 한 부분으로 그 특징은 '질(質)'입니다. 상·주로부터 시작하여 많은 변화가 일어나며 점차적으로 '문(文)'을 숭상합니다. 역사상 한 시기는 특별히 질박하였고 그 후에는 특별히 문채(文彩)를 강조했습니다. 옛사람들은 '질'과 '문'의 관계를 올바르게 치리할 수 있느냐 없느냐는 개인과 사회가 건강하게 발전할 수 있느냐 없느냐 하는 중대한 문제라고 인식했습니다.

'우'에서 '주'까지 문명은 끊임없이 발전했습니다. 『예기·단궁상(檀弓上)』의 기록에 의하면, "유우씨와관, 하후씨즐주, 은인관곽 주인장치삽. 주인이은인지관곽장장상, 이하후씨지즉주장중상, 하상, 이유우씨지와관장무복지상(有虞氏瓦棺, 夏后氏塈周, 殷人棺槨, 周人以殷人之棺槨葬長殤, 以夏後氏之塈周葬中殤, 下殤, 以有虞氏之瓦棺葬無服之殤.)"라 했는데, 이 뜻을 보면 다음과 같습니다. "우나라 때에 사람들은 생활이 매우 검소하여 관(棺)을 만들 줄 몰랐으며, 사람이 죽으면 기와를 널로 썼다"고 했습니다. 양사오(仰韶)문화 유적에서 볼 수 있는 것과 같이 옹관장(甕棺葬)을 실시하였던 것입니다. "하나라에 이르러서는 기와 조각을 한 줄로 배열하고 시체를 그 중간에 놓았다"고 했습니다. "은나라에 이르러서부터 관(棺)과 곽(槨)이 있었다. 주(周)나라에 이르러는 '관'이 있었을 뿐만 아니라 치삽(置翣)하였다." 즉 출관(出棺)할 때 다른 사람들이 '관'을 보고 두려워할까봐 관 둘레를 깃털로 장식했다는 것입니다. 옛사람들은 생존율이 높지 않아 흔히 성인이 되기 전에 요절하기도 했는데, 이것을 '상(殤)'이라 했습니다. '상'은 나이에 따라 몇 가지로 나눴는데, 17, 8세에서 20세의 성인 때에 죽은 것을 '장상(長殤)'이라 하였고, 또 '중상(中殤)'과 '하상(下殤)'이 있습니다. 그 밖에 또 하나의 경우인 '무복지상(無服之殤)'이라는 것은 어린아이가 섣달도 안 되어 죽은 것인데, 집사람들은 그에게 상복을 입히지 않았습니다. 미성년자에 대해서 주나라 사람들은 정식적인 장구(葬具), 이를테면 관곽(棺槨)이나 즐주(墍周, 이중으로 된 (와관[瓦棺], 도관이라고도 함 – 역자 주)에 안치하였고, 성인에 대한 규격은 더욱 높았습니다. 이로부터 볼 수 있는 것처럼 그 시대의 사람들은 이미 생활을 아주 중시했으며, 그에 대응한 일련의 의식이나 기구가 있고 아주 복잡했습니다.

『예기·표기(表記)』에는 '자왈: '우·하지질, 은·주지문, 지의. 우·하지문불승기질, 은·주지질불승기문'(子曰: '虞·夏之質, 殷·周之文, 至矣, 虞, 夏之文不勝其質, 殷, 周之質不勝其文"이라고 기록되어 있습니다. 즉 공자의 눈에는 4대(四代) 전 2대(二代)는 '질'에 속하고 후 2대(二代)는 '문'에 속한다고 했는데 이것이 주요한 특징입니다. 우·하(虞·夏)의 '질박'은 역사상 하나의 절정에 도달하였고, 은·주의 '문채(文采)'도 역사상 하나의 절정에 도달했습니다. 이 시대에 모두 어떤 편향(偏向)이 출현하였던 것일까요? "우·하지문불승기질, 은·주지질불승기문(虞, 夏之文不勝其質, 殷, 周之質不勝其文)"라고 했듯이 "우·하(虞·夏)는 '문'이 조금도 없는 것이 아니라 '문'이 아주 적어 '질'에 비교가 안 되거나 또는 '질'과 동등하지 못하다. 그러나 은·주에 이르러서는 뒤바뀌어 그 '질'이 '문'에 비교가 되지 못했다."고 했습니다.

우·하·상·주 4대에서 쓰인 예기(禮器) 또한 같지 않았습니다. 『예기·명당위(明堂位)』에 "유우씨지양돈, 하후씨지사련, 은지육호, 주지팔궤. 조, 유우씨이완, 하후씨이궐, 은이구, 주이방조. 하후씨이갈두, 은옥두, 주헌두(有虞氏之兩敦, 夏后氏之四璉, 殷之六瑚, 周之八簋, 俎, 有虞氏以梡, 夏后氏以嶡, 殷以椇, 周以房俎, 夏后氏以楬豆, 殷玉豆, 周獻豆)."라고 했는데, 이는 즉, "유우씨(有虞氏)는 2대(兩敦), 하후씨(夏后氏)는 4련(四璉), 은나라는 6호(六瑚), 주나라는 8궤(八簋)가 있었다. 조(俎)는 유우씨는 완(梡)을 썼고, 하후씨는 궐(嶡)을 썼고, 은나라는 구(椇)를 썼고, 주나라는 방조(房俎)를 썼다. 하후씨는 갈두(楬豆)를 썼고, 은나라는 옥두(玉豆)를, 주나라는 헌두(獻豆)를 썼다."는 것입니다.

4대(四代)의 '질'과 '문'의 차이에 대해 『예기·명당위』에는 "하후씨상명수, 은상례, 주상주(夏后氏尚明水, 殷尚醴, 周尚酒)"라고 기록되어 있습니다. 이것은 4대에서 제에 쓰이는 술을 구별한 것입니다. '명수(明水)'는 맑은 물인데, 하나라에는 제사를 지낼 때 아직 술을 만들 줄 몰랐기에 '명수(明水)'로 대체했으나 은나라는 상례(尚醴) 즉 예를 숭상했고, 주나라는 상주(尚酒), 즉 술을 숭상했다는 것입니다. 『예기·명당위(明堂位)』에는 "유우씨관오십(有虞氏官五十), 하후씨관백(夏后氏官百), 은이백(殷二百), 주삼백(周三百)."이라는 기록도 있습니다. 이것은 4대의 관제도 역시 같지 않았음을 말해주고 있습니다. "유우씨는 관(官)이 50명이 있었고, 하후씨는 100명, 은나라에는 200명, 주나라에 이르러서는 관이 300명이 있었다."는 것입니다. 이는 사회의 문명이나 복잡함의 정도가 부단히 높아짐을 말해줍니다.

3. "'문'과 '질'을 겸비하고 양자가 상부상조해야 군자라 할 수 있다.
(文質彬彬, 然後君子)"

유가에서 볼 때 한 사람의 가장 이상적인 상태는 반드시 '질'과 '문'이 상부상조하거나 완벽하게 조화되어야 합니다. 곧 '질'의 질박하고 진실하고 장경(莊敬)한 본색(本色)이 있어야 할 뿐만 아니라 '문'이 겸화(謙和)하고 전아(典雅)하고 체면에 어울리는 말투와 행동거지가 있어야 합니다. 공자가 이르는 '문질빈빈, 연후군자(文質彬彬, 然後君子)'는 그가 찬미하는 군자의 품격(品格)인 것입니다.

우·하시대에 사회 '문질문명'의 수준이 매우 낮았기 때문에 사람들의 삶이 아주 간단했습니다. 해가 뜨면 일어나 일하고 해가 지면 들어와 쉬면서 야간 사교활동이 없었으므로, 날이 어두워지면 자리에 들거나 또는 별이나 봐야 했습니다. 그러므로 그 당시 천문학이 매우 발달하였는데, 3대 이전에 사람마다 천문을 알았습니다. 보다 많은 물질적 유혹이 없었으므로 작은 나라 적은 백성들은 함께 어울려 살았습니다. 사람들은 서로 모두 솔직하고 성실하고 선량했으며, 서로 다투어 빼앗을 넉넉한 물품이나 귀중한 물품이 없었고 생활이 극히 검박했습니다. 사람들은 오직 날마다 반드시 일을 해야 하고 일하지 않으면 먹을 것이 없다는 것밖에 몰랐습니다. 사람들 사이에는 서로 관심을 갖고 사랑하고, 배고프면 먹고 목이 마르면 마시면서 아주 소박

했습니다. 노자는 그 시대를 몹시 그리면서 "소국과민(小國寡民), 계견지성상문(鷄犬之聲相聞)"이라고 했습니다. 즉 "작은 나라 적은 백성들은 닭이 울고 개가 짖는 소리도 서로 들을 수 있었다"고 했습니다. 그러나 사람들 간에는 서로 내왕이 적고 지금처럼 이렇게 번화한 사교활동이나 대중 홍보도 없었습니다. 상나라에 이르러 문질문명이 제고되고, 청동문명이 전성기에 들어섰습니다. 제사를 중히 여기기 시작하여 예기(禮器)를 모두 청동으로 만들었습니다. 갑골문의 기록에 따르면, 제사에 때로는 술 100항아리가 쓰이고, 소나 양이 몇 백 마리에 달했다고 합니다. 주나라에 이르러서는 더욱 복잡해져, 옷차림이나 말투 또는 행동거지에 대해 모든 규정이 있었습니다.

춘추전국시기에는 사회적 변화가 더욱 커졌으며 많은 사람들이 공자를 뒤따르면서 배웠습니다. 공자 이전까지만 해도 학(學)은 관부(官府)에 있어서 귀족만이 공부를 할 수 있었습니다. 공자는 제일 먼저 사학(私學)을 꾸렸을 뿐만 아니라 그 규모도 아주 컸는데 무려 제자 삼천에 현인(賢人)이 72명이나 있었습니다. 공자에게 가서 무엇을 배웠을까요? 그것은 곧 사람의 도리를 배우는 것이었습니다. 이 춘추시대라는 아주 혼란한 사회 환경 속에서는 반드시 사람의 마음이나 가장 근본적인 사람의 본성으로부터 민중을 가르침으로서 그들로 하여금 인생의 진정한 가치가 어디에 있는 지를 깨닫게 하는 것이었습니다. 이것이 바로 공자의 위대함입니다.

『논어·학이(學而)』에서 이르기를, "자하왈: 현현역색, 사부모능갈기력. 사군능치기신, 여붕우교언이유신. 수왈미학, 오필위지학의(子夏曰; '賢賢易色, 事父母能竭其力, 事君能致其身, 與朋友交言而有信, 雖曰未學, 吾必謂之學矣)"라 했습니다. 즉 "자하가 말하였다. 현인을 현인으로 대우함을 마치 여색을 좋아하는 것처럼 하고, 부모를 섬김에 있어 그 기력을 다하며, 임금을 섬기되 그 몸을 바치고, 벗을 사귐에 말한 것을 지킨다. 이와 같은 사람이 '아직 저는 배우지 못했습니다' 라고 말한다 하더라도, 나는 그 사람을 제대로 배운 사람이라고 반드시 말할 것이다."

"현현역색(賢賢易色)"에서 앞의 현(賢)은 동사이고 뒤의 현(賢)은 명사로서, 현덕(賢德)한 사람, 좋은 사람을 가리키며 인재를 존중하는 태도로 이러한 현덕한 사람들을 우대해야 함을 말합니다. '역(易)'은 교체(交替)한다는 뜻입니다. 사람마다 색(色)을 좋아하는데 이것은 사람의 본성으로 색을 좋아하는 마음을 현(賢)을 좋아하는 마음으로 바꾸어야 합니다. 공자는 색을 좋아하는 것만큼 덕(德)을 좋아하는 사람을 종래 본 적이 없다고 말했습니다. 호색이 이처럼 완고하기에 덕을 좋아하는 것이 언제나 색을 좋아하는 것에 미치지 못함을 못내 슬퍼했습니다. 그러므로 마땅히 '현현(賢賢)', 즉 현덕한 사람들을 우대해야 한다고 말했던 것입니다. 사회가 발전하려면 걸출한 사람들이 있어야 하며 어진 덕행을 갖춘 인재들이 있어야 합니다. 마땅히 이러한 마음으로 호색한 마음을 바꾸어야만 합니다.

"사부모능갈기력(事父母能竭其力)"이라는 말처럼 부모에 대하여 본체만체해서는 안 되며, 자기의 능력을 다하여 효경(孝敬)해야 합니다. "사군능치기신(事君能致其身)"이라는 말처럼 군신관계는 상하관계와 마찬가지입니다. 여기서 '군(君)'은 '국군(國君)'만을 가리키는 것이 아닙니다. 『예기·의례(儀禮)』를 읽으면 알 수 있는데, 하급자가 상급자에게 '치기신(致其身)', 즉 모든 정력을 기울여 일을 해야 한다는 것입니다. 어떤 일을 하려면 앞장서는 사람이 있어야 하고 동시에 기타 사람들이 마음을 합쳐 협력해야 합니다. 어떤 사람들이 항상 지도자가 될 궁리만 하면서 지도자가 되지 못하면 일을 제대로 하지 않고 힘을 들이지 않은 채 건성건성 하는데 이것이 곧 불성실(不誠實)이고 불충(不忠)입니다. "여붕우교언이유신(與朋友交言而有信)"이라는 말처럼 사회적인 성신(誠信)도 아주 중요합니다. 어떤 사람들은 30살 후에는 마음이 통하는 친구를 사귀기란 매우 힘들다고 합니다. 그것은 30살 전에 속이거나 손해를 본 일이 너무나 많기 때문에 쉽사리 남을 믿지 못하기 때문입니다.

자하는 만약 이 몇 가지를 할 수 있다면, "수왈미학, 오필위지학의(雖曰未學, 吾必謂之學矣)"이라고 했습니다. "비록 사람이 글을 읽지 못했고, 스승님을 정식으로 모시고 배우지는 못했어도 이 몇 가지만 할 수 있다면 배웠다고 할 수 있다."는 말입니다. 이것이 바로 배움이 도달해야 할 목표입니다. 어떤 농민 친구들은 비록 글은 몇 자 모르지만 그들은 "사부모능갈기력(事父母能竭其力)"하고 농사일에 온몸을 기울이며, "여붕우교언이유신(與朋友交言而有信)"을 잘 하고 있습니다. 이것이 나타낸 것도 문화이고, 문화가 바로 그들 몸에 있는 것입니다. 싱가포르가 말레이시아로부터 독립을 할 때 온 싱가포르는 두려움에 떨어야 했습니다. 왜냐하면 싱가포르는 자그마한 땅인데다 자원 또한 부족했기 때문입니다. 저는 리꽝야오(李光耀)가 당시 싱가포르가 어떻게 나라를 세웠는지에 대해 한 말을 들은 적이 있습니다. 그는 "싱가포르에는 화인(華人)이 대다수를 차지하는데, 문화가 있든 없든 간에 그들은 모두 괴로움과 고생을 참고 견디고, 부지런히 일하며, 신용을 중시하고, 자신의 몸을 아끼듯이 스스로의 명성을 소중히 여기고, 속임이 없었습니다. 이는 오랫동안 유가사상이 몸에 배인 결과입니다. 그러므로 그들은 유학을 싱가포르 건국의 정신으로 삼았으며, 결국 그들은 성공했습니다."라고 말했던 것입니다.

사람에게는 일정한 기본적인 소질이 있어야 하며, 무엇을 하든 간에 모두 기초적인 도덕이 있어야 합니다. 걸출한 학자인 증자(曾子)가 이르기를, "오일삼성오신(吾日三省吾身)"(『논어·학이』)이라고 했습니다. "그가 날마다 잊지 못하는 것이 세 가지인데, 날마다 세 번 스스로를 반성하는 일이다."라는 것입니다. 그러므로 사람들은 언제나 남만 볼 것이 아니라 마땅히 '내관(內觀)', 곧 스스로를 봐야 합니다. '반성'은 곧 자신을 보는 것입니다. "위인모이불충호(爲人謀而不忠乎?)"는 "남의 부탁을 받으면 충심으로 해야 한다"는 것으로, 사람은 누구나 타인의 도움을 필요로 한다는 것입니다. "여붕우교이불신호(與朋友交而不信乎)?"라는 것은 "친구와 교제하는데 성실하게 했는가?"하는 뜻입니다. 옛사람들은 도덕을 아주 중시했습니다. "전불습호(傳不習乎)?"는 "스승님이 전수한 학문을 실천했습니까?"라는 의미입니다. 이 '습(习)'은 복습(復習)하는 것만이 아니라 실천의 뜻도 포함하고 있습니다. '습(习)'자의 번체자(繁體字)인 습(習)은 깃과 연관됩니다. 무엇 때문일까요? 『설문해자』에서 이르기를, "습자, 수비야(習者, 數飛也)"라고 했습니다. 작은 새가 날아왔다 날아갔다 하면서 나는 것을 배우는 것이 바로 '습(習)'입이다. 사람들의 배움도 이와 마찬가지입니다. 이랬다저랬다 하면서 지식이나 기억을 되풀이하고 행위도 포함하여 반복적으로 실천해야 합니다.

아래 이 말은 아주 경전적(經典的)인 것으로, 이 강연의 제목이 바로 여기에서 유래한 것입니다. 공자가 이르기를, "질승문즉야, 문승질즉사. 문질빈빈, 연후군자(質勝文則野, 文勝質則史, 文質彬彬, 然後君

子)”(『논어·옹야(雍也)』)라 했습니다. 즉, "질이 문보다 나으면 야(野)하고, 문이 질보다 나으면 성실하지 못하니, 문과 질이 어울려 아름다워야 군자가 된다."라는 뜻입니다. 한 사람의 몸에 만약 질박함이 문채보다 많으면 그는 거칠게 보입니다. 어느 수업 시간에 한 학생이 일어나 말하기를, "저는 농촌에서 왔는데, 농촌 사람들은 본래 소박하여 이런 허위적인 예절은 배우지 않아도 된다"고 말했습니다. 그래서 제가 "한 사람이 만약 '질'만 있고 '문'이 없으면 참기 어렵다"고 말을 하자, 그 학생은 괜찮다며 참을 수 있다고 답했습니다. 과연 그럴까요? 오늘 '질'로 '문'을 물리치는 예를 들겠다고 아까 말했습니다. 오늘 밖의 기온은 섭씨 37℃입니다. 가령 제가 소박하다고 하여 덥다고 웃통을 벗어젖히고, 땀이 나면 수건으로 땀을 훔치고 나서 수건을 어깨에 걸쳤다고 합시다. 그리고 제가 시단(西单)에서 오느라고 다리가 붓기까지 해서 두 다리를 걸상에 올려놓은 채로 학생들에게 수업을 한다고 하면 여러분들은 나에게 뭐라고 하겠습니까? "이게 무슨 선생이야?"라고 분명히 문명을 모르는 시골 사람일 것이라고 말할 것입니다. 이것이 바로 "질승문즉야(質勝文則野)"라는 것입니다. 롄잔(连战)에게 아들이 하나 있었는데, 롄성원(连胜文)이라고 이름을 지었습니다. 아마도 이 이름은 여기에서 유래한 것 같습니다. 그 뜻은 "이 아이는 교육시킬 수 없이 야(野)하기 때문에 공부를 열심히 하고 교육을 잘 받아야 한다"고 여긴 것 같습니다. 바꾸어 말하면 "문승질즉사(文勝質則史)"가 될 수 있다는 뜻입니다. 즉 "몸에 '문'이 너무 지나쳐 질박함을 덮어버린다면 곧 허위적이고 쇼를 하는 것에 치우치게 된다"는 말입니다. '사(史)'는 바로 흔히 말하는 '가(假)', 곧 "교언영(겉으로만 나타낸 것이지 본 마음은 아니라는 뜻-역자 주)"을 말합니다. '질'보다 '문'에 치우친 사람은 겉으로는 굽실거리는 체하지만 오히려 그의 내심을 진실하게 드러내지 않는다는 것입니다. 그는 공경하는 마음이 없으나 외재적인 겉치레에 매우 숙련되어 자유자재로 연기할 수 있으므로 이러한 사람은 아주 허위적이라고 보이게 될 것입니다.

평소에 우리들은 서로를 보면서 눈을 감고 스스로의 몸에 '질'이 '문'보다 나은지, 아니면 '문'이 '질'보다 나은지, 또는 '문'과 '질'이 모두 없는지를 생각해봐야 합니다. 이렇게 "하루에 3번은 반성한다(三省吾身)"고 해야만 비로소 진보할 수 있는 것입니다. 가령 자신의 몸에 아직도 '질'이 있다면 어떤 '질'인지? 친구와 교제할 때 신용을 지키는지? 일에 몰두할 수 있는지? 부모에게 효도를 다할 수 있는지? 스스로에게 점수를 매겨 볼 수 있습니다. 동시에 자신이 친구를 보았을 때 인사를 하는지? 공경하는 마음이 있는지 없는지를 생각해 보고, 또 점수를 매겨 볼 수도 있습니다. 그러고 나서 어느 것이 많고 어느 것이 적은가를 한 번 비교해 보십시오. '질'이 '문'보다 나아도 안 되며, '문'이 '질'보다 나아도 안 됩니다. 가장 이상적인 경우는 "문질빈빈(文質彬彬)"입니다. 많은 사람들이 '빈빈(彬彬)'이라고 이름을 지으면서도 결코 '빈빈(彬彬)'의 뜻을 모르며 심지어는 폄하하는 뜻으로 여기는데, 그것은 아주 높은 경지(境地)라는 것을 전혀 모르고 하는 말입니다.

그럼 "문질빈빈(文質彬彬)"이란 무엇일까요? 즉 "'문'과 '질'을 겸비하고 양자가 상부상조하는 것을 빈빈연(彬彬然)"이라고 합니다. 이 말의 귀감이 될 만한 사람은 저우언라이(周恩来) 총리입니다. 저우언라이 총리는 군자다운 품격을 갖추고 있어 그가 어디에 있든지 간에 언제나 사람들에게 숙연하고 경건함을 느끼게 합니다. 그는 사람들에게 매우 부드럽고 예절 있게 대해주었습니다. 그의 많은 매력은 사소한 부분에서 구현되었습니다. '대약진운동' 때에 그가 지방에 내려가 시찰할 때면 식당에서 노동자들과 함께 식사를 하였습니다. 식사를 마칠 때면 꼭 마지막 한 입의 만두로 그릇의 국을 말끔하게 닦아서 드셨습니다. 손님을 접견할 때 마다 반드시 "요리사나 기사가 왔나요?"하고 묻고는 그들과 일일이 악수를 하고 성함이나 가정상황 등을 상세하게 물어보고는 했습니다. 출국할 때마다 비행기가 착륙하기 20분 전부터 기자들이 촬영하는 것에 대비하여 저우언라이 총리는 거울 앞에 서서 옷과 단추를 다시금 여미면서 하나라도 빠칠세라 꼼꼼하게 차리고 자신의 용모도 세심하게 살폈습니다. 그러므로 어디를 가나 그는 사람들에게 따스한 봄 햇살과도 같은 느낌을 줄 수 있었던 것입니다. 그러므로 그는 '문'과 '질'을 겸비한 "빈빈연(彬彬然)"의 본보기였던 것입니다.

앞에서 언급한 그 학생이 저에게 문제를 제기하자 저는 "좋습니다, 질문이 대단히 좋습니다!"라고 했습니다. 왜 이렇게 말했겠습니까? 2천 년 전에 어떤 사람이 제기한 문제가 그와 꼭 같았기 때문입니다. 역사에 이런 우연의 일치가 있다는 것에 저는 감개무량해했습니다. 그 당시 위(衛)나라에 극자성(棘子成)이라는 대부가 있었는데, 그가 공자의 학생인 자공에게 묻기를, "군자질이이의, 하이문위?' 자공왈: '석호! 부자지설군자야. 사불급설. 문유질야, 질유문야. 호표지곽유견양지곽(君子質而已矣, 何以文爲?' 子貢曰: '惜乎! 夫子之說君子也, 駟不及舌, 文猶質也, 質猶文也"(『논어·안연(顔淵)』)이라 했습니다. 즉 "군자가 이미 '질'을 갖추었는데 어찌하여 '문(文. 文飾)'이 있어야 하는 것입니까? 라고 묻자, 자공이 아주 멋지게 대답을 했습니다. 그가 말하기를, 애석합니다. 부자(夫子. 선생)가 어찌 이렇게 군자를 볼 수 있습니까? 군자가 이렇게만 해서야 되겠습니까? 어찌 이렇게 빨리 신중하게 생각도 하지 않고 말을 꺼낼 수 있단 말입니까?" '사불급설(駟不及舌)'이라고 몇 필의 말이라도 당신의 혀를 따라잡을 수가 없겠습니다. 당신의 말대로라면 '문'은 곧 '질'이고 '질' 또한 '문'이니, 그럼 "호표지곽유견양지곽(虎豹之鞹猶犬羊之鞹)"이라 했습니다. 여기서의 '곽(鞹)'은 털을 뽑은 가죽입니다. 따라서 이 뜻은 "호표(虎豹)가 호랑이와 표범인 것은 그 가죽에 무늬와 문채가 있어 아름답고 그 몸체의 문채와 그 체격이 빈빈연(彬彬然)하고 너무나 완미하게 아울리기 때문입니다. 만일 그 문채를 깎아 버린다면 개나 양의 가죽과 무엇이 다르겠습니까?" 또 어느 것이 호랑이와 표범의 가죽이고 어느 것이 개나 양의 가죽인지를 가려낼 수 있겠습니까? 같은 도리로서, 군자가 군자인 것은 그의 몸에 '문'이 있는 문명인의 행위방식이 있기 때문입니다.

우리들이 늘 '예의'를 말하는데, 기실 '예'와 '의(儀)'은 서로 다릅니다. 『좌전』에 유명한 이야기 하나가 기록되어 있습니다. 노소공(魯昭公)은 질이 아주 떨어지는 사람입니다. 그의 부친이 세상을 뜰 때 그는 아직 어리다 보니 한쪽에서는 장사를 치르는데 그는 상복을 입은 채 땅바닥에 데굴데굴 굴러서 하얀 상복이 볼품없이 더러워졌습니다. 주위의 사람들이 이 아이는 자라서 아마 출세하기 어려울 것이고, 만약 왕위를 계승하여 조정을 장악하게 되면 필히 큰 화를 초래하게 될 것이라고 여겼습니다. 나중에 그는 결국 왕위를 계승하게 되었는데, 어느 해, 노소공이 진(晉)나라를 방문하게 되었습니다. 중국 고대의 외교활동은 아주 중요시되었었습니다. 도성 주위의 50리(里)를 근교, 50리 밖을 원교(遠郊)라고 했는데, 근교와 원교를 합쳐 모두 100리가 됩니다. 산동에서 산서(山西)까지는 거리가 아주 멀고 교통 또한 불편했으므로 외빈(外賓)들은 온갖 고생을 겪으며 수레에 앉아 먼 거리를 달려야만 비로소 도착할 수가 있었습니다. 그 당시에는 교외에 영빈관이 있어서, 한 나라에서 다른 나라의 군주(君主)가 도착한다는 통보를 접하면 관리를 파견하여 영빈관 문어귀에서 대기하고 있다가 그들을 맞아 투숙(投宿)하게 하고 위문을 하는 등의 규정이 있었습니다. 이러한 의식을 '교로(郊勞)'라고 합니다. 외빈들이 휴식을 취한 다음 날이나 그 다음 날에 동도주(東道主)의 국군(國君)과 경대부(卿大夫)를 예방하고 수행한 외교사절단 성원들도 자기와 상응하는 부문을 방문하게 됩니다. 방문이 끝나고 떠날 무렵에 동도주에서 주인의 예의를 다하기 위해 '증회(贈賄)'하게 됩니다. 증(贈)은 증송(增送)이고, 회(賄)는 금품을 가리킵니다. 왜냐하면 방대한 사절단이 귀로에 오르려면 많은 비용과 지출이 소요되므로 일정한 경제적인 지원을 하는데, 이것을 '증회'라고 합니다. 이는 우리들이 지금 말하는 회뢰(賄賂)와는 다른 것입니다. '증회'는 모든 외교활동의 마지막 예절이고, '교로(郊勞)'는 첫 번째 예절입니다.

노소공(魯昭公)이 진(晉)나라를 방문하면서 '교로'에서 '증회'까지 이 지루한 의식에서 실례를 한 곳이 하나도 없었으니 참으로 쉽지가 않은 일이었습니다. 진후(晉侯)가 아주 감개무량하여 대부인 여숙제(女叔齊)에게 말하기를, 노후(魯侯)가 "불역선어예호(不亦善於禮乎?)". 즉 "노소공이 예의에 밝은 사람이 아닙니까?" 하고 말하자, 여숙제는 오히려 "노후언지례(魯侯焉知禮!)", 즉 "그가 무슨 '예'를 압니까?" 라고 말했습니다. 진후가, "하위? 자교로지어증회, 예무위자, 하고부지(何爲? 自郊勞至於贈賄, 禮無違者, 何故不知)?" 즉 "어찌 그리 말씀하십니까? 그가 '교로(郊勞)'에서 '증회(贈賄)'까지의 예절이 잘못된 곳이 없지 않습니까?" 하고 묻자, 여숙제가 말했습니다. "시의야, 불가위예(是儀也, 不可

謂禮)'". 그가 한 것은 "한 차례의 의식을 치룬 것에 불과하고, 그의 이러한 표면적이고 외재적인 의식은 잘못된 것이 없으나 이것을 '예'라고 할 수는 없다."라고 했습니다. 왜냐하면 '예'는 보다 본질적이고 핵심적인 것이 있는데, 그것이 곧 '덕'이기 때문입니다.

"그러면 '예'는 무엇입니까?"하고 묻자, 여숙제(女叔齊)는 "예소이수기국, 행기정령, 무실기민자야. 금정령재가, 불능취야(禮所以守其國, 行其政令, 無失其民者也.)"라고 했습니다. 즉, "'예'란 그 나라를 지키는 것이고, 그 나라 정령(政令)을 행하는 것이며, 그 나라의 백성을 잃지 않는 것이다."라고 했습니다. 그런데 "지금 정령이 대부들의 집에 있어서 취할 수가 없다.(今政令在家, 不能取也.)"라고 했습니다. 제후 입장에서 말하면, 선조로부터 전해 내려온 사직을 지켜내고 인성화(人性化)된 정책을 실행한다면 고향을 등지고 의지할 곳이 없어 떠돌아다니지는 않을 것입니다. 이것이 비로소 '국군'의 '예'의 핵심입니다. 그러나 지금의 노(魯)나라는 "정령재가(政令在家)"입니다. 이 가(家)는 가정이 아닙니다. 고대 천자에게는 천하가 있고, 제후에게는 국(國)이 있고 대부에게는 가(家)가 있었습니다. 그때 당시의 노(魯)나라는 계손씨(季孫氏)·맹손씨(孟孫氏)·숙손씨(叔孫氏) 등 삼가 대부(三家大夫)가 공실(公室)을 셋으로 나누었고, 국유재산을 분할(分割)하여 노소공(魯昭公)을 허수아비로 만들었으며, 그 후에는 공실(公室)을 넷으로 나누었습니다. 이러한 "정령재가(政令在家)"에서 노소공은 "불능취야(不能取也)", 즉 충분한 덕성으로 제지할 수가 없었습니다.

더불어서 "유자가기, 불능용야. 간대국지맹, 능학소국.……위국군, 난장급신, 불휼기소. 예지본말, 장어차호재, 이설설언습의이극. 언선어례, 불역원호(有子家羈, 弗能用也, 奸大國之盟, 陵虐小國,……爲國君, 難將

及身, 不恤其所, 禮之本末, 將於此乎在, 而屑屑焉習儀以亟, 言善於禮, 不亦遠乎)?"라고 했습니다. 뜻인 즉, "자가기가 있는데도 부리지를 못합니다. 대국과의 동맹을 어기고 작은 나라를 능욕했으며 …… 나라의 임금이 되어 어려움이 장차 자신에게 미치는데도 그것을 걱정하지 않습니다. 예의의 본말은 바야흐로 이런 데 있는데도 허겁지겁 의식이나 익히는 것을 급무로 삼았습니다. 예의에 밝다고 하심은 너무 거리가 멀지 않습니까?" 풀이하면 노나라에 자가기(子家羈)라는 어질고 총명한 사람이 있는데, 아주 능력이 있어 국면을 전환시킬 수가 있었습니다. 그러나 노소공은 그를 등용하지 않았으며 언제나 간녕(奸佞)한 자만 썼습니다. 대국(大國)과의 동맹에서 노소공은 늘 교활한 수단으로 자기의 이익만을 챙겼습니다. 그런 작은 나라와의 교제에서 항상 기회만 되면 업신여겼습니다. 한 나라의 국군(國君)이 이 정도로 했으니 "난장급신(難將及身)", 즉 "큰 재난이 곧 닥치게 되었다"였는데도 "불휼기소(不恤其所)", 즉 "그는 문제가 어디에 있는 지조차 몰랐다"고 했습니다. 원래 "예지본말, 장어차호재(禮之本末, 將於此乎在)", 즉 "'예'의 근본은 국가와 사직과 강산을 수호하고 니라를 잘 다스리는 것"인데, 그는 "설설언습의이극(屑屑焉習儀以亟)", 즉 "아침부터 저녁까지 연구하고 예의 동작을 연습하기는 했으나 이것이 무슨 소용이 있는가?"였습니다. 또한 "언선어례, 불역원호(言善於禮, 不亦遠乎)?" 즉 그가 "'예'에 밝다고 하는데, 이와는 거리가 너무 먼 것이 아닙니까?"라고 대답했던 것입니다. '예'는 '의'와 같지 않습니다. 의식을 아무리 멋지게 하여도 내재적인 덕성(德性)이 없다면 '예'라고 할 수 없습니다. 여숙제의 이 말에 진(晉)나라 사람들은 몹시 감탄하며 그야말로 '예'를 아는 사람이라고 했습니다.

2008년에 베이징에서 올림픽을 개최하게 되자 사회의 많은 기구들이 모두 '예의'를 보급하기 시작하였습니다. 그러나 그 보급하는 것이 도대체 '예'인지 아니면 '의(儀)'인지 헷갈렸습니다. 이를테면 여러 분들이 미소를 배웁니다. 베이징시의 일부 기관에서 미소 서비스를 요구했지만 그 미소에는 표준이 없었습니다. 그러니 어찌했을까요? 어떤 사람이 서방인은 미소를 지을 때 이를 여덟 개 드러낸다고 했습니다. 그러자 당시 『베이징만보(北京晚報)』에서는 첫머리에 여러 분들에게 좋은 소식이 있다고 하면서 앞으로 공무원의 미소에는 양화(量化) 표준이 있다고 했습니다. "미소도 양화할 수 있다니 여러분들은 믿기십니까?" 제가 시험 삼아 거울을 들고 연습을 해보았지만 쉽게 되지가 않았습니다. 설사 여덟 개 이를 모두 드러냈다고 해도 이런 상태를 유지할 수가 없었습니다. 이러한 표준에 도달하기 위해 올림픽 도우미 아가씨들이나 스튜어디스들은 미소를 연습하느라고 사람마다 입에 젓가락을 하나씩 물기도 했습니다. 도리대로 한다면 전 국민이 마땅히 미소를 짓고 모두 표준에 이르러야 했습니다. 그렇다면 전 국민이 모두 젓가락을 입에 물어야 한단 말입니까? 너무나 황당하지 않습니까? 이러한 방법은 고대에도 있었는데, '함매(銜枚)'라고 합니다. 그때에는 밤에 기습을 하기 위해 말의 방울을 떼고 입에 막대기를 물게 하였는데, 이것이 '마함매(馬銜枚)'입니다. 웃음은 마음에서 우러나오는 소리입니다. 그러니 웃을 때 이를 드러내야 하는지, 몇 개를 드러내는지는 결코 중요하지 않습니다. 마음에서 우러나오면 남을 감동시킬 수 있는데, 이것이 비로소 진실한 것이기 때문입니다.

"'올림픽 간호사'가 일본에서 미소를 배운다."는 한 편의 기사가 있었습니다. 중국이 미소마저 수입해야 한다니 이 얼마나 기가 찰 노릇입니까? 수 천 년의 문명을 갖고 있으며 미소도 지을 줄 모른다니, 이

표제를 쓸 때 그 기자의 마음은 어떠했을까요? 스스로 긍지를 느꼈을까요? 창피스러워 했을까요? 아니면 매우 익살스러워 했을까요?

저는 중앙 텔레비전 방송국(CCTV)의 사회자 주쥔(朱军)이 사회하는 토크쇼를 본적이 있습니다. 게스트는 장지깡(张继刚), 즉 중국인민해방군 총 정치부 가무단의 연출가이자 베이징 올림픽의 총 연출가였습니다. 그는 많은 가무를 연출했는데, 그중 사람들에게 가장 많이 알려진 것은 『천수관음(千手觀音)』입니다. 『천수관음』에서 십여 명이 세로로 줄을 지어 서로 어울려 '천수'의 동작을 조합하는 것입니다. 줄 맨 앞에 선 배우가 타이리화(邰丽华)인데, 사람들은 오직 그의 표정만 볼 수 있고, 뒷사람들은 모두 그녀 뒤에 가려져 있습니다. 무대 연습을 할 때 타이리화는 굳은 표정으로 손만 움직일 뿐 마치 체조를 하듯 얼굴에는 아무런 표정도 없었습니다. 장지깡이 그녀에게 웃으라고 하자 그녀는 입을 벌리고 웃기는 하였으나 그 웃는 모습은 매우 경직되어 있었습니다. 장지깡이 그녀가 웃는 것이 잘못되었다고 하자 그녀의 얼굴은 더욱 굳어져 버렸습니다. 그녀의 표정이 제대로 되지 않으면 모든 연기가 실패로 돌아가고 맙니다. 그리하여 장지깡이 타이화에게 연기를 가르치기 시작했습니다.

"너는 누구를 분장한 거지?"

"관음(觀音)입니다."

"관음은 가장 자비심이 있는 분이다. 무대에 서면 너는 오늘 네가 바로 관음이라고 생각하고 관중들은 너의 연기에 따라 관음을 인식하게 될 것이니, 너는 반드시 마음속으로 자비를 베푸는 마음이 있는지를 찾아야 한다. 이러한 마음이 있으면 얼굴에 표정이 드러나지 않겠니? 반드시 그것을 드러내야만 한다."고 했습니다.

그럼 과연 그들은 미소를 어떻게 처리했을까요? 답은 이러했습니다. "동방인의 심미적 표준에 어울리게 웃지만 이를 드러내지 말아야 한다. 미소는 이를 드러내는 것이 아니라 입 꼬리를 약간 위로 올리면 된다."

관상서(觀相書)에서 말했듯이 입 꼬리가 아래로 처진 것은 마치 배가 뒤집힌 것과 같은 고통스러운 표정이라고 했습니다. 제가 한 학생에게 농담 삼아 학생은 한평생 운이 좋을 거라고 말했습니다. 그가 비록 웃지는 않아도 입 꼬리가 언제나 위로 치켜져 있었기 때문입니다. 이러한 사람은 아무 때거나 미소를 띠고 있는 모습이어서 사람들의 호감을 사게 되고 그 모습이 남에게 친근감을 느끼게 합니다. 『천수관음』에서 타이리화의 이를 드러내지 않는 이 동양적 미소는 전 세계를 정복하였습니다. 가령 그녀가 이를 여덟 개 드러내고 웃었다면 관음의 형상을 망가뜨리고 말았을 것입니다.

중국 사람의 전통은 내재적인 것을 중시합니다. 만약 내재적인 덕성이 부족하면 '속이 빈 사람(空心人)'이 됩니다. 겉모양을 아무리 잘 꾸미고 브랜드로 감싸도 아무짝에도 쓸모없는 혼이 없는 무능한 인간이 되고 맙니다. 첸무(钱穆) 선생이 젊은 시절에 우시(無錫)의 어느 중학교에서 교편을 잡고 있을 때의 일을 회억하면서 어느 체육 선생님이 학생들에게 '차렷' 자세를 가르치던 일이 그에게 인상이 매우 깊었다고 말했습니다. 학생들은 바람이 불거나 비가 오거나 또는 햇볕이 내리쬐이면 늘 비바람을 피하거나 서늘한 곳을 찾아 선뜻 나서지 않으려고 했습니다. 이에 그 선생님이 말했습니다. 네가 사탕으로 만든 것도 아닌데 왜 태양을 두려워하는 거지? 흙으로 빚은 것도 아닌데 왜 비를 두려워하는 거지? 그리고 종이로 만든 것도 아닌데 왜 바람을 두려워하는 거지? 너는 대장부다. "수백인교어전, 태산붕어후, 역빙연불동, 시득위입정(須白刃交於前, 泰山崩於後, 亦凜然不動, 始得爲立正)"라는 말이 있지 않느냐? 이 말의 뜻은 "시퍼런 칼날이 앞에 놓이고, 태산이 무너져 내린다 해도 끄떡없이 당당하게 서 있어야만 '차렷' 자세를 할 수 있다."는 말입니다. 그 자리에 서기만 하면 무엇이 대장부이고 무엇이 호연지기(浩然之氣)인지를 생각해야 하며, 속과 겉에다 모두 갖추어야 합니다. 이렇게 하면 품위가 있습니다. 마음을 다잡으면 똑바로 설 수 없겠습니까? 그리하면 태도도 아주 바르게 됩니다. 동서방의 문화는 결국 같지 않습니다. 서양의 문화가 우리 것보다 낫고 우리 것은 못하다고만 생각하지 마십시오. 여러 분은 마땅히 자기의 문화에 대해 좀 더 자신감을 가져야 합니다.

4. 대학생들은 마땅히 내재적인 덕성의 성장을 중시해야 한다

지금의 젊은이들, 특히 대학생들에게는 이러한 견해가 있는 것 같습니다. 외모가 인생의 승패를 결정하고 아름다운 외모가 곧 경쟁력이라고 여겨 자신을 세심하게 꾸미기 위해 브랜드 옷을 입으려 하고 치장하고 아름다운 용모를 지니려 한다는 것 말입니다. 그러나 그 결과는 "금옥기외, 패서기중(金玉其外, 敗絮其中)"라는 말처럼 "겉은 금과 옥으로 포장하였으나 속에는 낡아빠진 솜이 들어 있는 것처럼 빛 좋은 개살구가 되어 '속이빈 사람(空心人)'이 되고 맙니다. 이러한 관념은 한 세대 심지어는 몇 세대 사람들의 총체적인 소양에 영향을 미치게 되므로 분명하게 밝히지 않으면 안 됩니다.

외국의 미디어들은 베이징 올림픽에서 올림픽 도우미 아가씨들을 선별할 때 예쁜 여성만 선택했다고 비판했는데, 이는 용모에 대한 차

별 대우입니다. 그럼 그런 예쁘지 않은 사람들은 어떻게 합니까? 사람의 청춘은 한 떨기 꽃과도 같으므로 피면 얼마나 오래가겠습니까? 옛 사람들은 '이색사인(以色思人)'이라고 했습니다. 즉 "자색(姿色, 여자의 고운 얼굴 - 역자 주)으로 사람을 섬긴다는 것"입니다. 만약 젊고 예쁜 모습으로 돈 많은 갑부(甲富)에 붙어 지낸다면 그 꽃이 얼마나 오래 가겠습니까? 왜냐하면 "색쇠즉애이(色衰則愛弛)", 즉 "자색이 쇠약해지면 사랑도 식는 법"입니다. 몇 년이 지나지 않아 그는 더 이상 당신을 사랑하지 않을 것이고, 또다시 다른 꽃을 찾을 것입니다. 이렇게 됐을 때, "당신의 신분이 높아진 것입니까?" 아니면 "단지 남자의 놀잇감이 되었던 것" 뿐입니다. 당신이 정성들여 치장하는 것이 단지 남자들의 눈빛을 끌기 위한 것인가요? 그럴만한 가치가 있었던 것입니까? 당신은 그들을 위해 사는 것입니까? 아니면 자신을 위해 사는 것입니까? 여러 가지로 사고를 해 봐야만 합니다. 제가 매번 이발을 할 때마다 이발사가 저에게 염색을 하겠느냐고 물어봅니다. 저는 하지 않겠다고 합니다. 희면 흰 것이지 무슨 관계가 있습니까? 사람은 마땅히 참된 마음을 유지해야 합니다. 사람들 간의 교제는 얼굴로 하는 것이 아니라 마음으로 사귀는 것입니다. 사람은 아름다워서 사랑스러운 것이 아니라 사랑스러워서 아름다운 것이라는 것을 마땅히 알아야 하는 것입니다.

펑황(凤凰)위성텔레비전 방송사에 뤼추루웨이(闾丘露薇)라는 유명한 사회자가 있는데, 한 번은 칭화대학교에 가서 강연을 하게 되었습니다. 그녀가 결혼을 하지 않았다는 걸 알고 어느 학생이 물었습니다. "강사님 생각에는 어떤 남자가 가장 사랑스럽다고 보십니까?" 그러자 뤼추루웨이는 "열심히 일할 때의 남자가 가장 사랑스럽다"고 했습니다. 방송사에서 일부 남자들이 열심히 일을 하고 내놓은 작품이 아주 훌륭하다면서 이러한 아름다움은 기질에서 우러나오는 것이라고 했습니다. 그렇지 않고 하루 종일 하는 일 없이 빈둥대며 동시효빈(東施效顰)[16]처럼 흉내나 내고 교태를 부리고 아양을 떨기만 하면, 이를 어떻게 아름다움이 있다고 말할 수 있겠습니까?

최근 몇 년 동안 한국의 뷰티산업이 트랜드를 이끌고 있는데, 한국의 남성들 중에는 성형을 하는 사람도 있습니다. 사내대장부는 모두 사업이 있는데, 하루 종일 치장에 신경을 쓴다면 어찌 체면이 서겠습니까? 지금 이 산업이 범위가 갈수록 넓어지고 있는데 '외모지상'이 그 근본 원인입니다. 이는 중국의 전통문화와는 근본적으로 위배되는 것입니다. 저에게 학우 하나가 있는데, 이름이 나자 어떤 사람이 그를 탐방하게 되었습니다. 그는 중학교 때의 일을 이야기하면서 그때 공부를 잘하지 못했고 또한 장난이 심했다고 했습니다. 한 반에 어떤 여자애가 있었는데, 생김새는 그리 예쁘지는 않아도 그 웃는 모습이 아주 아름다워 그에게 아주 편한 감을 주었다고 했습니다. 그는 마음속으로 이러한 여자애와 함께 생활하면 반드시 행복할 것이라고 생각했답니다. 그때로부터 그는 열심히 공부하여 결국 일등을 차지했고 그 꽃도 꺾었다고 합니다. 참으로 재미있습니다. 그는 화장이나 아부에 의한 것이 아니라 스스로를 변화시키는 것에 의지한 것입니다. 그가 공개적으로 말하듯이 그가 그녀를 사랑하게 된 것은 그녀의 아름다운

---

16) 동시효빈 : 동시가 서시의 눈살 찌푸리는 것을 본뜬다는 뜻으로, 옳고 그름의 판단 없이 남의 흉내를 냄을 이르는 말이다. 월(越)나라의 미녀 서시(西施)가 속병이 있어 눈을 찡그리자 이를 본 못난 여자들이 눈을 찡그리면 아름답게 보이는 줄 알고 따라서 눈을 찡그리고 다녔다는 데서 유래한다. ≪장자≫의 〈천운편(天運篇)〉에 나오는 말이다.

용모가 아니라 그녀의 진실하고 밝은 미소였습니다.

지금 많은 젊은 여성들의 옷차림은 노출이 심하며, 이러한 방식으로 남의 눈길을 끌려고 합니다. 저는 이것이 자존(自尊)이 없는 표현이라고 여깁니다. 저는 제가 수업하는 교실에 노출이 심한 학생은 거절합니다. 교실은 독서를 하는 곳입니다. 재능이 있으면 재능을 드러내고, 기술이 있으면 기술을 드러내고, 학문이 있으면 학문을 드러내야지, 어찌 배꼽을 드러내는 것으로 자신을 드러내려고 합니까? 자신이 스스로를 존중해야 합니다.

지금 '포장'하는 기풍이 매우 성행하고 있습니다. 무엇이나 다 장식하다 보니 사람들은 아주 들떠 있습니다. '문화대혁명' 기간에 이런 말을 들은 적이 있습니다. 중국 사람들은 너무나 솔직해서 만드는 물건은 조금도 거짓이 없이 모두 질도 좋고 값도 싸며 포장도 아주 간단했다고 합니다. 이런 질 좋고 값이 싼 물건이 외국에 수출되면 외국 상인들은 포장을 모두 바꿔 버린 뒤 가격을 열 배 또는 스무 배로 올린다고 합니다. '문화대혁명' 후에 우리도 각성하고 포장의 중요성을 깨닫게 되었고 포장을 중시하게 되었습니다. 그러나 그 뒤로는 포장하는 물품마저도 가짜로 바꾸기도 했는데 이는 다른 극단으로 빠진 것입니다. 지금 가는 곳마다 호화로운 포장을 볼 수 있습니다. 이를테면, 웨빙(月饼, 중국에서 추석에 먹는 송편 같은 개념의 떡—역자 주) 그 자체는 원가가 얼마 안 되지만 그 케이스는 웨빙보다 더 비쌉니다. 과도한 포장은 사회의 자원을 낭비하게 됩니다. 가장 두려운 것은 사람을 포장하는 것입니다. 온종일 화장품을 들고 이리저리 바르며 노력하려는 사람은 자신의 신념을 소모하는 것입니다. 물론 이는 화장을 하는 것이 모두 노력하지 않는다는 것은 아닙니다. 그러나 사람의 하루 시간은 언제나 같으므로(常數) 서로 모순된다는 것입니다. 언젠가 텔레비전에서 한 연예계 종사자와 인터뷰하는 것을 본 적이 있습니다. 기자가 화장을 그렇게 예쁘게 하려면 매일 얼마만큼의 시간이 걸리는가 물었습니다. 인터뷰를 받는 그녀는 눈 한 쌍을 그리는데 반시간이 걸리고 저녁에는 화장을 지워야 한다고 했습니다. 이렇게 계산하면 하루에 화장하고 화장을 지우는데 걸리는 시간이 얼마나 되겠습니까? 평생 동안 한다면 얼마만큼의 시간을 소비하겠습니까? 이러한 생활방식이나 심미적 취미는 아주 천박해 보이고 무의미한 것입니다.

지금 사회에는 두 부류의 사람이 있습니다. 하나는 각종 브랜드로 전신을 감싸고 다른 한 부류는 겉치레를 하지 않아 보기조차 민망한 경우입니다. 외국의 미디어에 의하면, 여름에 베이징의 골목에 들어서면 보이는 것이 다 희디흰 고깃덩이라는 것입니다. 웃통을 벗은 남자들이 제멋대로 문어귀에 앉아 있는데, 외국인이 오든지 기타 사람들이 오든지간에 모두 웃통을 벗은 모습들뿐이라는 겁니다. 어느 한 번인가 산동위성텔레비전방송국에서 저를 찾아 강연하는 프로를 만들려고 했는데, 제목이 "어름에는 웃통을 빗어도 되는가?"였습니다. 이런 강연도 필요한 건가요? 『예기·곡례(曲禮)』에서 이르기를, "서무건상(暑毋褰裳)"이라 했는데, 즉 "날씨가 아무리 무더워도 옷을 위로 걷어 올려서는 안 된다"는 말입니다. 교통경찰이 섭씨 40도의 고온에서 근무를 서고 있는데 웃통을 벗을 수 있겠습니까? 한탄스러운 것은 지금 '방예(膀爺, 웃통을 벗은 남자)'만이 아니라 여성들도 있다는 것입니다. 앞가슴에 천 조각만을 두르고 잔등은 모두 드러내놓은 채 다니는 여성들이 자주보이죠? 이처럼 드러내놓을 것은 전부 드러낸 여성들을 '방나이(膀奶)'라고 하는 것입니다.

미국의 주간지 『타임』은 중국 사람들이 예의가 없고 예의는 장사할 때만 차리는 것으로 변했다고 비판한 적이 있습니다. 전문적인 서양의 예의과정에는, 중국의 대부호들에게 어느 손으로 나이프를 쥐고, 어느 손으로 포크를 쥐어야 하며, 마땅히 이리저리 해야 한다고 하는데, 강의를 듣는 대부(大富)들이 모두 얌전하게 듣고 있었답니다. 외국에 다녀온 어떤 여자애가 상하이에서 이러한 예의 수업을 하는데, 한 주일의 수강료가 999달러에 달하며, 앞으로 어떻게 영국의 여왕과 함께 식사를 하는가를 강의한다고 합니다. 이 문장에서는 베이징에서 예의를 수업하는 중국계 미국인 한 사람을 언급하였는데, 그는 베이징의 어느 한 아파트의 엘리베이터에서 사람들이 대소변을 보지 못하도록 환기시키는 게시판을 보았다고 했습니다. 이러한 현상은 말하지 않으면 모르겠지만, 이런 것을 한데 모아 이야기하면 지금의 풍기가 확실히 좋지 않음을 알 수 있습니다.

독일의 『명경(明鏡)』 주간에도 이러한 보도가 한 편 실렸습니다. 중국 사람들은 화장실도 갈 줄 모른다면서, 독일 사람들이 어떻게 체신 있게 화장실을 사용하는지를 가르쳤다는 것입니다. 풍자적입니다. 지금 중국 사람들은 외국에 나가 여행하면서 서양의 예의를 많이 배워왔습니다. 중국 사람들은 차츰 중국의 문화를 잊고 많은 사람들이 크리스마스·밸런타인데이·만우절 따위를 쉽니다. 돌이켜 보면 서양화가 매우 대단합니다. 그제야 깨닫고 청명절·중추절·중양절(重陽節)을 쇠자고 제창하면서 휴가를 주어 우리의 명절을 지내고 있습니다. 이 보도에서는 독일 사람이 중국에서 예의를 가르치면서, 수프를 어떻게 먹는지, 화장실은 어떻게 쓰는지 등 그럴듯하게 강의를 하고 있는데, 이는 마치 중화민족은 야만민족이고, 새로운 문명을 받아들임으로써 금방 개화된 것처럼 간주했습니다. 올림픽이 개최되어 사방에서 오는 손님들을 접대하는데 이것도 배워야 합니까? 우리가 프랑스에 갔다고 합시다. 프랑스의 어느 한 사람도 중국 사람이 왔다고 반드시 중국식 복장을 입고 젓가락과 자장면 또는 난징(南京), 반야(板鴨)를 준비하는 사람은 하나도 없을 것입니다……손님은 주인이 하자는 대로 따르는 법이고, 그 고장에 가면 그 고장의 풍속을 따라야 합니다.

문화에는 민족성이 있습니다. 민족 간의 내왕에서 어떻게 평등이 구현되어야 할까요? '입향수속(入鄕隨俗)' '입경문속(入境問俗)'이라는 말처럼 "그 고장에 가면 그 고장의 풍속을 따라야 하고, 다른 나라에 가면 먼저 그 곳의 습속을 물어 보아야 한다"는 것입니다. 어느 한 곳에 갈 때마다 그들의 기호나 금기를 이해하고, 그들이 꺼리는 말을 우리는 말하지 말아야 합니다. 그들이 우리 이곳에 와도 사전에 중국 사람들이 무엇을 꺼리는지를 이해해야만 합니다. 중국의 어떤 호텔에는 13층이 없습니다. 그것은 외국인들이 13이라는 이 숫자를 꺼리기 때문입니다. 그러나 이것이 우리와 무슨 관계가 있습니까? 불교에서 13은 공로와 딕행의 완벽함을 나타내며, 보탑(寶塔) 13층은 가상 좋은 것입니다. 외국인이 좋아하지 않는다고 우리도 마땅히 좋아하지 말아야 합니까? 민족은 마땅히 자존(自尊)이 있어야 합니다. 지금 공항이나 기내에서 식사를 할 때면 어떤 식사이든 간에 모두 나이프와 포크가 준비되어 있습니다. 어떤 농민 친구가 호텔에 갔는데 어떻게 잠을 자야 할지를 모릅니다. 이불이 모두 시트 밑에 깔려 있어서 어떻게 들어가야 할지를 몰랐던 거지요. 어떤 여관은 일 년 내내 외국인이 오지도 않지만 외국인의 습관이나 기호에 따라 배치되어 있는데, 이래야만 비로소 체면이 선다는 것입니다. 국민의 실질적인 필요성에서 출발하지 않는 이것은 아주 슬픈 일입니다.

　제가 자주 드는 예가 하나 있습니다. 저에게 중국 타이완 친구가 한 분 있는데 대학교 교수입니다. 미국의 한 친구가 그녀를 찾아가자 그녀는 매우 즐거워하며 여러 해 동안 모아두었던 잔돈을 모두 찾아내어 가장 좋은 양식집을 찾아 식사를 대접했습니다. 식사를 마친 뒤 그 외국인은 매우 불쾌해 했습니다. 이런 것은 제가 미국에서 날마다 먹는 것인데, 중국 타이완에 왔으면 마땅히 현지의 음식을 먹어야 한다는 것이었습니다. 그렇습니다. 서양에서 왔으니 당연히 동양문화를 체험해보고 싶은 것입니다. 닉슨 대통령이 중국을 방문했을 때, 저우언라이 총리가 초대했는데 테이블마다 젓가락을 놓았습니다. 닉슨 부부는 비록 젓가락을 쓸 줄 몰랐으나 그들은 아주 조심스레 열심히 젓가락을 사용했습니다. 이것은 중국문화에 대한 존중입니다. 식사를 마치자마자 기자들은 앞 다투어 그 젓가락을 가지려고 했습니다.『뉴욕타이즈』는 당시 연회의 메뉴를 게재했으며, 미국 독자들에게 중국 음식문화에 대한 호기심을 만족시켜 주었습니다. 이 일에서 볼 수 있는 것처럼 우리는 매우 존엄이 있었고 또한 매우 옳은 처사였습니다. 영화『바이추언(白求恩) 의사』에 이런 장면이 있습니다. 바이추언이 어느 농부의 집에 가서 식사를 하는데, 농부가 그에게 양식을 대접할 리가 없었습니다. 설이 다가오니 교자(餃子, 물만두)를 먹게 되었습니다. 바이추언이 젓가락으로 교자를 집으려 했으나 도무지 집어지질 않았고, 어쩌다 집어서 잎가에 막 가져가려는 순간 떨어지고 말았습니다. 그가 떨어뜨린 교자를 집주인 딸이 재빠르게 잡아채는 것을 보고는 아주 감개무량하여, "천재적인 외과의사이시구려!'라고 말했다고 합니다. 중국 사람들은 지능지수(IQ)가 높고 열 손가락이 마음에 이어져 있듯이 손가락 놀림이 이 정도로 매우 발달하였는데 이는 세계에서도 매우 드문 것입니다. 그러므로 중국 사람들은 자신을 무시하지 말고 무엇이나 외국의 것을 배우려고만 해서는 안 됩니다.

5. 좋은 사회풍조는 나부터 시작하자

개혁개방 이후 우리는 곡식창고에 먹을 것이 넘쳐나고 의식도 넉넉해졌습니다. 그러나 우리의 문명 정도는 결코 그에 대응하는 발전을 거두지 못했습니다. 해외에서는 우리를 "부이불귀(富而不貴)" 즉 "부유해지기는 했으나 '귀족적 기질'은 없다"고 했습니다. 즉 교양이 부족하다는 것입니다.

지금 중국에서 가장 부족한 것은 무엇입니까? 물질도 아니고 경제도 아닙니다. 우리는 이미 먹고살기 위해 걱정하던 시대는 벗어났습니다. 만약 기어코 통계를 한다면, 얼마만한 사람들이 예의를 모르고 예의가 없는지 그 비례는 아주 높을 것입니다. 이는 이미 한 개 민족의 이미지에 영향을 미치고 있습니다. 중국에서 어떤 사람들은 예의가 없고, 어떤 사람들은 몸가짐에 신경을 쓰지 않는다는 것이 세계적으로 이름이 나 있습니다. 그러므로 모두들 동원하여 자신의 이미지를 변화시키고 민족의 이미지를 변화시켜야만 합니다. 이것은 단지 슬로건을 붙이거나 구호를 외쳐서만 되는 것이 아닙니다. 제가 칭화대학교에서 "중국 고대 예의문명"에 대한 강의를 할 때, 저는 여덟 자(字)로 과정의 주지(主旨)를 개괄하였는데, 그것은 "함양덕성, 변화기질(涵養德性, 變化氣質)"이었습니다. 사회 발전에서 가장 필요한 것은 사람들이 자신의 소질을 제고시키는 것이고, 자신의 소질을 제고시키는 것은 덕성을 떠날 수가 없습니다. 우리는 이 시점에서부터, 자기로부터,

지금부터 시작해야 합니다.

독일에서는 예의 과정을 아주 중시하여 예의 과정을 통하여 아이들의 나쁜 버릇을 고치도록 도와줍니다. 이를테면, 맨 뒤에 오는 사람을 위해 문을 열어 둔다든지, 서로 인사를 한다든지, 교양 있게 식사를 한다든지 따위를 배우는 것입니다. 원래 일부 아이들이 흔히 나이프나 포크로 접시를 두드리곤 했는데, 이런 눈에 띄지 않는 나쁜 습관은 예의 과정의 학습을 거쳐 모두 고쳤습니다. 미국에서도 의식을 통해 애국심을 키웁니다. 미국 사람들은 국기를 게양할 때 손을 가슴 위에 얹는데 이는 일종의 의식으로 대통령이라도 이렇게 합니다. 그러나 중국의 현실사회에서는 좋은 규범이 부족합니다. 어느 한 번 국제시합의 시상식에서 국가가 울리고 국기를 게양하고 있을 때 우리의 일부 운동선수들은 시상대에서 껌을 씹고 있었다고 어떤 친구가 저에게 말했는데, 이는 가장 기본적인 경의의 표현도 없는 것입니다. 타이완지역에서 국민당이든 민진당(民進黨)이든 경선에서 승리하면 출마자는 모두 선거 유권자들에게 허리를 굽혀 인사를 합니다. 국민당이 경선에서 승리한 뒤, 마잉주(马英九)가 선거 유권자들에게 사의(謝意)를 표하기 위해 마련한 만찬회의 배경판에는 "감은(感恩)으로부터 출발하고, 겸비(謙卑)함에서 시작한다."라고 쓰여 있었고, 모든 사람들이 무대 아래를 향해 허리를 굽혀 절을 했습니다. 민진당은 비록 경선에서 실패했으나 마찬가지로 허리를 굽혀 민중들에게 유감의 뜻을 전했습니다.

여러 분은 '문'과 '질'은 우리의 몸에 겸유(兼有)해야 한다는 것을 알아야 합니다. 만약 '문'과 '질' 둘 중에서 기어코 어느 것이 더 중요한가를 가진다면 차라리 '질'이 더 중요하다고 하겠습니다. 여러 분들은 먼저 자신의 덕성을 배양하고 나서 이 토대 위에 기질을 개변시킴으로써 자신을 문화인답게 만들어야 합니다. 먼저 '명명덕(明明德)'하고 나서 '신민(新民)'이 되어야 하며, 자신의 모범적인 행위로써 사회에 영향을 주어야 합니다. 이렇게 해야만 '예'는 비로소 적극적인 뜻을 갖게 됩니다. 어떤 학생이 저에게 묻기를, 중국에 전해 들어온 외국문화 중에도 일부 정수가 있는데 우리는 "취기정화, 거기조백(取其精華, 去其糟粕)" 즉 "정수를 취하고 찌꺼기를 버려야 마땅하다"고 했습니다. 이를테면, 우리 중국의 전통 문화에서 개인의 사회적 역할을 중시하지 않는 것에 비해 미국문화는 독립·개방·포용의 정신을 더욱 강조합니다. 그렇다면 마땅히 어떻게 외국문화 중의 정수 부분을 흡수해야 할까요?

제가 특별히 강조하는 점은 우리는 외국문화를 모조리 배척하는 것이 아니라는 것입니다. 1840년 아편전쟁 이후, 서학은 마치 밀물처럼 대포·아편과 함께 밀려들어왔습니다. 이때 우리의 고유한 문화를 고수해야 했습니까? 아니면 고수하지 말아야 했습니까? 고유문화와 외래문화를 구별하는 것이 바로 국학입니다. 마치 이전에는 중의(中醫)를 중의라 부르지 않았으나 서의(西醫)가 들어와시야 '중의(中醫)'가 생겨났고, 서양의 화극(話劇)이나 발레가 들어오자 중국의 경극(京劇)을 국극(國劇)이라고 한 것과 마찬가지입니다. 전통적인 문화를 고수해야 합니까? 고수하지 말아야 합니까? 후스(胡适)가 말하기를, "모두 버려라! 달도 미국의 달이 더 둥근데, 모조리 서양화하여 중국문화를 뿌리 채 뽑아버리자"라고 했습니다. 그 당시 류반농(刘半农)과 첸쉬안통(钱玄同)은 글을 올려 모든 학교에서 한자를 쓰지 말고 중국말을 하지 말고 한자로 쓴 책을 읽지 못하게 하자고 했습니다. 우리는 "이런 관점에 동의할 수 있습니까?" 이렇게 하자는 것은 나라를 멸망시키고 민족을 멸절(滅絶)시키자는 것입니다. 이렇게 하는 것은 당연히 안 되는 것입니다. 만약 우리가 하나의 민족으로 존재하고, 미국의 제52개 주가 되지 않으려면 마땅히 유실된 자기의 문화를 찾아오고 우리의 문화를 구축해야 합니다.

중국 사람들은 독립을 추구하지 않습니까? 칭화대학교에 가서 '왕징안(王靜安) 선생 기념비'를 보십시오. 비문은 천인커(陳寅恪) 선생이 쓴 것입니다. 그는 왕 선생의 가장 고귀한 점은 '독립사상, 자유사상'이라고 찬양했습니다. 중국 사람들은 인격 독립을 말하지 않습니까? 『맹자』에서 말하는 대장부는 어떠한 것입니까! 중국 사람들은 겸용(兼容, 동시에 여러 가지를 용납하는 것–역자 주)하지 않습니까? 공자가 이르기를, '화이부동(和而不同)'[17]. 즉 중국 사람들은 예로부터 '화(和)', 평화 공존하고, 화목하게 어울리고, 서로 존중해야 한다고 말했습니다. '화'하면서도 '동(同)'하지 않습니다. '동'은 곧 같지 않다는 말입니다. 중국문화는 가장 포용성이 있습니다. 불교가 들어오자 한때 국교의 하나가 되었습니다. 도교가 흥성해지고 유교와 견주게 되었습니다. 시안(西安) 비림(碑林)의 '대진경교유행중국비(大秦景敎流行中國碑)'는 아주 유명합니다. 경교(景敎)는 기독교로서, 한때 기독교 신도들이 많은 곳에서 추방되었으나 유독 중국에 와서는 용납되었습니다. 그러므로 무엇이나 절대화해서는 안 됩니다. 또 예를 들면, 적지 않은 사람들이 '박애'는 프랑스 대혁명시기의 산물이고 중국에는 없다고 간주하는데, 난징이 '박애지도(博愛之都)' 아닙니까? 중국 사람들은 2천 년 전의 『효

---

17) 화이부동 : 군자는 조화를 추구하고 획일적이지 않는다는 뜻으로, 군자는 화합하지만 부화뇌동하지 않는다는 의미.

경』에서 이미 '박애'라는 낱말을 사용했습니다. 중산릉(中山陵)에 있는 '박애방(博爱坊)'의 전고(典故)는 『효경』에서 유래된 것입니다.

그러므로 지금의 급선무는 우리가 서양문화를 적게 배우는 것이 아니라 "우리 자신의 문화가 아직 얼마나 남아 있느냐?" "우리 자신이 자기의 문화를 얼마나 이해하느냐?" "우리 자신의 몸에 중국문화가 얼마나 있느냐?" 하는 것입니다. 상황의 절박성이 바로 여기에 있는 것입니다. 다른 학생이 또 "중국문화는 어떤 면에서 확실히 우리 시대의 발전과 완전히 어울리지 않는 면이 있는데, 이를테면 건축에서 베이징의 사합원(四合院)은 현대생활의 요구에 완전히 적합하지 않습니다. 어떻게 하면 중화 문화의 정수를 시대와 보조를 맞출 수 있습니까?"하고 질문했습니다.

저에게는 욕망이 하나 있습니다. 중국의 건축문화를 보존하여 외국인이 베이징에 와서 미국식 건축을 보지 못하도록 하는 것입니다. 중국 사람은 지혜가 있습니다. 우리는 이미 5천 년의 역사가 있고 세계에서 유일무이하게 소멸되지 않은 고대문명이 있습니다. 기타 삼대 고대문명은 이미 대가 끊기졌습니다. 중국문명은 우리들의 손에서 없어져서는 안 됩니다. 건축학원의 학생들은 이런 생각이 있으며 그들은 방법을 강구할 것이라고 저는 생각합니다. 그러므로 저는 여러 분들에게 자기의 본위 문화를 수호해야 한다고 경계하고 싶습니다. 고염무(顾炎武)가 말한 "천하흥망, 필부유책(天下興亡, 匹夫有責, 천하의 흥망은 모든 사람에게 책임이 있다-역자 주)"이 바로 이런 것입니다.

제5강

삼가를 마쳐야 성인이라 할 수 있다

(三加弥尊, 加有成也)

제5강
삼가를 마쳐야 성인이라 할 수 있다. 三加彌尊, 加有成也

고대중국의 성인례

중국 고대에는 예의 교육을 매우 중시했습니다. 후천 교육이 통해야만 사람은 덕행이 있고 정직하게 자랄 수 있습니다. 옛 사람들은 인생 발전 과정의 관건 포인트를 잘 잡아내고 그 시점에 모두가 익숙한 형식으로 제시를 했습니다. 이는 그들의 현명한 점입니다. 그 중에서 제일 중요한 형식이 바로 "삼가를 마쳐야 성인이라 할 수 있다.(三加彌尊, 加有成也)"[18] (『예기·관의(礼记·冠义)』)는 성인례(成人礼)입니다.

1. 문제의 제기

최근 100년 동안의 비교적 긴 시간동안 성인례는 중국인들에게 매우 생소했습니다. 성인이 되는데 웬 의식이 필요합니까? 이런 문제들이 재차 제기된 것은 14~15년 전의 일입니다. 개혁개방 이후 중국 사회는 날로 부유해졌고, 대학에 진학하는 학생들도 날로 많아 졌습니다. 이와 동시에 이 시기는 외동자식들이 주요한 사회현상으로 나타나

---

18) 삼가(三可) : 관례(冠禮) 때 치르는 초가(初加), 재가(再加), 삼가(三加)의 절차를 말한다. 초가에서는 갓을 쓰고 단령(團領)을 입고 조아(絛兒)를 띠게 하고, 재가에서는 사모(紗帽)를 씌우고 단령에 각대(角帶)를 띠게 하며, 삼가에서는 복두(幞頭)를 쓰고 공복(公服)을 입게 하였다.

186 예악문명과 중국의 문화정신

는 전환의 시기였습니다. 사람들은 일상생활에서 금지옥엽들 대다수
가 성인의식이 없다는 것에 점차 관심을 갖게 됩니다. 생리적으로 이
미 성숙하였지만 그들의 행동과 심리상태는 덜 성숙된 상황으로 가정
과 사회에 대한 책임감이 없습니다. 많은 학생들은 대학에 진학한 후,
가정에 큰 부담을 안겨주었습니다. 학비와 기타 지출이 가장들에게
큰 부담으로 돌아갔습니다.

14~15년 전 식견이 있는 일부 베이징 인사들은 성인례라는 식을 만
들어서 학생들에게 그들이 이미 성년임을 깨우쳐 주어야 한다고 제기
했었습니다. 그렇다면 중국인의 전통적 성인례는 어떠했을까요?

'예'는 일종의 풍속으로 하고 싶은 대로 하는 의식이 아닙니다. '예'
는 통일된 국가 규범이 있으며 반드시 국가기관의 동의를 거쳐야 합니
다. 예를 들면 전국인민대표대회 상무위원회가 반포해야만 '예'라는 이
름을 가질 수 있습니다. 하지만 지금은 제멋대로 하고 있습니다.

중국 전통문화에 관심이 있는 학생들은 성년교육을 중국의 역사문
화와 연계하고 있습니다. 칭화대학 화학계의 단지부(团支部)[19]에서는
'5·4' 전후에 전 급우들이 모여 성인식을 진행했습니다. 그들은 이 의
식을 통해 이날 부로 사회, 학교, 가정, 국가에 대해 책임을 지려는 모
습을 보여주려 했습니다. 이렇게 남학생들은 관례(冠礼)를 하고 여학
생들은 계례(笄礼)를 했습니다. 관련 사진을 보게 되면 바닥에 세 개
의 청동 '작(爵)'이 놓여있습니다. 여학생들이 계례를 하고 있는 모습입
니다. 여러 매체들에서 이를 보도했습니다.

일부 텔레비전 방송국에서는 이를 뉴스 포인트로 깊이 있는 토론

---

19) 단지부(团支部): 중국 공산주의 청년단 지부(中国共产主义青年团支部)의 준말-역자 주

을 했습니다. 당시 국무원 타이완사무 사무소 소속인 하이샤위성방
송(海峽卫视)에서 진행한 관련 프로그램에서 저를 요청한 적이 있습니
다. 프로그램에서 그들은 이런 예의를 격하게 반대하는 반대 측도 섭
외했습니다. 그들은 거리에서 '계례(笄礼)'의 '계(笄)'가 적힌 종이를 들
고 길거리 인터뷰를 진행해 이 글자를 아는가 하고 물었습니다. 그 결
과 많은 사람들이 이 한자를 모르고 있는 상황이었습니다. 여기서 전
사회가 이에 대해 생소하다는 것을 알 수 있었습니다. 당시 반대 측에
는 베이징의 한 인터넷 매체의 주필(主筆)이었습니다. 그녀는 성인례를
매우 반대했습니다. "성인이 되었다는 것을 누가 저에게 알려주어야
합니까? 제가 성인이 되었습니다. 이런 의식을 통해서 자신이 성인이
되었다고 꼭 홍보해야 한단 말입니까? 우스운 일이 아닌가요?" 사회
자가 그녀에게 언제부터 성년이라는 의식이 있게 되었는지를 묻자 그
녀는 13살 아니면 15살부터라고 했습니다. 사회자는 왜 자신이 성인이
되었다고 느꼈는지 원인을 물었습니다. 그녀는 당시 그녀의 부친이 위
급한 병에 걸렸고 가정의 살림을 자신이 책임져야함을 느꼈으며, 그
때부터 성인이 되었다는 생각이 들었다고 했습니다. 하지만 13억이 넘
는 사람들이 부친의 병으로 자신이 성인이 되었다는 느낌이 들게 할
수는 없습니다. 저는 저의 견해를 표했습니다. 다행히도 제가 저의 견
해를 피력하자 이 여 주필은 태도를 바꾸었습니다.

  프로그램이 끝난 후, 나는 자료를 찾아 봤습니다. 이 의식에 관심
을 가지고 있는 사람들이 매우 많았습니다. 예를 들면 중국런민대학
의 한 여학생이 공자상 앞에서 계례를 진행한 적이 있습니다. 하지만
지금 '계'를 하는 여학생들이 사라졌고 대신 머리를 풀고 다니고 있습
니다. 광저우대학에서는 고악(古樂) 연주와 함께 여학생들은 고대 소녀

의 계례를 진행했습니다. 난징대학에서도 학생들이 고대 계례를 진행
적이 있었습니다. 이렇게 여러 학생들은 인생의 중요한 시점에 자기
민족의식을 통해 잊지 못할 추억을 남기려고 했습니다.

2. 성정례(成丁礼): 씨족시대의 성인의식

성인례는 어떻게 중국에서 나타나게 되었을까요? 사실 성인의식은
씨족사회부터 존재했습니다. 여러 국가와 지역의 민족학·민속학 재료
가 이를 증명해 주는데 신석기시대에도 성정례가 있었습니다. 당시 이
문제는 어떻게 제기되었을까요? 사실 당시 사회는 지금과 비슷합니다.
가정이나 씨족부락에서 스스로 자신을 먹여 살릴 수가 없으면 다른
사람이 생계를 책임져야 했습니다. 씨족부락에는 두 부류의 사람이
있었습니다. 한 부류는 부락의 생존과 발전을 위해 매일 생산, 수렵,
고기잡이, 전쟁 등 활동을 했습니다. 다른 한 부류는 어린 아이로 그
들은 이런 능력이 없지만 부락의 발전은 그들이 없으면 안 되기 때문
에 그들의 양육을 책임지고 그들에게 성장에 필요한 물질조건을 마련
해 주게 됩니다. 때문에 아이들은 생산에 참가하지 않고 수렵을 할 필
요 없이 매일 즐겁게 놀아도 됩니다. 하지만 부락이 아이들을 교육하
고 부양하는 것도 한도가 있습니다. 각 부락마다 일정한 표준을 정해
18년, 20년, 22년 등 규정한 나이가 될 때까지 아이들을 부양하게 됩
니다. 그들은 나이가 되면 테스트를 거칩니다. 그들의 신체 능력, 기능
과 지능 등을 평가해 부락 구성원이 될 자격이 있는지를 심사합니다.
만약 테스트를 통과한다면 부락의 '정(丁)'이 됩니다. 여기에서 '정'은
성년 남성을 의미합니다. '정'이 되면 매일 생산, 노동, 전쟁 등의 활동
에 참가해야 하는데, 이는 '정'의 의무입니다. 의무를 이행함과 동시에

이에 상응하는 권리도 가지게 됩니다. 그들은 선거권과 피선거권을 가지게 되고 부락의 중대한 결정에 관한 토론에 참가할 수 있었습니다. 어린 아이들은 이런 권리도 없으며 관련 의무도 없습니다. 의식을 통해 씨족의 정식 구성원이 될 수 있는지 없는지를 판단하는 자격 여부를 측정하는데 이 의식을 '성정례'라고 합니다.

오스트레일리아의 토족부락은 지금도 성인례를 치르고 있다고 합니다. 활화석과 같은 이들의 성인례는 이미 여행 프로젝트가 되었습니다. 부락에서 한 아이에게 성정(成丁) 교육과 테스트를 하기로 결정하면 그를 잡아 눈을 가리고 낯선 곳에 데려가 원래의 부락과 격리시킵니다. 그런 다음 그의 할아버지가 그를 데리고 다른 부락으로 데려가 토템의식과 연출을 보여줍니다. 이런 의식은 그가 예전에는 보고 듣지도 못했던 것들입니다. 이어 그는 행할례(行割礼)를 받게 됩니다. 즉 부락의 성인 남자가 날이 선 조가비로 남자 아이의 손, 다리, 발, 어깨, 등, 가슴 등 곳에 상처를 내 피를 낸 다음 목탄을 뿌려 흉터를 남기는 것입니다. 사람들은 이런 흉터를 보면 아이가 이미 성년이 되었는지를 알게 됩니다. 이 남자아이는 수렵을 배우고 무기를 사용하는 법을 배우며 격투를 연습하고 상대방의 머리와 근육을 물어뜯는 기술을 배우게 됩니다. 또 모닥불 위를 걷게 해인내 능력을 보거나 치아를 두드려 빼거나 머리카락을 잡아당기면서 얼마 동안 참을 수 있는지를 확인합니다. 모든 것을 완성하면 부락은 경축 의식을 진행해 남자아이가 성인이 되었음을 선포합니다.

3. 사관례(士冠礼): 문명시대의 성인의식

사회의 발전과 더불어 사람들은 성정례가 야만적이라 여겼기 때문에 세계 대부분 지역에서 사라졌습니다. 아프리카, 오스트레일리아 토족 부락에서 가끔씩 찾아 볼 수 있습니다. 중국의 유가도 이렇게 하는 것이 합리적인 것이라고 느껴 이를 개선해 '사관례'로 만들었습니다. 사관례는 인생 예의의 중요한 구성 부분이 되게 하여 그 작용을 계속적으로 발휘하게 하고 있습니다. 이는 출중한 유가의 지혜를 보여주는 예입니다.

유가에서는 성인이 되는 관건적인 전환점에 인생의 계시와 교육을 해야 한다고 여겼습니다. 한 사람의 인생은 하나의 선과 같습니다. 그 선에는 약간의 전환점이 있기 마련입니다. 이런 전환점에서 사회는 그를 깨우쳐주고 그에게 모종의 도리를 알려주어 더욱 정확한 인생을 완성하도록 해야 합니다. 때문에 유가는 '성정례'의 합리적인 내적 부분을 존속시켜 왔고, 형식을 보완해 인생의 예의로 승화시켰습니다. 이런 지혜는 매우 출중하다고 할 수 있습니다. 오늘 날에 이르기까지 기나긴 시간 동안 수백 년간 사라진 적도 있지만 전 사회는 성인례의 작용을 여전히 알고 있습니다. 물론 성인례의 진행 여부를 논하는 것과 달리 성인례는 지혜로운 것이 아닐 수 없습니다. 인생은 길고 먼 과정입니다. 하지만 중요한 시점은 몇 개일 뿐입니다. 그 중요한 시점에서 어떤 선택을 해야 할까요? 가정과 사회를 어떻게 지도해야 할까요? 이 문제는 오늘 날에도 생략할 수 없는 문제입니다.

고대 성인례는 18세나 20세에 진행하는 간단한 의식이 아닙니다. 아이가 태어나면 합격된 사회 구성원이 되기 위해 많은 지식을 배워야 합니다. 이 과정을 거치지 않으면 그는 성년이 되어도 사회에서 독립적으로 생존할 수가 없습니다.

『예기·내칙(內則)』에는 아이가 6살이 되면 그에게 숫자와 글자를 가르쳐 주어야 하며, 동서남북 사방을 배워주어야 한다는 내용이 있습니다. 8세에 이르러 양보하는 법을 가르쳐줍니다. "융사세능양리(融四歲能让梨)"라는 말이 있습니다. "공융(孔融)은 4살에 양보할 줄을 알았다"는 뜻입니다. 먼저 연장자를 고려하고 자신의 형제들을 생각하며 상대방을 위해 양보하는 예의는 미덕입니다. 또한 염치(廉恥)를 알게 해야 합니다. 어떤 일은 하지 말아야 하며, 어떤 것은 창피한 일인 것을 알게 가르친다고 합니다. 예를 들면 더운 날 알몸으로 다니거나 공공장소에서 대소변을 보거나 아침에 일어나 부스스한 얼굴로 이를 닦지 않고 세수를 하지 않는 것 등이 부끄러운 것임을 알도록 가르쳐야 한다고 적혀있습니다.

아홉 살이 되면 삭망(朔望)과 육십갑자(六十甲子) 등 천문역법 지식을 배워줍니다. '삭(朔)'은 매월 초하루를 뜻하고, '망(望)'은 매월 보름을 뜻합니다. 중국의 천문역법은 매우 독특합니다. 세계에는 몇 가지 주요한 천문역법이 있습니다. 하나는 고대 이집트인이 발견한 고대 이집트의 태양력입니다. 매년 나일강이 범람하는 날이면 천랑성(天狼星)이 뜨는 법칙이 존재한다는 깃을 알게 되었습니다. 나일강이 범람해 천랑성이 뜨는 날부터 다음 천랑성이 뜨는 날까지의 기간을 한 주기로 하는데, 이를 1년으로 규정했습니다. 이것이 바로 태양년입니다. 태양년은 항성(恒星)의 운행에 따라 정한 것입니다. 일부 나라에서는 달의 운행에 따라 역법을 제정했는데 이를 음력이라고 합니다. 음력은 달의 한 주기를 한 달이라고 합니다. 중국은 음양력의 역법을 사용했습니다. 태양력은 매우 높은 수준의 역법입니다. 지금은 양력을 12개월로 하는데, 사람들이 1년 365일을 12개 달로 나눈 것입니다. 이런 양력의 한 달은 달과 관계가 없습니다. 하지만 고대사람들은 달의 한 주기를 한 달로 했습니다. 이 한 달은 29일입니다. 그렇게 되면 일 년 12개월은 1년 365.25일의 실제 시간과 차이가 있기 때문에 매년 약 11일이 적습니다. 따라서 3년에 한번 윤달이 있고, 5년에 두 번째윤달이 있으며, 7년에 세 번째 윤달이 있게 됩니다. 사람들은 윤달로 그 차이를 조절해 년과 월이 일치하도록 했습니다. 때문에 예전 사람들은 달을 보고 그 날의 날짜를 알 수 있었습니다. 초하루에는 달이 없습니다. 날은 육십갑자로 표시합니다. 이런 내용을 아이들에게 배워주었습니다.

10살이 되면 아이들은 집을 떠나 기숙학교에서 '서계(书计)', '유의(幼仪)'를 배웁니다. 고대의 성현들은 부모는 아이들을 제대로 배워줄 수 없다고 여겨 다른 사람에게 보내 글을 배우게 했습니다. 이때 아이들은 가정이라는 울타리를 떠나 선생님에게서 '서계'인 문자(文字)를 배웁니다. 이 문자는 지금 말하는 글자를 뜻하는 것이 아니라 문자학을 말합니다. 문자학은 한자육서(汉字六书) 즉 중국 한자가 만들어진 여섯 가지 글자를 만들게 된 방법인 상형(象形), 지사(指事), 회의(会意), 형성(形声), 전주(转注), 가차(假借)를 말합니다. '유의(幼仪)'는 윗사람을 섬기는 예의를 말합니다. 중국은 존로경장(尊老敬长)의 전통이 있습니다. 이런 존로경장은 어린 시절부터 양성합니다. 바로 노인에게 관심을 두고 배려하는 방법입니다. 또한 『예서·내칙(内则)』, 『예서·곡례(曲礼)』 등의 내용을 배우게 됩니다. 또한 일상생활에서의 언어예절, 예를 들면 어떤 장소에서는 어떤 말을 해야 하는지 등을 배웁니다. 『예기』에는 부모의 교육에 "유이불낙(唯而不诺)"해야 한다는 말이 있습니다. 이는 "부모의 부름에 '유(唯)'라고 해야지 '낙(诺)'이라고 하지 말아야 한다"는 뜻입니다. 여기에서 '유'와 '낙'은 모두 "응대한다"는 뜻이 있지만 정도가 다릅니다. '유'는 선배의 부름을 중시해서 성실하게 대답을 하고 즉시 하던 일을 멈추고 달려가 "여기에 있습니다. 분부하십시오."라고 한다는 의미입니다. '낙'은 현실사회에서 매우 보편적인 상황으로 윗사람의 한참 부른 후에야 겨우 응대하는 식으로 답하는 것을 말합니다. 이는 윗사람을 무례하게 대하는 행동입니다.

13살이 되면 『시(诗)』를 외우고, 음악을 배우고, 『작(勺)』춤이라는 문무(文舞)를 배우게 됩니다. 공자는 "시를 배우지 않으면 말을 할 수 없다"고 했습니다. 시를 배우지 않으면 우아한 언어로 사람들과 대화를 할 수 없다는 말입니다.

15살이 되면 '성동(成童)'이라고 부릅니다. 이 시기에는 방패와 창을 도구로 하는 무무(武舞)인 『상(象)』춤을 배우게 됩니다. 또한 활쏘기, 마차 몰기를 배웁니다. 이것들은 이 시기에 배워야할 지식입니다. 당시의 마차를 몰기란 쉽지 않았습니다. 말 네 필이 끄는 마차를 몬다는 것은 매우 어려운 일입니다. 제 친구 중에 드라마 감독이 있습니다. 그가 춘추전국시기의 고대극을 찍을 때 말 두 마리가 끄는 마차를 사용했습니다. 제가 고서(古书)에는 말 네 필이 끈다고 하자, 그는 말 두 필이 같은 동작으로 앞으로 나가고 굽이를 도는 것도 매우 어려운 일이라고 답했습니다. 말 두 필을 제어한 것도 쉬운 일이 아닌데 말 네 필이라면 오죽하겠습니까! 고대에 네 필의 말이 끄는 마차를 모는 것은 복잡하고 어려운 일로 전문적인 훈련이 필요했습니다.

남자들은 또 7년 동안 공부하면 일정한 문화지식 내용을 숙지하고 혈기 왕성한 20세가 됩니다. 신체도 성숙해집니다. 『논어·계씨(季氏)』에는 사람의 일생에 세 가지 금기가 있다고 합니다. 하나는 "어린 시절에는 혈기가 안정적이지 않아 색을 금해야 한다."는 내용입니다. 지금 적지 않은 고등학생들은 음흉스러운 눈길을 가지고 있습니다. 만약 색에 빠진다면 일생을 망치게 됩니다. 이 시기에는 몸이 아직 완전히 발육되지 않고 완전히 성숙되지 않아 혈기가 안정적이지 않기에 몸을 버리게 됩니다. 다음은 "혈기가 왕성하게 되더라도 싸움을 금해야 한다."는 것입니다. 이는 극력 으로 싸움을 피해야 한다는 뜻입니다. "나이가 들면 혈기도 쇠약해지기에 득(得)을 금해야 한다."는 것인데, 이는 세 번째 금기로 늙으면 뒤로 물러나서 젊은이들에게 자리를 내주어야 한다는 것을 말합니다. 사람이 늙으면 자연규칙에 따라 젊은이들에게 기회를 줘야 한다는 뜻입니다.

나이가 20세가 되면 혈기 왕성하고 스스로 사회생활을 할 수 있게 됩니다. 이 때 가족에서는 젊은이를 위한 의식을 진행합니다. 『예기·곡례』에는 "남자 나이 20에 관을 수여받고, 자를 가진다.(男子二十冠而字)"라고 적혀 있습니다. 『예기·관의』에는 이 시기에 성인례를 진행하는 원인에 대해 이렇게 적었습니다. "성인이 되려면 성인례를 치러야 한다. 성인례를 완성한 자는 아들로써, 동생으로써, 신하로써, 후배로써의 책임을 져야 한다. 네 가지 책임을 져야 하니 어찌 그 예를 중히 여기지 않겠는가?"[20] "성인지자(成人之者)"에서 '성(成)'은 동사이고 '자(者)'는 명령형입니다. 한 아이가 성인이 되려면 "성인례를 치러야 한다."'는 말입니다. 아직 어릴 때는 집 식구들이 그를 두둔하고 잘못이 있더라고 이해하며 질책을 하지 않지만, 성인례를 진행해 성인이 되면 성인기준으로 요구하고 대해야 합니다. 이로부터 "책위인자(責为人子)"

---

20) 成人之者, 将責成人礼焉也. 責成人礼焉者, 将責为人子为人弟为人臣为人少者之礼行焉.
　　将責四者之行于人, 其礼可不重欤?

즉 여전히 아들이고 아버지가 건재하다고 해도 성인이 된 아들로서 다른 아이들과는 다르기에 성인의 예의로써 요구해야 한다는 뜻입니다. '위인제(为人弟)'는 어린이는 형제들과 싸울 수 있지만 두 형제 모두 성인이 되면 그들의 가정에 대한 책임이 있기에 그들에게 새로운 요구가 제기 된다는 말입니다. '위인신(为人臣)'은 신하로써 응당해야 책임, '위인소(为人少)'는 후배가 응당해야 할 책임을 져야 한다는 뜻입니다. "장책사자지행어인, 기예가불중여(将责四者之行于人, 其礼可不重欤?)"라는 것은 "반드시 정중하게 오늘부터 어떤 장소에서든지 어린애가 아닌 성인임을 인지하게 해 자신의 언행에 책임지도록 해야 한다"는 뜻입니다.

4. 사관례의 의식

1) 서일(筮日)

아이가 20살이 되면 그를 위한 사관례가 진행됩니다. 이는 매우 엄숙한 일이기에 격식 없이 조솔(粗率)하게 치러서는 안 됩니다. 옛 사람들은 정중함을 알리기 위해 먼저 '서(筮)'를 통해 날짜를 정합니다. 고대에 점복(占卜)은 두 가지 형식이 있는데, '점(占)'과 '복(卜)'으로 나누어집니다. 점은 복잡한 과정을 거쳐 처리한 거북의 등껍데기를 불타는 나뭇가지로 지지는 것을 말합니다. '복'이라는 글자는 원래 가로 세로의 직선이 모여서 된 것인데 후에는 내린 선과 점으로 변한 것입니다. 불로 지진 거북의 등껍데기는 열을 받아 갈라터지게 됩니다. 나타난 무늬의 방향, 길이, 너비로부터 길흉을 판단합니다. 또 가새풀(국화과에 속한 여러해살이풀-역자 주)을 이용해 점복하는 '서(筮)'가 있습니다. '대연(大衍)[21]은 50가지'가 있다고 했는데 50개의 풀을 반복적으로 나누고 거두어 괘(卦)를 얻습니다. 사관례의 날짜는 '서'를 통해 정하기에 '서일'이라고 합니다. 그렇다면 왜 좋은 날을 택해야 할까요? 『예기』의 『관의(冠义)』편에서는 아이들이 어른으로 전환하는 중요한 시기에 아이에게 길하고 좋은 징조의 날을 택해 영원한 행운이 깃들어 일생을 순조롭게 보내기를 바라는 마음에서 좋은 날을 택한다고 했습니다. 지금도 결혼할 때면 가정이 화목하기를 바라는 마음에서 길일을 택하고 있습니다. 비록 과학이 발달한 오늘 날에도 사람들은 길일을 택하려는 마음이 있는데, 이렇게 길일을 택하는 것은 옛 사람들이 무지몽매하다고 하기 보다는 좋은 것을 바라는 인류의 보편적 심리 때문이라고 하겠습니다.

2) 계빈(戒宾)

날짜를 정한 후, 가빈(嘉宾)을 선택하게 됩니다. 가빈은 여러 손님들 가운데서 선택하기에 범위가 크다고 할 수 있습니다. 아이의 아버지인 주인은 3일전에 여러 동료, 친구, 친척들을 초청합니다. 이런 예절을 '계빈'이라고 합니다. '계'는 고지, 통보의 뜻입니다. 이는 큰 대사에 온 손님이 많으면 아이의 책임감과 명예심은 더 강해지게 됩니다. 만약 간단히 끝낸다면 성의가 부족하다는 느낌에 아이는 별로 중요하지 않다고 생각할 수 있습니다. 의식이 성대하고 정식적일수록 교육의 의미가 강해집니다.

---

21) 대연 : 당승(唐僧) 일행(一行)의 저술이다. 대연[大衍]은 주역(周易) 계사 상(繫辭上)에 '대연의 수는 50이다[大衍之數五十]' 라고 말한데서 유래하는데, 이는 撰蓍의 법을 말하는 것으로, 주역으로 점을 칠 때 점대(筮竹)의 수가 원래 50이다.

3) 서빈(筮賓)

모든 손님들 가운데서 서(筮)를 통해 덕망이 높은 사람을 '정빈(正賓)'으로 모시는데, 이를 '서빈'이라 합니다. '계빈'으로 온 손님은 '중빈(众賓)'이라고 합니다. 중빈이 한명이 적게 온다고 해도 별 문제가 되지 않지만, '정빈'은 의식을 주관하는 사람이기에 반드시 참석해야 합니다. '정빈'이 결정되면 주인은 하루 먼저 특별히 '정빈'의 집으로 가서 그를 모셔옵니다. 여기서 여러 분들은 중국 전통문화의 특징을 체험할 수 있습니다. 주인은 정빈의 집에 가서 이렇게 말합니다. "아무개 선생님, 우리 아이가 아무 날짜에 성인의식을 진행하려고 합니다. 우리는 점복을 통해 덕망이 높으신 선생님이 우리의 정빈으로 모시려합니다. 이에 부디 응해 주시기 바랍니다." 이에 대해 어떻게 대답할까요? 만약 "좋습니다. 그렇게 합시다!"라고 한다면 자신이 덕망이 높다는 것을 인정하는 것으로 간주됩니다. 실제 경우에는 상대방이 혹시거절할 수 있을 상황을 고려해 정빈 후보 여러 명을 둘 수도 있습니다. 만약 정빈이 그 자리에서 승낙하게 되면 겸손하지 않다는 느낌을줄 수 있기에 양측은 완충하는 과정이 있게 됩니다. 초청을 받은 정빈은 처음에 이렇게 말합니다. "당신의 아이가 그렇게 우수한데 내가 주관을 하면 괜히 누가 될까 걱정이니 더 적합한 사람을 찾는 것이 좋지 않겠습니까?" 그러면 주인은 이렇게 답합니다. "아닙니다. 우리는 진심으로 선생님을 청하는 것입니다." 처음 사양하는 것을 '겸사(謙辞)'라고 하는데, 겸손하게 사양하는 것을 의미합니다. 두 번째로 사양하는 것을 '고사(固辞)'라고 하는데 견고한 거절을 의미합니다. 만약 '고사'를한다 해도 상대방의 성의를 느껴 초청에 응할 수도 있습니다. 세 번째로 사양하는 것을 '종사(終辞)'라고 합니다. 만약 '고사' 후에도 감당할 수 없거나 초청에 응할 수 없는 불편한 상황이라면 상대방도 이를 이해합니다.

'정빈'는 매우 중요한 인물이기에 관례가 진행되기 전날에 주인이 직접 방문해 잊지 말라고 부탁합니다. 의식이 진행될 즈음해서 의식이 제 시간에 진행될 수 있도록 하기 위해 주인은 재차 방문해 정빈을 모셔옵니다. 여러분들이 잊지 말아야 할 점이 바로 이것입니다. 정빈을 모실 때에는 최대한의 성의를 보여주어야 합니다.

4) 삼가지례(三加之礼)

사관례가 진행되는 날 아침, 사관례에 참가하는 모든 손님들은 주인의 집에 모이게 됩니다. 고대에 집은 큰 대문이 있고 대문에 들어서면 정원이 있습니다. 정원의 북쪽에는 높은 단상이 있습니다. 계단을 통해 올라가면 가옥이 보입니다. 가옥 앞에 넓은 마당이 있는 곳을 당(堂)이라고 합니다. "당자, 량야(堂者, 亮也)"라고 하는 말처럼 안쪽에는 벽이 없기에 특별히 환합니다. 의식에 초청받은 사람들은 정원에서 의식을 보게 됩니다. 주인은 이른 아침부터 여러 가지 준비를 합니다. 주인은 대문에서 오는 손님들을 영접합니다.

관례(冠礼) 중 중요한 의식이 바로 아이에게 관(冠)을 증여해 그 모자를 쓰게 하는 부분입니다. 고대에 아이들과 여자들은 모자를 쓰지 않고 오직 성인 남자들만 모자를 썼습니다. 아이에게 모자를 씌워주는 것은 그가 이미 성인이 되었음을 말해주는 것입니다. 아이들은 세 개의 관을 쓰게 됩니다.

첫 번째 관은 치포관(緇布冠)입니다. 사실상 치포관은 검은 천인데 지금 혁명전통교육을 시켜 역사를 잊지 말라고 하는 것과 같은 맥락입니다. 원시사회에서 조상에게 제를 지낼 때에 청동 예기(礼器)가 없었고, 의식도 복잡하지 않았지만, 모두 정성을 다해 땅에 구멍을 판 후 술을 대신에 물을 뿌리고 그 안에 생활 집기를 넣었습니다. 그 시기에는 모자를 만들 줄 모르기에 흰색의 천을 머리에 둘렀습니다. 제사를 지낼 때에는 흰색의 천을 검은 색으로 염색했습니다. 그래서 이런 관을 치포관이라고 합니다. '치(緇)'는 '검은 색'이라는 뜻입니다. 서주(西周) 이후로 치포관을 쓰지 않았습니다. 하지만 이 의식에서는 선조들의 어려웠던 시절을 잊지 말라는 의미로 이 치포관을 씁니다.

두 번째 관은 피변(皮弁)입니다. 변(弁)은 사슴 가죽을 긴 모양으로 재단해서 과피모(瓜皮帽) 모양으로 정교하게 만든 것으로 사슴 가죽이 이어진 부분 마다 옥이 박혀 있습니다. 비변은 전사가 되어 병역의 의무를 해야 할 때가 되었다는 의미입니다.

세 번째 관은 작변(爵弁)입니다. '작(爵)'은 '작(雀)'과 같은 뜻을 가지고 있습니다. 작변은 약간 붉은 적색을 띠는 모자입니다. 작변은 장래에 조정에서 국군(国君) 제사와 조정에 참가할 때 정식으로 복장과 어울리는 모자입니다.

관례 의식에는 세 명의 시중을 드는 사람들이 있습니다. 그들은 손에 세 가지 모자가 들어 있는 참대광주리를 들고 차례로 3층 계단에 서있습니다. 관례를 받을 아이는 어린이 머리 모양인 쪽머리를 하고 어린이들이 입는 알록달록한 색상의 옷을 입고 당의 뒷면에 있는 방에 서서 인생의 격동적인 시각을 기다립니다. 정빈은 단상에 오르면서 시중들 사람들에게 시작을 알리고 시중들 사람들은 아이를 불러 마당에 무릎을 꿇게 합니다. 옆에 일꾼이 그의 머리를 풀어 성인 남자의 머리를 리(纚)로 묶은 후 상투를 틀어 올리고 비녀로 고정시킵니다. 이런 과정이 끝나면 정빈은 머리 모양이 제대로 됐는지 검사를 합니다. 예의는 복장으로부터 시작됩니다. 머리 빗는 것으로부터 시작되는 이 의식은 적극적인 태도와 모습으로 인생과 사회를 대하라는 의미가 내포되어 있습니다. 다음 정빈은 단상의 서쪽에 서서 시중드는 사람들이 들고 있던 치포관을 아이에게 씌워주며 축복의 말을 합니다. 이 과정을 '시가(始加)'라고 합니다.

치포관을 입은 아이는 성인의 복장이 아니라 알록달록한 옷을 입고 있습니다. 성인들은 비교적 소박한 옷을 입습니다. 때문에 아이의 알록달록한 옷을 벗고 치포관과 어울리는 성인의 옷을 입도록 한 후 앞으로 나와 여러 사람들에게 보여줍니다. 단상 아래에 있던 사람들은 아이를 위해 축복을 해줍니다. 다음 시중드는 사람들이 아이를 앉혀놓고 머리를 싸매고 있던 '리'를 벗겨 냅니다. 매번 관을 쓸 때마다 단정하게 머리를 빗어 정중함을 보여줍니다. 새로 머리를 빗으면 정빈은 재차 검사를 하고 피변을 씌워주고 축사를 읽어 줍니다.

축사가 끝나면 아이는 방안에 들어가 피변과 어울리는 두 번째 옷을 바꾸어 입고 손님들에게 보여줍니다. 이렇게 세 번째 작변을 쓸 때까지 한 치의 흐트러짐도 없이 진행됩니다. 첫 번째 관을 바꾸는 것을 '시가(始加)'라고 하고 두 번째는 '재가(再加)'라고 하며 세 번째는 '삼가(三加)'라고 합니다.

5) 삼가지례의 예의

앞에서 언급한 "삼가미존, 가유성야(三加弥尊, 加有成也)"는 삼가의 예를 의미합니다. 이 세 가지 관을 마음대로 쓰거나 순서를 바꿀 수 있는지 물어보는 사람이 있을 것입니다. 안 됩니다. 첫 번째 관은 원고시대의 사람들이 썼던 모자로 그 역사를 잊지 말자는 의미입니다. 어느 민족이든 기억해야 할 자신의 역사가 있습니다. 이를 잊어버리면 바보가 됩니다. 두 번째는 병역이고 세 번째는 국가를 의미하는 것입니다. 이 세 개 관은 순차적으로 존귀한 것으로 관 수여 의식도 점차 중대해지는 것입니다. "가유성야"는 이 아이가 이미 성인이 되었다는 것을 암시하며 인성과 덕성도 관을 수여하는 과정처럼 날로 완성되어 군자의 인성을 갖추게 됨을 의미합니다. 군자는 "성덕자야(成德者也)"로 덕행이 완성된 사람임을 뜻합니다. "삼가미존"은 아이가 인생에서 더욱 좋아 지기를 희망한다는 뜻입니다.

6) 삼가지례의 축사

다음 『의례·사관례(士冠礼)』에 기록된 삼가지례를 주관하는 정빈이 읽는 축사를 알아보도록 합시다.

"아름다운 달, 길한 날에 원복을 머리에 올린다. 어린 시절의 생각을 버리고 인생의 길에서 자신의 덕성을 쌓아야 한다. 늙어서 복이 따르는 것은 군자의 큰 복이다.(令月吉日, 始加元服. 弃尔幼志, 顺尔成德, 寿考惟祺, 介尔景福)" 이는 시가(始加)의 축사입니다. 여기에서 '영(令)'은 아름답다는 의미로 지금 사람들이 자주 쓰는 '영랑(令郎)', '영애(令爱)'와 같은 뜻으로 쓰입니다. "영월길일, 사가원복(令月吉日, 始加元服.)"은 이렇게 아름다운 달에, 이렇게 길한 날에, 원복(元服)을 머리에 올린다는 말인데 '원(元)'은 머리를 뜻합니다. 즉 지금의 '원수(元首)' 원과 같은 의미입니다. 고대에는 모자를 '원복'이라고 했습니다. 여기에서 '원복'은 '치포관'을 뜻합니다. "기이유지(弃尔幼志)"는 매일 놀겠다는 어린 시절의 생각을 버려야 한다는 뜻입니다. "순이성덕(顺尔成德)"은 인생의 길에서 자신의 덕성을 쌓아야 한다는 의미입니다. "수고유기(壽考惟祺)"에서 '수(壽)'와 '고(考)'는 모두 노년을 의미하고, '기(祺)'는 복을 뜻합니다. 가을에 편지를 쓸 때 마지막에 "순송추기(順頌秋祺)"라고 쓰고, 봄이면 "경송춘기(敬頌春祺)"라고 씁니다. 그러므로 "수고유기"의 뜻은 늙어서 복을 얻을 수 있다는 것은 부단히 덕성을 쌓았기 때문이라는 말입니다. "개이경복"의 '경'은 크다는 뜻입니다. 『시경』에는 "복은 어디에서 오는가?"를 적은 구절이 있습니다. "자구다복(自求多福)"이라는 말처럼 "복은 자신이 좋은 일을 해서 덕성을 쌓은 탓이기 때문에 나이가 많이 먹을수록 복이 많다"는 말입니다.

"길한 달 아름다운 시간에 재차 원복을 올린다. 군자의 위엄 있는 행동을 경모하고, 신중한 군자의 덕을 유지해야 한다. 미수(眉壽)가 만년이라 영원히 호복(胡福)을 누리리라.(吉月令辰, 乃申尔服. 敬尔威仪, 淑慎尔德. 眉壽万年, 永受胡福)"는 것은 재가의 축사입니다. "내신이복(乃申尔服)"의 '신(申)'은 재차라는 뜻으로 다시 한 번 원복을 올리는데, 이후로 "경이위이(敬尔威仪)"는 성인의 위엄 있는 행동이 있어야 함을 말합니다. 이런 엄숙한 용모와 장중한 태도는 사람을 위협하기 위함이 아니고 지어낸 것이 아닌 덕성이 있는 사람에게서 자연적으로 나타나는 노여움이 없는 위풍당당한 기질을 의미합니다. 성인은 진중하고 침착해야 하는데 불교에서는 이를 "법상장엄(法相庄严)"이라고 합니다. "숙신이덕(淑慎尔德)"의 뜻은 신중하게 내적 덕행을 유지해야 한다는 말이고 "미수만년(眉壽万年)"은 청동기에 적힌 명문으로 『시경』에 자주 나타난 말입니다. 민간에는 한 사람의 수명이 길고 그의 눈썹에 긴 털이 자라난 경우에 이를 수미(壽眉)라고 합니다. '미수만년'은 과정적인 의미로 일정한 나이까지 생존했다면 오랜 수명을 한 것이라고 여겨 '호복(胡福)'이라고 합니다. '호(胡)'는 크다는 의미입니다. "미수만년, 영수호복(眉壽万年, 永受胡福)"의 뜻은 "내적인 도덕을 축적하다 보면 장수할 수 있다"는 말입니다.

삼가의 축사는 이러합니다. "이렇게 좋은 나이, 이렇게 좋은 달에 세 가지 관을 모두 주었다. 형제가 함께 자리를 하니 그 덕을 쌓아야 한다. 황구(黃耇)는 무강(无疆)이라 하늘이 축복할 것이다.(以岁之正, 以月之令, 咸加尔服, 兄弟具在, 以成厥德. 黃耇无疆, 受天之庆)" 이를 좀 더 살펴보면, 이렇게 좋은 나이에 이렇게 좋은 달에 "함가이복(咸加尔服)"한다는 뜻인데, '함(咸)'은 '모두'의 뜻으로 세 가지 관을 모두 주었다는 말입니다. "형제구재(兄弟具在), 이성궐덕(以成厥德)"은 형제들이 모두 아래에서 축복을 하니 자신의 덕성을 쌓으라는 뜻입니다. "황구무강(黃耇无疆), 수천지경(受天之庆)"에서 '황구'는 사람의 노년 시절을 뜻합니다. 고대에 노인을 뜻하는 단어들이 참 재미있습니다. 연세가 특히 많은 노인들의 얼굴이 언 배와 같고, 흰머리였다가 점차 노란 색으로 변한다고 해서 '황구'라고 합니다. 만약 노란 머리의 노인을 만나면 가던 길을 멈추고 인사를 하며 경의를 표해야 합니다. 때문에 "황구무강 수천지경"은 그런 나이가 되면 복이 끝없기에 하늘도 축복한다는 뜻입니다.

7) 취자

삼가가 끝나면 정빈은 성인이 된 아이에게 자(字)를 지어 주는 중요한 임무를 완성하게 됩니다. 고대 갓난아이의 생존율이 낮아 첫 3개월은 이름이 없습니다. 양사오문화 고분에서 많은 '옹관장(瓮棺葬)'이 발견되었습니다. 어린 시절에 요절한 아이는 성인처럼 관곽(棺槨)을 사용할 수 없기에 단지에 넣어 매장하는데 이를 옹관장이라고 합니다. 아이가 3개월을 넘기면 즉 100일이 지나면 아이의 모친은 아이를 부친에게 보여줍니다. 이때 부친은 자상하게 손으로 아이의 턱을 긁어주고는 아이에게 이름을 지어줍니다. 옛 사람들은 그의 부친이 직접 지어준 이름을 매우 중시했습니다. 아이의 부모, 선조와 그 나라의 황제나 국군이 그 이름을 부를 수 있을 뿐 동년배들은 부친이 지어준 이름을 부르지 못합니다. 이름을 함부로 부르는 것이 아니기에 성인이 되면 자를 지어줍니다. 예를 들면 마오쩌동의 자는 룬즈(润之)입니다. 예전에 모두 자가 있었지만 지금은 사라졌지요. 우리의 전 세대는 좋은 전통을 가지고 있었습니다. 난징(南京)사범대학의 유명한 선생께서 저에게 책을 선물한 적이 있습니다. 관지(款识)²²를 남기기 위해 그는 다른 사람을 통해 나의 자(字)나 호(号)를 물었습니다. 이는 직접 저의 이름을 적는 것을 피하기 위해서입니다. 예전에 한국에 있을 때 한국의 계공(启功)이라고 불리는 서화가가 부채를 선물 할 때에도 여러 사람을 통해 저의 '자' 혹은 '호'를 물었습니다. 문인과 문인의 왕래는 문화가 없는 사람 간의 왕래와 달랐습니다. 하지만 지금은 별 다른 점이 없게 되었지요.

자를 얻게 되면서 성인들 간의 교제에서 부를 칭호가 생기게 됩니다. 자를 지어주면서 축하를 합니다. "예의가 끝나고 아름다운 달 길한 날에 군자의 자를 조고(昭告)한다. 좋은 자는 젊은이에게 매우 적합하다. 적합한 자를 지어주었으니 영원히 간직해야 하니 백모포(伯某甫)라 한다.(礼仪既备, 令月吉日, 昭告尔字, 爱字孔嘉, 髦士攸宜. 宜之于假, 永

---

22) 관지 : 글씨나 그림에 써넣은 표제나 서명 따위를 말함.

受保之, 曰伯某甫)"(『의례·사관례』) 즉 예의가 완전히 완료되면 '조고(昭告)'를 하는데 '조고'란 사람들에게 명백하게 알리는 것으로, 어떤 자를 지어주었다고 천하에 알린다는 의미입니다. "원자공가(爰字孔嘉)"에서 '공'은 매우라는 뜻으로 자가 매우 좋다는 말이며 "모사유의(髦士攸宜)"는 이 젊은이에게 매우 적합하다는 뜻입니다. "의지어가, 영수보지, 왈백모포(宜之于假, 永受保之, 曰伯某甫)"의 의미는 이 자를 지어주었으니 응당 자신의 날개를 아끼는 것처럼 자신의 명성에 유의하며 이름에 먹칠을 하지 말라는 뜻입니다. 이는 제일 중요한 시기에 얻은 '자'이기에 이후 인생에 대한 기대가 깃들어 있기 때문입니다.

보통 이름과 자는 서로 관계가 있습니다. 공자를 예를 들면, 성은 공이고' 이름은 구이며' 자는 중니(仲尼)입니다. 고대에는 백(伯), 중(仲), 숙(叔), 계(季)의 순서로 형제의 이름을 지어주었습니다. 공자는 둘째 아들이고 니산(尼山)에서 태어났습니다. 때문에 그의 이름에 산과 같은 의미의 '구(丘)'가 있고' 자에 '니'를 넣어 그의 출생지를 암시하고 있는 것입니다. 저의 지도교수인 자오광셴(赵光贤) 선생님은 1928년에 칭화대학에 입학해 1932년에 졸업했습니다. 그는 1930년대 푸런대학(辅仁大学)에서 연구생 공부를 했습니다. 자오 선생님의 부친은 청조 시기에 한림(翰林)에 속해 있다가 후에 상하이 펑셴(奉贤)에서 지현(知县)으로 있었으며, 장쑤성의 난징과 창수(常熟)에서 벼슬을 했습니다. 펑셴에서 태어난 자오 선생님은 이름에 '셴'을 넣어 광셴(光贤)이고, 자에 '펑'을 넣어 자가 펑썽(奉生)입니다. 복상(卜商)의 자는 자하(子夏)로 이름과 자에 조대의 이름을 넣었습니다. 안회(颜回)의 자는 자연(子渊)인데 그의 이름과 자에 있는 연수(渊水)의 '연'이나 회수(回水)의 '회'는 모두 물을 뜻합니다. 염경(冉耕)의 자는 백우(伯牛)입니다. 여기에서의

'백'은 '맏이'를 뜻하고, 소 '우'와 밭 갈 '경'은 서로 연계가 있다고 할 수 있습니다. 염경의 이름과 자로부터 춘추시기에 이미 소로 밭을 갈았다고 주장하는 사람도 있습니다. 중우(仲由)의 자는 자로(子路)인데 누가 길로 다니지 않습니까? 언언(言偃)의 자는 자유(子游)입니다. 공자의 제자 중 유일한 남방 사람으로 장쑤(江苏) 창쑤(常熟) 사람입니다. 언언의 언(偃)은 '멈춘다'는 뜻이고, 자유의 '유'는 나간다는 뜻입니다. 공자 아들의 이름은 공리(孔鲤)이고, 자는 백우(伯鱼)입니다. 맹가(孟轲)의 자는 자여(子舆)인데, 맹가의 가는 마차 부품의 일종입니다. 반고(班固)의 자는 맹견(孟坚)입니다. 소식(苏轼)의 자는 자첨(子瞻)인데 '첨'은 마차 앞턱에서 바라본다는 뜻입니다. 제갈량(诸葛亮)의 자는 공명(孔明)입니다. 특별히 환한 '명(明)'을 밝은 '량(亮)'이라 합니다. 주유(周瑜)의 자는 공근(公瑾)입니다. 주유의 '유'와 공근의 '근' 모두 '옥'의 일종입니다. 임칙서(林则徐)의 자는 원무(元抚)인데 '칙'은 법칙·학습의 뜻이 있습니다. 그렇다면 누구를 따라 배운다는 말일까요? '서(徐)'를 본보기로 따라 배운다는 뜻입니다. 푸젠(福建)에 성이 서(徐)씨인 순무(巡抚)가 있었는데 이 순무는 좋은 관리로 칭송을 받았다고 합니다. 임칙서의 집안에서는 임칙서가 '서'를 본보기로 하기를 희망했습니다. 그의 자 '원무'에는 그가 서 씨 순무와 같은 인생을 보내기를 바라는 희망이 담겨져 있는 것입니다.

8) 성인(成人)의 예의로써 웃어른에게 인사를 하다.

자를 받은 아이는 성인의 신분을 가지게 되며 모든 사람들이 그가 이미 성인이 되었다는 것을 알게 하기 위해 그는 성인의 예의로 웃어른에게 인사를 하게 됩니다.

먼저 집안 친척들에게 인사를 합니다. 이때 그의 옆에 있는 모친에게 처음으로 성인의 신분과 예절로써 인사를 올립니다. 이외에도 고모, 누나 등 친척에게 인사를 올려야 하며, 국군(国君)에 절을 하며 책임을 질 수 있는 성인이 되었기에 일이 있으면 알려주어야 함을 알려야 합니다. 또한 경대부(卿大夫)를 찾아 인사를 올리는데 경대부란 조정에서 관직에 있거나 이미 퇴직한 관리를 뜻합니다. 고대에는 70세에 이르러야 관직에서 퇴직했다고 할 수 있는데, 이런 사람을 '치사(致仕)'라고 하며 이들은 마을에서 아이들을 가르칩니다. 이 사람들을 모두 만나 인사를 올려야 합니다.

고대의 성인례는 겉치레뿐인 허례(虚礼)가 아니라 정성스러운 예의입니다. 선진(先秦)시기의 『국어(国语)』는 '팔국춘추(八国春秋)'라는 이름을 가지고 있습니다. 이 『국어』에는 지금 장쑤 지역의 역사가 기록되어 있는 『국어·오국(吳语)』이라는 장절이 있습니다. 『국어·진어(晋语)』에는 당시 조문자(赵文子)라는 사람이 성인이 된 후 진국의 여러 대신들을 찾아가 인사를 올렸다고 적혀 있습니다. 그는 먼저 란무자(栾武子, 이름은 서[书])를 찾아갔습니다. 무자는 그에게 이렇게 말했습니다. "나는 자네 부친 조삭(赵朔)과 함께 일한 적이 있다. 그는 겉만 번지르르하고 실속이 없는 경우가 있으니 자네는 꼭 자네 부친과 다르기를 바라네." 다음에 그는 중항(中行) 선자(宣子, 순경[荀庚])을 찾았습니다. 순경은 이렇게 말했습니다. "아름답군 그래! 헌데 나는 늙었네!" 범문자(范文子, 이름은 섭[燮])를 찾았을 때 문자는 이렇게 말했습니다. "이후에는 두려움을 알고 경계할 줄 알아야 하느니라. 현덕한 사람은 은총을 받을 때 더욱 신중하고 덕행이 부족한 사람은 은총에 교만하고 사치를 부린다." 중국 사람은 경계심이 많은 민족입니다. 사람들과 어울려 살아가는 일생동안 조심스레 처사를 해야만 큰 착오를 범하지 않습니다. 조문자는 또 극구백(郤駒伯, 순기[荀锜])를 찾아갔습니다. 구백은 이렇게 말했습니다. "아름답구려! 하지만 젊은이들이 노인들보다 못한 부분이 많지!" 그 후로 그는 한헌자(韓献子, 이름은 궐[名厥])을 찾아갔습니다. 한헌자는 이렇게 말했습니다. "기억하라! 자네가 성년이 된 초기에는 응당 선을 지향해야 하며, 선에서 더욱 선한 경지에 이르기 위해 노력해야 한다. 이렇게 해야만 선하지 않은 것들이 자네와 멀어질 것이다. 만약 처음부터 선을 지향하지 못한다면 선하지 않은 것들은 선과 더욱 멀어질 것이다. 이렇게 되면 선은 자네와 인연이 없게 된다. 마치 초목이 성장하려면 같은 종류끼리 가까이 하기 마련이다. 궁실에 담장이 있듯이 성인이 있기에 마음을 자주 가다듬어야 한다. 이 외에 내가 뭐 또 다른 할 말이 있겠는가?" 다음으로 지무자(智武子, 이름은 앵[罃])를 만났습니다. 무자는 이렇게 말했습니다. "자네는 자네 증조부 조성자(赵成子)의 문학적 재능, 조부 조선자(赵宣子)의 충정을 잊지 말아야 하네. 잊는다는 것이 말이 되겠는가? 기억하게나! 조성자의 문학적 재능에 조선자의 충성이 있다면, 국군을 성공적으로 시봉할 수 있을 것이다." 그 후에도 고성숙자(苦成叔子, 극주[郤犨]), 온계자(温季子, 극지[郤至])를 찾아갔습니다. 마지막에 그는 장맹(张孟)을 찾아가 인사를 드렸습니다. 그는 장맹에게 그 전에 만난 사람들이 한 말을 이야기해 주었습니다. "그들이 참 좋은 말을 했네! 만약 란서(栾书)의 말대로 한다면 부단히 진보할 것이고, 범섭(范燮)의 가르침을 따른다면 자신의 덕행을 선양할 수 있을 것이며, 한궐(韩厥)의 훈계를 잊지 않는다면 원만한 성과를 얻게 될 것이다.……지앵(智罃)은 참 좋은 말을 해주었군 그래. 이 모든 것은 선왕의 음덕(阴德)이 있기 때문이다!" 이 성인례의 교육적 의미는 매우 실용적이어서 영원이 잊지 못할 것입니다. 그는 가족의 전통을 알게 되었고, 어떤 것이 좋고 어떤 것이 나쁜 것인가를 알게 되었으며, 어떻게 해야 더 완벽할 수 있는지를 알게 되었던 것입니다.

5. 관례지의(冠礼之义)

관(冠)은 예(礼)의 시작입니다. "예의 시작은 신분에 걸맞는 행동, 단정한 태도, 공손한 말씨에 있다. 행동이 신분에 걸맞고 태도가 단정하고 언담이 공손해야만 예의가 완비되었다고 할 수 있다. 이로써 군신이 자신의 위치에서 직책을 다하고, 부자간에 서로 친하게 지내고, 형제간이 화목하도록 해야 한다. 군신이 자신의 위치에서 직책을 다하고 부자간이 친하게 지내고 형제간이 화복하게 지내야만 예의가 확립되었다고 할 수 있다.(礼义之始, 在于正容体, 齐颜色, 顺辞令, 容体正、颜色齐, 辞令顺而后礼义备, 以正君臣, 亲父子, 和长幼. 君臣正, 父子亲, 长幼和而后礼义立)"(『예기·관의(冠义)』) 이 말은 즉 예를 배우려면 먼저 옷차림을 단정히 해야 한다는 것입니다. 공자는 부모에게 효도 하는 것은 '색난(色难)'이라고 했습니다. 윗사람들 앞에서는 환한 얼굴로 부드럽게 대해야 하며, 부모에 대한 효도는 마음으로부터 우러러 나오는 것이어야 한다고 했습니다. "제안색(齐颜色)"의 의미는 예는 안색에 있다는 말입니다. "순사령(顺辞令)"은 알맞은 말을 해야 한다는 뜻입니다. 지금 일부사람들은 고의적이 아니라 배운 것이 적어서 예의 장소에서 어떤 말을 해야 하는지를 잘 모를 뿐입니다. 여러 회사나 기관에의 대청에는 용모를 단정히 하라는 의미로 커다란 거울이 걸려 있습니다. 제가 어린 시절에 학교에 다닐 때 학교에도 큰 거울이 있었습니다. 매일 거울 앞에서 옷매무새를 체크하고 넥타이를 바로잡곤 했었지요.

서한(西汉)의 저명한 학자 유상(刘向)은 『설원(说苑)』에서 이야기를 통해 많은 도리를 설명했습니다. 그는 관례의 의미는 "내심수덕, 외피례문(内心修德, 外被礼文)"이라고 했는데, 이는 마음에 덕이 있어야 겸허하고 예절바른 행동을 할 수 있다는 뜻입니다. 때문에 "마음의 덕을 수련하면 예절바른 행동을 할 수 있다.(既以修德, 又以正容)"는 것입니다. 공자의 말을 인용하면 "군자는 자신의 의관을 단정히 하고, 바라보는 눈매를 높이 한다면, 그 장엄함에 감탄하고, 그 위엄이 용맹하다고 하지 않겠는가?(君子正其衣冠, 尊其瞻视, 俨然人望而畏之, 斯不亦威而不猛乎)?'(『논어·요왈(尧曰)』) 이 말의 뜻은 군자는 존엄이 있어야 한다는 뜻으로 "말은 안 하면 몰라도, 말을 하게 된다면 꼭 중점만을 말하라.(不言则已, 言必有中)"는 것입니다. 『예기』의 시작에는 "무불경, 엄약사(毋不敬, 俨若思)"라는 글이 있습니다. "군자는 패기가 있는 사람으로 어떤 상황에서도 공손하고, 예절이 있고, 별 일이 없는 경우에는 문제를 사고하기에 설명할 수 없는 힘이 있는 것처럼 보여 탄복하게 된다"는 뜻입니다.

6. 여자의 계례

고대 여자들은 남자보다 발육이 빨랐기에 15세가 되면 결혼할 수 있었습니다. 결혼 허가가 내려지면 성인례가 진행되는데, 이를 '계(笄)'라고 합니다. 또한 결혼 허가가 내려져야만 자(字)를 가질 수 있었습니다. "대자규중(待字闺中)"은 바로 결혼할 상대가 없고 혼약이 없는 여자아이를 말합니다. 여자아이는 결혼 허가가 있은 후에야 '자'를 가지게 되고, 남자아이는 20세가 넘으면 자연스레 '자'를 가지게 되기에 남자

아이의 자는 혼약과는 아무런 관계가 없습니다. 그렇기 때문에 여자아이에게 '자'가 있는가 하고 물어 보는 것은 비교적 점잖은 표현이고, 남자친구가 있는가 하고 물어 보는 것은 좀 저돌적인 물음입니다.

여자아이의 '자'는 시댁에서 지어주게 되는데『홍루몽(红楼梦)』에서 임대옥(林黛玉)의 '자'는 가보옥(贾宝玉)이 지어주었습니다. 이는 예에 어긋나는 것입니다.『홍루몽』에서 임대옥과 가보옥 사이에는 예에 어긋나는 부분이 적지 않습니다. 때문에 임대옥이 한 행동들이 다 정확하다고는 할 수 없습니다.

지금 여성들의 권익이 상승했지만 고대에는 남녀 차별로 인해 여자아이의 계례는 '일가'만 있었습니다. 일부 여학생들이 문헌에서 공주의 계례가 '삼가'까지 있었다는 것을 찾았습니다. 때문에 비교적 격식을 갖춘 계례는 '삼가'까지 있습니다. 물론 전반적으로는 별문제는 없습니다. 일부 매체에서 샤먼(厦门) 여학생들이 합동으로 계례하는 것을 보도한 적이 있습니다. 학생들은 모두 한복(汉服)을 입고 이 계례에 참가했습니다. 성인례 혹은 혼례에서 민족 복장을 입는 것은 합리적이라고 봅니다. 한국과 일본은 평소에 양복을 입지만, 결혼식에는 자신의 민족을 잊지 않는다는 의미에서 민족복장을 합니다. 그들은 결혼식에 두 가지 복장을 맞추게 됩니다. 하나는 양복이고, 하나는 민족 전통 복장입니다. 여자아이는 삼가계례가 끝난 후 감사의 의미로 무릎을 꿇고 윗사람과 손님들에게 절을 합니다.

유가, 불가, 도가 세 가지 모두 당송(唐宋)시기에는 국교(国教)였습니다. 하지만 유가의 영향력이 상대적으로 약했기에 유가를 선전하는 사람이 없으면 유가사상은 불가·도가에 묻히게 되곤 했습니다. 사실 지금도 마찬가지라 할 수 있습니다. 지금은 불교, 도교, 기독교를 믿는 사람들이 많고 유학을 숭상하는 사람들이 적습니다. 어느 종교를 믿는가 하는 것은 개인의 선택이기에 우리는 간섭하고 반대할 권리가 없습니다. 하지만 중국의 지식인으로써 중국의 고유문화가 불교처럼 계승되지 못할까 걱정스러울 따름입니다. 많은 거사(居士)들이 성실하게 불교를 전파하고 있습니다. 송대(宋代)에 사마광(司馬光) 등 지식인들은 유학이 완전히 쇠약해져 이제 각성하여 전파하지 않으면 유가문화가 소실될 가능성이 있다고 여겼습니다. 이에 사마광은『서의(書儀)』를 편찬해 서민 여자도 성인례를 진행할 수 있다고 했습니다. 한 문화가 사회 대중들에게서 체현되지 않는다면 의미가 없는 것입니다. 사람들에게 나타나는 문화여야만 생명이 있는 문화라 할 수 있습니다. 당시의 사마광이나 그 후의 주희(朱熹) 모두 이런 예의를 보통 백성들에게 전파하기 위해 많은 노력을 했습니다. 하지만 오늘 날에도 이 사업을 현재진행형으로 계속 견지해 자기의 문화를 찾아야 합니다. 물론 자신 문화의 거짓을 버리고 진정한 부분을 남기며 정화된 것만을 지켜야 합니다. 예를 들면 성인례와 같이 합리적인 것을 우리가 참고로 할 수 있습니다. 물론 그대로 한다는 것이 아니라 예전에 유가가 씨족사회의 성정례의 합리적인 핵심을 본받아 자신의 성인례를 만든 것과 마찬가지로 의식의 이념을 중심으로 합리적인 부분을 계승할 수 있다는 뜻입니다.

사마광의『서의』에는 혼약 계례의식이 구체적으로 소개되어 있습니다. 계례는 중당(中堂)에서 진행되었고, 집사는 집안의 시녀와 첩 등 부녀들이 맡았습니다. 배자(背子), 무비조투(无篦幧头), 각종 장신구들이 위에 걸려 있고, 머리에 다는 장신구들이 상에 놓여 있고, 쟁반에 놓여 있는 관계(冠笄)는 집사가 들고 있습니다. 주인은 중문에서 손님을 맞이합니다. 손님의 축사가 끝나면 관·계를 쓰고 참자(贊者)[23]가 장신구를 착용시키고, 손님이 계자(笄者)를 인도해 방에 들어가 배자를 바꾸어 입게 됩니다. 계가 끝나면 부모, 여러 이모, 고모 오빠와 언니만 찾아가 인사를 드립니다. 기타 의식은 남자의 관례와 같습니다.

『주자가례(朱子家礼)』에 기재된 계례와 『서의(书仪)』의 계례는 대체적으로 비슷합니다. 여자의 혼인이 결정되면 계례를 진행할 수 있습니다. 만약 15세가 지났지만 혼인이 결정되지 않더라도 계례를 진행할 수 있습니다. 계례에서 모친이 주인의 신분으로 참석하고 사관례와 마찬가지로 3일전에 계빈을 하고 하루 전에 손님을 맞이합니다. 친척들 가운데서 참하고 예의가 있는 부녀를 골라 주빈으로 정합니다. 주빈은 계자의 관계(冠笄)를 진행하고 '자'를 지어주게 됩니다. 계자가 웃어른을 만나는 예절은 관례와 기본적으로 동일합니다.

7. 관례 관련 집정자의 자질

신분이 높은 사람일수록 관례는 더욱 중요합니다. 이는 그의 집정 자질과 관련되는 일이기 때문입니다.

유명한 일화가 있습니다. 무왕(武王)이 상(商)나라를 멸망시킨 후 2년이 지나 병에 걸렸습니다. 주공(周公)은 그를 위해 신명에게 빌었습니다. "신명이시여! 우리나라에 무왕이 없어서는 안 됩니다. 만약 당신을 모실 사람이 필요하다면 무왕보다는 내가 더 재간이 많으니 나를 데려감이 나을 것입니다. 우리나라는 무왕이 없이는 안 됩니다." 주공이 신명에게 빈 뒤로 주무왕의 병은 나아졌습니다. 어쩌면 그냥 우연

---

23) 참자(贊者): 옛날 예식의 사회자. - 역자 주

의 일치였을 수도 있습니다. 당시 주공이 한 말이 그대로 기록되어 있는 문서는 끈으로 매여 봉해두었습니다. 주공은 이 일이 밖으로 새지 않도록 입단속을 잘 하라고 했습니다. 그 뒤로 2년이 지난 후, 무왕은 세상을 떴습니다. 성왕(成王)이 무왕의 뒤를 이어 즉위를 한 후, 나라는 혼란스러워졌습니다. 주공이 나라를 빼앗으려 한다는 음모론도 나타나기 시작했습니다. 주공은 매우 두려웠습니다. 성왕은 아직 어린 나이라 나랏일을 관리할 수가 없었습니다. 하지만 나라는 하루라도 왕이 없으면 안 되는 상황이었습니다. 성왕이 아직 미성년이라 직접 나라를 관리할 수 없으니 어찌하겠습니까? 주공은 나라를 생각하는 마음에 자진 섭정을 시작해 나라를 관리했습니다. 『상서대전(尚书大传)』에는 "주공이 7년을 섭정했으며, 성왕이 성년이 되어 몸소 정사를 볼 수 있게 되자 성왕에게 자리를 내주었다."고 했습니다. 주공의 이런 행동은 매우 어려운 결정이라고 할 수 있습니다. 여기에서 나라의 천자라고 해도 성인례를 치르지 않았다면 정권을 잡을 수가 없다는 것을 알 수 있습니다.

진시황에 관해 이런 이야기가 있습니다. 중국 공영방송국 CCTV에서는 『진시황』이라는 드라마를 찍기로 계획했습니다. 드라마 작가는 많은 역사자료를 찾아 극본을 완성한 후, 저와 베이징대학 역사계의 우룽청(吳榮曾) 선생을 찾아왔었습니다. 극본은 주로 진시황과 여불위(呂不韦)의 모순과 갈등을 다루었습니다. 당시 영정(嬴政)은 이미 20세가 넘어 20세의 사관례를 완성했지만, 여불위는 주공이 성왕에게 정권을 넘겨주듯이 영정에게 정권을 넘기지 않았습니다. 영정은 매우 화가 났습니다. 여기까지 읽은 나는 드라마 작가에게 사실과 다르다고 하면서 『사기·진시황본기(秦始皇本纪)』를 다시 읽어 보라고 했습니다. 진 왕조 사람들은 발육이 늦어서인지 아니면 다른 원인에서인지 22세가 되어서야 관례를 진행했으며, 그 전의 왕들도 모두 22세가 넘어서야 정권을 잡았습니다. 그렇다면 여불위가 22세가 되어서야 권력을 영정에게 넘겨준 것은 당시의 전통을 위배한 것이 아니라는 말입니다. 그 뜻인 즉, 여불위는 이 일에서 영정을 괴롭힌 것이 아니라는 것입니다. 제왕이 되려면 무엇보다 먼저 성인이 되어야 했기에 말입니다.

일반 사람들은 성인이 아니면 관리직에 오를 자격이 없습니다. 『후한서·주방전(后汉书·周防传)』에는 이런 내용이 있습니다. 주방(周防)은 16세에 군(郡)에서 소리(小吏)로 일했습니다. 이(吏)는 관(官)이 아니라 일꾼일 뿐입니다. 당시 제왕이 지나다가다가 그가 글을 읽을 것을 보고 수승(守丞)으로 임명하려 했으나 주방(周防)은 자신이 아직 미성년자이고 "관례를 행하지 않았음을 아룁니다."라고 말했습니다.

한대(汉代)의 황태자가 관례를 진행했다면, 나라의 정권을 이어 받을 후계자가 자격을 갖추었음을 의미합니다. 또한 천하가 함께 축하하는 대사인 만큼 사면령을 내리고 관례와 함께 민중들에게 작위를 수여하기도 했습니다. 경제(景帝) 후원(后元) 3년(기원전 141년) 정월, "황태자는 관례를 완성하고 부친인 모든 백성들에게 일급 작위를 수여했다."고 합니다. 또한 『한서·소제본기(汉书·昭帝本纪)』에 기록된 바에 의하면, 원봉(元凤) 4년(기원전 87년), 관례를 진행한 소제(昭帝)는 "후왕(侯王), 승상(丞相), 대장군(大将军), 열후(列侯), 종실(宗室)은 물론 이민(吏民)들에게까지 금과 비단, 소와 술을 등급에 따라 하사하고, 이천석 이하 및 민작(民爵)에게도 물건을 하사했으며, 4년~5년의 인두세를 면제했다"고 했습니다. 또한 백성들과 함께 국가적 경사를 치룬다는 의미로 "닷새 동안 연회를 열도록 했다"고 합니다. 진조(秦朝)시기에 백성들은 모여서 술을 먹는 것이 금지되어 있었고, 나라에 대사가 있을 경우 "연회기간 3일"을 허가했습니다. 때문에 황태자의 성인식에 연회 5일을 허락한 것은 매우 큰 대사로 간주했다는 의미입니다.

이외에도 고대에 관리들이 쓴 모자에는 양(梁)이 있습니다. 양의 수량은 급별에 따라 개수가 많아집니다. 이는 사관례를 따라 만든 것으로 다른 등급을 표시합니다.

8. 후세 관례에 대한 간략한 설명

지금도 사관례는 적극적인 의미를 가지고 있습니다. 역대 정부와 학자들은 사관례는 좋은 교육방식이라고 여겼습니다. 때문에 조정에서 예의제도를 반포할 때 관례로 포함시켰던 것입니다. 하지만 당송시기에 이르러 상황이 변화되었습니다. 유종원(柳宗元)의 『답위중립논사도서(答韦中立论师道书)』에서 당조시기의 관례가 이미 쇠약해졌음을 알 수 있습니다. "수백 년간 관례를 행하는 사람이 별로 없었다. 요즘 들어 손창윤(孙昌胤)이 진행했다." 손창윤이라는 사람은 스스로 관례를 진행했고, 이튿날에 외정(外廷)에서 자신의 관례가 끝났다고 하면서 당신들은 모두 관리들이기에 응당 『국어·진어(晉语)』의 여섯 관리들처럼 모두 나에게 교육적인 말을 해주어야 한다고 했습니다. 그러자 대신들은 의아해했습니다. 경조윤(京兆尹) 정숙(郑叔)이 즉시 홀(笏)을 당기며 말했습니다. "자네의 관례가 나와 무슨 상관인가?" 이 말에서 우리는 그가 성인례를 전혀 모르고 있었음을 알 수 있습니다. 당조(唐朝)시기 성인례의 쇠퇴 정도를 적나라하게 보여준 예입니다.

사마광도 관례 폐지의 폐단을 이렇게 통탄했습니다. "관례는 폐지된 지 오래 되었다.……최근에 들어 인정은 더욱 경박해지고, 성년이 된 소년은 여전히 젖을 먹는다. 모자를 쓰고 관직에 있는 자는 공복(公服)을 제작해 입는다. 10살이 지나 총각(总角)²⁴을 한 자들이 적다. 그들이 어찌 책임을 알겠는가? 어릴 때나 커서나 여전히 어리석은 것은 성인의 도리를 모르기 때문이다.(冠礼之废久矣.……近世以来, 人情尤为轻薄, 生子犹饮乳. 已加巾帽, 有官者或为之制公服而弄之. 过十岁犹总角者盖鲜矣. 彼责以四者之行, 岂知之哉? 往往自幼至长, 愚呆如一, 由不知成人之道故也)"(사마광『서의(书仪)』권2(卷二)『관례(冠礼)』) 사마광은『서의』에서 관례를 회복해야 한다고 했습니다. 당시는 유교, 불교, 도교 세 가지 종교가 병립한 시대였습니다. 그 시대에 세 종교는 서로 경쟁을 했습니다. 어느 문화든 대중들에게 귀 기울이지 않고 대중들에게서 체현되지 못한다면 그 문화는 멸망하게 됩니다. 그 때문에 사마광은 관례의 실행을 주장했던 것입니다. 사마광은 중국의 전통문화와 천년문명의 생명력을 지속하기 위해서입니다. 지금 저는 사마광의 이런 행동을 이해할 수 있습니다. 여러 학생들은 이해할 수 있겠는지요? 고대에 관례의 연령을 12살로 앞당길 것을 주장한 사람이 있었습니다. 하지만 이 시기에 아이는 아직 소학교도 졸업하지 않은 상황이라 이런 12살짜리 아이를 성인으로 요구 한다면 어처구니없는 일이 아니겠습니까? 때문에 이 주장은 정이(程颐)의 견결한 반대를 받았습니다. "이는 불가능하다. 관은 성인이 된다는 의미인데, 12살이 그 책임을 져야할 나이는 아니다." 정이는 관례를 행하는 것은 성인의 책임을 져야 한다는 뜻이기에 성인의 책임을 질 수 없는 상황에서 관례를 행한다면 쓸

---

24) 총각(总角): 옛날 머리를 양쪽으로 갈라 빗어 올려 귀 뒤에서 두 개의 뿔같이 묶어 맨 어린아이들의 머리 모양 - 역자 주

모없는 예가 될 뿐이라고 여겼습니다. 만약 관례를 해도 성인의 책임을 하지 못한다면 평생 어른이 되지 못하기에 "아무리 천자 혹은 제후라 해도 나이 20에 관례를 해야 한다"(『이정유서·이천선생어일(二程遺书·伊川先生语一)』)라는 말이 있듯이 천자 제후라고 해도 반드시 20세가 돼야만 진정한 성년이 된다는 뜻입니다. 관례는 명(明)조시기에 이르러 회복되기 시작했습니다. 명홍무(明洪武) 원년(元年[1368년])에 관례를 행한다는 조서를 내렸습니다. 황제, 황자, 관리, 하급서민에 이르기까지 관련 관례 의식규범을 제정했습니다. 『명사(明史)』에는 황제·황자의 관례 행사 관련 기록들이 많습니다. 이는 황실 구성원들이 여전히 관례의 전통을 유지하고 있음을 증명해줍니다. "하지만 품관(品官) 아래로 내려가면 이를 행하는 경우가 적어 이는 오래전 일일 뿐이다." (『명사·예지팔(礼志八)』) 이렇게 관리와 민간에서는 관례를 행하는 사람들이 적었고, 그 후에는 이를 행하는 사람들이 거의 없었습니다. 저와 몇몇 친구들이 식사를 함께 하는 자리가 있었습니다. 그들 모두 지위가 있는 사람들이었는데 나와 함께 있으면 어색한 예절을 지켜야 할 것 같다고 생각해 예절을 줄이자고 했습니다. 전통문화를 계승해 나간다는 것은 공론으로 완성되지는 못합니다. 물론 구체적인 방법을 토론해야 합니다.

청나라가 중원에 진입한 후, 관가에서 발표한 예의제도는 큰 변화가 일어났습니다. 비록 길(吉), 가(嘉), 빈(宾), 군(军), 흉(凶) 등 다섯 가지 예가 리스트에 있었지만, 천년동안 전해 내려온 "가례에서 중요한 관례는 가례(嘉礼)에 포함되지 않았다."고 했습니다. 그리하여 청조 이후로 관례는 사라졌습니다.

제가 처음에 언급했던 바와 같이 개혁개방 이후, 성인례를 폐지한 것은 문제가 있음을 인지하게 되었습니다. 옛사람들이 관례를 제기한 것은 강한 이념 때문입니다. 저는 지금 응당 각지에서 각자 진행하던 예 의식을 전국적인 통일된 의식으로 통일시켜야 한다고 생각합니다.

제6강

인륜의 기반이 만세의 시작이다

(人倫之基, 万世之始)

제6강
인륜의 기반이 만세의 시작이다. ^{人倫之基, 万世之始}

고대중국의 혼례

성인례를 통해 성인의 자격을 취득한 후에는 혼담이 오갈 수 있고 혼례를 할 수 있습니다.

1. 혼례의 인문학적 의미

혼례는 남녀의 결합입니다. 동물계 모든 종의 이성 결합은 모두 종의 번식을 위한 기초입니다. 인류는 오랜 기간 동안 교잡과 난혼(乱婚)의 사회였습니다. "어머니는 알지만 아버지를 모르는 상황"이 많았고, 이성 사이의 결합에 어떠한 의식도 필요 없었을 뿐만 아니라 선후배도 없었고 혈연관계마저 무시하는 매우 무질서한 상황이었습니다. 하지만 사회가 발전하고 백성들의 민지(民智)가 향상됨에 따라 시집·장가의 혼인 예를 제정해 사람은 동물들과 다르다는 것을 깨우쳐 주었습니다. 가정은 사회를 구성하는 세포입니다. 가정의 건강은 대부분 혼인의 질량과 연관이 있습니다. 그렇기 때문에 중국 고대부터 혼례를 매우 중시했습니다. 혼례는 "두 성씨가 잘 화합하는 것(合二姓之好)"(『예기·혼의(昏义)』)이라고 불립니다. 원래는 혈연관계도 친연(亲缘)도 없는 낯선 사람이 이런 의식을 통해 한 가정을 이룹니다. 그러면 혼례에는 어떤 과정이 필요할까요?

우선 '예'는 혼례에서 매우 중요한 부분입니다. 『예기』 및 『곽점초간 (郭店楚简)』에는 "예연인정이작(礼缘人情而作)"이라는 말이 있습니다. 즉 "예'는 인정·인성에 위배되는 것이 아니라 사람의 본성, 사람의 천성 을 바탕으로 제정된 것"이라는 뜻입니다. '예'의 제정은 사람의 본성과 천성의 발전을 위함이지, 동물적인 무모한 방향으로 퇴보하기 위함이 아니라는 것입니다. "연정이작(缘情而作)"은 희로애락 등 여러 가지 정 이라는 의미이며, 사람의 감정에서 제일 큰 것이 아마도 남녀 간의 정 일 것입니다. 그 정을 위해 순정도 가능하니 목숨보다 중요하다고 할 수 있겠습니다. 하지만 사람이 이성을 잃어버리고 멍청한 상태라면 행 복이 따를 수 없습니다. '예'가 바로 이런 정을 바탕으로 제정한 정확 한 규범입니다.

유가에서는 "식색, 성야(食色, 性也)"라 하여 "모든 사람은 일정 연령 이 되면 배우자를 찾으려는 요구와 생각이 있게 마련이다"라고 했습니 다. 어떤 도리로써 다스려야 "성정의 도리가 만세에 어긋나는 일이 되 어서는 안 된다.(性情之道万世不悖)"를 실천할 수 있는지에 대해 매우 주 의해야 합니다. 옛사람들은 오래전부터 장기간의 논증을 거쳐 일련 의 의식제도를 제정했습니다. 『예기·경해(经解)』에는 "혼인의 예는 남녀 구분이 있다"고 했습니다. 남자와 여자가 함께 한다는 것은 목이 마르 면 물을 마시는 것과 달리 남녀의 차이가 있습니다. 두 젊은이가 함께 가정을 만드는 것은 제멋대로 되는 일이 아닙니다. 고대에 한 가족은 모여서 살았습니다. 『홍루몽』에서 한 가정에 많은 남녀노소가 한 울 안에 모여 살았습니다. 이런 대가족에서 모두가 제멋대로 행동한다면 동물원과 다를 바가 있겠습니까? 때문에 『예기』에는 관련 규정을 제 정해 근친상간의 난륜이 발생할 수 있는 요소를 줄이려고 했습니다.

예를 들면, 목욕을 할 때 남녀는 응당 따로 해야 한다고 했으며, 남자와 여자의 물품을 섞지 말라고 했습니다. 일남일녀가 "주공의 예(周公之礼)"를 행하려면 반드시 법률 절차를 거쳐야 하고, 수많은 증인들이 필요하다고 했으며, 무수한 예의 절차를 거쳐야만 함께 할 수 있었습니다.

옛사람들은 남녀 간의 혼례를 특히 중요시했습니다. 그들은 혼례는 인륜의 기초라고 여겼습니다. 『주역·서괘(周易·序卦)』를 통해 옛 사람들이 사회의 존재와 발전의 논리를 어떻게 이해했는지를 알 수 있습니다. "천지가 생겨나고 그 후에 만물이 생겨났다. 만물이 생겨난 후에 남녀가 나타났다. 남녀가 있어야만 부부가 있다. 부부가 있어야만 부자가 있다. 부자가 존재한 후에 군신이 있다. 군신이 있으면 상하가 있게 된다. 상하가 있으니 예의에 어긋나는 행동이 있는 것이다.(有天地, 然后有万物;有万物, 然后有男女;有男女, 然后有夫妇;有夫妇, 然后有父子;有父子, 然后有君臣;有君臣, 然后有上下;有上下, 然后礼义有所错)" 천지는 만물을 생성하는데 남녀도 포함됩니다. 여기에는 '윤리'의 개념이 있습니다. 동물계에는 윤리가 없고 인류만 윤리가 있습니다. 부부, 부자, 군신, 형제와 친구 총 다섯 가지의 '오륜'이 있습니다. '오륜'은 무엇을 기점으로 할까요? 남녀가 부부로 되는 순간부터입니다. 만약 부부가 없다면 부자도 없고, 군신도 없고, 상하도 없고, 사회 관리도 없습니다. 그렇다면 아무것도 없는 것과 마찬가지입니다. 때문에 부부는 "인륜의 기초이고 만세의 시작인 것입니다." 또한 이 기초는 이성적이여야 하며 건전한 것이어야 합니다. 이런 인륜의 기초여야만 만세의 도리가 건전할 수 있습니다. 때문에 옛 사람들은 혼례를 매우 중요시했습니다.

사람들은 부녀들이 아무런 지위도 없고 악행으로 가득한 봉건사회를 원망합니다. 사실 근대 이후로 사람들은 편견을 가지고 고대사회를 평가하고자 했기에 적지 않은 부분에서 극단적일 수밖에 없었습니다. 고대 중국은 먼저 천지가 생겨나고 후에 만물이 생겨났으며, 남과 여도 만물의 하나라고 했습니다. 모든 만물이 먼저 남자가 있고 다음에 마누라가 있는 것이 아닙니다. 또한 서방에서 말하는 것처럼 먼저 아담이 있고 아담의 갈비뼈로 이브를 탄생시켜 여자를 남자의 부속품으로 만든 것이 아닙니다. 『사기』에는 한 조대의 흥망성쇠를 언급할 때 먼저 남녀를 언급하며 심지어 먼저 여자의 작용을 크게 언급했습니다. 중국은 역사에서 성쇠와 존망의 원인을 찾는 것을 중시하는 민족입니다. 이는 중국역사학의 전통입니다. 『사기·외척세가(外戚世家)』에서는 하, 상, 주 세 나라의 역사 경험과 하나라의 흥성의 원인을 종합했습니다. 대우(大禹)의 배우자 도산(涂山)씨의 공이 큽니다. 하우(夏禹)의 훈장에는 도산 씨의 공로가 반을 차지하는데, "하의 흥성은 도산 씨에서 시작되었다"는 말까지 있습니다. 여인이 좋아야 왕조가 흥할 수 있다는 것은 얼마나 큰 평가입니까! 하나라는 상탕(商汤)에 의해 멸망되었습니다. 걸(桀)이 유배 된 것은 말희(妺喜) 때문입니다. 여인이 좋으면 나라를 다스림과 천하를 평정하는 데에 유리한 공신이 되고, 심보가 나쁘고 겉멋만 심하게 부린다면 나라에 큰 손실을 가져다주기에 나라의 멸망을 초래하게 됩니다. 말희는 하루 종일 사치만 부렸기에 "걸의 유배는 말희 때문이다"라는 말이 생겼습니다. 상나라에 이르러 "은(殷)이 흥성할 수 있은 것은 융(娀)이 있었기 때문이다"라고 했습니다. 융은 어진 덕행을 가지고 있었습니다. 하지만 그 후의 "주(紂)가 죽게 된 것은 달기(妲己)때문이었습니다." 따라서 여자의 수양은 남자의 수양과 마찬가지로 중요한 것입니다. 여자들도 자기의 책임을 잊지 말아야 합니다.

"주(周)가 흥성하게 된 것은 강원(姜原)과 대임(大任)이 있었기 때문이다." 역사 서적에는 이런 기록이 있습니다. "문왕(文王)이 아직 천하를 얻지 못했지만, 이미 권력을 가지고 있었다. 주(周)의 역사를 돌아보면 궁벽한 서북지역의 작은 나라가 800년의 역사를 가진 대국으로 성장하게 되었음을 알 수 있다. 이는 문왕의 아버지 계력(季历), 조부 태왕(太王) 및 문왕 본신의 덕행이 중요한 역할을 했기 때문이다. 하지만 이 또한 그들 모두 우수한 배우자를 두었기 때문이다." 『열녀전(列女传)』에 기재된 바에 따르면 "태왕의 배우자는 태강인데, 그녀는 태백(太伯), 중옹(仲雍), 계력(季历) 세 명의 아들을 낳았다"고 합니다. 역사 서적에서는 "태강을 '아름답고 일편단심이고 온순했다.(有色而贞顺)'고 묘사했는데, 그녀는 아름다운 미모를 가지고 있었을 뿐만 아니라 덕성이 좋고 남편을 돕고 아이 셋을 낳아 키우는 과정에 한 번도 실수가 없었다고 합니다. 때문에 태왕은 주 나라의 기반을 잘 닦을 수가 있었습니다. "태왕의 모사(谋事)에는 태강이 있었다"는 말이 있듯이 태왕은 일이 있으면 현명한 아내 태강과 상의했다고 합니다. 태강은 지위가 있었고, 사람들의 존경을 받는 여성이었습니다. 그는 지금 사람들이 생각하는 고대 부녀자들처럼 매일 암담한 사회에서 힘들게 어려운 생활을 하지 않았습니다. 계력은 태왕의 막내아들이고 문왕의 아버지입니다. 계력의 배우자의 이름이 태임(太任)입니다. "태임은 단정하고 성실하고 덕망이 높았다."는 기사처럼 그녀의 덕성은 매우 훌륭했고 수양도 높았습니다. "악행과 색을 보지 않고 나쁜 소리를 듣지 않으며 거만한 말을 하지 않는다."고 했습니다. 그녀가 문왕의 생모인 것입니다. 문왕의 배우자는 태사(太姒)입니다. 태강, 태임, 태사를 '삼태

(三太)'라고 합니다. 정공법사(净空法师)는 후세 사람들이 결혼한 여자를 부를 때 '태태(太太)'라고 하는 것이 바로 '삼태'에서 온 것이라고 합니다. "유왕(幽王)이 살해 된 것은 포사(褒姒)와 여색에 빠졌기 때문이다." 즉 주나라의 유왕은 나라를 멸망시킨 장본인입니다. 그 원인은 포사라는 여인을 만났기 때문입니다. 그렇기 때문에 지금까지도 성공한 남자의 뒤에는 좋은 여인이 있고, 실패한 남자에게는 좋지 않은 여인들이 있다는 말이 있는 것입니다.

부부의 도의는 가정과 사회의 초석입니다. 『주역(周易)』에는 많은 괘가 있습니다. 하지만 제일 중요한 괘는 건(乾)과 곤(坤)입니다. 건과 곤은 『주역』의 기초입니다. 『시경』에는 300여 편(篇)이 있습니다. 제1편은 『관저(关雎)』인데, 여기에는 남녀사이 부부의 도리를 적어놓았습니다. 『상서(尚书)』의 기록에 따르면, 당시 요(尧)는 이미 나이가 들어 계승자를 선택해야 했습니다. 요는 순(舜)을 선택했습니다. 하지만 천하를 순에게 넘겨주는 일은 큰 대사라 그를 시험하기로 했습니다. 요는 아황(娥皇)과 여영(女英)을 순에게 시집보내 가정에서의 순의 덕성이 좋은지 판단해 천하를 그에게 넘겨주어도 괜찮은지 보려고 했습니다. 순은 매우 정중한 모습을 보여주었습니다. 남쪽을 순시하던 순이 죽었다는 소식을 들은 아황과 여영이 흘린 눈물이 대나무에 떨어졌습니다. 후난(湖南)에는 그들의 눈물에 젖은 대나무인 상비죽(湘妃竹)이 있습니다. 마오쩌둥은 시에 이렇게 적었습니다. "무늬가 있는 대나무 한 그루에 천 방울의 눈물이 스며들어 있고, 붉은 노을 만 송이에 백 벌의 중의(重衣)가 있네." "『춘추』에서는 아내를 맞이할 때 직접 영접하지 않음을 비웃는다."고 했습니다. 친영(亲迎, 직접 영접하는 것)은 고대 혼례에서 제일 중요한 부분입니다. 만약 직접 영접을 하지 않으면 어찌 혼례라고 할 수 있겠습니까? "부부의 관계는 인도(人道)의 중요한 윤리이다."(『사기·외척세가』)라는 말처럼 결혼을 신중하게 대해야 합니다. 유가에서 제일 대표적인 것은 음양 즉 남녀를 극치로 발휘한 것입니다. 자연계의 최고 경지는 하늘과 땅으로 음양의 최고 대표입니다. 만사만물은 모두 음양으로 나뉘게 됩니다. 인류사회 음양의 최고 대표는 천자(天子)와 후(后)입니다. 그들은 천하의 화합에 큰 책임이 있습니다. 따라서 "천자는 양으로 사회적이고 민간적이며 대중적이어야 하고, 후는 음덕으로 주로 후궁의 사물을 주관해야 한다.(天子听外治, 后听内职)"(『예기·혼의』)고 했습니다. 베이징에 있는 명청시기의 고궁은 전삼전(前三殿)과 후삼궁(后三宮)으로 나뉘는데, 천자와 후가 통솔합니다. 앞의 3전은 태화전(太和殿), 중화전(中和殿), 보화전(保和殿)으로 모두 웅장함을 자랑하며 남성미를 상징합니다. 천자는 북쪽에 자리 잡고 남쪽을 향해 앉아 천하를 다스립니다. 이것이 "청외치(听外治)"의 뜻입니다. 후삼궁은 건청궁(乾淸宮) 교태전(交泰殿), 곤녕궁(坤宁宮)으로 모두 비교적 작아 여성의 유순함과 아담함을 보여줍니다. 후삼궁의 계단과 난간 기둥의 개수는 모두 짝수이며, 전삼전은 홀수입니다. 여기에도 음양의 의미가 들어 있습니다. "후청내직(后听内职)"이란 『주례(周礼)』의 기사에 따르면 "후는 내궁을 관리하고, 누에와 뽕을 관리하고, 궁전의 각종 사무를 관리하며, 시장을 관리한다."라고 했습니다. 곧 앞은 조정이고 뒤는 시장입니다. 이렇게 "순조로움이 자리를 잡으면 외부와 내부 모두 순조롭게 되어 국가 통치도 순조롭게 되어 나라가 왕성해진다"는 것입니다.

천자와 후는 각자의 직무가 있습니다. 『예기·혼의』에는 천자가 육관(六官), 삼공(三公), 구경(九卿), 이십칠대부(二十七大夫), 팔십일원사

(八十一元士)를 임명하고, 후가 육궁(六宮), 삼부인(三夫人), 구빈(九嬪), 이십칠세부(二十七世妇), 팔십일어처(八十一御妻)를 임명한다고 기록되어 있습니다. 육관과 유궁, 삼공, 구경과 삼부인, 구빈, 이십칠대부와 이십칠세부, 팔십일원사와 팔십일어처는 서로 대응하는 것으로 분업이 다를 뿐입니다. 하나는 양도(陽道, 남자로서의 도리 − 역자 주)를, 하나는 음덕(陰德)을 관리합니다. 고대 사람들은 천지는 반드시 평화롭고 순탄해야 한다고 여기고 있습니다. 고궁의 후삼궁인 건청궁, 교태전, 곤녕궁에서 건과 곤은 '교태(交泰)'[25]로워야 하기에 둘 사이 가운데에 교태전을 두었습니다. 어디에서도 부녀라고 해서 무시하지 않았습니다. 사회는 양(阳)만 필요로 하고 음(阴)을 버린 것이 아닙니다. 만약 음양이 조화롭지 못하고 자기의 구실을 하지 못한다면 사회는 어지러워집니다. 음양을 구분하는 것은 음이 양보다 못해서가 아니라 그 작용이 다르기 때문입니다. 하늘에 태양이 두 개가 있고 달만 있으면 안 되기에 양만 있어서는 안 되고, 음양이 모두 있어야할 뿐만 아니라 음양이 조화로워야 합니다. 이는 『주역』의 제일 기본적인 관점입니다.

2. 전통혼례의 의식: 육례(六礼)

고대에는 천자, 제후, 경대부(卿大夫), 사(士)가 있었는데, 사는 제일 낮은 귀족입니다. 오늘 언급하는 혼례는 사실상 '사'의 혼례입니다. 성인례 역시 사관례입니다. 이는 서민들은 매일 힘든 번잡한 일들을 해야 하기 때문에 이런 저런 의식을 치를 시간이나 재력이 없습니다. 만약 서민들이 예를 하려고 한다면 사(士)와 같은 등급의 예를 진행해야

---

25) 교태(交泰): 천지 음양이 잘 어우러져 태평을 이룬다는 뜻.

합니다. 고대에 '사'가 장가를 가려면 6개 절차가 있습니다. 즉 납채(纳采), 문명(问名), 납길(纳吉), 납징(纳徵), 청기(请期), 친영(亲迎) 등의 순서가 있는데 이를 '육례(六礼)'라 합니다. 고대의 육례는 송(宋)조의 사마광과 주희 시절에 이르러 보급을 위해 육례를 간략히 했습니다. 원래의 여섯 가지에서 채납, 고대 육례의 납길에 해당한 납폐(纳币), 친영 등 3가지로 간략화 되었고, 이는 청조까지 계속되었습니다.

첫 번째 절차는 '납채'입니다. '납채'는 '제친(提亲)'과 같은데 지금 농촌에서는 여전히 납채라고 부릅니다. 납채는 중매장이가 여자 측에 가서 혼담을 꺼내는 것을 의미합니다. 그렇다면 '납채'의 의미는 무엇일까요? '채'는 채택의 의미가 있습니다. 채는 여자 측의 완곡하고 조용하고 겸허한 의미로 소녀는 남자 측에서 우선 선택한 후보의 하나라는 뜻입니다. 중국 사람들은 무엇을 하든지 매우 조용하게 처리하는 경우가 많습니다. 고대에 혼담이 오고 갈 때에는 중매 역할을 하는 중개인이 필요합니다. 농촌에서 이런 일을 하는 사람을 중매쟁이라고 합니다. 예전에는 보통 남자들이 이런 역할을 했었습니다. 동한(东汉)의 경제학자 정현(郑玄)의『사혼례(士昏礼)』주설(注说)에는 "모두 염치가 있다"고 기록하고 있습니다. 남녀는 사사로이 혼인을 결정하지 못했습니다. 고대 사람들은 남녀 간의 이런 일은 부끄러운 일이라고 여겼습니다. 두 사람의 감정이 아무리 좋다고 해도 중매쟁이가 필요합니다. 직접적인 거북스러움을 피하고 남녀가 내통하는 것을 피하기 위해서입니다. 채납을 할 때, 중매쟁이는 '안(雁)'이라고 부르는 예물을 선물하게 됩니다. 여기서 '안'은 기러기가 아닙니다. 중국 장쑤 가오유(高邮) 출신의 청(清)조의 저명한 고증학자 왕인(王引)의 고증에 따르면, 여기서 말하는 '안'은 홍안(鸿雁, 큰 기러기와 작은 기러기)이 아니라 거위입니다. 여자 측에서 이 혼인 청탁에 동의하면 이 선물을 받게 됩니다. 그렇다면 왜 '안'을 썼을까요? 『백호통(白虎通)』에서는 이렇게 설명을 했습니다.

사진 13. 납채의 안.

"폐(贄)에 안(雁)을 쓰는 이유는 계절에 따라 기러기가 남에서 북으로 날아가듯이 여자가 결혼시기를 놓치지 않겠다는 뜻이다. 안은 양(阳)을 따르는 새이기에 아내가 남편을 따르는 뜻도 있다. 또한 대오를 지어 날아다니는 모습이 혼인이 나이의 순서에 따라 엄격하게 진행되는 것과 같은 의미가 있기 때문이다." 철새인 대안(大雁)은 추우면 남쪽으로 날아가고 더우면 북쪽으로 날아가기에 계절에 따라 움직입니다. 옛 사람은 남녀가 혼인에 적당한 연령이 되면 반드시 혼인을 하는데, 만일 혼인에 적당한 나이가 지나면 시집장가를 가지 못해 광부(旷夫, 홀아비) 혹은 원녀(怨女, 과부)가 될 수 있다고 했습니다. 때문에 혼기가 찬 남자나 여자에게 기회를 주기 위해 그 과정을 간략히 해야 하는 것입니다.

'안(기러기)'은 태양을 따르는 새이기에 "아내는 남편의 뜻에 따른다"는 의미도 있습니다. '장유유서(長幼有序)'는 나이 순서에 따라 차례로 진행되고 건너뛰지 않는다는 말입니다. 한국에서는 여전히 완전하게 중국의 전통적인 결혼 풍습을 보유하고 있습니다. 결혼을 할 때에 나무로 만든 '안(기러기)'을 보내 선인들의 예를 갖추고 있습니다. 이는 결혼을 의미하는 마스코트로 되었고 기념품이 되었습니다. 고대 납채 시에 하는 말은 매우 우아합니다. 사자(使者)는 이렇게 말합니다. "당신들이 우리에게 은혜를 베풀어 가실(家室, 아내)을 보냅니다. 선인의 예를 갖추어 나를 보내 납채의 예를 행하는 바입니다." 그 뜻은 "당신들이 우리에게 은혜를 베풀어 가실을 보내기를 바라고, 우리는 교양이 있는 가정이라 세세대대로 내려온 예절에 따라 나를 보내 납채의 예를 행한다"는 뜻입니다. 이에 상대방은 이렇게 답합니다. "'저의 자식이 아직 아둔하고 배워야할 점이 많습니다. 뜻이 그러하시다면 감히 거절하지 않겠습니다." 이는 겸손한 말투로 아름다운 외모를 가지고 있어도 보잘 것 없는 것처럼 말합니다. 감히 거절하지 않겠다는 뜻으로 정식으로 의식을 치루겠다는 것을 의미하며, 가져온 예물을 받아들이는 것입니다.

고대에 납채의 절차를 거치지 않고 혼인을 하면 가족과 사회의 웃음거리가 됐습니다. 『맹자·등문공하(滕文公下)』에는 이런 문장이 있습니다. "'부모의 명을 기다리지 않고, 중매쟁이의 말을 듣지 않고, 몰래 담장을 넘어 스스로 혼인을 하면 부모와 다른 사람들로부터 경멸을 받게 된다." 옛 사람들은 염치를 지켰습니다. 지금 젊은이들은 이를 너무 무시하는 경향이 있습니다. 맹자가 이렇게 말한 것이 아니라 당시의 사회 풍기가 그러했던 것입니다. 『시경·제풍·남산(诗经·齐风·

南山)』에는 이런 내용이 있습니다. "깨를 심을 때에는 어찌해야 하는 가? 먼저 밭을 갈아야 한다. 아내를 들이려면 어찌해야 하는가? 반드 시 부모에게 알려야 한다. 종묘에 알렸으니 어찌 거역할 수 있겠는가? 장작을 패려면 어찌해야 하는가? 잘 드는 도끼가 없으면 안 된다. 아 내를 맞이하려면 어찌해야 하는가? 중매쟁이가 없어서는 안 된다. 인 연이 이미 맺어졌으니 어찌 방임할 수 있단 말인가?" 이처럼 옛 사람 들은 매우 지혜로웠습니다. 도리를 설명할 때 그들은 자연계에서 예를 들어 깨를 심으려면 먼저 밭을 갈아야 한다고 하면서 아내를 맞이하 는 것도 반드시 부모에게 알려야 한다고 했습니다. 또한 장작을 팰 때 에도 좋은 도끼가 필요하듯이 아내를 맞이할 때에도 중매역할을 하는 중매쟁이가 있어야 한다고 했습니다. "중매쟁이가 없이 어찌 아내를 맞이할 수 있겠는가?" 하고 말했던 것입니다.

두 번째 절차는 '문명(問名)'입니다. 비록 상대방이 동의했다고 해도 즉시 결혼을 할 수는 없는 것입니다. 혈연관계를 이해해 동성(同姓) 결 혼을 피해야 했습니다. 만약 근친 간에 결혼하면 아이에게 안 좋은 질 병이 생길 수 있기에 매우 신중해야 했기 때문입니다.

우선 '문명'의 말들을 알아봅시다. 사자는 먼저 납채를 합니다. 납채 가 끝나면 문을 나서는데 직접 돌아가지 않고 문을 지키는 사람에게 당신네 주인이 이미 혼인을 동의 했으니 귀댁의 성씨를 물어보려 한다 고 말합니다. 문을 지키는 사람은 기다렸다는 듯이 달려 들어가 보고 합니다. 그러면 주인은 밖에 있는 사람을 들여보내라고 합니다. 이 모 든 과정은 엄격히 순서를 따집니다. 문명을 할 때 사자는 이렇게 말합 니다. "오늘 명을 받고 점을 보려 하오니 여자 분의 성씨는 어떻게 됩 니까?" 이 말인 즉, 혼인 제의에 동의하셨으니 이젠 점을 보려고 성씨를 물어 본다는 뜻입니다. 여자 측에서는 이렇게 답합니다. "당신의 요구에 따라 택일을 위한 생일을 적어 놓았습니다. 요구를 어찌 감이 거절하겠습니까?" 혈연관계를 명확히 해야 합니다. 옛 사람들은 모두 가족 족보가 있었기 때문입니다.

『좌전』에 기록된 바에 따르면 희공(僖公) 23년, 정숙첨(鄭叔詹)은 이런 말을 했습니다. "남녀가 동성이면 불번(不蕃)이다." 이는 동성 간에 혼인을 하면 가족이 번영하지 못하고 후대는 체질이 매우 약하게 된다는 뜻입니다. 때문에 중국에는 부모가 같은 성씨인 경우가 적습니다. 『좌전』에는 소공(昭公) 원년에 저명한 사상가 자산(子產)이 한 말이 적혀 있습니다. "내관(內官)이 동성(同姓)결혼을 하면 애를 낳지 못하며, 못 생기고 몸이 안 놓아지니 군자(君子)에게 있어서 이는 악이다." 그렇기 때문에 『지(志)』에는 이런 말이 있습니다. "첩을 들일 때 만약 성씨를 모른다면 점을 본다." 제후의 처첩도 같은 성씨면 안 됩니다. 아니면 후대를 잇지 못합니다. 같은 성씨는 친척끼리 겹사돈을 맺으면 좋은 것 같지만 좋은 것을 미리 써버려서 근친이 결혼하면 그 후대는 괴병(怪病)에 쉽게 걸리기에 군자들은 남녀 동성을 완전히 싫어했습니다. 심지어 당시의 책 『지』에는 "성씨를 모르는 첩을 들일 때 속마음이 편하기를 바라는 마음으로 점을 본다"고도 기록했습니다. 상대방의 성씨를 확인하는 것은 절대 생략해서는 안 되는 절차였습니다.

고서에는 노소공(魯昭公)이 범한 큰 착오가 기록되어 있습니다. 이 기록으로부터 『춘추』의 '춘추' 필법(笔法)'을 알 수가 있습니다. 이는 매우 전형적인 사례입니다. 노소공의 부인은 오(吳)나라 사람으로 이름이 맹자(孟子)였습니다. 노애공(魯哀公) 24년(기원전 483년) 여름 5월 갑신(甲辰)일에 맹자가 죽게 됩니다. 앞에서도 언급한 바와 같이 주태왕(周太王)은 태백(太伯), 중옹(仲雍), 계력(季历) 세 아들을 낳았습니다. 그 후 태백과 중옹이 달아나고 나라는 계력에게로 넘어갑니다. 계력의 아들이 바로 문왕(文王)입니다. 문왕과 무왕(武王)이 천하를 얻은 후 지금의 장쑤 부근에서 태백과 중옹의 후대를 찾았습니다. 그리고 이 지역을 오(吳)라고 명명했습니다. 『사기·오태백세가(吳太伯世家)』에는 바로 이 역사가 기록되어 있습니다. 오와 노(鲁)는 친척입니다. 노는 주공(周公)이 봉하여 준 땅이고 주공과 무왕은 형제로 매우 가까운 혈연관계를 가지고 있으며 모두 희(姬)씨 성입니다. 『춘추』의 기록 관례에 따르면 보면 노소공의 부인이 죽으면 부인의 성과 이름을 적어야 합니다. 응당 "오맹자졸(吳孟子卒)"이라고 써야 하는데, 『춘추』에는 "맹자졸(孟子卒)"이라고만 적고 '오'를 생략했습니다. 오 씨와 노 씨는 같은 성씨로 "존자(尊者)에 대한 은휘(隱諱, 꺼리어 감추거나 숨기는 것-역자 주)"로 왕의 성씨를 직접 부르지 않았습니다. 이것이 바로 『춘추』의 필법'이라 하겠습니다. 『좌전』에서는 "소공이 오 씨 성의 여자를 아내로 들였기에 오를 표기하지 않았다"고 했습니다. 『공양전(公羊传)』과 『곡량전(穀梁传)』에서도 "같은 성씨를 아내로 맞이하는 것은 금기로 여긴다."고 했습니다. 소공은 "같은 성씨의 여자를 아내로 들이지 않는다"는 규정을 위반했습니다. 『논어·술이(述而)』에는 이런 말이 있습니다. "군주는 같은 성씨인 오 씨의 여자를 아내로 들였는데 이름은 오맹자이다. 군자의 예를 아는 것인가? 아니면 모르는 것인가?" 모든 사람들은 이 예를 알고 있습니다. 하지만 노소공은 오맹자를 부인으로 맞이했는데, 이는 잘못된 행동이었던 것입니다. 이에 공자는 매우 분노했던 것입니다.

　세 번째 절차는 '납길(纳吉)'입니다. 성씨를 이해한 후에는 이 혼인이 좋은지 나쁜지, 길한지 불길한지를 점쳐야 합니다. 이는 2000여 년 전의 일입니다. 당시 과학은 지금처럼 발전한 상황이 아니었습니다. 비록 과학이 발달한 지금에도 길일을 점치기도 합니다. 점복을 통해 길조(吉兆)를 얻으면 사자를 여자 측에 파견해 통보합니다. 이를 '납길'이라고 합니다. 만약 점복에서 불길이 나와도 상대방에 알려야 하며 결과에 따라 혼인의 중단 여부를 상의합니다.

'납길'에도 이와 관련된 말들이 있습니다. 사자는 이렇게 말합니다. "당신들이 알려준 것에 따라 점복을 한 결과 '길하다'고 나왔습니다. 이에 특히 알리는 바입니다." 당신들이 당신의 성씨를 우리에게 알려준 후, 우리는 점을 쳐 보았는데 길하다고 나왔기에 이를 알린다는 뜻입니다. 여자 측에서는 여전히 정중하게 말합니다. "우리 자식이 별로 배운 것이 없어서 당신들과 어울리지 않을까 걱정입니다만, 우리 자식과의 점괘가 길하게 나왔다고 하니 어찌 거절하겠습니까?" 우리 집 자식이 좋은 교육을 받지 못해서 당신들과 혼인을 할 자격이 있을지 모르나 점괘가 길로 나왔으니 그 행운을 함께 할 수 있음에 어찌 거절할 수 있겠는가 하는 뜻입니다.

네 번째 절차는 '납징(納徵, 납폐)'입니다. 납길의 예가 끝나면 약혼을 해야 합니다. 하지만 당시에는 약혼이라 하지 않고 '납징'이라고 했습니다. 이렇게 해서 양측의 혼인이 확정됩니다. 납징에는 정혼을 청하는 예물을 보내야 합니다. 빙례(聘礼)로는 다섯 필의 검은색과 훈색(纁色)의 비단, 두 장의 사슴 가죽을 보냅니다. 납징은 약혼과 마찬가지이기에 혼인을 파기하거나 취소할 수가 없습니다. 이 제도는 점차 보완되어 당조에 이르러 특별하고 정당한 이유가 아니면 관청에서는 처리하게 됩니다. 만일 그렇지 못하게 되면 이는 당사자의 명성에 부정적인 영향을 미치게 됩니다.

납징에도 관련된 말들이 있습니다. 사자는 이렇게 말합니다. "우리 자식이 가명(嘉命)을 받들고 아내를 베풀어 주시기에 먼저 선인의 예를 갖추어 녹피와 속박을 보내드리니 납징을 바랍니다." 이에 "제가 감히 납징을 받겠습니까?"라고 하면, "저희는 선인의 서적에 따라 특히 예물을 가지고 왔는데 어찌 거절을 하고 명을 따르지 않는다는 말이십니까?"라고 합니다.

다섯 번째 절차는 '청기(請期)'입니다. 양가에서 혼인을 동의하면 결혼 날짜를 선택합니다. 지금 결혼 할 때에도 좋은 날을 선택합니다. 중요한 결혼일수록 결혼 날짜를 더욱 중시하는 경향이 있습니다. 보통 음력이나 양력이 모두 짝수인 날을 선택하는데, 이는 이 결혼이 좋은 시작이 되어 두 사람이 백년해로하기를 바라는 마음에서입니다. 고대에 남자 측에서는 점복을 통해 결혼 날짜를 택했습니다. 이는 여자 측에 대한 존중입니다. 남자 측에서는 여자 측에 사람을 보내 혼인할 날짜를 정해달라고 요청하는데 이런 예절을 '청기'라고 합니다.

이미 선택한 날짜를 직접 여자 측에 알려주지 않고 사자를 파견해 상의하는 어투로 여러 가지 방안을 제시해 여자 측에서 고려하도록 합니다. 이 역시 여자 측을 존중하는 의미에서입니다. "그래도 시가(媤家)에서 정하십시오."라고 여자 측에서 말하면 사자는 이미 정한 길일을 여자 측에 알려줍니다.

일반적으로 청기에 관한 말은 이러합니다. 사자가 먼저 말합니다. "당신이 알려준 생일을 가지고 명에 따랐습니다. 삼족(三族)이 우려하지 않도록 하기 위해 길일을 청했습니다." 이에 이렇게 답합니다. "명을 받아 왔으면 오늘 명에 따르려 합니다." "당신의 명에 따르려고 합니다." "우리도 그 명에 따르려고 합니다." 그러면 사자가 이렇게 답합니다. "날을 받았는데 어찌 감히 날을 알리지 않겠습니까?" "어느 날입니다." 이에 이렇게 말합니다. "어찌 공경하여 따르지 않겠습니까?" 납채, 문명, 납길, 납징, 청기 등 다섯 가지 예는 모두 남자 측에서 사자를 파견하고, 여자 측에서는 니묘(祢廟, 아버지를 모신 사당 - 역자 주)인 부묘(父廟)에서 진행됩니다. 옛 사람들은 모든 일을 사당에서 진행하며 선조들에게 알립니다. 혼인 대사는 반드시 선조 앞에서 진행하여 자신의 아이가 시집을 가게 됨을 선조들에게 알립니다. 이 또한 종묘의 뜻에 따른다는 의미도 내포하고 있습니다.

여섯 번째 절차는 '친영(親迎)'입니다. 이는 제일 마지막 절차이기도 하지만 제일 핵심적인 절차입니다. 지금은 '친영'을 '영친(迎亲)'이라고 합니다. 이 절차는 앞의 다섯 가지 절차와 달리 사자가 참여하지 않습니다. 신랑은 반드시 신부의 집에 가서 영접해야 합니다. 앞의 결혼 절차는 아침에 진행되나 친영은 날이 저물어서 진행됩니다. 결혼(结婚)의 혼(婚)라는 글자는 바로 여기에서 유래된 것입니다. 고대에는 혼례(婚礼)의 혼(婚)을 '혼(昏)'으로 썼습니다. '혼(昏)'은 '단(旦)'과 상대적인 시간 개념을 가지고 있습니다. '단(旦)'은 회의자(会意字)입니다. 아래에 있는 일(一)은 지평선을 의미합니다. 즉 '단(旦)'은 태양이 지평선에서 떠오른다는 의미로 아침을 뜻합니다. 따라서 한해의 첫 날을 '원단(元旦)'이라고 하는 것입니다. 원(元)은 첫째라는 의미입니다. 때문에 '원단'은 첫 번째 아침을 뜻합니다. '혼(昏)'은 태양이 지평선에서 내려감을 의미합니다. 고대에 누호(漏壶)라고 시간을 계산하는 물시계가 있었습니다. 누호에는 눈금이 표기되어 있습니다. 고대 사람들은 하루를 100각(刻)으로 나누었습니다. 지금은 96각으로 나누는데 옛날과 지금의 일각과 매우 근접한 시간입니다. 100각으로 하는 시간에서 '혼(昏)'은 하루에 마지막 두각 반이 없다는 뜻입니다.

왜 저녁에 결혼식을 했을까요? 이는 상고시대의 약탈 혼인 습관 때문입니다. 남자 아이들이 커서 아내를 얻지 못하면 씨족은 후대 번영에 영향을 미치기에 마음이 급해져서 반드시 다른 씨족과 통혼해야 했습니다. 이때 목표를 정하고 혼인 약탈을 계획합니다. 대낮에는 쉽게 발견될 가능성이 있기에 해가 지면 어둠을 비러 약탈을 강행합니다. 『주역 · 규괘(周易 · 睽卦)』의 아홉 개 문장 중에서 한 단락을 이해할 수가 없었습니다. 후에 양임공계초(梁任公启超, 양계초) 선생께서 해석을 하면서 쉽게 이해할 수 있게 되었습니다. "견시부도, 재귀일차, 선장지호, 후설지호, 비구혼구.(见豕负涂, 载鬼一车, 先张之弧, 后说之弧, 匪寇婚媾)" 이 말의 뜻은 한 사람이 밤에 길을 걷고 있는데 돼지가 길을 막고 있었고, 어둠 속에서 마차가 다가왔는데 마차의 마부는 마치 귀신이 오는 듯 했다고 합니다. 무서워서 활시위를 당기고 쏘려 하자 귀신이 말을 하기에 활을 거두고 자세히 보니 물건을 빼앗는 강도가 아니라 색시를 빼앗는 자들이었다고 합니다. 그 뒤로 사회가 발전하면서 서로 왕래가 잦아지고 통혼을 하면서 약탈 혼인이 사라졌습니다. 하지만 일부 지방에서는 '혼(昏)'시에 결혼을 하는 전통이 남아 있습니다. 오랜 시간이 흐르고 흘러 그 원인도 점차 모호해졌습니다.

유가는 '혼인(婚姻)'이라는 단어의 유래를 절묘하게 해석했습니다. 정현(郑玄)은 『삼례목록(三礼目录)』에 "혼(昏)을 하려는 자는 음래양왕(阴来阳往)에 맺어야 한다"고 기록했습니다. 저녁이 오는 것을 '음래'라고 하고 태양이 떨어지는 것을 '양왕'이라고 합니다. 혼(昏)이 바로 음양이 바뀌는 시기입니다. 새 사위가 혼시에 데리러 가는 것을 '양왕'이라 하고, 신부가 따라 가는 것을 '음래'라고 합니다. 이렇게 '인(姻)'이 되는 것입니다. 이렇게 혼인관계가 완성됩니다. 때문에 '혼(婚)'을 '혼(昏)'으로 쓰는 것이 이상한 것은 아닙니다.

신랑이 신부를 데리러 가는 과정은 예의이며 교육입니다. 부친은 아들 인생의 중요한 시각에 교육을 합니다. "너의 아내를 맞이해 우리 종실을 계승하게 되니 그녀를 격려하고 인도해 공경함을 배워 선비(先妣)[26]의 미덕을 이어가도록 해야 한다. 너의 언행은 상법(常法)이 있어야 한다." 이에 아들이 답합니다. "네. 이를 감당할 수 있는지는 모르지만, 부친의 훈계를 절대 잊지 않겠습니다." 신랑은 검정색 칠을 한 마차에 앉아 신부네 집으로 갑니다. 수행원들인 '영친' 대오는 두 개의 마차를 타고 갑니다. 밤에 떠나기에 수행원들은 손에 제등(提燈, 손잡이가 있어 들기 쉬운 등-역자 주)을 들고 마차의 앞길을 밝히며 당당하게 행진합니다. 당시 약탈 혼인은 아마 이러 했을 것입니다.

신부도 급한 마음에 화장을 하고 머리 장식을 하고 기다립니다. 『좌전』과 마왕퇴(马王堆)에서 출토된 문물로부터 고대 부녀들은 가발을 쓰는 습관이 있었음을 알 수 있었습니다. 마왕퇴에서 출토된 문물 중에는 가발이 있었습니다. 신부는 머리 장식을 하고 집안에서 남쪽을 향해 서서 신랑이 데리러 오기를 기다립니다. 이때 가족 친척들도 옆에서 함께 기다립니다. 배가자(陪嫁者)는 신부의 뒤에 서 있습니다. 신랑이 대문 밖에 도착하면 신부의 부친이 영접하고 집안으로 인도하고 대청에 오르도록 합니다. 대청에 오르면 신랑은 신부가 있는 방안 앞으로 갑니다. 신부의 부친은 동편 섬돌(阼阶)에서 서쪽을 향해 서 있

---

26) 선비(先妣): 자신의 돌아가신 어머니-역자 주.

습니다. 모친은 방안 밖에서 남쪽을 향해 서 있습니다. 신랑은 동쪽에서 신부의 부친을 향해 고수(叩首)예를 한 후 서쪽으로 섬돌을 내려간 후 문을 나서게 됩니다. 신부는 방안을 나서 신랑을 따라 나섭니다. 이때 동편 섬돌에서 신부의 부친은 딸에게 부탁을 합니다. "공경하게 처사해야 하며 아침부터 저녁까지 시아버지와 시어머니의 뜻을 거역하지 말아야 한다!" 고대에는 형제자매들이 매우 많고 동서도 많았습니다. 그렇기 때문에 자신의 성격대로 행동하면 집안은 혼란스럽게 됩니다. 때문에 주더(朱德)가 쓴 『모친의 회억(母亲的回忆)』의 내용은 전형적 중국 부녀의 모습입니다. 매우 위대한 어머니입니다. 그는 그의 어머니는 시집을 온 후 매우 조용했다고 했습니다. 아침부터 저녁까지 부지런히 일을 하고 묵묵히 각종 관계를 처리했기에 부모들 세대에는 형제동서 간의 관계는 매우 화목했답니다. 부친은 딸을 훈계한 후, 옷과 비녀 등 물품을 주는데 이는 이 물건들을 볼 때마다 오늘의 말을 잊지 말라는 의미입니다. 모친은 딸에게 소대(小帶)를 매어 주고 패건(佩巾)을 묶어 줍니다. 이 패건을 '이(縭)'라고 합니다. 여자는 평생 패건을 한번 묶습니다. 이를 '결이(结縭)'라고 합니다. 모친도 당부의 말을 합니다. "항상 노력하고 조심해야 한다. 밝은 대낮이나 어두운 밤에나 항상 부도(妇道)를 지켜야 한다!" 서모(庶母)[27]는 문까지 바래다주며 패건을 보관할 비단 주머니를 건네주면서 이렇게 말합니다. "공손하게 부모의 말을 듣고 아침이나 저녁이나 모두 그릇된 일을 하지 말거라. 항상 이 비단 주머니를 보면서 부모의 훈계를 잊지 말거라!" 이때 신부는 이미 출가 전에 가묘나 가족의 공공장소에서 가정을 유지

---

27) 서모(庶母): 아버지의 첩-역자 주.

하는 방법에 대해 3개월의 학습을 마친 뒤입니다. 저는 한국의 한 중학교에서 가정학과를 개설해 가정을 유지시킬 수 있는 기본 지식을 가르치는 것을 보았습니다. 즉 손님이 집에 왔을 때 어떻게 접대해야 하는지부터 가전제품의 사용방식까지 배우고 있었습니다. 고대에는 주로 여자가 해야 할 말을 배워주는데 시아버지, 시어버니, 동서들과 어떻게 말을 해야 신분에 맞는 것인지를 가르쳐주었습니다. 또한 부덕(婦德), 부용(婦容) 및 부공(婦功)을 배우게 됩니다. 부공은 옷과 신을 만드는 등 가사노동을 말합니다. 떠나기 전 부모는 혼인을 한 다음 남자는 바깥일을 하고 여자는 집안일을 하는 것이라고 재삼 당부합니다. 신랑이 대문을 나서면 신부가 뒤를 따라 나갑니다. 이때 신부에게는 바람과 먼지를 막아주는 덧옷이 걸쳐집니다.

신랑이 신부를 들일 때에는 직접 마차를 몰아야 합니다. 아내를 데리고 집에 돌아갔을 때 맞이할 사람이 없으면 어찌할까요? 당시의 예절에 따르면 시부모는 결혼 당일 저녁에는 신부를 만나지 못하고 다음 날이 되어야만 만날 수 있었습니다. 때문에 신랑은 두 가지 일을 해야 합니다. 신부를 데려오는 역할을 해야 했고 가족을 대표해 신부를 맞이하는 역할도 해야 합니다. 이럴 때에는 어떻게 했을까요? 마차 바퀴가 세 바퀴를 돈 후 신랑은 마차에서 내립니다. 마부나 친구가 신랑을 대신해 마차를 몰게 됩니다. 이는 마차를 신랑이 먼저 몰았다는 뜻입니다. 신랑은 자신의 검은 마차를 타고 먼저 집으로 가서 신부를 기다립니다. 옛 예의를 오늘 날에도 지키는 부분이 있고 지금의 예의에도 예전의 전통이 깃들어 있습니다. 중국 전통문화의 혼례에서 제일 중요한 부분이 바로 친영입니다. 친영은 바로 남자가 여자의 집에 가서 신부를 데려오는 것을 말합니다. 2천여 년 동안 혼례의 앞부분의 많은 절차가 변화되었거나 사라져 없어졌지만 친영은 오늘날까지도 잘 보존되어 내려왔습니다. 중국인이 있는 지역이면 그 곳이 어디든 남자는 꼭 여자를 데리러 갔습니다. 이는 강대한 문화의 관성이고 특징입니다.

친영 예의의 일부 방법은 매우 재미있습니다. 만약 혼인이 두 나라 간의 통혼이라면 어떻게 진행되었을까요? 상대방 나라로 들어갈 수 없기에 여자 측에서는 국경선에서 기다립니다. 남자 측에서는 국경선으로 아내를 데리러 옵니다. 국경선이 강이라도 마찬가지입니다. 주문왕도 친영을 위해 위수(渭水)까지 갔습니다. "문왕이 젊었을 때에 하늘은 그에게 인연을 만들어 주었다. 문왕의 친영 대오는 합수(洽水) 북쪽의 위수 강가에 이르렀다. 문왕은 기쁜 마음으로 혼례를 준비했다. 은상(殷商)에는 아름다운 여인이 있었다. 은상의 이 아름다운 여인은 하늘의 선녀와 같았다. 점복에서 이 혼인은 길한 혼인이라 했기에 문왕은 위수 강가까지 왔다. 배를 만들어 서로 이어 놓아 다리를 만들어 강을 건넜는데 혼례는 매우 영광스러웠다.(文王初載, 天作之合, 在洽之阳, 在渭之涘, 文王嘉止, 大邦有子, 大邦有子, 俔天之妹, 文定厥祥, 亲迎于渭, 造舟为梁, 不显其光)"(『사경·대아·대명(大雅·大明)』) 오늘날 결혼을 축하할 때에도 "하늘이 맺어준 인연(天作之合)"이라는 말을 자주 씁니다. 문왕의 영친 대오는 위수까지 와서 배로 부교를 만들어 강을 건넜는데 이것이 바로 "불현기광(不显其光)"입니다. 여기서 '불(不)'은 '비(丕)'의 의미로 크다는 뜻입니다. '불현(不显)'은 위대하고 광명하다는 뜻입니다. 『상서』에도 '비현(丕显)'이 나옵니다.

3. 성혼

신부가 시집에 들어서면 두 사람은 먼저 밥을 먹습니다. 이를 신혼지연(新婚之宴)이라고 합니다.

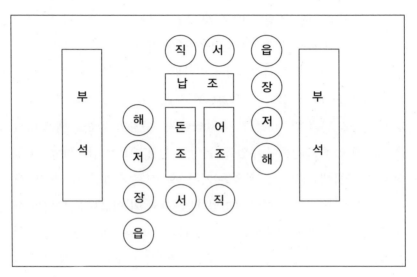

사진 14. 공뢰이식도(共牢而食图)

두 사람이 자리에 앉습니다. 신부가 앉으면 남편은 맞은편에 앉습니다. 이를 부부대석(夫妇对席)이라고 합니다. 가운데는 음식물을 놓는데 매우 간단했습니다. 고대에는 개별 음식을 먹었습니다. 두 사람이 밥을 먹으면 각자 한 세트씩 놓고 먹었습니다. 신랑·신부 앞에는 주식인 서(黍-기장 쌀), 직(稷-기장 쌀)과 조미료 역할의 장이 놓여 있었습니다. 저(菹)라고 하는 절인 동규채(冬葵菜)가 있었고, 해(醢)라 부르는 우렁이 젓갈이 있었고, 읍(湆)이라 하는 고기국이 각각 한몫씩 놓여 있었습니다. 수저를 써서 먹기에 용이하도록 오른손 쪽에 한 세트씩 있었습니다. 이때는 신부와 신랑이 처음으로 만난 날이기에 밥 먹은 후에 "주공의 예(周公之礼)"를 완성하는 것도 난제였습니다. 두 사람이 이젠 부부가 되었음을 인식하도록 밥상 가운데는 두 사람이 함께 먹을 음식이 조(俎)에 담겨져 있습니다. 조는 장방형 모양의 다리가 매우 낮은 밥상입니다. 세 개의 조에는 생선, 돈(작은 돼지), 랍(바람에 말린 통 토끼)이 놓여있었습니다. 이 세 가지 음식은 신랑·신부가 함께 먹는 음식입니다. 고대에는 제사를 지낼 때 소, 양, 돼지 각각 한 마리씩 잡았는데, 이를 '태뢰(太牢)'라고 합니다. '뢰(牢)'는 크다는 뜻입니다. 천자와 같은 중대한 제사에는 태뢰로 합니다. 돼지와 양만 있는 것을 '소뢰(少牢)'라고 합니다. 신분이 미천한 백성들은 이런 고기들을 먹을 여력이 안 되기에 토끼나 생선으로 대체했습니다. 이런 것도 역시 '뢰'라고 합니다. 신랑·신부가 함께 먹는 이 식사를 "공뢰이식(共牢而食)"이라고 하는데, 여기서 '뢰(牢)'는 '조'에 담겨져 있는 음식물을 말합니다. 고대 사람들은 지금과 달리 중대한 상황일수록 예의의 성질이 짙고 더 간단하게 먹습니다. 당시의 결혼은 놀고먹는 집회가 아니라 점잖은 의식이었습니다.

두 사람은 밥을 먹을 때 먼저 밥 한 숟가락은 먹고 다음에는 채소를 집고, 그다음에 고기를 먹습니다. 당시의 반찬은 거의 모두 물에 삶아 낸 것으로 먹을 때에 조미료를 추가하거나 장이나 젓갈 같은 양념장에 찍어 먹었습니다. 손으로 장을 찍어 먹는 과정을 '일반(一饭)'이라고 합니다. 물론 먼저 손을 깨끗하게 씻어야겠지요. 밥을 먹기 전에 관련 도구와 절차에 따라 손을 씻습니다. 당시에 밥이나 채소나 장과 같은 양념도 모두 손을 사용해 먹었다고 하니 젓가락을 언제 사용했는지 의문이 들 것입니다. 사실 당시에 젓가락은 국에 있는 채소를 건져 먹을 때에만 사용했습니다. 국이 뜨겁기에 손으로 직접 잡을 수가 없어서 도구를 사용했던 것입니다. '공뢰이식'의 목적은 두 사람이 더 가까워지도록 하기 위함이었습니다. 현대의 혼례에서 일부 지방에서는 사과를 달아매고 두 사람이 함께 먹으라고 합니다. 이 역시 '공뢰이식'의 의미라 할 수 있습니다. '일반'이 끝나면 세 번째 삼반까지 먹고 식례(食礼)를 마칩니다. 삼반까지 하고 끝내는 것은 밥을 먹었다는 상징적 의미입니다.

옛 사람들은 법을 먹은 후에 '인(酳)'을 합니다. 바로 술로 입을 가시는 절차입니다. 이때 사용하는 술은 백주(白酒)가 아니라 미주(米酒)입니다. 백주는 원조(元朝) 시기에 서역으로부터 전해 들어 온 것입니다. 옛 사람들은 사람이 살아 있음에 세 가지 기(气)가 필요하다고 했습니다. 하나는 사람이 호흡할 때에 필요한 공기, 다른 한 가지는 출생 할 때에 가지고 나온 원기이며, 나머지 하나는 오곡잡량(五谷杂粮)의 기(气)라고 했습니다. 밥을 먹은 후 오곡잡량으로 만든 술을 마셔서 보양한다는 뜻입니다. 이를 '인(酳)'이라 합니다. 인은 구강 청결과 안식(安食)의 작용이 있습니다. 결혼 시에는 '삼인(三酳)'을 해야 합니다. '삼인'의 주기(酒器) 사용에서 첫 번째와 두 번째에는 작(爵)을 사용하는데 이는 부부는 일체라는 것을 다시 한 번 깨우쳐주기 위함입니다. 세 번째 인에서는 근(卺)을 사용합니다. 표주박을 두 조각으로 나누는 두 개의 바가지를 말합니다. 부부는 이 두 바가지를 나누어 쥐고 미주를 마십니다. 이를 '합근이음(合卺而饮)'이라 합니다. '공뢰이식', '합근이음'은 남녀가 존귀 비천이 동등하고 부부가 하나로 합체하는 것으로 차별이 없음을 의미합니다. 다음 두 사람은 잠자리에 듭니다. 하지만 여기에서 혼례가 끝나는 것은 아닙니다.

4. 구고(舅姑)를 만나 뵙다

이튿날 아침 며느리는 구고(舅姑)를 만나 뵙습니다. 옛 사람들이 말하는 구고는 오늘 날의 시아버지와 시어머니를 말합니다. 시부모가 승낙을 하지 않으면 며느리의 신분은 확정된 것이라 볼 수 없습니다. 때문에 두 번째 날의 의식도 매우 중요합니다.

신부는 아침 일찍 목욕을 하고 옷을 반듯하게 입은 후, 새 며느리의 신분으로 대청에서 시부모를 만납니다. 시아버지는 주인의 신분으로 대청 섬돌에 있습니다. 시어머니는 안주인의 신분으로 방문 밖의 서쪽에 있습니다. 신부는 두 번 인사를 해야 합니다. 첫 번째에는 대추와 밤이 가득 담겨져 있는 대나무 광주리를 들고 서쪽 계단으로 대청에 올라 시아버지에게 인사를 합니다. 신부가 광주리를 건네면 받았다는 의미로 광주리를 쓰다듬어 줍니다. 다음은 시어머니 앞으로 가서 인사를 합니다. 이때 신부는 육포가 가득 담긴 대나무 광주리를 건넵니다. 시어머니는 광주리를 들었다 놓으면서 받았음을 표합니다. 다음으로 찬례자(贊礼者)[28]는 시부모를 대표해 예(醴)[29]를 부어 신부에게 예를 표합니다. 이는 매우 중요한 절차입니다. 이는 신부를 가족 구성원으로 인정한다는 것을 의미합니다. 그 다음에 신부는 시부모에게 '궤특돈(饋特豚)'을 하는데, 삶은 어린 돼지를 갈라 시부모에게 올리는 것으로 며느리의 신분으로 시부모에게 효도를 한다는 뜻입니다. 마지막으로 시부모는 음식을 차려 신부와 신부와 함께 온 사람들을 환대하고 선물을 줍니다. 예가 끝나면 시부모는 서쪽으로부터 대청에서 내려옵

---

28) 찬례자(贊礼者): 고대에 의식을 사회하는 사람 - 역자 주
29) 예(醴): 감주 - 역자 주

니다. 신부는 동쪽으로부터 내려옵니다. 계단은 서쪽과 동쪽에 있습니다. 동쪽 계단은 보통 가정의 주인이 이용합니다. 며느리가 없을 때에 동쪽 계단은 시부모의 전용 계단이고 다른 누구도 이용할 수 없습니다. 며느리가 들어오면 가정의 세대가 교체되었다는 의미로 시부모는 서쪽 계단으로 내려가고 신부와 신랑은 주인의 신분으로 동쪽 계단으로 내려가 가정의 주인이 됩니다. 한국에는 지금도 이런 예의가 존재합니다. 신부가 시부모를 만나 인사를 하면 시부모는 한 묶음의 열쇠를 신부에게 맡깁니다. 구고를 만나 인사를 하는 것도 매우 중요한 데 이를 '저대(著代)'라고 합니다. 저(著)는 선명하게 보여준다는 의미로 이 의식으로 세대가 교체되었음을 분명하게 알린다는 의미입니다. 만약 시부모가 이미 돌아갔으면 '묘견(庙见)'을 합니다. 종묘에서 제사를 지낼 때 '전채(奠菜)'의 예의로 시부모에게 제사를 올립니다. 주조(周朝) 때에는 묘의 대문은 평소에 잠겨 있습니다. 일 년 중 춘하추동 사계절이 바뀌는 시기에 제사를 지낼 때에 자녀들이 부모를 그리며 제사를 지내게 됩니다. 3개월에 한 번씩 제사를 지냅니다. 때문에 시집을 온 신부는 늦어도 3개월이 지나면 종묘에서 제사를 지낼 수 있습니다. 때문에 『사혼례(士昏礼)』에는 "만약 구고가 없다면 신부는 시집을 와 3개월이 지나면 전채를 올릴 수 있다."고 했습니다. 묘에서 시부모에게 전채를 올리지 않았다면 며느리로 인정을 받지 못하기에 3개월을 기다리는 것이 너무 긴 시간이라고 여겼습니다. 그렇게 되어 송조(宋朝)에는 개혁을 했습니다. 『주자가례(朱子家礼)』에서는 이를 3일로 바꾸어 '일'로써 '월'을 대체했습니다. 이것이 차츰 규정으로 되어 전해 내려 왔습니다.

5. 고대 혼례의 특색

다음으로 고대 혼례와 현대 혼례의 다른 점을 살펴봅시다.

『예기·교특생(郊特牲)』에서는 고대의 "혼례에는 악(乐)이 없었다. 음(阴)의 의식이기 때문이다."라고 했습니다. 『동주열국(东周列国)』이라는 드라마는 너무 어처구니가 없었습니다. 만희량(万喜良)과 맹강녀(孟姜女)가 결혼하는데 만희량은 말을 타고 앞에 큰 붉은 꽃을 달고 있었고, 맹강녀는 면사포를 보란 듯이 쓰고 있었습니다. 사실 고대에는 요란스러운 악기 연주 같은 것이 없었습니다. "악은 양기(阳气)"이기 때문에 악은 양기를 대표하므로 어두워진 다음에 진행되는 혼례에는 악을 하지 않았을 뿐만 아니라 고대에는 동네 사람이나 친척들이 축하를 하지 않았습니다. "혼례는 축하가 없고 인생의 순서에 따라 진행되는 일 뿐이다"라는 말이 있는데, 이는 "'인생의 순서'요, 어느 집이나, 어느 누구나 모두 겪을 일이기에 축하할 일인가?"라는 뜻입니다.

『예기·증자문(曾子问)』에는 공자의 말을 인용하고 있습니다. "여자를 시집보내는 집에서는 3일간 촛불이 환했고, 이별에 그리움이 가득했다." 두 가정에 있어서 결혼은 특히 기뻐할 일이 아니었습니다. 여자 측에서는 고이고이 힘들게 키운 딸을 시집에 보내야 했습니다. 시집에서 남편과, 시부모와, 동서들과 사이좋게 지내고 있는지, 부모는 이런 저런 생각들로 잠들 수가 없었습니다. 때문에 "3일간 촛불이 환했다"고 하는 것이고, 슬픈 마음이 드는 것을 표현한 것입니다. 또한 "며느리를 데려온 집에서는 3일간 악을 울리지 않았고, 친인들의 은덕을 생각한다"고 했습니다. 신부를 들이는 것은 부모가 늙었다는 의미이고, 그들의 지위가 바뀌게 되었다는 뜻이기에 어쩔 수 없이 슬픈 일이라는 말입니다. 당시의 사회 풍기는 매우 소박했습니다. 하지만 한대(汉

代)에 이르러 궁중에서 진행되는 혼례부터 규모와 겉치레에 많은 신경을 썼습니다. 위에서 하는 대로 아래서 따라 하기 마련입니다. 돈 많은 사람들이 더욱 그러했습니다. 당조(唐朝)에 이르러 이런 분위기는 더욱 심해졌습니다. 일부 지식인들이 사혼례(士婚礼)를 회복해 그릇된 사회 풍기를 바로잡으려 했지만 별로 큰 효과는 없었습니다.

신혼부부는 특별한 복식이 따로 없었습니다. 신랑은 작변복(爵弁服)을 입었고, 하상(下裳)은 훈색(纁色)이고, 옷깃은 검은색의 테를 둘렀습니다. 신부는 머리에 장신구를 달고 검은 색의 테가 둘러 있는 순현색(玄色)의 옷을 입었습니다. 훈색과 현색이 주요한 색상의 옷을 입었습니다. 신부가 결혼식에 쓰는 면사포인 '개두(盖头)'는 송대(宋代)에서 시작되었습니다. 당시 사회는 불안하고 전쟁이 자주 발생했습니다.

전쟁이 한창인 시절에 결혼 날짜가 잡혀 날짜를 바꾸지 못한다면 임기응변의 방식을 택했습니다. "혼인을 할 때 수건을 신부의 머리에 씌워 얼굴을 가린 다음 신랑이 이를 벗긴 다음 시부모에게 인사를 드리는 것으로 결혼식을 마무리 했다."고 했습니다. 이는 전쟁시기의 대책이었습니다. 송대에 저울대로 개두를 벗기던 풍속에는 "칭심여의(称心如意)"[30]등 여러 가지 의미가 포함되어 있었습니다.

옛 사람들의 혼례에는 인문적인 면도 있었습니다. 『세설신어·가휼(世说新语·假谲)』에는 진(晋)나라 사람 온교(温峤)의 당고모가 온교에게 자신의 딸에 적합한 사위를 알아보라고 부탁했습니다. 며칠 후 온교는 이미 적임자를 찾았고 집안 상황이 자기 못지않다고 했습니다. 사

---

30) 칭심여의(称心如意) : 마음과 뜻이 같은지 저울질하다(바라던 대로 일이 진행되어 매우 만족하다는 것을 비유한 말.)

전에 만날 수 없기에 결혼을 할 때 신부는 매우 초조한 상황이었습니다. 신부는 부채를 들어 얼굴을 가려 남에게 보이질 않습니다. 신부가 얼굴을 가린 부채를 치워야 신랑이 온교임을 알 수 있지요. 이렇게 부채를 치우는 것을 '각선(却扇)'이라고 합니다. 청조 평보청(平步青)의『하외군설(霞外捃屑)』에는 이런 내용이 있습니다. "옛날 혼례에서 시녀는 사선(纱扇)으로 신부를 가렸습니다. 이 철선(彻扇)을 각선(却扇)이라고 한다." 당조시기에 '각선(却扇)'은 보편적인 예속이 되었습니다.『자치통감(资治通鉴)』에 기재된 바에 의하면 당중종(唐中宗) 경룡(景龙) 2년 (708), 어사대부(御史大夫) 두종일(窦从)에게 사혼(赐婚)했습니다. "내시들은 등롱, 보장(步障), 금루라선(金缕罗扇)을 들고 서랑(西廊)으로부터 나왔다. 부채 뒤에는 예복을 입고 비녀를 꽂은 사람이 서 있었다." 두 사람은 마주 앉았습니다. 중종은 두종에게 "각선시(却扇诗) 여러 수를 읊어 부채를 치우고 옷을 바꾸어 입고 나오게 하라"고 했습니다. 호삼성(胡三省)은 이렇게 주(注)를 달았습니다. "당인(唐人)의 혼인은 저녁에 시작된다. 최장시(催妆诗), 각선시(却扇诗)가 있다." 신부는 신랑이 각선시를 읊은 후에야 얼굴을 가리던 부채를 치우는데 문인 혼례의 재미가 있는 혼례입니다. 이로부터 당조시기 시를 읊는 기풍을 알 수 있습니다. 역사자료로부터 신랑이 신부를 데리러 갈 때 신부는 화장을 하고 기다렸습니다. 신부는 화장을 한 후에야 가마에 올랐던 것입니다. 신부의 화장을 재촉하려면 신랑에게 "시를 짓게 나!"라고 다그칩니다.

신부가 만족할 만한 시가 나올 때까지 신랑은 시를 지어야 했습니다. 신부가 만족하면 가마에 오르며, 가마가 멈추고 내릴 때에는 부채로 얼굴을 가리고 내립니다. 신랑이 신부의 얼굴을 보려면 신랑은 또 시를 지어야 합니다. 이를 '각선시(却扇诗)'라고 합니다. 이것이 바로 '최장시(催妝诗)'와 '각선시(却扇诗)'의 유래입니다.

이 외에도 혼례에는 '섭성(摄盛)' 현상이 있었습니다. 선진(先秦)시대 부터 혼례에 사용하는 기물은 신분을 초월하는 현상이 나타났습니다. 즉 혼례가 진행되는 날에 사용하는 기물은 관련 신분보다 1급이 높은 기물을 사용할 수 있었습니다. 신랑을 왜 '신랑관(新郎官)'이라고 할 까요? 신랑은 관리가 아닙니다. 하지만 결혼 당일에는 오사모(乌纱帽)를 쓸 수 있습니다. 신부도 봉관하피(凤冠霞帔)[31]를 달 수 있었습니다. '오사모'나 '봉관하피'나 모두 신분 있는 사람들의 차림입니다. 또한 신부를 맞이할 때 쓰는 묵차(墨车)는 검은 칠을 한 칠차(漆车)로 대부(大夫)가 사용하는 마차입니다. 예물에 쓰는 안(雁)은 대부(大夫)의 규격으로 제작된 것입니다. 정현(郑玄)은 이런 현상을 '섭성(摄盛)'이라 했습니다. 섭성은 이와 같은 특수한 장소에서 선을 통과하는 행동을 의미합니다. 후세에서는 '섭성'은 습관이 되어 지금까지 진행되고 있습니다. '섭성'은 어느 정도껏 하면 괜찮은데 너무 과분하면 사회 풍기를 파괴할 수 있습니다.

6. 당대 혼례에 존재하는 문제

당대의 혼례에 존재하는 문제는 매우 많습니다. 주로 아래 몇 가지가 있다고 봅니다.

첫째, 서구화의 경향이 너무 엄중하다는 점입니다. 혼례의 절차에서 대부분 서방의 혼례 절차를 따라 하고 있습니다. 만약 사람들이 지기의 민족문화에 정이 없고 존경의 마음이 없다면 이것은 매우 무서운

---

31) 봉관하피(凤冠霞帔): 봉황 장식을 한 관에 아름다운 수를 놓은 솔 - 역자 주

일입니다.

둘째, 문화적 의미가 부족하다는 점입니다. 결혼은 익살극에 불과하게 되었습니다. 두 사람이 번지점프를 뛰어도 결혼이고, 바다 밑에 갔다 오고도 혼례를 했다고 합니다. 번지점프는 수시로 갈 수 있는 것으로 결혼과는 별 관계가 없습니다. 결혼은 두 성이 결합하는 일이고, 가족 발전의 의미가 내포되어 있습니다. 하지만 지금 이런 의미를 찾아 볼 수가 없습니다.

셋째, 사치를 추구한다는 점입니다. 지금의 혼례는 "4성급 호텔에서 진행되었느냐?" 아니면 "5성급 호텔에서 진행되었는가?" "몇 상(10명이 둘러앉아 식사하는 테이블—역자 주)의 손님이 왔느냐?" "매 상의 가격이 어떻게 되느냐?" "결혼식 차량은 몇 대나 되느냐?"를 비교하는 경쟁이 되었습니다.

넷째, 이성 관계가 너무 자기들 마음대로라는 점입니다. 지금의 현실에서는 많은 사람들이 '속도위반'으로 뱃속 태아의 명을 받아 결혼하는 일들이 허다합니다. 이는 결혼이라고 할 수 없습니다. 혹은 결혼 전에 결혼을 했었거나, 이성 관계가 있는 일들이 허다합니다.

7. 여론(余论)

"첫 번째로 천지신령에게 절을 하고, 두 번째로는 부모에게 절을 하고 마지막으로는 부부가 맞절을 하는 것은 사혼례(士婚礼)의 예절이 아닌가요?" 하고 물어보는 학생들이 종종 있습니다. 사실은 아닙니다. 혼례는 부단히 변화되어 왔습니다. 사혼례에는 이런 절차가 없습니다. 송조 이후 육례(六礼)는 삼례(三礼)가 되었습니다. 그 후로 삼례는 부단히 변화되었습니다. 변화과정의 모든 삼례는 자신의 절차가 따로 있었습니다. 어느 것이 전통이고, 어느 것이 개혁인지를 알 수가 없습니다. 그렇기 때문에 지금 중요한 것은 표준적인 혼례절차를 제정하는 것으로, 필요한 의거와 의미가 있어야 하고, 많은 사람들이 받아들일 수 있는 결혼 절차가 되어야 할 것입니다.

제7강

덕행을 가늠하는 활쏘기야
말로 군자가 다퉈야 하는 일이다.

(观德之射, 君子之争)

제7강
덕행을 가늠하는 활쏘기야 말로 군자가 다퉈야 하는 일이다. 觀德之射, 君子之争

고대 중국의 향사례(乡射礼)

이번 강의의 주제는 중국고대의 '향사례(乡射礼)'입니다. 이를 강의 내용으로 하게 된 계기는 베이징올림픽과 관련이 있습니다.

2008년 베이징올림픽 개막을 300일 앞둔 시기에 저는 칭화대학 학생들에게 올림픽을 언급하면서 '향사례'에 관한 이야기를 했습니다. 강의를 시작하면서 저는 이렇게 말했습니다. "학생 여러분. 베이징올림픽이 300일 앞으로 다가왔습니다. 사회 각계에서는 열정적으로 올림픽이라는 세계적 운동대회를 준비하고 있는데 칭화의 학생들은 어느 정도나 준비되었습니까?" 강당은 물 뿌린 듯 조용해졌습니다. 아마 학생들은 자신들이 "뭘 준비해야 되지?"를 생각했을 것입니다.

만약 제가 중국 5000년 역사에 강렬한 호기심을 가지고 있는 외국 기자라면 아래와 같은 세 가지 문제를 제기할 것입니다. 첫째, 당신들은 5000년의 문명을 자랑하는데, 과연 고대에 체육이라는 것이 있었는지? 둘째, 체육이 있었다면 당신들에게는 어떤 체육정신이 있었는지? 셋째, 만약 체육정신이 있었다면 중국의 체육정신과 고대 그리스의 체육정신을 어떻게 비교할 수 있는지?

베이징 올림픽이 폐막된 지도 수년이 흘렀습니다. 하지만 이런 문제는 아직 해결되지 않았습니다. 그렇기 때문에 이 문제를 여러 분들에게 물어 보는 것입니다.

불현 듯 처음 문제를 들으면 여러분들은 아마 미처 대답을 못할 것입니다. 하지만 자세히 생각해 보면 중국 고대에는 수많은 체육 종목들이 있었다는 것을 알 수 있을 겁니다. 바둑이 그중의 한 가지입니다. 전하는 바에 의하면 요(堯)의 아들은 말썽꾸러기였다고 합니다. 때문에 그에게 조용히 사고하는 활동이 필요하다고 생각해서 바둑을 배워주었다고 합니다. 이렇게 탄생한 바둑은 오랜 역사를 가지고 있습니다. 선진(先秦)의 적지 않은 책에서 당시에도 이미 국수(国手)·고수(高手)가 있었음을 알 수 있습니다. 중국 고대에는 '축국(蹴鞠)'이라 불리는 오늘날의 축구와 같은 운동이 있었습니다. 국제축구연맹도 산동(山東) 쯔보(淄博)에서 회의를 열고 그곳이 세계축구의 기원지라고 문서에 정확하게 기록했습니다. 축구는 중국 사람들이 즐기는 운동의 하나입니다. 물론 당시 축구운동의 규칙은 지금의 규칙과는 완전히 달랐습니다. 어떠한 운동이든 발전과정이 있기 마련입니다. 축구 외에도 밧줄당기기, 카누, 무술, 씨름 등 군중적인 체육운동이 있었다는 기록을 당시의 책에서 찾을 수가 있습니다. 중국은 오랜 체육전통을 자랑하는 나라입니다.

중국에 체육정신이 있었을까요? 물론 있었습니다. 아래에 중국의 '향사례(乡射)'를 통해 알아보도록 합시다.

1. 향사례의 근원

'향사례'란 말 그대로 향(乡)의 백성들이 참가하는 궁술경기입니다. 하지만 이런 시합은 서방의 경쟁 성질의 운동경기와는 완전히 일치하지 않습니다. 당시 중국의 활쏘기 경기는 경쟁의 성질을 띠고 있는 한편 사람마다 내적·외적의 수양을 모두 갖추어 몸과 마음이 조화를 이루게 하는 역할을 하고 있었습니다. '사(射)'로부터 덕을 알 수 있었습니다. 체육운동의 진정한 목적은 사람의 전면적인 발전을 위한 것이지, 근육만 발달하고 머리는 멍청한 사람을 만들려는 것이 아닙니다. 이런 고대의 체육과 비교할 때 지금의 체육은 체력과 체육 능력을 비교하는 경기일 뿐입니다. 사람은 왜 체육을 배워야 할까요? 아마도 이는 전반적으로 조화로운 발전을 위해서일 것입니다. 전면적인 발전이란 또 무엇을 위해서 했던 것일까요? 건전한 인격을 가진 사람으로 만들기 위해서가 아닐까요? 중국의 운동경기는 군자(君子)들의 경쟁이었습니다. 이는 진정한 겨룸으로 많은 의미를 내포하고 있습니다. 예를 들면, 군자라면 어떻게 경쟁을 해야 하는가? 어떻게 적수를 대해야 하는가? 자신의 마음과 신체, 내와 외의 균형을 어떻게 유지할 것인가? 등의 내용이 있었습니다.

궁술운동은 세계의 많은 민족들의 운동입니다. 문헌에 기재된 바에 의하면 황제(黃帝)시기에 문명이 시작되었고, 많은 도구들이 그 시기에 발명되었음을 알 수 있습니다. 인류학 연구 결과가 알려주는 바와 같이 구석기시대에서 신석기시대로 과도하는 시기에 중석기시대 혹은 세석기(細石器)시대가 존재했습니다. 박물관에서 세석기를 찾아 볼 수 있습니다. 두드려 만드는 구석기는 보통 큰 돌로 좀 작은 돌을 쳐서 도끼 모양을 가진 돌을 만들었는데, 이것이 최초의 손도끼였습니다. 공 모양의 돌을 망치로 삼아 다른 물건을 내리 쳤습니다. 이것이 구석기입니다. 신석기는 마제석기(磨制石器)를 말합니다. 돌을 비교적 단단한 돌로 연마해 더욱 매끄럽게 만들고 날을 반듯하게 만들었고, 구멍은 더욱 동그랗게 되었습니다. 중석기시대는 구석기와 신석기시대 가운데 있는 시대입니다. 하지만 중국에서는 전형적이지 않고 그 연대도 비교적 짧습니다. 신석기, 구석기는 모두 큰 도구였지만 중석기시대에 산생된 석기는 매우 작고 정교합니다. 이런 중석기 시대의 도구가 중국에서 발견된 수량은 많지 않습니다. 활과 화살은 바로 이 시기에 발명되고 사용되었습니다. 이후 여러분들이 박물관을 참관할 때 이런 특징을 가지고 살펴본다면 더 많은 재미를 느끼게 될 것입니다. 이런 지식 요점으로 자신의 학문 수양을 제고할 수 있습니다.

중국도 대략 중석기시대에 활과 화살을 발명했습니다. 당시의 문헌에는 사람들이 활을 쏘고 궁술에 능한 고수들이 있었다고 기록되어 있습니다. 유감이라고 할까요? 당시에는 올림픽이 없었습니다. 아니면 중국은 많은 금메달을 딸 수 있었는데 말입니다. 요(尧)시기에 10개의 태양이 동시에 떠서 날씨가 이상하게 더워 초목들이 죽어나가고 곡식들이 말라 들어가는 바람에 백성들이 먹을 것이 없었다고 합니다. 이때 '예(羿)'라고 하는 사람이 나타나 태양을 쏘아 떨구었다는 이야기가 전해 내려왔습니다. 한대(汉代)에는 묘지에 함께 매장

사진 15.
한화상석 후예사일도
(汉画像石后羿射日图)

된 돌, 벽돌 등에는 여러 가지 내용의 천부조(浅浮雕)가 그려져 있습니다. 위의 사진에는 한 사람이 나뭇가지에 있는 까마귀(鸟)를 행해 활시위를 당기고 있습니다. '까마귀'는 태양을 대표합니다. 옛 사람들은 태양하나에 '까마귀' 한 마리가 있다고 했습니다. 그는 "하늘을 향해 열흘 동안 활을 당겨 9개의 태양을 쏴 떨어뜨렸다"고 합니다. 마지막 날에는 태양을 모두 떨어뜨리지 말라고 사람들이 말리자 "예사십일(羿射十日)"이라 해서 마지막 날에는 해를 떨어뜨리지 않았다고 합니다.

『좌전』에는 춘추전국시기에 양유기(养由基)라고 하는 매우 유명한 신사수(神射手)가 반당(潘党)이라는 사람과 궁술시합을 했다고 기록했습니다. 당시의 활쏘기 시합에는 두 가지 항목이 있었습니다. 한 가지는 누구의 눈썰미가 좋아 잘 맞추는 지를 겨루는 '백보천양(百步穿杨)'이고, 다른 하나는 팔 힘겨룸이었습니다. 그들은 가죽으로 만든 갑옷 일곱 벌을 누가 한꺼번에 뚫을 수 있는지를 시합했습니다. 양유기는 단번에 일곱 벌의 갑옷을 뚫었습니다.

고대에는 활쏘기와 관련된 사자성어가 많습니다. "문무의 도는 긴장과 이완이다. 긴장만 있고 이완이 없으면 문무가 어려운 것이고, 이완만 있고 긴장이 없으면 문무도 어려운 것이다.(文武之道, 一张一弛. 张而不弛, 文武不能. 弛而不张, 文武不能)" 즉 활을 사용할 때에는 긴장과 이완의 법칙이 있듯이 이는 문왕·무왕의 정치를 비유한 것입니다. "강노지말(强弩之末)"이라는 성구가 있습니다. 활시위를 당기려면 큰 힘이 필요합니다. 일반 사람들은 이를 당길 힘이 없으며, 좋은 활시위는 수백 석(石)의 힘이 있어야 당길 수 있습니다. 사실 활을 쏘는 것에서 힘든 부분의 하나가 바로 활시위를 당기는 힘입니다. 활시위를 당긴 후 손은 오랫동안 당기는 동작을 유지하기 어렵습니다. 시간이 길수록 손가락은 그 힘을 당하지 못하고 활시위가 살을 뚫게 됩니다. 훗날 사람들은 쇠뇌틀을 만들어 쇠뇌틀로 활시위를 당겨놓은 후 한 위치에 고정시켰으며 개폐기를 달았습니다. 이렇게 하면 손으로 오랫동안 당길 필요가 없습니다. 그 후에는 또 가늠쇠가 달려 과녁 조준이 쉬운 궁노수(弓弩手)가 나타났습니다.

　고대 중국의 남자아이들은 모두 궁술을 익혔습니다. 『예기』에 기록된 바에 의하면 고대에는 집에 남자아이가 태어나면 외부에 이렇게 알린다고 합니다. "뽕나무로 만든 활로 여섯 방향으로 쏘는데, 이는 천지 사방을 향해 쏘는 것이다.(桑弧蓬矢六, 以射天地四方)" '호(弧)'는 궁(弓)입니다. '시(矢)'는 화살입니다. 뽕나무로 활을 만들고 민망초로 여섯 개의 화살을 만들어 하늘, 땅, 동, 서, 남, 북을 향해 쏩니다. 이는 남자아이의 뜻이 사방이 있음을 뜻합니다. "천지사방자, 남자지소유사야.(天地四方者, 男子之所有事也)"이라는 것은 "남자아이는 태어나면 먼저 천하의 모든 일에 뜻을 가지고 있어야 한다"는 것을 말합니다. 화살로 우주육합(宇宙六合)의 지향을 표현합니다. 이는 상고시대에 매우 보편적인 상황이었습니다.

사진 16. 갑골문의 '궁(弓)'

사진 17. 갑골문의 '전(箭)'

고대 중국의 활은 매우 정교하게 만들었습니다. 여러 지역에서 활이 출토되었습니다. 청동의 화살촉은 잘 만들어져 있습니다. 한 고분에서는 보통 여러 가지 모양의 화살촉이 출토되었습니다. 진시황릉 유적에서 많은 화살촉이 출토되었는데 유선형 화살촉도 있었습니다. 이 유선형 화살촉은 지금의 총알의 유선형과 같았습니다. 이는 매우 놀라운 일이라 할 수 있습니다.

사진 18. '사(射)'가 조각되어 있는 갑골 조각.

사진 19. 소전(小篆)체의 '사(射)'   사진 20. 소전(小篆)체의 '후(侯)'

갑골문에서 '사(射)'는 '우(又)' 즉 손으로 궁을 잡는 모양인 회의자(会意字)입니다. 소전(小篆)체에서 '촌(寸)'이 '신(身)'으로 변화되면서 그 의미가 모호해졌습니다. 중국문화에 깊은 정을 가지고 있는 사람들은 응당 '매사에 의문'을 가지는 습관을 양성해야 합니다. 이래야만 다른 사람보다 많은 것을 알 수 있습니다. 문자의 변화 과정은 매우 재미있는 과정입니다.

'후(侯)'는 원래 활쏘기와 관련이 있습니다. 처음의 '후(侯)'는 화살이 과녁 중앙을 명중하는 모양이었습니다. 고대의 제후(诸侯)나 수령은 궁술 시합을 통해 뽑았습니다. 나무 가운데에 천이나 짐승 가죽을 걸어 놓고 '유적방시(有的放矢)'을 진행하는데 궁술이 출중해 명중을 하면 제후가 됩니다. 당시 궁술은 무력과 무예의 높고 낮음을 평가하는 표준이었습니다.

사진 21. 전국연악습사수륙공전문동호문식전개도(战国宴乐习射水陆攻战纹铜壶纹饰展开图)

전국연악습사수륙공전문동호문식전개도(战国宴乐习射水陆攻战纹铜壶纹饰展开图)는 쓰촨(四川), 청두(成都)의 바이화탄(百花潭)에서 출토되었습니다. 구리 항아리에 그려져 있는 사진을 펼쳐 놓으면, 전국시기 사회생활의 다채로운 장면이 생동적으로 그려져 있음을 알 수 있습니다. 사진에는 뽕잎을 따는 사람들도 있고, 뽕나무에 올라간 사람들, 아래서 광주리를 들고 있는 사람들이 있을 뿐만 아니라, 배에 서 있는 사람이 활시위를 당기고 있는 모양도 그려져 있습니다. 이 사진에서 의미가 있는 부분은 문헌에 기록된 '후(侯)'의 이야기인 천에 과녁의 중심이 그려져 있는 모양입니다. 그 옆에는 활을 들고 활시위를 당긴 사람들이 있습니다. 또한 용주(龙舟)시합을 하는 장면도 있습니다. 멋진 동작으로 용주에서 노를 젓는 모양은 지금 사람들도 완성하기 어려울 것입니다. 악기로 연주하는 장면도 있습니다. 지금 용주시합에서도 북을 두드리지 않습니까? 북을 두드리는 모습도 매우 생동적입니다.

사진 22. 전국연악습사수륙공전문동호문식전개도 일부분.

위에 사진은 사진 원본의 일부분을 확대한 것입니다. 이 사진 오른쪽에는 과녁이 그려져 있고 과녁 가운데를 점으로 표시했습니다. 오른쪽에는 과녁을 향해 활을 쏘는 사람이며, 활을 들고 연습하는 모양이 생동적으로 그려져 있습니다. 이 사진은 당시 사람이 그린 당시의 실제 생활모습을 그린 것으로 귀중한 자료입니다.

이와 같이 출토한 문물에 그려져 있는 사진들은 학술연구를 하는 학자들에게는 더없이 소중한 자료입니다. 당시의 사람이 그 당시의 생활모습을 그린 것이기에 더욱 진실한 자료입니다. 출토한 선진시대의 문물이 매우 적을 뿐만 아니라 화살 과녁이 그려져 있는 사진은 이곳에서만 찾아 볼 수 있습니다.

사진 23. 막고굴 제290굴 비사도 모본(莫高窟第290窟比射图摹本).

위의 사진은 '막고굴 제290굴 비사도의 모본(莫高窟第290窟比射图摹本)'입니다. 궁술 경기 장면이 그려져 있는 이 사진에서 당조시기에 활을 쏘는 활동이 매우 보편적이었음을 알려줍니다.

사진 24. 막고굴 제346굴 기사도(莫高窟第346窟騎射图)

뒨황(敦煌)의 벽화이기도 한 이 사진은 '막고굴 제346굴 기사도(莫高窟第346窟騎射图)'입니다. 사진의 사람은 활시위를 힘껏 당기고 있습니다. 당시의 궁은 지금 올림픽에서 이용하는 궁처럼 크지 않고 비교적 가벼웠습니다.

고대에는 『고공기(考工记)』라는 책이 있었습니다. 이는 제작기술이 적혀 있는 중국 최초의 제작관련 서적입니다. 활을 만드는 방법, 방패를 만드는 방법, 마차를 만드는 방법 등이 적혀 있는 이 책은 세계 과학사의 매우 중요한 자료입니다. 이 책에는 바퀴를 만드는 '윤인(轮人)', 차량의 상체를 만드는 '여인(輿人)', 궁을 만드는 '궁인(弓人)'등 총 30여 가지의 관직이 적혀 있습니다. 그 당시에는 활을 만드는 것을 매우 중요시했습니다. 활을 만드는 나무는 좋은 나무여야 했으며, 더 멀리 있는 목표물을 명중시킬 수 있도록 우각(牛角)을 붙였습니다. 화살의 속도를 빨리 하기 위해 사슴의 힘줄을 사용했습니다. 또한 교(胶), 사(丝), 칠(漆) 등 총 6가지 재료가 필요했습니다. 이 여섯 가지 자료뿐만 아니라 '교자화지(巧者和之)'가 필요합니다. '교자화지'는 손재주가 좋은 사람이 만들어야 함을 의미합니다. 활을 만드는 것은 생각처럼 간단한 일이 아닙니다. 먼저 불에 쬐어 구부린 다음 우각을 붙이고, 사슴의 힘줄을 감아 놓고 풀을 붙이고 밧줄로 묶어 놓습니다. 좋은 궁은 응당 '장여유수(张如流水)'처럼 유연해야 하며, '완이무부현(宛而无负弦)'와 같이 균등하게 힘이 나뉘어져야 하고, 만월(满月)처럼 활이 굽혀지듯 '인지여환(引之如环)'이여야 하며, 활시위를 놓으면 모양의 일그러짐이 없는 '석지무실체(释之无失体)'여야 합니다.

제가 알고 있는 지인 중에는 중국의 문물을 수집하는데 취미를 가진 영국인이 있습니다. 그의 사무실에는 옥기, 동기, 칠기 등 각종 문물들이 벽에 걸려 있거나 진열되어 있으며 일부는 서랍에 있습니다. 그는 중국 고대의 궁을 비롯한 여러 가지 문물들을 보유하고 있습니다. 그가 보관하고 있는 궁은 홍콩 해안경비 박물관(Hong Kong Museum of Coastal Defence)에 전시된 적이 있습니다. 어느 한 해에 중국의 고분에서 기다란 문물을 발견했는데 양쪽에는 후벼서 움푹 파인 부분이 있었습니다. 이는 무엇이었을까요? 누군가는 이것이 멜대라고 했습니다. 저의 영국인 지인은 이 물건을 굽혀보더니 매우 좋은 궁이라고 했습니다. 그는 세계 각국의 궁을 연구했습니다. 그는 중국의 궁이 제일 좋다고 했습니다. 저의 요청에 그는 칭화대학에서 강의를 하게 되었습니다. "당신은 영국 사람인데 왜 우리 중국의 활을 연구합니까?" 한 학생이 물었습니다. 그는 웃으면서 대답했습니다. "중국에서 연구하는 사람이 없으니 내가 연구하지 않으면 이를 연구할

사람이 없지 않습니까?" 이 답을 들은 사람들 중에 놀라지 않은 사람
이 없었습니다.

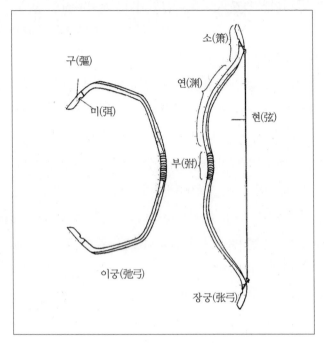

사진 25. 궁(弓)

위 사진의 왼쪽의 사진은 오른 쪽의 활시위를 걸지 않았을 때의 모
습입니다. 옛 사람들은 궁의 매 부위에 전문용어를 붙였습니다. 궁을
반대 방향을 당겨 활시위를 양쪽에 걸었습니다.

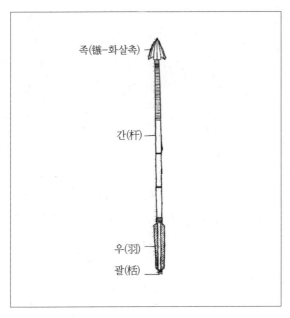

사진 26. 전간(箭杆-화살대)

위의 사진은 화살입니다. 자세히 보면 화살의 화살촉이 유선형임을 알 수 있습니다. 일부 화살대는 가운데가 비어있습니다. 화살의 꼬리 부분에는 깃이 달려 있습니다. 깃은 화살이 날아 갈 때 평행을 유지 하는 작용을 합니다. 이 깃이 없다면 화살은 흔들거리며 날아가게 됩 니다.

공자시기에 이르러 궁술은 다른 의미를 가지게 됩니다. 앞에서 언급 한 바와 같이 최초에 제후를 뽑을 때 누가 가죽을 꿰는가를 봤습니 다. 이를 "주피지사(主皮之射)"라고 합니다. 공자는 이를 극력 반대했습 니다. 당시 민간에는 궁술을 겨루는 자들이 많았습니다. 양유기와 반 당과 같이 일곱 벌의 갑옷도 한 번에 뚫을 수 있는 사람들이 나왔습니다. 이렇게 되면 궁술은 역량에 대한 겨룸이 되어 싸움을 잘하는 사회기풍이 나타나게 되며 이런 상황이 계속되다 보면 경쟁은 불공평해지기 마련입니다. 공자는 "사불주피(射不主皮)"라고 했습니다. 이는 "가죽을 쏘는 것을 목표와 근원으로 해서는 안 된다"는 뜻으로 "위력부동과(为力不同科)"라 했습니다. 즉 "사람은 태어날 때부터 체질이 다르다"는 뜻입니다. 만약 일곱 벌의 갑옷을 뚫는 것을 겨룬다면 어떤 사람들은 평생 이룰 수 없을 것입니다. 반대로 어떤 사람들은 태어날 때부터 몸이 튼튼해 쉽게 일곱 개의 갑옷을 뚫을 수가 있습니다. 따라서 공자는 이와 같이 선천적인 요소가 많은 작용을 하는 경기는 불공평하다고 했습니다. 이를 "사불주피, 위력불동과, 고지도야.(射不主皮, 为力不同科, 古之道也)"(『논어·팔일(八佾)』)라고 했습니다. 즉 "사람들의 체질이 다르기에 비교할 수 없다"는 뜻입니다. 하지만 후천 덕성은 배양하는 것이기에 이는 비교할 수 있는 것입니다. 사람이라면 배우려고 하는 마음이 있으면 도덕적 경지에 이를 수 있습니다. 활쏘기도 이런 정신을 보여주어야 합니다.

2. 향사례의 준비

'향사례'는 향(乡)이나 주(州)에서 진행합니다. 당시 향과 주에는 모두 학교가 있습니다. 향의 학교를 '서(序)'라고 불렀습니다. 이를 '상(庠)'이라고도 합니다. 선진(先秦)시기에 과거제도가 아직 나타나지 않았습니다. 국가의 인재는 지방에서 추천을 받았습니다. 각 지역학교에서는 매년 제일 우수한 학생명단을 한 단계씩 위에 올리면 중앙에서 선택해 등용했습니다. 3년에 한번씩 '대비(大比)'가 있게 됩니다. '대비'란 모든 피 추천인들이 통일적인 선발을 거쳐 등용할 인재를 결정하는 것을 말합니다. 활쏘기 경기를 안배하는 사람은 주장(州长)이고, 이 경기를 주관하는 사람을 '빈(宾)'이라 합니다. '빈'은 아직 작위(爵位)를 받지 못한 처사(处士)들이 맡습니다. 처사를 '빈'으로 하는 것은 지식인에 대한 존중을 의미합니다. 학교에서는 공부를 제일 잘하고, 덕행이 제일 고상한 사람을 '빈'으로 선택합니다. '향사례'에는 코치 겸 지휘를 맡는 사람이 있습니다. 이런 사람을 '사사(司射)'라고 부릅니다. '사(司)'는 관리라는 뜻입니다. 예를 들면 사법부(司法部)는 법을 관리하는 부문이라는 뜻이고, 사기(司机)는 차를 관리하는 사람입니다. 사의(司仪)라고 부르는 사회자는 의식을 관리하는 사람을 말하며, 사사(司射)는 활쏘기 활동을 관리하는 사람을 말합니다.

활쏘기에는 일부 도구들이 필요합니다. 첫 번째 도구는 '후(侯)'인데 바로 과녁을 말합니다. 두 번째는 '핍(乏)'입니다. '핍'은 무엇일까요? 활을 쏘는 사람은 멀리에 있는 과녁을 향해 활을 쏘게 됩니다. 너무 먼 거리라 과녁의 중심을 명중시켰는지 알 수가 없습니다. 이를 대비해 가죽이나 나무로 아치형의 가리개를 만들어 과녁 앞에 놓습니다. 또한 사람을 파견해 뒤에서 확인하게 하는데 이를 '핍'이라고 합니다. '핍'이라 하는 것은 활이 과녁 부근까지 날아오면 이미 위력이 없어지기 때문입니다. 세 번째는 '중(中)'입니다. '중'은 산주(筭筹)[32]를 넣는 도구입니다. '중'은 보통 동물의 모양입니다. 사슴 모양의 '중'은 '녹중(鹿中)'이라 부릅니다.

---

32) 산주(筭筹) : 산(筭)은 사당에서 계산을 한다는 뜻이며, 동시에 계산을 하는 도구를 말한다. 산(筭)은 대나무나 뼈를 이용하여 계산을 위하여 만든 조그마한 막대기이다. 이 조그마한 막대기는 책(策)이나 주(筹)라고도 불렸다. 한서(汉书·律历志)을 보면 산주(筭筹)는 길이가 육촌에 넓이가 1분이라고 하였다. 지금의 도량형으로 계산을 하면 13.8cm의 길이와 0.23cm정도였다.

활쏘기는 주대(周代) 때 매우 유행한 운동경기였습니다. 활쏘기에 참가한 사람들을 두 조로 나눕니다. 한조에 한 명씩 파견해 두 사람씩 겨루게 됩니다. 쏜 활이 과녁을 명중하면 과녁의 명중 여부를 확인 하는 사람이 "명중했다"고 소리치면 계산을 하는 사람이 산주(籌)로 계산을 합니다. 매번 명중시킬 때마다 산주 하나씩 중에 넣게 됩니다. 산주는 대나무로 만든 것입니다. 갑골문에서 산주를 이용해 계산을 했음을 알 수 있습니다. 산주는 많은 작용을 합니다. 기록된 바에 따르면 당조시기 관리들은 지위 등급에 따라 다른 색깔의 주머니를 허리에 달았다고 합니다. 그 주머니에는 산주가 들어 있었습니다. 만약 공정과 같이 계산해야 할 문제가 나오면 산주로 계산했습니다. 중국 고대의 수학은 매우 뛰어났습니다. 송대 이전에 주판은 세계에서 제일 선진적인 계산기였습니다. 서양 기술이 유입되면서 산주는 사라지게 되었습니다. 하지만 산주는 중국에서 한반도로 전해졌고, 지금도 한반도에서는 산주를 사용합니다. 산주를 이용한 계산 속도는 종이와 연필로 하는 계산보다 빠릅니다.

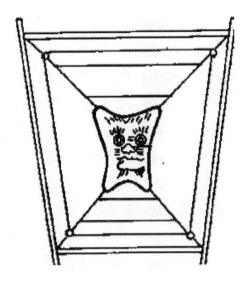

사진 27. 전파(箭靶)

위의 사진은 고대의 전파(箭靶)입니다. 양쪽의 나무는 '후'를 고정할 때 사용하는 물건입니다. 그런 다음 끈으로 호랑이나 표범의 가죽을 고정합니다.

3. 향사례의 주요 의식

'향사례'의 첫 번째 절차는 '합우(合耦)'입니다. '우(耦)'는 쌍(双)입니다. 처음으로 참가하는 사람들이 잘 이해하지 못하기 때문에 모든 사람에게 시범을 보여주는 것을 '합우'라고 합니다. '사사(射士)'는 학생들 가운데서 여섯 명의 재능과 덕을 함께 갖춘 제자들을 선택해 궁술이 비슷한 두 사람씩 겨루도록 합니다. 궁술이 비슷한 사람을 선택하는 것은 차이가 현저하면 비교할 가치가 없기 때문에 수준과 체질이 비슷한 두 사람씩 겨루도록 하는 것입니다. 여섯 사람은 세 조로 나뉘는데 상우(上耦), 차우(次耦), 하우(下耦)라고 부릅니다. 이 셋을 '삼우(三耦)'라고 하는 것입니다. 매 '우'마다 두 사람인데, 이중 한 사람이 상사(上射)가 되고, 다른 한 사람이 하사(下射)가 됩니다. 삼우는 1대 1로 진행되며 사람마다 4차례 활을 쏘게 됩니다. 두 사람은 옆에서 기다리다가 사사가 "좋습니다. 시작합시다. 활을 꺼내시오"라고 하면 활을 꺼냅니다. 한 번에 네 개의 화살을 꺼내는데 세 개는 허리춤에 꽂고 하나를 손에 쥐게 됩니다. 이는 시합 규칙의 하나입니다.

활 시합은 총 3라운드 진행됩니다. 즉 일번사(一番射), 이번사(二番射), 삼번사(三番射)가 있습니다. 자주 쓰는 단어인 '삼번오차(三番五次)'란 부대의 번호 등에서 번(番)을 사용하는 원인이 되었습니다.

일번은 제일 첫 라운드입니다. 이 라운드의 주요 목적은 코치가 시범동작을 하는 것으로 '유사(誘射)'라고 합니다. '유(誘)'는 가르친다는 의미로 '유도하다' '인도하다'라는 뜻입니다. 삼우는 활을 들고 당(堂)아래에 서 있고 사사가 당 위에서 시범을 보여줍니다. 사사는 바닥에 '십(十)'자 부호가 있는 곳에서 서쪽을 향해 서 있습니다. 한 발은 앞으로, 한 발은 뒤로 하는데 앞의 발은 세로로 된 선에 맞추고, 다른 한 발은 가로로 된 선에 맞춥니다. 급히 과녁을 보는 것이 아니라 먼저 마음의 평온을 찾은 다음 궁을 들어 남쪽을 향해 고개를 돌리고 과녁을 조준 합니다. 사사는 활을 쏘는 요령을 알려 준 후 활을 쏘게 됩니다. 다음 상우 두 사람이 나옵니다. 사사는 시합의 기타 규칙을 선포합니다. "보파자(報靶者)[33]를 위협하거나 상하게 하지 말아야 한다!" 이는 시합 규칙의 하나입니다. '핍'뒤에 서있는 보파자를 조준하지 말

---

33) 보파자(報靶者): 과녁 명중 상황을 알려주는 사람.

아야 합니다. 이를 어기면 벌을 받게 됩니다. 이런 활쏘기 시합을 '예사(礼射)'라고 합니다. 각 방면에서 예의 있게 대하고 상사가 사사에게 먼저 예를 한 다음 첫 활을 쏜 다음에 하사가 활을 쏘게 됩니다. 이렇게 순차적으로 네 번째 활까지 다 쏜 다음에 보파자는 결과를 보고합니다. 첫 번째 화살은 연습을 하는 유사이기에 총 성적에 포함되지 않습니다. 상우가 연습을 마치면 차우, 하우가 순서에 따라 당(堂)에 올라 활쏘기 연습을 합니다. 이렇게 모든 사람이 연습을 마칩니다.

이번사는 두 번째 라운드 활쏘기입니다. 두 번째 라운드부터 시합이 정식으로 시작됩니다. 참가자, 삼우 외의 주인인 주장 및 우수한 학생, 향의 귀족, 대부(大夫) 그리고 청해온 손님들은 모두 짝을 묶어야 합니다. 신분이 비슷한 사람인 주인과 빈은 한 우(耦)가 됩니다. 주인은 겸손한 태도로 아무리 높은 관직이라도 하사가 되고 빈을 상사로 합니다. 대부는 신분이 자신보다 낮은 사(士)와 짝을 묶어 겸손함을 표합니다. 이를 배우(配耦)라고 합니다. 당(堂) 아래에 있는 여러 손님들도 짝을 묶게 됩니다. 다음 두 번째 라운드가 시작됩니다. 먼저 첫 번째 라운드에서 연습한 삼우부터 시작합니다. 이번 라운드에서는 활을 활의 과녁에 명중시켜야 합니다. 아니면 점수가 없습니다. 두 사수(射手)는 돌아가며 활을 쏩니다. 만약 명중하면 산주로 수를 세게 됩니다. 이번 사는 정식시합으로 과녁을 성공적으로 조준한 숫자를 계산하게 됩니다. 수를 셀 때에는 화살 두개를 한 단위로 하는데 매 두 개의 화살을 1 '순(纯)'이라고 합니다. 10순을 한 퇴(堆)라고 합니다. 정연하게 정돈된 화살을 보면 짝수인지 홀수인지 일목요연합니다. 갑골문에서도 이렇게 숫자를 적었습니다. 마지막에는 통계한 숫자에 따라 보고합니다. 우측이 승리자냐 좌측이 승리자냐 하는 것은 성적으로 정확하게 표기하기에 매우 정규적입니다.

이 라운드가 끝나면 패한 측에서는 벌주를 마셔야 합니다. 승리한 측 사수는 왼쪽 소매를 벗고 반지(扳指)를 끼고 팔목 보호대를 차고 손으로 팽팽한 활시위를 당기면서 활을 쏠 수 있음을 표시합니다. 패한 측에서는 왼쪽 소매를 입고 반지와 팔목 보호대를 벗고 활시위를 놓으며 패배를 인정합니다. 옛 사람들은 넓은 포(袍)에 큰 소매인 옷을 입었습니다. 활을 쏠 때에 옷이 활시위와 궁에 닿아 불편하기 때문에 활을 쏠 때에는 왼쪽 소매를 벗습니다. 소매를 벗은 후 피부와의 마찰을 피하기 위해 보호대를 합니다. 베이징에는 궁젠후통(弓箭胡同)이라고 있는데, 옛날부터 활을 만들어 팔던 골목이었으나 활사용이 줄어들면서 거의 모든 가게가 문을 닫았고, 한 가게만 힘겹게 계속 전통을 이어 가고 있습니다. 반지(扳指)는 뼈로 만든 것도 있고 옥으로 만들거나 상아로 만든 것도 있습니다. 활시위의 힘이 크고 약하기에 살을 뚫을 수가 있어 활시위를 당겼다가 놓을 수 있는 도구가 필요합니다. 이 도구를 '반지'라고 합니다. 고대에 남사(男士)가 죽으면 손에 꼭 반지를 끼워 생전의 신분을 표시해줍니다. 때문에 고분에서 반지가 출토되면 반드시 남자입니다. 고대 여성들은 활을 쏘지 않았습니다. 향사례 승자의 활에는 활시위가 장착되어 있습니다. 이는 활을 더 쏠 수 있다는 것을 말해줍니다. 패자는 옷을 입고 활시위를 벗기고 반지와 보호대를 벗고 벌주를 마십니다. 벌주를 마실 때에는 반드시 서서 마셔야 하며 벌주를 다 마신 다음에는 승자에게 경의를 표합니다. 경의를 표하는 것은 패배의 결과에 승복함을 표시합니다. 이는 두 번째 라운드입니다.

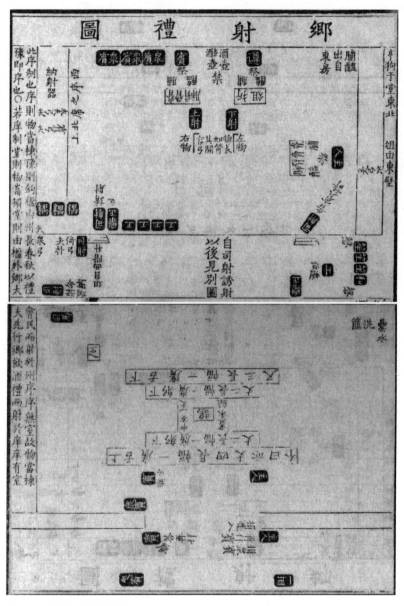

사진 28. 향사례도(乡射礼图)

세 번째 라운드의 삼번사에는 사사와 악정(乐正)의 명령에 따라 악공(乐工)은 『시경·소남·추우(召南·驺虞)』에서 말하고 있듯이 고르게 연주를 더합니다. 이 시기의 시합은 과녁을 명중시키는 것만을 겨루는 무대가 아니라 몸과 마음이 조화로운 군자인지, 학문 수양과 교양이 있는 사람인지를 검증하는 무대가 되었습니다. 교양이 있는 사람들은 자주 『시경』을 노래했습니다. 활을 쏠 때의 마음, 감정, 정서는 『시경』과 혼연일체를 이루어 활을 쏘는 박자와 연주하는 음악은 완전히 일치하게 됩니다. 이 번사에서 만약 음악에 맞추어 쏘지 못하면 과녁을 명중시켜도 음악과 완벽한 조화를 이루지 못했기에 성적에서 제외됩니다. 삼번사의 시합 절차는 앞의 시합과는 달리 음악과 어울릴 것을 요구하기에 요구가 높다고 할 수 있습니다. 활을 쏘는 절차가 끝나면 집계를 해 승부를 가르고 패자는 벌주를 마시게 됩니다. 이러면 삼번사가 끝납니다.

삼번사가 끝난 후에는 '여수(旅酬)'라는 절차가 있습니다. 이때, 현장에 있던 손님과 관계자를 포함한 모든 사람들은 함께 술을 마십니다. '수(酬)'는 고대에 술을 마시는 방법입니다. 지금 한국인들은 이 습관을 보존하고 있습니다. 그렇다면 '수'는 무엇일까요? 술을 잔에 부은 후 본인이 먼저 마신 다음 다시 술잔에 술을 따라서 상대방에 건네 술을 권합니다. 상대방도 술을 받아 마신 후 다시 잔에 술을 따라 다음 사람에게 건넵니다. 다음 술잔을 받은 사람이 또 마시고 다시 잔을 따라 넘기게 됩니다. 대부, 주장과 빈 등 일부 신분이 있는 사람들은 당(堂)에서 술을 마십니다.

당의 크기가 제한되어 있기에 다른 사람들은 당 아래에서 술을 마시게 됩니다. 빈이 먼저 첫 잔을 마신 다음 술잔에 술을 따라 주장에게 넘기고, 주장이 그 아래 사람에게 넘깁니다. 술잔은 신분이 높은 자에서 낮은 자에게로 전달됩니다. 만약 한국에 간다면 마음의 준비를 하고 가셔야 할 것입니다. 그들은 먼저 자신이 마신 후 술잔을 넘겨줍니다. 이와 같은 술 마시는 방법에 여러분들은 습관이 되지 않아 이상해할 수 있습니다. 하지만 사실은 중국 고대에서 이런 방식으로 술을 마셨던 것입니다. 술잔이 당 위의 마지막 사람에게로 전해지면 술잔은 다시 당 아래로 전해집니다. 이 사이에 당 위와 당 아래에서는 음악이 함께 혹은 따로 연주됩니다. 당 위에서는 거문고(瑟)를 뜯고 당 아래에서는 생황(笙)을 붑니다. 모두『시경』의 곡을 연주하는데 즐거움으로 가득 찬 곡입니다. "진환이지(尽欢而止)"라는 말처럼 "흥은 다하되 취하지 말아야 한다"는 것입니다. 취하면 예의를 잃게 됩니다. 9할 정도 마신 후 빈은 몸을 일으키며 작별을 고합니다. 다른 사람들도 하던 일을 멈춥니다. 빈이 서쪽 계단에 도착하면 악공은『해(陔)』를 연주해 끝났음 나타냅니다.

4. 향사례의 인문학적 의미

고대 그리스의 올림픽과 고대 중국의 '향사례'의 다른 점을 비교해 봅시다.

베이징 올림픽 조직위원회에서 개폐식 방안을 모집할 때에 저는 '향사례'를 개폐식의 방안으로 만들어 올림픽 조직위원회에 제출한 적이 있습니다. 이 방안에서 몇 가지 점을 제기했습니다. 첫째, 표현하는 내용이 올림픽과 비교가능하며 비슷한 연대에 시작됐다는 점. '향사례'는 고대 중국의 주대(周代)에 시작 된 것으로 첫 올림픽 운동경기의 시기보다 늦지 않았으며 심지어 더 이른 시기에 시작되었을 수도 있다는 점, 출토한 서주(西周)의 청동기에 새긴 명문(铭文)에는 사례에 관한 내용이 매우 많다는 점을 제기했습니다. 둘째, '향사례'는 정규적인 체육 시합이라는 점을 부각시켰습니다. 곡예나 놀이로써 올림픽 종목과 비교한 것이 아닙니다. 그들은 다른 성질을 띠고 있었습니다. 셋째, 두 개 지역의 시합은 차이가 존재해야 하며 완전히 동일하지 말아야 한다는 점을 제기했습니다. 그렇다면 어떤 차이가 있을까요? 고대 그리스는 도시국가 시기였습니다. 도시국가 사이에는 자주 전쟁이 일어났고 매우 혼란스러웠습니다. 중국의 춘추전국시기 사회도 매우 혼란한 시대였습니다. 하지만 두 지역에서 체육 시합을 통해 표현하려는 내용은 달랐습니다. 고대올림픽의 다섯 가지 운동 종목인 원반던지기, 멀리뛰기, 창던지기, 달리기와 레슬링은 모두 군사체육으로 군사와 관련이 있는 운동입니다. 중국의 활쏘기도 군사와 관련된 운동이라고 하지만 표현하려는 것은 전쟁이 아니라 평화와 조화로움이었습니다. 중국은 '주검위리(铸剑为犁)'[34]라 했으며, 전쟁에서 사용하는 활에 "예악(礼乐)을 더했다"(『예기·사의(射义)』)라고 하면서 이 경기에 새로운 영혼을 부여했습니다. 활쏘기는 한반도와 일본으로 전파된 후, 그 고명함에 '도(道)'로 간주되었으며, 사례(射礼)에는 철학사상이 포함된다고 여겼습니다.

향사례의 인문학적 의미는 쏘는 사(射)와 사람간의 내외적 조합입니다. 『예기·사의(射义)』에서 "사자(射者)는 사선에 들어서고 나갈 때마다 모두 예를 갖추어서, 내적 의지가 정직하고 외적 신체를 곧게 한 다음 활을 꺼내 활이 견고한지를 확인한다. 활이 견고함을 확인한 다음

---

34) 주검위리(铸剑为犁): 칼을 녹여 쟁기를 만들다. - 역자 주

에는 과녁을 조준해 명중시킬 생각을 해야 하는데, 여기서 덕행을 알아볼 수가 있다.(进退周还必中礼, 内志正, 外体直, 然后持弓矢审固. 持弓矢审固, 然后可以言中, 此可以观德行矣)"라고 했습니다. 중국 사람들은 활쏘기를 할 때, "사자(射者)는 사선에 들어서고 나갈 때마다 모두 예를 갖춰야 한다"고 했는데, 이는 모든 방면에서 예의 요구에 부합되어야 한다는 뜻으로 "내적 의지가 정직하고, 외적 신체가 곧아야 한다"는 예를 갖추어야 한다는 요구를 말합니다.

즉 마음은 정직하고 신체는 곧아 내적·외적으로 일치해야 함을 말하는 것입니다. 정직은 곧 '곧다'는 뜻이고, '곧다'는 것은 '정직'하다는 말입니다. 그렇기 때문에 그 자리에 서면 먼저 자신의 마음상태를 조절했는지, 신체가 곧게 섰는지를 확인하여 자신이 제대로 수신(修身)을 했는가를 검사해야 합니다. "그런 다음 활을 꺼내 활이 견고한지를 확인한다"는 것은 활을 꺼내 상황을 확인한 다음에 어떻게 과녁을 명중시켜야 할지를 생각해야 한다"는 뜻입니다. 여기에서 사수(射手)의 덕행을 알아볼 수가 있습니다.

장쑤 양저우(扬州) 부근에 이정(仪征)이라는 지방이 있습니다. 이곳에서는 완원(阮元)이라는 대학자가 나타났습니다. 그는 청조 건가(乾嘉)학파의 산두(山斗)로 장원이었습니다. 이런 이야기가 있습니다. 완원이 과거시험에서 답을 쓸 때 옛 글자를 썼습니다. 시험 답안을 채점하던 선생은 글을 틀리게 썼다고 판단해 그에게 낮은 순위를 주었습니다. 하지만 다시 찾아 본 결과 한대(汉代)에 이미 그 글자를 사용했고, 당시에는 별로 사용하지 않았을 뿐이라는 것이 밝혀졌습니다. 이 일은 황제에게까지 전해졌습니다. 황제는 문장도 잘 짓고 학문도 깊어 우수한 인재라고 하면서 직접 장원으로 뽑았습니다.

후에 그는 봉강대리(封疆大吏, 지방의 수석장관)로 임명되어 광동에
서 아편을 금하는 일을 했습니다. 임측서(林则徐)보다 먼저 아편을 금
지시켰습니다. 또한 광동에서 영국 식민주의자들 및 해적들과 싸운
뛰어난 인물이었습니다. 그는 넓은 포부를 가지고 있었습니다. 당시
그는 항저우에서 고경정사(诂经精舍)을 열어 직접 천문, 역법, 지리, 해
양방어 방면의 내용이 포함된 문제를 제시했을 뿐만 아니라, 외국에
서 자연과학 방면의 서적들을 들여오기도 했습니다. 그는 학문이 매
우 깊은 사람이었습니다. 완원은 『연경실집(擘经室集)』이라는 문집을
남겼습니다.

그는 책에서 어린 시절을 회상하면서 어머니가 그에게 많은 배움의
도리를 알려주었다고 했습니다. 배우는 것은 마치 활을 쏘는 것과 같
다고 하면서 활을 쏘는 도리를 알려 주었다고 했습니다. 당(堂)에 올라
서면 마음가짐을 정직하게 하고 몸도 곧게 펴야 한다고 했습니다. 이
를 완성한 후 마음을 가라앉히고 기를 단전으로 모은 후 머리를 들
어 침착하게 과녁을 한 결 같이 조준해야 한다고 했습니다. 지금 젊은
이들은 "유혹을 뿌리치지 못한다"고 하는데 이는 기를 단전에 모으지
않았기 때문이고, 목표가 한결같지 않기 때문이고 마음이 산란하기
때문입니다. 때문에 목표에 집중하고 마음으로 맹자(孟子)의 "부귀영화
에 눈멀지 않고, 권위와 무력에 굴복하지 않으며, 가난해도 포부를 버
리지 않는다"를 외우면서 대장부의 호연지기(浩然之气)를 찾아야 하는
것입니다.

활시위를 당길 때에는 정확하고 용감하게 힘을 사용해 온 몸의 힘
을 모아야 합니다. 활시위를 당겨 화살이 과녁을 명중시키지 못하면
그 원인을 자신에게서 찾아야 합니다. 올림픽 사격 금메달을 따낸 주

치난(朱启南)의 마음을 다스리는 능력에 많은 사람들이 탄복했습니다. 그의 경력은 사람들에게 많은 계시를 주었습니다. 경기장에서 상대방 선수의 성적이 어떠하든 간에 그는 자신의 사격에만 집중했습니다. 마지막 총성이 울리고 경기가 끝나서 관중석에 있던 관중들이 그를 향해 환호를 해서야 그는 자신이 금메달을 따냈음 알았습니다. 이는 정신을 집중시킨 것이고 잘못에서 자신의 부족함을 찾았던 것입니다. 활쏘기가 도(道)가 될 수 있었던 것은 바로 이 때문입니다.

활쏘기에서의 음악도 매우 큰 의미가 있습니다. 『예기·사의(礼记·射义)』에는 이런 내용이 있습니다. 즉 곡마다 모두 주제가 있었던 것인데, "천자에게는 「추우(驺虞)」를 연주하고, 제후에게는 「이수(狸首)」를 연주하며, 경대부(卿大夫)에게는 「채민(采苹)」을 연주하고, 사(士)에게는 「채번(采蘩)」을 연주하는 것을 하나의 절(节)로 한다. 「추우(驺虞)」에는 관리들을 임명하며, 「이수」에는 조정에 나가 천자를 만나야 하며, 「채민」에는 법을 따라야 하며, 「채번」에는 직책을 다 해야 한다. 때문에 천자는 국가의 관리들에 대한 임명을 '절(节)'로 하고, 제후는 천자를 만나는 것을 '절'로 하며, 경대부는 법을 따르는 것을 '절'로 해야 하고, 사는 직책을 다하는 것을 하나의 '절'로 해야 한다." 때문에 "사자(射者)에게서 성덕(盛德)을 엿 볼 수가 있다."고 했던 것입니다. 다시 말해서 천자는 좋은 관리를 최대한 선발해야 하고, 제후는 제때에 조정에 나가 천자를 만나야 하며, 경대부는 법을 따라야 하고, 국가의 예법을 준수해야 하며, 사는 직책을 다해야 하기에 활을 쏠 때에 이런 생각들을 해야 한다는 것입니다.

다음으로 향사례는 인격 양성과도 관련됩니다.

『예기·사의』에는 이런 내용이 있습니다. "사(射)라고 함은 역(绎)이고,

사(舍)이다." 즉 '역'은 각자 자신이 지향하는 바를 가져야 한다는 것이다. 때문에 평온한 마음과 온화한 태도로 활이 견고한지를 살펴야 하며, 활이 견고해야만 과녁을 명중시킬 수 있는 것이다. 그렇기 때문에 "부(父)는 부(父)를 곡(鵠)으로 해야 하고, 자(子)는 자를 곡으로 해야 하고, 군(君)은 군을 곡으로 해야 하고, 신(臣)은 신을 곡으로 해야 한다.(为人父者, 以为父鵠；为人子者, 以为子鵠；为人君者, 以为君鵠；为人臣者, 以为臣鵠)"고 했던 것입니다.

따라서 "사(射)는 사(射)를 곡으로 해야 한다."고 했던 것이지요. 대체적인 의미는 이러합니다. 소위 말하는 '사(射)'란 바로 추구한다는 뜻입니다. 사자(射者) 즉 활을 쏘는 사람의 신분은 다르지만, 모두 습사(习射)[35]하는 과정에서 "자신이 지향하는 바를 추구하고, 전파(箭靶)를 몸과 마음을 다스리는 목표로 생각해야 한다"는 것을 이르는 말입니다. 오직 마음이 평온하고 태도가 온화하며 자태가 곧고 활을 힘껏 잡고 목표를 조준해야만 명중시킬 수가 있습니다. '곡(鵠)'은 과녁이라는 뜻으로 활을 쏘는 것이 멀리 걸려 있는 천 조각을 명중시키는 것만이 아니라는 것을 말합니다. 만약 당신이 아버지라면 아버지의 표준으로 활을 쏘아야 하고……만약 당신이 국군(国君)이라면 그의 과녁은 응당 국군의 도덕 표준으로 이를 이행하였는가를 반성하고, 반성을 한 후에 과녁을 조준하여 활을 쏘되 명중시키지 못하면 아직 부족함이 있다는 것이기에, 다시 반성하고 다시 활을 당겨야 합니다.……이렇게 도덕 수양의 의식을 가지고 이 활동에 임한다면 발전할 수 있는 것입니다.

---

35) 습사(习射): 활쏘기를 연습 - 역자 주

옛 사람들도 이렇게 요구했습니다. 『시경』의 음악을 듣고 이 시가 무엇을 말해주는지를 생각했으며, 자신의 신분을 생각한 다음 과녁을 이성적으로 해석했습니다. 매번 활을 쏘는 과정은 도(道)를 향한 반성이고, 진보를 위한 과정입니다. "오일삼성오신(吾日三省吾身)"이라고 하여 "매일 세 번 나를 반성한다"고 해도 부족하기에 활을 쏠 때마다 반성했던 것입니다. 그래야만 활쏘기는 철학적인 층면으로 상승될 수가 있습니다. 이는 서방에는 없는 문화로서 중국문화에만 존재합니다.

『예기』에는 공자의 "사어확상지포(射于矍相之圃)"라는 유명한 일화가 기록되어 있습니다. 공자는 예(礼), 악(乐), 사(射), 어(御), 서(书), 수(数) 여섯 가지의 예(艺)로 학생들을 가르쳤습니다. 이 여섯 가지의 예에 '사(射)'가 포함됩니다. 하지만 공자는 학생들에게 궁술을 가르치지는 않았습니다. 그렇다면 무엇을 가르쳤을까요? "공자는 확상지포(矍相之圃)에서 활쏘기를 연습했다. 사람들이 벽처럼 이를 에워쌌다. 사마(司马)가의 차례가 되었다. 공자는 자로(子路)에게 궁시(弓矢)를 들고 나가 '누가 활을 쏘겠는가?' 하고 물어보라고 했다. 그리고는 '분군(贲军)의 장(将), 망국(亡国)의 대부(大夫), 위인후자(为人后者)인 자는 들어올 수 없다'고 했다. 그러자 물러간 사람이 반수요, 들어 온 사람이 반수였다. 또 공망지구(公罔之裘), 서점(序点)에게 치(觯)를 들고 말하게 했다. 공망지구는 치를 들고 이렇게 말했다.

'유년부터 장년까지 부모님께 효도하고, 형을 경애하며, 60세가 되어도 예에 따라 행동을 하며, 세속을 따르지 않고 일생동안 수신(修身)을 멈추지 않을 자가 있는가? 있다면 여기에 남으라.'고 했다. 그러자 반수가 물러났고 반수가 남았다. 이어서 서점은 치를 들고 이렇게 말했다. '일생동안 학문을 좋아하고, 예절을 변함없이 지키는 것을 모기

(旄期)까지 견지할 수 있는 자가 있는가? 있다면 남으라.'고 했다. 그러자 겨우 남은 자가 한 사람 있었다."

'포(圃)'는 채소밭이라는 뜻입니다. 하루는 공자와 그의 제자들이 '확상(矍相)'이라는 채소밭에서 활쏘기 연습을 하게 되었습니다. 구경꾼들이 매우 많아 벽처럼 둘러섰습니다. 활을 쏘는 과정에서 사마(司馬)의 차례가 돌아왔습니다. 공자는 학생 자로(子路)에게 궁과 화살을 가지고 사람들 앞에서 누가 활을 쏘겠는가 하고 물어보게 했습니다. 그러면서 "첫째로 '분군의 장'인 자가 나서자 싸움에서 용감하지 않고 패배한 자가 무슨 활을 쏘겠는가? 자격이 없다. 둘째로 '망국의 대부'인 탐관오리와 같이 나라의 멸망에 주요한 책임이 있는 자들은 들어 올 수가 없다. 셋째는 '위인후자'인데 돈과 권력이 있는 자들을 양아비·양어미로 삶은 자들은 지 아비어미도 버린 자들이니 이런 자들은 기개가 없다."고 했습니다. 그러자 이 세 종류의 사람들은 들어오지를 못하고 나머지 사람들만 들어올 수가 있었습니다. 그 결과 반수가 들어가고 나머지 반수는 부끄러워서 스스로 물러갔던 것입니다. 그렇기 때문에 활쏘기는 도덕적 요구가 필요했던 것임을 알 수 있습니다.

시합이 끝나면 여주(旅酬)가 진행됩니다. 공자는 공망지구와 서점에게 술잔인 치(觶)를 들고 말을 하게 합니다. 공망지구는 이렇게 말했습니다. "어려서부터 어른이 될 때까지 부모에게 효도하고, 형들을 경애하고, 6~70살까지 예의 요구에 따라 행동하며, 세속에 어울리지 않고 진흙에서 나왔지만 더러움에 물들지 않고, 일생동안 자신을 수신하는 일을 멈추지 않도록 할 수 있는 자가 있는가? 만약 있다면 빈(賓)자리에 앉으라."고 했습니다. 그러자 반수 이상은 너무 가혹한 요구라고 여겨 자리를 떠났습니다. 서점은 술잔을 들고 이렇게 말했습니다.

"일생동안 학문을 좋아하고, 예절을 변함없이 지키는 것을 8~90살, 100살까지 견지하고, 사람들의 찬양을 받아도 마음이 흐트러지지 않을 자가 있는가? 있다면 빈의 자리에 앉으라." 그러자 한 사람만 남아 있었고 모두 물러갔던 것입니다. 공자는 이렇게 '사(射)'로써 사람들을 교육했습니다. 만약 이런 요구에 부합되지 않는다면 활을 쏘지 말라고 하는 이 활동은 군자들의 활동이라는 뜻입니다. 참가한다고 해도 더 높은 차원의 예의를 요구하는 활동에는 참가할 자격이 없습니다. 때문에 수신(修身)과 예의를 '사(射)'와 결합시키는 것이 한 개인의 인생 목표라 하겠습니다.

저명한 역사학가인 천위안(陈垣)은 저의 스승의 스승입니다. 그는 나라를 지극히 사랑한 대학자였습니다. 항일전쟁시기 베이핑(北平)이 함락되자 베이징대학, 칭화대학, 난카이(南开)대학은 남쪽으로 학교를 옮겼습니다. 처음에는 창사(长沙)로, 다음에는 쿤밍(昆明)으로 옮겨 시난연합대학(西南联大)을 결성했습니다. 진 선생님의 학교는 교회재단이 세운 푸런대학(辅仁大学)이었습니다. 당시 푸런대학은 독일의 신언회(Societas Verbi Divini)와 관련이 있었기에 일본인들이 감히 어쩌지를 못했습니다. 때문에 푸런대학은 계속 베이징에 남아 있을 수가 있었습니다. 천 노선생님은 푸런대학의 교장이었습니다. 그는 매우 절개가 있던 분이셨습니다. 당시 일본 헌병들은 천 노선생님이 덕성과 명망이 높다는 소문을 듣고 수시로 기회를 만들어 그의 가르침을 받으려 했고, 그와 협력하고자 했습니다. 하지만 천 노선생님은 강력하게 거절했습니다. 하루는 푸런대학 운동장에서 집회가 열렸습니다.

천 교장선생님은 격동된 어조로 말했습니다. "고대에는 제일 평범한 군중체육활동이라 해도 일부 사람들의 참가는 허용되지 않았습니다.

어떤 사람들이 허용되지 않았을까요? 전투에서 용감하지 않은 '분군지장(賁軍之将)', '망국지대부(亡国之大夫)', 그리고 더 비열한 인간인 '위인후자(为人后者)'인데, 이는 매국노를 암시하는 말입니다. 우리는 이 세 가지 사람이 되지 말아야 합니다. 만약 이런 사람들이 있다면 푸런의 모든 활동에 참가하지 못하게 해야 합니다!" 천 노선생님의 안중에는 '사(射)'는 보통의 품격이 없는 활동이 아니라, 내적·외적이 조화를 이룬 덕성과 긴밀히 관련된 활동이었습니다.

마지막으로 향사례는 양호한 경쟁 심리를 배양할 수 있었습니다.

『예기·사의』에서는 이렇게 쓰여 있습니다. "사(射)는 인의 도다. 사는 자신을 바로 잡는 것이다. 자신을 바로잡은 다음 활을 쏜다. 활을 쏜 후에 과녁을 명중시키지 못하면 승자를 탓할 것이 아니라 자신의 잘못을 찾아야 한다." 즉 '사'는 내적·외적인 수양을 요구합니다. 때문에 자신을 단정히 해야 합니다. 자신을 단정히 하려면 먼저 마음이 정직해야 하고, 몸을 곧게 한 다음 활을 쏘아야 합니다.

화살이 날아가 과녁을 명중시키지 못하면 남을 탓하지 말아야 합니다. 지금 체육운동은 상업적 색채가 다분합니다. 이렇게 되면 체육 본신의 의미를 잃게 됩니다. 심판의 편파적 판정, 뇌물 축구, 흥분제 사용, 승부조작 등은 암묵적 관행이 되었습니다. 또한 분쟁이 일어나면 몸싸움으로 이어지곤 합니다. 또한 '훌리건'이 소란을 피우는 일들도 일어납니다.

하지만 고대 중국의 체육은 자기완성을 추구하기 위함이었습니다. 활쏘기와 같은 운동도 자신을 바로 하고 양호한 경쟁 심리를 요구하며, 패했다고 해도 남을 탓하지 않고, 자신에게서 그 문제를 찾아야만 진보 발전할 수 있다고 했습니다. 만약 모든 주의력을 상대방에게 두고 있다면 전념할 수가 없기에 진보발전하기 어렵습니다. 앞에서 말한 주치난이 바로 좋은 실례입니다.

'사(射)'는 군자 간의 경쟁을 제창합니다. 군자에 관한 공자의 이런 말이 있습니다. "군자는 다투는 것이 없으나, 꼭 하나가 있다면 그것은 활쏘기이다! 절하고 사양하며 활 쏘는 자리에 올랐다가 내려와서는 벌주를 마시니 그 다투는 모습이 군자답도다."(『논어·팔일』) 군자의 풍채가 있는 사람은 내적인 발전을 중요시하며, 진정한 능력을 추구하기에 매일 여러 방면에서 자신을 더욱 완벽하게 요구합니다. 또한 내적인 호연지기를 배양하고 불필요한 다툼을 하지 않습니다. 누군가를 배제하고 누군가를 나오지 못하게 하는 것은 모두 악의적인 투쟁입니다. 군자는 이런 불필요한 투쟁을 하지 않습니다.

발전은 확고한 도리입니다. 모두 스스로를 잘 완성하면 "능력과 재주가 뛰어난 사람은 주머니 속의 송곳이 튀어나오듯 스스로 두각을 나타내게 된다(锥处囊中)는 말처럼 언젠가는 그 재능이 빛을 보게 됩니다. 공자는 반복적으로 다른 사람이 자신을 이해하는 것을 두려워하지 말고 자신에게 다른 사람이 필요한 재능이 없음을 두려워하라고 했습니다. 한 사람은 정신적 경지를 승화시키는 것을 중시하여 평소에 자신을 충실하게 해야 하며, 평온한 마음으로 경쟁을 해야지 정당하지 않은 경쟁을 해서는 안 됩니다. 그렇다고 군자들은 다툼과 경쟁이 없었을까요? 그건 아닙니다. 꼭 겨룸이 필요하다면 활쏘기 시합일 것입니다. 겨루기를 한다고 해도 활 쏘는 자리에 오르면 인사를 하고 내려오면 벌주를 마셔야 합니다.

여기서 "군자지쟁(君子之爭)"을 구체적으로 이야기 해봅시다. 향사례에서 상사(上射)와 하사(下射)는 걸음을 옮길 때마다 인사를 합니다.

한 사람이 "어서요(您请)"라고 하면 다른 사람도 "어서요"하며 공수(拱手)를 하고 양보를 하는데 이는 여간 교양적이지 않습니다. 양보는 입으로만 하는 것이 아닙니다. 어떤 사람은 속으로는 존중을 한다고 하면서도 행동은 항상 앞서는 경우가 있습니다. "공수(拱手)[36]로 인사를 하며" 활 쏘는 장소에 오르고 활을 다 쏘고 나서도 서로 공수를 하면서 내려옵니다.

'사(射)'는 군자 간의 경쟁으로 유가문화의 일부분이 되어 전체 아시아 지역에 영향을 미쳤습니다. 한국의 태권도, 몽골의 씨름, 중국의 태극권, 일본의 스모 등 시합에서도 시합 전에 모두 예를 갖추어 인사를 하고, 시합이 끝나면 다시 예를 갖추어 인사를 합니다. 이는 겸손이고 서로 존경한다는 뜻입니다. 태권도의 12자 정신인 "예의(礼仪), 염치(廉耻), 인내(忍耐), 극기(克己), 백절불굴(百折不屈)"에는 예의가 포함되어 있습니다. 일본의 스모도 엄격한 규정이 있습니다. 예를 행해야 할 뿐만 아니라 만약 적수를 이겼다고 해도 상대방을 존중해야 합니다. 예전에 한 선수가 승리한 후 패배한 선수를 토효(土俵, 씨름판)에서 난폭하게 밀어 냈고 발로 찼습니다. 이 일이 있은 후 스모협회에서는 이와 같은 행동이 다시 나타나지 않도록 승부가 결정되면 승자도 패자를 존중해야 하며 패자를 모욕하는 행동을 해서는 안 된다고 규정했습니다. 상대방이 이미 넘어진 상황에서 또 가격을 하면 풍격이 없는 행동이 됩니다. 입장을 바꾸어 생각하면 누구든 실패를 할 수 있습니다. 때문에 공수를 하며 오르고, 내려와서도 두 사람은 유쾌하게 여수(旅酬)를 마시는 것입니다. 이런 경쟁을 "군자지쟁(君子之争)"이

---

36) 공수 : 왼손을 오른 손 위에 놓고 두 손을 맞잡아 공경의 뜻을 표하는 것.

라고 합니다.

진용(金庸)의 소설에는 많은 중국문화가 반영되고 있습니다. 두 무림고수가 무예를 겨룰 시간과 지점을 정합니다. "3년 후 이곳에서 겨루기로 하자!"고 하면, 반드시 3년이 지나 두 사람은 정한 곳에서 무예를 겨루게 됩니다. 일단 승리하면 승자는 겸손하게 패한 사람을 향해 손을 모아 예를 갖추며 "실례했습니다" 혹은 "양보를 받았습니다"고 합니다. 이긴 것은 사실입니다. 하지만 반드시 겸손해야 합니다. 이것이 바로 "군자지쟁"인 것입니다. 김용의 소설에서처럼 고수들은 교양이 있기에 자신의 승리를 자랑하지 않았던 것입니다.

5. 향사례의 체육정신과 고대 그리스 체육정신과의 비교

고대 그리스의 체육정신은 두 가지 특점이 있었습니다. 하나는 종교성이고, 다른 하나는 군사성입니다. 최초의 올림픽 운동은 아테네 올림푸스산 아래의 신전에서 진행되었습니다. 서방에서는 사람의 영혼과 육체는 분리된 것으로 영혼은 올림푸스산의 여러 신들이 관리하고, 사람은 자신의 육체를 잘 다스리면 된다고 여기고 있었습니다. 사람들은 신의 보호를 받기 위해 기예를 공헌하는 등 여러 가지 방식으로 신에게 아부를 합니다. 때문에 고대 그리스의 경기장은 신전과 하나로 이어져 있었습니다. 고대 그리스 체육운동의 다른 중요한 특점은 군사성입니다. 현대 올림픽 금메달은 수백 개가 넘습니다.

하지만 고대 올림픽의 원반던지기, 멀리뛰기, 창던지기, 달리기, 레슬링 등 종목은 모두 신 앞에서 표현하여 신이 이를 보고 기뻐하도록 해야 합니다. 신은 영혼을 주관하고 사람은 육체를 주관합니다. 때문에 이는 신에게 인간이 육체를 잘 관리하고 있음을 보여주기 위함이었습니다. 이를 위해 운동회에 참가한 사람들은 모두 나체로 그들의 아름다운 근육을 보여주었던 것입니다. 때문에 고대 그리스가 강조하는 체육정신은 힘, 속도, 기교와 더 높게 더 빠르고 더 강하게 해야 했기에 이 모든 것은 체육능력과 기능적인 것이지 사상, 정신, 도덕적인 것은 아니었습니다. 이긴 승자는 영웅이고 술을 마시는 방식으로 격려했습니다. 때문에 올림픽의 우승컵은 큰 술잔인 것입니다. 승자는 술을 마실 수 있지만, 패자는 술이 없습니다. 하지만 중국은 이와 반대입니다. 승리는 기준에 도달했다는 뜻이고, 패배했다는 것은 기준에 도달하지 못했다는 의미이기에 벌주를 마셔야 했습니다. 벌주를 마시며 다음에는 이겨야 한다는 것을 기억해야 합니다. 동서방 문화의 차이에서 이는 매우 중요한 내용입니다.

전국시대에 상당하는 시기인 고대 그리스는 신화시대를 막 벗어났던 시기였습니다. 하지만 중국은 무왕이 상나라를 수복한 후에 이미 신화시대를 벗어났습니다. 이는 고대 그리스보다 6~7세기나 빠른 것입니다. 중국은 서주(西周)시대부터 민본주의시대에 들어섰으며, 특히 인간의 전면적인 발전을 중시하고, 사람의 정신과 신체는 자신이 지배하는 것을 강조하고, 조화롭고 균형적인 발전을 추구했습니다. 이 역시 동서방 문화가 다른 부분입니다.

중국문화는 신체가 아무리 건장하고 기능이 아무리 뛰어나도 인애(仁愛)가 없으면 사회에 큰 작용이 없다고 여기고 있습니다. 『국어·진어(晋语)』에는 이런 이야기가 있습니다. 진국(晋国)의 지선자(智宣子)는 지양자(智襄子)를 계승자로 정하는 문제에 대해 여러 사람들과 토론을 했습니다. 지과(智果)는 지양자가 "어질고 다섯 가지 장점이 있으나 남보다 못한 점도 있다"고 했습니다. 지과가 말한 다섯 가지 장점으로는

"용모가 아름답고, 궁술과 마술에 능하며, 기예가 전면적이고, 말솜씨가 좋고, 강인하고 과감하다"는 점이었습니다. 이 다섯 가지 방면에서 지양자는 모두 남들보다 우수하지만 부족한 점도 있다고 했는데 바로 "인애의 마음"이 없다는 것이었습니다. 인애가 있는지 없는지는 "그 마음이 공적인가? 아니면 사적인가?"를 통해 알 수 있습니다. 인애가 있는 사람은 공적인 견지에서 남을 생각합니다. 때문에 손중산(孫中山) 선생은 공자의 말을 매우 찬성했던 것입니다. 그는 천하의 사람들이 모두 공적인 마음을 가진다면 사회를 잘 건설할 수 있다고 했습니다.

사람의 덕성도 마찬가지입니다. 인애가 없고 사리사욕만 있다면 모든 일에서 자신만 생각하게 됩니다. 이런 사람들이 아무리 강한 능력을 가지고 있다고 해도 나라에 재난을 가져오게 됩니다. 하지만 지선자는 지과의 말을 듣지 않고 지양자를 계승자로 정했습니다. 지(智)씨는 끝내 지양자의 손에 죽었습니다. 진국(晋国)에는 6명의 경(卿)이 있었는데, 한(韓)씨, 조(赵)씨, 위(魏)씨, 범(范)씨, 중항(中行)씨, 지(智)씨가 있었습니다. 처음에 지 씨도 경에 포함되었지만, 6경은 점차 3경으로 변했습니다. 즉 한, 조, 위 씨가 진나라를 삼분했습니다. 여기에는 한 사람을 평가하는 척도 표준과 관련됩니다. 한 사람이 군자의 풍도를 가지려면 여러 가지 방면으로 단련해야 합니다.

유감스러운 것은 저의 인문올림픽의 방안이 채택되지 못했다는 것입니다. 저는 하버드대학 옌칭연구소(燕京学社) 소장 뚜웨이밍(杜維明) 선생과 이 일을 얘기한 적이 있습니다. 선생은 저의 생각을 듣고는 매우 좋은 방안이라며 여간 기뻐하지 않았습니다. 그는 만약 해내외 교수들의 공동서명이 필요하다면 자신도 서명할 것이라고 했습니다. 뚜웨이밍 선생과 토론하기 전에 저는 베이징의 한 회의에서 중국 고대의 체육정신을 언급한 적이 있습니다. 당시 회의에 참석했던 타이완의 한 학자는 역사이고 문화이며 체육이기에 중국문화의 심오함을 나타내는 방법이라면서 좋은 내용이라고 했습니다.

중국 사람들은 평화를 사랑합니다. 또한 자신과 사회의 조화에 신경을 씁니다. '향사례'가 이를 증명합니다. 베이징올림픽 개막식에서 향사례의 장면이 연출되는 것을 정말 많이 상상해보았습니다. "어두운 운동장이 점차 밝아지고 한 줄기 빛이 2500년 전 중국 농촌의 한 학교를 비춥니다. "대도지행야, 천하위공.(大道之行也, 天下为公)'이라고 외치는 낭랑한 목소리가 운동장에 울려 퍼집니다." 이는 공자의 『예기·예운(礼运)』의 '대동(大同)'부분입니다. "이어 대형 모니터에 중국 대륙, 타이완, 홍콩, 미국, 말레이시아, 프랑스……전 세계 화인자제들이 함께 공자의 '천하대동(天下大同)'의 어록을 읽는 모습이 나타납니다. 그중 특히 우수한 학생을 가빈(嘉宾)으로 하고 그들을 요청해 향사례를 진행합니다." 이는 근거 없이 지어낸 것이 아니라 중국 고대문헌에 기록된 내용입니다. 이는 오리지널의 중국 2500년 전의 체육운동입니다. 외국 사람은 물론 지금의 중국 사람들도 2500년 전의 자기 나라에 이런 운동이 있었는지도 모를 것입니다. 이 장면이 지나면 "중국 고대의 궁(弓), 전(箭), 복장(服装), 무도(舞蹈)를 클로즈업해서 보여주고 악기, 편종(编钟), 편경(编磬), 『시경』에 나오는 중국의 음주예절 등 서방과 완전히 다른 문화를 보여주어 중화민족은 확실히 조화로운 사회를 지향하는 민족으로 입으로만 홍보하는 조화로움(和谐)이 아니라는 것을 느끼도록 하는 것입니다." 이는 중국 오천년 문명 발전의 최종 목표입니다.

중국 고대의 향사례는 고대 그리스의 올림픽보다 더 빠른 시기에 나타났습니다. 향사례가 제창하는 체육정신은 상대방을 존중하는 "군자지쟁"으로 내외의 조화로움과 전면발전을 추구하고 도덕면에서 "마음이 정직하고 외형의 곧음"을 요구하면서 이를 개인의 사업과 연계시켰으며, 추구하는 목표가 시종일관하고, 이 목표를 실현하기 위해 반드시 전력을 다해야 하며, 실패를 하더라도 자신에게서 문제점을 찾는 것입니다.

"사향(射乡)의 예를 인향당(仁乡党)이라고 한다."(『예기·중니연거(礼记·仲尼燕居)』) 오늘날 산시(陕西)사람들은 고향사람을 '향당(乡党)'이라고 부릅니다. 향당들 사이에는 인애, 덕성이 있습니다. 아래 내용은 이씨 조선의 한 학자가 기록한 내용입니다. "개마대산(盖马大山) 동쪽의 북청읍(北青邑)은 옛날의 동옥저국(东沃沮国)이다. 고구려가 흥기(兴起)하니 제국(诸国)이 모두 항복했지만 옥저(沃沮)는 불복했다. 백여 년이 지나서야 고구려의 군(郡)이 되었고, 후세의 사람들은 전(田)에 노촉(弩鏃) 석부(石斧)를 세워 놓았으니 그 민풍의 강한(强悍)을 알 수 있다.

편벽한 지역 멀리 화외(化外)에 위치해 있다. 그 후 조정의 사대부(士大夫)가 이곳에 천적(迁谪)해 오면서 문사(文士)가 점점 많아 졌고 문물지역이 되었다. 내가 지주(知州)로 파견된 익년(翌年)인 임진년에 향사례(乡射礼)를 진행하려 했다. 하지만 예를 진행하는 데에 필요한 기물들이 현지에 있는지 고구(故旧)에게 물었는데, 후(侯), 복(福), 녹(鹿), 주(筹), 물(物), 핍(乏) 등이 향사당(乡射堂)에는 모두 구비되어 있다고 했다. 나는 감개무량해서 말했다. 이곳은 숙신(肃慎)과 잇닿아 있고, 강한 궁(弓)과 독 화살(矢)을 사용해 서로 살상을 수천 년 넘게 해왔다. 오늘날 옹용(雍容)의 사손(辞逊)을 하니 가히 '군자지쟁'이라 하겠다. 이는 우리의 선진문화가 그들을 변화시킨 것이 아닌가?"(『여암유고(旅庵遺稿)』 권4 『향사례기(乡射礼记)』) 고대 조선의 개마대산(盖马大山) 동쪽에는 북청읍(北青邑)이라는 마을이 있었습니다. 북청읍은 고대의 동옥저국이었습니다. 한때 고구려는 매우 강했습니다.

한반도를 거의 모두 정복했지만 유독 옥저국만 불복했습니다. 이 민족은 싸우기를 좋아하여 백여 년이 지나서야 고구려는 이곳을 함락시켰고 고구려의 군(郡)이 되었습니다.……이곳은 매우 편벽해 어떠한 교화(教化)도 닿지 않는 곳이라 민족은 야만적이었습니다. 그 후 이씨 조선의 사대부가 좌천되어 이곳으로 오는 사람이 많아지면서 문인들이 많아지고 문화유산들이 많아졌습니다. 신경준(申景濬)이라는 사람은 지주(知州)로 부임한 이튿날에 조선의 기타 지방에는 향사례가 있는 것을 고려해 이곳에서도 향사례를 추진하기로 했습니다. 행사례에 필요한 기물이 현지에 있는지 현지의 오랜 친구에게 물어서야 후, 복, 녹, 주, 물, 핍 등이 모두 구비되어 있다는 것을 알게 되었습니다. 신경준은 감개무량해 해서 이렇게 말했습니다. 이 지역은 중국 동북의 오랜 소수민족인 숙신과 잇닿아 있어 강력한 궁과 독이 묻은 화살을 사용해 싸우다 보니 수천 년 동안 이 민족은 싸움을 좋아하고 민풍이 강한 지역이었습니다. 향사례를 추진하면서 사람들은 온화하고 겸허해져 '군자지쟁'을 알게 되었습니다. 이는 선진문화가 그들을 지도해 변화시킨 것이 아니겠습니까? 변화가 어려운 지역은 이런 예절을 통해 변화되었습니다.

고대 조선 사람들이 남긴 문헌에는 이와 비슷한 문헌이 많습니다. 예를 들면 김효원(金孝元)의 『사이관덕부(射以观德赋)』에는 이런 내용이 있습니다. 이 운동이 조선에 전해 진 후, 조선 사람들은 이것이 도(道)임을 명백히 알고 있었습니다. 그들은 이를 '궁도(弓道)'라고 했습니다.

또 일본의 한 학자는 자비로 톈진(天津)의 한 체육대학에 학생들에게 활쏘기를 가르치는 궁도관(弓道馆)을 개설했습니다.

일본에는 이런 궁도관이 많습니다. 그는 활쏘기가 내포하고 있는 도리가 깊기에 활쏘기는 단순한 운동경기가 아니라 사람이 되는 법을 가르쳐 주는 것을 우선으로 하는 운동이라고 했습니다. 궁도관에서 활쏘기를 배우는 사람들은 아침에 늦잠을 자지 않으며, 일찍 일어나 바닥을 닦는 등의 일을 찾아 합니다. 그 다음에는 타좌(打坐)를 하고 궁도를 배우며 자신이 배운 것들을 사례(射礼)에 응용합니다. 학도들은 궁도관의 옷을 갈아입은 후 규칙에 따라 움직여야 합니다.

한 영국인이 중국의 화살을 수집하고, 한 일본인이 톈진에서 궁도관을 개설했습니다. 우리는요? 아무리 둘러봐도 아무것도 없네요! 외국인들이 우리에게서 배워갔지만, 우리는 되돌아보지도 않고 있습니다. 그들이 궁도는 그들이 발명한 것이라고 유엔에 제기하는 날이 오면, 그때서야 중국 사람들은 다급해 질 것입니다.

학생들이 저에게 이런 유가의 문화가 좋은 것은 알겠는데 실행하기가 어렵다고 했습니다. 『논어·옹야』의 구절이 생각납니다. '염구(冉求)'가 공자에게 말했습니다. "선생님 말씀의 도리가 싫어서가 아니라 능력이 부족하기 때문입니다." 이에 공자가 대답했습니다. "능력이 부족한 것이 아니라 중도에 포기했기 때문이다. 너는 아직 시작도 하지 않았다." 공자의 학생 염구가 말했습니다. "선생님께서 말한 도리는 너무 좋고 저도 싫어하는 것이 아니라 정말로 능력이 부족합니다!" 그러자 공자가 말했습니다. "할 수 없는 것이 아니라 자신에게 선을 그려놓았기 때문이다. 중도에서 그만두는 사람들 중 능력이 부족해서인 자들이 있다. 하지만 이미 반도 완성하지 못해서 정말 계속할 수가 없어 그만두었다. 지금 너는 자신에게 금지선을 그어 놓고 한걸음도 나가지 않고 넘을 수가 없다고 하는 것이 아닌가?" 이 말을 들은 염구는 매우 부끄러웠습니다. 때문에 중화의 전통문화를 부흥시키려면 확고한 이념이 있어야 하며, 이를 행동에 옮겨야 하며, 민족문화를 향한 따뜻한 마음과 경의와 책임이 있어야 하는 것입니다.

후기

후기

이 책은 저와 동난대학의 참된 우정을 증명해주는 책입니다.

2003년 동난대 토목공정학원(土木工程学院)의 창립 80주년 개교기념일 행사의 하나로 학생회에서는 학교 밖의 학자들을 초청해 강좌를 개설하기로 했습니다. 마침 저의 과목을 선택해서 수강을 한 칭화대학 토목공정학과의 한 학생이 저를 동난대에 추천했습니다. 이렇게 해서 동난대와의 인연이 시작되었습니다. 그 후로 동난대학의 국가급 대학생 문화소질 교육기지 주임인 천이(陈怡) 교수의 요청으로 저는 여러 차례 동난대에서 강좌를 해왔으며 동난대와의 왕래도 날로 빈번해졌습니다.

천이 선생의 후임인 루팅(陆挺) 교수는 젊고 왕성한 정력을 가지고 있었습니다. 그는 대학교의 인문에 큰 관심을 가지고 '동난대인문강단' 창설에 힘을 기울였습니다. 이 강단의 맞은편 벽에는 강단에 선 정치, 경제, 외교, 군사, 문사(文史) 등 방면의 전문가들과 학자들, 그리고 노벨상을 받은 양전닝(杨振宁), 새뮤얼 차오 충 팅(丁肇中) 등 과학 대가의 사진이 걸려 있습니다. 이렇게 거의 모든 문야를 망라한 막강한 연설자들을 모시려면 얼마나 큰 노력이 필요했겠습니까. 학생들의 활발한 참여에 강당은 항상 자리가 부족했습니다. '동난대인문강단'은 동난대의 유명한 문화 브랜드로 자리매김을 하게 되었습니다.

민국시기의 동난대는 문과, 이과, 법학, 공과를 모두 중요시하는 학술 요충지였으며, 특히 인문학과는 명인들이 모여 있었기에 동난대가 흥성했던 시절이었습니다. 지금의 동난대는 비록 이공학과를 중심으로 하는 대학이 되었지만, '동대인문강단'의 성황에서 인문학 전통은 여전히 맥을 이어가고 있음을 알 수 있습니다.

2008년 겨울 즈음에 루 주임은 제가 칭화에서 '중국고대 예의문명' 과목을 개설한 것을 전해들은 후 동난대에서 강의해달라고 저에게 요청해 왔습니다. 강의의 전 과정을 녹화해 동난대의 인터넷 강의 선택 과목으로 활용하고자 했습니다. 비록 그해 칭화에서의 교육이 비교적 가중되긴 했지만 이 요청에 응하게 된 것은 동난대에서 저를 겸직 교수로 초빙한데다 가까운 사이라 사양할 수가 없었습니다. 또 다른 원인은 루 주임의 열정에 감동한 바도 있었습니다. 제가 난징(南京)에 갈 때마다 그는 직접 마중을 나왔으며, 열정적으로 일정을 안배해주었습니다. 저는 쓰파이러우(四牌楼)에 있는 옛 캠퍼스에 묵었고, 교외에 있는 주롱후(九龙湖) 캠퍼스에서 강의를 하게 되었는데 두 캠퍼스 사이의 거리는 가깝지 않았습니다. 그렇지만 루 주임이 직접 저를 픽업하러 와서 항상 저와 동행해 주었습니다. 이와 같은 진한 우정에 저는 차마 거절할 수가 없었던 것입니다.

여기서 덧붙여 설명해야 할 것은 이는 제가 칭화대 외의 다른 학교에서 유일하게 칭화의 과정을 강의한 경우입니다.

강의는 토요일, 일요일에 진행되었으며, 오전, 오후, 저녁까지 연속해서 이어졌습니다. 꽉 찬 스케줄에 몸은 힘들었지만 학생들은 열정으로 저에게 제일 큰 보상을 해주었습니다. 강의 시작 한 시간 전부터 적지 않은 학생들이 추위를 무릅쓰고 교실 앞에서 기다리고 있었습니다. 300여 석을 보유한 교실은 매번 500여 명의 학생들로 꽉 찼습니다. 좌석 사이의 통로, 창문턱, 심지어 강단 앞 1미터 떨어진 곳에도 학생들로 가득했습니다. 제가 보이지 않는 교실 밖에도 두세 시간씩 서서 강의를 듣는 사람들이 있었습니다. 이런 광경은 다른 학교에서 보기 어려운 광경입니다. 강의가 시작되기 전 모든 학생들을 일어나 교가를 부릅니다. 루 주임이 시작한 것으로 지금까지도 이 전통은 계속되고 있습니다. 이렇게 열렬한 분위기에 저는 감동되었습니다. 강의 분위기는 활기에 넘쳤고 조화로웠습니다. 질문을 받는 코너는 제일 불꽃이 튀기는 시간이었습니다. 동난대에서의 강의는 칭화대 외의 곳에서 리듬이 제일 좋았던 강의였고, 제일 즐거웠던 강의였습니다.

동난대는 저에게 정말 좋은 기억을 남겨주었습니다. 감사해야 할 분이 또 한 분이 계신데 평론을 책임진 동췬(董群) 교수입니다. 동 교수는 종교와 철학을 전공했으며 불교를 깊이 연구한 분입니다. 따라서 동 교수의 평론은 불교의 선어(禪语)가 많고 뜻에 깊이가 있으며 자유자재로 사례들과 옛 이야기를 이용해 화룡정점의 효과를 가져다주어 강의에 큰 광채를 부여해주었습니다. 지난 일들이 마치 어제 일인 것처럼 생생히 떠오릅니다. 이 모든 추억을 되새길 때마다 마음이 아직도 설레곤 합니다.

강의가 끝난 후 루 주임은 "이를 정리해 출판하는 것이 좋지 않겠습니까?"하고 제게 건의했습니다. 자오단(赵丹), 유멍(尤萌), 장다쥔(张大军), 천차이훙(陈彩虹), 리수뉘(李书娜), 왕멍(王梦), 장눠눠(张娜娜), 양옌핑(杨艳萍) 등 저의 강의를 들은 학생들은 소문을 듣고 흔쾌히 녹음을 정리해주었으며, 철학학부의 쉬치빈(许启彬) 박사가 원고를 검토해주셨습니다. 참으로 송구스러운 것은 원고가 나온 후에 응당 빠른 시일 안에 전체적으로 읽어보고 윤색을 해야 했지만, 일이 많아 하다가 말기를 반복하다보니 몇 년이 훌쩍 흘러서 오늘까지 오게 되었습니다.

루 주임과 이 책의 정리에 참여한 학생들의 노고에 진심으로 미안할 뿐입니다. 2015년 겨울 이 책의 상황을 알게 된 중국런민대학출판사의 편집인 왕완잉(王琬莹) 여사는 원고를 보고 수정의견을 제기해 주는 등 출간하는데 많은 도움을 주었습니다. 책은 금년 초에 정식으로 출판계획 리스트에 오르게 되었습니다. 책이 출판될 즈음에 부쳐 책의 출판을 위해 노고를 아끼지 않은 여러 분들에게 재삼 감사의 뜻을 표하는 바입니다.

펑린(彭林)

칭화원(清华园) 허칭원(荷清苑) 숙소에서(寓内)

2016년 춘분을 앞두고